Toutes les vies de Margot

1, rond-point du Général-Eisenhower, 31101 Toulouse Cedex 9, France.
Loi 49.956 du 16 juillet 1949 sur les publications destinées à la jeunesse.

Originally published in the English Language as *Margot & Me* by Hot Key Books, an imprint of Bonnier Zaffre Limited, London.

Ont collaboré à l'édition de cet ouvrage :
Correction : Anne Rastoll
Maquette : Pascale Darrigrand

Dépôt légal : janvier 2020
ISBN : 978-2-7459-9498-1
Achevé d'imprimer au 1er trimestre 2020 par Rodesa
editionsmilan.com

JUNO DAWSON

TOUTES LES VIES DE MARGOT

Traduit de l'anglais par Alison Jacquet-Robert.
Illustration de couverture : Sarah Maxwell.

MILAN

Maman, papa, Joanne, Jan, grand-père,
grand-mère, merci pour votre soutien
durant l'année passée.

J. D.

« La vie doit être vécue en regardant vers l'avenir,
mais elle ne peut être comprise
qu'en se retournant vers le passé. »

Søren Kierkegaard, 1843.

CHAPITRE 1

– Le problème avec les jeunes d'aujourd'hui, a déclaré Margot une heure plus tôt, c'est que dès leur naissance, on leur fait croire qu'ils ne sont pas n'importe qui.

On était arrêtées sur une aire d'autoroute et on faisait les cent pas sur l'accotement pour se dégourdir les jambes. Bien sûr, j'ai mordu à l'hameçon comme une gourde :

– Et alors ?

– Eh bien, Felicity, quand la grande majorité d'entre eux sont confrontés à leur propre médiocrité, les rares individus vraiment extraordinaires se retrouvent noyés par les jérémiades de ceux qui pensent que tout leur est dû.

Oh, je sais très bien que je dois me sentir visée, ça ne fait pas un pli. Elle me déteste, elle m'a toujours détestée.

Quand on parle d'une grand-mère, on imagine une vieille dame toute mignonne, vêtue d'un gilet en mohair, avec des mouchoirs glissés dans ses manches et une réserve inépuisable de caramels. Une gentille petite dame qui fleure bon la menthe et qui tricote dans un rocking-chair, pas vrai ? Peut-être même avec des cheveux bleutés et des joues ridées qu'on meurt d'envie de pincer, hein ? Mon autre grand-mère colle en tout point à cette description. Mais pas Margot. Oh non. Margot, c'est pas ça du tout.

– Qu'est-ce que c'est que cette odeur ?

Je me pince le nez, remonte la fenêtre et respire par la bouche. Ça empeste. Un mélange de vomi, de pieds et d'ordures en décomposition.

– L'épandage de fumier, répond Margot d'un ton sec sans lever les yeux de la route. L'air de la campagne va te faire du bien. Inspire un bon coup.

– Beurk. Je vais vomir.

Je remets mes écouteurs. J'ai vraiment du mal à croire que Margot et moi partageons le même patrimoine génétique. Notre conversation sur le fumier est littéralement notre premier échange depuis qu'on a traversé le pont Severn. Et notre précédente discussion visait, elle, à déterminer si l'enterrement de Lady Di n'était pas un peu *too much*. Maman dort sur le siège passager et moi, je suis derrière, coincée entre la portière et une couette imprimée de constellations dans un sac poubelle. Bon, c'est un peu ma faute, je n'aurais pas dû insister pour emporter ma couette, mais je voulais autant de babioles familières que possible.

Margot, qui ne tolère ni *mamie*, ni *grand-mère*, et encore moins *mémé*, conduit comme un robot, le dossier relevé à quatre-vingt-dix degrés et les bras pliés à angle droit. Quelque part sur l'autoroute M25, j'ai demandé si on pouvait allumer la radio et reçu en réponse un non catégorique. Du coup, j'écoute mon lecteur CD, en alternant les deux seuls disques que je n'ai pas rangés dans ma valise.

Une heure plus tôt, on a quitté la M4 pour des routes de campagne sinueuses et, à présent, on est vraiment au milieu de nulle part. Le rêve, quoi. Pour l'instant, le sud du pays de Galles me fait penser à une tenue de camouflage : un ou deux bâtiments par-ci, par-là, et une mosaïque de champs verdoyants séparés les uns des autres par des murs croulants. Des vallées d'un ennui mortel s'étendent à perte de vue et la route serpente à travers les collines tel un long ruban gris. Je presse mon visage contre la fenêtre et regarde ma respiration embuer la vitre.

Mon crâne est comme un distributeur de bonbons rempli de questions. Comment ai-je fait pour me retrouver ici ? Pourquoi avons-nous quitté Londres, maintenant que maman va mieux ? Qu'est-ce que j'ai fait pour mériter ça ? Je dois être maudite. Peut-être suis-je punie pour mes péchés d'une vie antérieure. Mais à moins d'avoir été Satan en personne, la punition me semble carrément exagérée. Dorothée a dû ressentir la même chose en retrouvant son Kansas natal à la fin du *Magicien d'Oz*. Plus de route de brique jaune, plus de cité d'Émeraude, plus de sorcières, gentilles ou mauvaises. Rien qu'une bonne grosse nullitude.

Dans la buée sur la vitre, je trace du doigt un visage triste. Au moins, mes ongles sont jolis. Vernis *Hard Candy*, couleur flamant rose.

Je ferme les yeux et j'imagine que tout ça n'est qu'un film : une jeune citadine cosmopolite (avec un sens inné de la mode, *of course*) doit aller vivre dans une ferme pendant que sa méchante grand-mère prend soin de sa mère convalescente. Mon rôle serait joué par Jennifer Love Hewitt, Sarah Michelle Gellar ou toute autre actrice avec trois noms, et Keanu Reeves serait l'ouvrier agricole basané de la ferme d'à côté qui m'emmènerait dans la grange pour me déflorer.

L'idée est plutôt excitante ; je vais peut-être réussir à sauver les meubles finalement. Mais quand j'ouvre les yeux, tout est lugubre. Lugubre de chez lugubre. On se croirait dans un roman des sœurs Brontë. *Les Hauts de Hurlevent* mais version vallées galloises. *Six mois*, je me répète dans ma tête, *ce n'est que pour six mois. Maman l'a promis.*

Beaucoup de choses peuvent se passer en six mois. À la maison, Xander et moi n'étions plus vraiment ensemble, mais j'entends presque Tiggy aiguiser ses griffes, prête à lui mettre le grappin dessus maintenant que j'ai le dos tourné. Je parie que notre règle « Jamais avec les ex » est partie en fumée à la seconde où j'ai quitté Londres.

La Land Rover roule sur une espèce de grille et je me rends compte que maman s'est retournée sur son siège pour me faire signe. Ses cheveux repoussent lentement après la chimio, un petit duvet tout fin recouvre son crâne, mais elle préfère quand même porter sa perruque dont la coupe me rappelle Monica dans *Friends*. Ce sont de vrais cheveux et elle a coûté supercher. Bon, ça ressemble toujours autant à une perruque, mais évidemment, je ne lui ai pas dit.

– Fliss !

Je retire mon casque.

– Quoi ?

– On y est !

– Quoi ?

J'efface le visage sur la fenêtre et je jette un coup d'œil. Noooooon. Non. Non. C'est pas possible. On dirait qu'une apocalypse nucléaire a eu lieu. Il n'y a rien à voir.

– Bienvenue à la ferme *Marie Morgane*, lance Margot tandis que la voiture remonte cahin-caha le chemin de terre.

Des bâtiments grisâtres surgissent lorsque nous descendons lentement la pente. Je presse ma tête contre la vitre et plisse les yeux pour observer ma nouvelle maison temporaire.

– C'est ça ?

Les mots m'échappent avant que je ne puisse les retenir. C'est la première fois que je pose les yeux sur la ferme. Si je me souviens bien, maman venait tout juste de gagner sa première bataille contre le cancer quand Margot a déménagé ici et on devait venir lui rendre visite deux étés plus tôt ; et puis *Cancer : saison 2* est arrivé, si bien qu'on est restées à Londres.

– Felicity ! me gronde maman.

– Désolée ! Ce n'est pas ce que je voulais dire... Je pensais juste que ce serait plus grand. Quand on parle d'une ferme...

– C'est bien assez grand, réplique Margot d'un ton sec.

On entend les points à la fin de ses phrases.

Les pneus crissent en s'arrêtant et je sors de la voiture, évitant à peine une flaque d'eau boueuse couleur cappuccino. Je me retrouve face à un bloc solennel recouvert de lierre. La pierre a le gris du ciel et la gaieté d'une pierre tombale.

Comme sur un dessin d'enfant, la maison a une porte rouge, quatre fenêtres à guillotine parfaitement espacées et une cheminée de laquelle s'élèvera certainement de la fumée.

– Oh, c'est charmant, dit maman en s'appuyant contre la voiture. La vue doit être phénoménale.

– Allez, viens, dit Margot en venant à son aide. Rentrons au chaud.

– Maman, du calme ! Tout va bien.

– N'importe quoi. Rentre vite. Je vais mettre la bouilloire à chauffer pendant que Felicity apporte les valises.

– Toute seule ? Tu rêves, dis-je en désignant mes chaussures vernies et ma minijupe à motif pied-de-poule.

Le regard d'acier de Margot me transperce comme une faux.

– Je suis sûre que tu vas te débrouiller. Je te suggère de te dépêcher. Il va pleuvoir.

Pitié, que quelqu'un m'achève.

L'intérieur de la ferme est aussi naze que l'extérieur. Après avoir traîné les valises, les cartons, la couette et les cabas dans l'entrée étroite et sombre à grand renfort de soupirs dramatiques, je pars en repérage. Les murs sont recouverts de papier peint psychédélique à perte de vue. Je commence même à avoir la migraine. Tandis que Margot et maman discutent dans le salon, je m'aventure à l'étage en prenant garde de ne pas trébucher sur la moquette usée.

Ma chambre est la plus petite, décorée de papier peint recouvert de marguerites roses. Il y a juste assez de place pour un lit simple, une étagère et une armoire affreusement étroite qui fait plus cercueil que dressing. Je devrais pouvoir y caser quarante pour cent de mes vestes – le reste, même pas la peine d'y penser.

La chambre – ou la tombe, allez savoir – sent l'humidité, comme si personne n'y avait vécu depuis si longtemps que l'air avait croupi. Il fait aussi hyperfroid. Je remarque trop tard qu'il n'y a pas de chauffage central, juste un petit chauffage électrique d'appoint. Génial.

Franchement, en quoi vivre en plein Moyen Âge va aider maman à se remettre ? Je me jette sur le lit, les ressorts du matelas protestent et les larmes me montent aux yeux. Je lutte contre l'envie de taper du pied. J'ai dit à maman que c'était une très mauvaise idée, mais elle ne m'a pas écoutée.

La chimiothérapie, aussi miraculeuse soit-elle, vous guérit en vous tuant à moitié. Après deux ans à regarder ma mère dépérir, perdre tous ses cheveux et même ses cils (ça, on ne le voit jamais à la télé), vomir constamment sans pouvoir rien faire, je pensais qu'il était temps que les choses reviennent à la normale. Je sais, dit comme ça, j'ai l'air d'une princesse pourrie gâtée, mais on a tenu le coup ensemble, on s'en est sorties ensemble… tout ça pour venir ici. Tu parles d'une récompense. Et maintenant, Margot passe pour Super-Mamie alors que c'est moi qui aide maman à prendre son bain, qui fais le ménage et toutes les courses depuis un an. Non mais je rêve ?

Une larme parvient à s'échapper malgré tout. Heureusement que mon mascara est waterproof.

– Felicity ! crie Margot au rez-de-chaussée. Tu viens prendre le thé ?

– Une minute !

Il me faut bien soixante secondes pour calmer ma respiration et ravaler mes larmes. Il y a cinq portes sur le long palier et j'en profite pour fouiner un peu. Ma chambre est à côté de la salle de bain. Je découvre aussi celle de Margot et la grande chambre d'amis que maman va utiliser. Je me dirige vers la dernière porte. Je pousse et je tire, mais elle est fermée à double tour. Ce doit être un bureau ou le grenier. Je secoue la poignée une dernière fois pour m'en assurer. Oh, une porte fermée à clé a quelque chose d'irrésistible ! Je parie que c'est là que Margot cache les cadavres.

– Qu'est-ce que tu fabriques ?

Pile au bon moment, l'ombre de Margot apparaît en haut de l'escalier. Elle se prend pour Nosferatu ou quoi ?

– Qu'est-ce qu'il y a derrière ? je demande.

– C'est le grenier. Tu n'as rien à y faire.

Point barre. Sauf que maintenant, j'ai encore plus envie d'y aller. Je jette un dernier regard à la porte. Notre heure viendra.

– Le thé est prêt. Viens.

Je suis Margot jusqu'à un salon glauque, où je suis soulagée de voir qu'il y a au moins une télévision. C'est une antiquité qui n'a pas de magnétoscope, encore moins un lecteur DVD, et j'imagine que le câble n'est même pas une option, mais, elle est là, c'est déjà ça. À ce stade, je m'estime heureuse de voir un écran. Les autres meubles (tous marron… pourquoi ?) sont vieux mais sans prétention et fonctionnels. L'ambiance serait peut-être moins déprimante sans les épais voilages qui occultent la lumière. Comme si le décor repoussait activement le bonheur. Au moins, une théière dans un couvre-théière tricoté nous attend sur la table basse, et toute la maison sent bon le pain grillé.

– Voilà, dit Margot en sortant de la cuisine avec un plateau. Il n'y a rien dont une bonne tasse de thé et des toasts ne puissent venir à bout. J'ai fait la confiture moi-même.

Ça a l'air délicieux : le pain est épais et croustillant ; la confiture, violet foncé avec de petits pépins.

– C'est merveilleux. Tu nous gâtes, dit maman, pelotonnée sur le canapé dans une couverture colorée probablement crochetée par Margot.

– Sottises. J'ai fait le pain aussi. Je n'ai pas le luxe d'avoir un supermarché à proximité. Regarde-toi, il faut qu'on t'engraisse.

Le fantôme de son ancien sourire étire les lèvres de maman, qui réplique :

– Comme une dinde de Noël ? Qui l'eut cru ? Ma mère, seule au milieu de nulle part, complètement autonome. Si seulement papa était encore en vie pour voir ça.

Margot s'assied fièrement dans le fauteuil d'en face. Elle porte un pantalon jodhpur et un gilet bordeaux en cachemire par-dessus un chemisier. Elle a laissé pousser ses cheveux. Quand j'étais petite, elle avait toujours une coupe au carré. Maintenant, ses cheveux sont raides et sauvages et elle a arrêté de les teindre, le blond vire désormais au blanc argenté. J'ai vu de vieilles photos d'elle : elle a toujours été saisissante, mais plus belle que jolie. Elle est plus grande que maman et moi, ce qui la rend encore plus flippante. Certains la diraient peut-être sculpturale, ce qui est approprié car elle est froide comme le marbre. Elle l'a toujours été. Je sais qu'elle m'a prise dans ses bras quand j'étais bébé, j'ai vu des photos, pourtant je ne me souviens pas d'un seul câlin.

– J'ai tout ce qu'il me faut, merci bien. Des œufs, des légumes, de la viande et même du lait de chèvre.

J'observe le petit pot rayé à côté de la théière.

– C'est du lait de chèvre ? Beurk.

– Non, c'est du lait de la ferme en bas de la route. Dewi Allen m'apporte un demi-litre tous les jours. Même si le lait de chèvre est parfaitement acceptable.

– Je n'aurais jamais cru que tu finirais ici. J'ai toujours pensé que tu passerais ta retraite sur la Côte d'Azur, dit maman en buvant dans sa tasse ornée d'un dragon gallois.

Effectivement, ça aurait été plus logique. Quelques années plus tôt, Margot vivait encore dans une maison très chic près du parc d'Hampstead Heath à Londres. Tous les matins, même en plein hiver, elle allait nager dans le lac. Je me souviens de grosses épaulettes, d'une chevelure épaisse, d'escarpins bleu électrique et d'une mallette. Quand on allait lui rendre visite le dimanche, je jouais avec grand-père dans le jardin (ils avaient un filet de badminton et un bassin avec des carpes koï orange vif) pendant que maman et Margot prenaient le café sur la terrasse. Après la mort de grand-père, encore un cancer, je devais faire mes devoirs ou lire un livre pour « ne pas déranger Margot ».

Rien à voir avec ma grand-mère paternelle qui, elle, est adorable et me donne un billet à chaque fois que je vais la voir. Mais maintenant qu'on lui a posé sa prothèse de hanche, elle a emménagé chez mon oncle Simon près de la ville de Margate, dans le Kent. On ne l'a presque pas vue depuis que maman est tombée malade.

Et puis il y a quelques années, sur un coup de tête, Margot a pris sa retraite du journal qu'elle éditait et a annoncé qu'elle allait vivre comme une hippie dans un bled au pays de Galles. Je m'étais dit *OK, vas-y. Éclate-toi.*

Margot s'occupe de faire un feu. Je n'ai jamais vécu dans une maison avec une cheminée et je suis fascinée en la regardant mettre du petit bois dans l'âtre puis empiler des bûches.

– Tu es fâchée ? demande-t-elle à maman. Je ne peux rien imaginer de pire que de me ratatiner comme un vieux pruneau avec tous les autres expats. J'ai passé mes trente ans de carrière à rêver d'emménager ici. Ha ! Regarde-moi ça !

Elle met feu à une page roulée du journal auquel elle a consacré sa vie, puis embrase le petit bois.

– C'est poétique.

Je connais déjà la réponse, mais je pose quand même la question :

– Tu as Internet ?

– Pardon ?

Quand a-t-elle quitté le journal déjà ? Ils ne devaient même pas avoir le bas débit à l'époque.

– Tu sais, le Web ? La Toile ? C'est un réseau qui connecte ton ordinateur à ton téléphone pour te permettre d'envoyer des messages aux gens.

Margot éclate de rire.

– Je sais ce que c'est, Felicity. Je ne suis pas gâteuse. Je n'ai pas d'ordinateur et j'espère bien ne jamais revoir une de ces machines infernales.

– Je... j'ai apporté mon ordi portable...

– Fliss, dit maman d'un ton ferme. On verra tout ça plus tard. Est-ce qu'on peut d'abord s'installer tranquillement, s'il te plaît ?

C'est inquiétant de voir maman s'épuiser encore si vite. Son visage vire soudain au gris.

– Désolée, dis-je.

Margot poursuit :

– Tu n'auras pas le temps de t'ennuyer, Felicity. Il y a toujours beaucoup à faire à la ferme et tu commences l'école lundi.

Je me tourne vers ma mère. Beaucoup à faire à la ferme ? Elle me prend pour Perrette la laitière ou quoi ? Et lundi ? On m'avait dit que j'aurais le temps de prendre mes marques d'abord.

– Lundi… ?

Margot répond aussi sèchement que d'habitude.

– Oui. Tu as déjà perdu une semaine. Inutile d'aggraver ton cas, tu as déjà manqué bien assez de cours quand ta mère était à l'hôpital.

La panique forme un nœud au creux de mon ventre.

– Mais je pensais…

– Fliss, c'est pour ton bien, intervient maman. Il faut que tu retrouves une routine.

– Mais je n'ai même pas encore d'uniforme.

Margot se rassied dans son fauteuil et m'adresse un sourire cruel.

– Tu peux en acheter un à l'école. Et ils m'ont dit que tu n'étais pas obligée de le porter le premier jour. Tout est prévu, ma chère, tout est prévu. Avec la maladie de ta mère, j'imagine que ça fait longtemps qu'on ne t'a pas dit non, Felicity Baker. Eh bien, c'est fini tout ça. Compris ?

– Oui.

À cet instant, quelque chose s'embrase dans mon cœur et je réalise que je la déteste vraiment.

Tous les soirs, avant de me coucher, je me peigne les cheveux avec une brosse en écaille de tortue. C'est comme ça que j'ai appris à compter jusqu'à cent. Oui, je suis obsédée par mes cheveux, je sais. D'un brun acajou naturel, ils tombaient jusqu'à mes fesses, mais je les ai coupés à mi-dos quand ça a commencé à faire trop petite fille.

Et aussi parce que Zoë Hinckley m'a dit un jour que je trempais les pointes dans des bactéries de caca à chaque fois que je m'asseyais sur les toilettes.

Je passe le reste de la soirée à organiser ma nouvelle chambre en un semblant d'espace habitable. Pour l'instant, je ne peux pas faire grand-chose pour l'horrible papier peint. On dirait un cauchemar hallucinogène des années soixante-dix digne de Pucci. Il y a gros à parier que Margot n'a rien redécoré depuis qu'elle a acheté la ferme. Comme prévu, la moitié de mes habits vont devoir squatter l'armoire de ma mère.

Edgar, le vieux nounours de maman, est assis sur mon oreiller. Sur ma table de nuit, j'ai posé la photo de mon père. Je sais que ça peut paraître horrible, mais je ne me souviens pas vraiment de lui. Quelqu'un l'a renversé alors qu'il roulait à vélo devant la gare d'Euston et il est mort. J'avais trois ans. De temps en temps, j'ai un flashback… sa barbe… moi sur son dos… mais honnêtement, je ne sais pas si ce sont des souvenirs ou une reconstitution des photos avec lesquelles j'ai grandi. Sur celle-ci, nous sommes au zoo de Londres et je suis perchée sur les épaules de mon père, joues roses et sourire édenté, tandis qu'une girafe mange des feuilles en arrière-plan. Pourquoi est-ce que je ne me le rappelle pas ? J'ai l'air tellement heureuse.

J'ai accroché le portrait de l'autre Margot, Margot Fonteyn, au-dessus de mon lit. C'est un cliché du ballet *Ondine* en 1958 et elle est sur pointes, sa jupe s'élevant en tourbillon derrière elle. Ses doigts sont tendus, élégants. La perfection incarnée. La photo couvre aussi une portion du papier peint. Mais je ne suis pas du genre à couvrir les murs de posters. Je trouve que ça ne fait pas chic.

Quelqu'un cogne brusquement à ma porte; Margot déboule dans ma chambre. Elle laisse une bouillotte rose saumon au pied de mon lit et regarde la brosse dans ma main avec dédain.

– Vanité, lâche-t-elle simplement avant de repartir.

Je ferme les yeux. Si c'est comme ça qu'elle veut jouer, je refuse de réagir.

Je finis mes cent coups, puis je passe dire bonne nuit à maman. Elle s'est déjà endormie, adossée contre plusieurs oreillers, son livre, le dernier Jilly Cooper, sur les genoux. Elle est tellement émaciée que je n'ai aucun mal à l'allonger ; elle ne bouge pas d'un cil. Je mets un marque-page dans son roman, je l'embrasse sur le front et j'éteins la lumière. J'ai déjà fait ça des centaines de fois.

En bas, j'entends Margot ranger poêles et casseroles dans la cuisine. Même s'il est encore tôt, je préférerais me planter un compas dans l'œil plutôt que de descendre passer du temps avec elle. Je décide donc d'aller me coucher. Après mon lit double à la maison, celui-ci est bien trop petit et je n'ai pas la place de me retourner pour me mettre à l'aise. J'ai peur de m'étaler par terre. Je me souviens parfaitement d'avoir lu un jour l'histoire d'une fille qui était tombée du lit dans son sommeil et s'était tuée.

J'ai l'impression de rester éveillée pendant des heures. J'entends Margot monter se coucher, éteignant la lumière sur le palier au passage. J'ai la gorgé nouée, le cœur battant et je n'arrive pas à fermer les yeux. Je mets un moment à comprendre le problème. C'est *trop calme*. Beaucoup trop calme et trop sombre.

La nuit est d'un noir huileux et épais. Je ne vois rien du tout et je commence à paniquer. Pas la moindre lueur ambrée émanant des réverbères, ni de clair de lune dans le ciel trop nuageux. Pas de sirènes hurlantes, ni de livreur de pizza passant devant mes fenêtres en scooter.

Je n'aime pas ça.

Oh, c'est ridicule, je n'ai plus deux ans ! Je n'ai pas peur du noir ! Mais c'est horrible, je ne vois littéralement pas plus loin que le bout de mon nez. Je n'en peux plus. Je sors du lit et j'avance à tâtons, bras écartés, jusqu'à l'endroit où je crois avoir mis mon lecteur CD. J'allume la radio et je fais défiler les fréquences. Enfin, je tombe sur une station locale avec une émission appelée *L'Amour nocturne*.

Les gens peuvent téléphoner pour dédier une chanson à leur femme, leur petit ami ou autre.

« Et la prochain requête… » annonce une voix de femme ne convenant qu'à la radio de nuit ou au téléphone rose, « … nous vient de Ian à Swansea. Il aimerait dédier cette chanson à Candice. "Désolé de travailler si tard, dit-il, je te le revaudrai à Benidorm." Voici *If You Leave Me Now* du groupe Chicago… »

Parfait. Le morceau commence et je baisse le volume pour que personne d'autre n'entende. Je retourne au lit, en me focalisant sur la lueur bleue de l'écran d'affichage. Edgar serré contre mon cœur, je laisse les paroles de la chanson d'amour m'emplir la tête jusqu'à ce que mes paupières se fassent lourdes.

CHAPITRE 2

Je ne sais pas pourquoi je suis surprise que la douche soit pourrie : la pression d'eau est à peu près aussi efficace que si un chaton assoiffé me léchait la tête. Me laver les cheveux va me prendre des heures. Pire encore, la baignoire n'est même pas assez grande pour s'y allonger. Enfin, au moins il y en a une.

Mon petit plaisir préféré est de prendre un bain brûlant avec un gant humide posé sur le front. Je ne sais pas où j'ai trouvé l'idée, mais il n'y a rien de tel pour se sentir comme la reine de Saba. Ici, le décor ne s'y prête pas vraiment. Tout, absolument tout, dans cette pièce riquiqui est vert avocat ; même la housse en fourrure de l'abattant des toilettes.

Ma nouvelle devise : *Ce n'est que pour six mois.*

En revanche, je vais sûrement me réconcilier avec les œufs brouillés et le bacon qui m'attendent quand je descends au rez-de-chaussée. Maman est déjà assise à la table rustique en bois dans la cuisine, Margot virevolte autour d'elle comme un papillon en lui versant du thé.

– Dépêche-toi, Felicity, tu n'es pas à l'hôtel. Ça va refroidir.

– On est dimanche, dis-je en prenant place. Et j'ai mis une heure à me mouiller les cheveux.

– Fliss… lance maman.

Elle a meilleure mine après une bonne nuit de sommeil.

– Merci pour les œufs, dis-je rapidement.

– Fraîchement pondus ce matin. Du thé ?

– Je veux bien.

Margot me verse une tasse. Je remarque que le bec de la théière est ébréché et que toutes les tasses sont dépareillées. Un pot à lait et un sucrier sont déjà sortis. Pendant la maladie de maman, le petit déjeuner consistait en un yaourt et un bol de céréales. Cette nouvelle routine a du bon, même si je refuse de donner à Margot la satisfaction de savoir que je suis impressionnée par ce que cette ferme a à offrir.

Ma curiosité prend le dessus. Après avoir aidé maman à faire la vaisselle, je décide de partir explorer les environs. Après tout, je n'ai jamais vécu dans une ferme – sans blague – et on ne sait jamais, Keanu Reeves m'attend peut-être sur sa moissonneuse-batteuse.

Je sors par la porte de devant et je passe devant la Land Rover garée en plein milieu de la cour. La pluie s'est arrêtée pour le moment, mais de gros méchants nuages pointent au-dessus des collines. Le ciel est tellement immense ici, sans immeubles ni traces d'avions pour l'interrompre. L'air sent le propre, rincé par l'averse nocturne. Londres n'a pas cette odeur fraîche d'eau minérale. Bon, d'accord, je vais peut-être m'habituer à vivre quelques mois sans pollution.

De part et d'autre de l'allée se trouvent les écuries – même si Margot n'a pas de chevaux. Je passe la tête par la porte et je tombe, littéralement, sur une porcherie.

– Ouah, je murmure.

L'enclos est divisé en deux, probablement pour séparer les cochons. Ils sont ÉNORMES. Le mâle, aucun doute là-dessus, est un géant de couleur brun-roux. L'odeur, un mélange d'urine et foin, n'est pas aussi dégueu que je ne m'y attendais.

Au début, je ne vois même pas les porcelets. Ils sont tellement petits, occupés à téter leur mère, qu'ils disparaissent presque.

– Oh ! Trop mignons ! je m'exclame.

– Tu peux entrer si tu veux. Mais ne les laisse pas sortir.

Je n'ai même pas entendu Margot approcher. Je vais devoir lui trouver une cloche à mettre autour du cou. Elle porte un ciré et des bottes de pluie, mais en ce qui me concerne, je ne suis pas habillée pour une porcherie avec mes petites chaussures ouvertes et ma robe chasuble. Cela dit, j'ai vraiment envie de cajoler un bébé cochon.

– Je peux en porter un ?

– Vas-y.

Margot ouvre la moitié inférieure de la porte et j'entre, une main sur le nez.

– Combien de porcelets y a-t-il ?

– Quatre cette fois, je crois.

J'en compte trois.

– Il n'y en a que...

Puis j'aperçois le plus petit porcelet que j'aie jamais vu, pas plus gros qu'un cochon d'Inde, près de l'auge, à demi couvert de foin.

– L'avorton de la portée, dit Margot. Il ne va pas s'en sortir.

– Non !

Je m'accroupis à côté de lui. Il se réveille quand je le caresse. Son petit corps chaud est couvert de poils rêches, un peu comme un chiot.

– Il n'est pas mort.

– Pas encore. Ils en ont toujours plus que nécessaire et la nature suit son cours. La survie du plus fort. La mère ne va pas gâcher son énergie pour lui.

Je refuse de baisser les bras : j'attrape l'avorton et je l'emporte auprès de ses frères et sœurs. Il ne pèse presque rien dans mes mains.

– Allez, bébé. C'est l'heure du petit déjeuner.

Je le blottis contre sa mère, puis je l'encourage à boire. À moitié endormi, il frotte sa tête contre elle mais ne suce pas son pis. Il n'ouvre même pas les yeux.

– Je te l'ai dit, Felicity, il n'y a rien à faire. Arrête de perdre ton temps avec des choses inutiles et viens m'aider avec ta mère.

Je me redresse et toise Margot de mon plus beau regard de diva. Comment ose-t-elle... A-t-elle la moindre idée de ce qu'on a vécu ces dernières années ?

– Tu sais, pendant que tu étais ici à jouer à la fermière, c'est moi qui ai nettoyé le vomi de maman et tenu sa main pendant sa chimio.

Je voulais la blesser, mission accomplie : l'espace d'une seconde, elle vacille. Sauf que c'est aussi la vérité.

– Elle va mieux maintenant. Elle n'a pas besoin d'aide, dis-je.

Margot reprend contenance.

– Ça a dû être très éprouvant.

Pas exactement les excuses que j'espérais. Oui, c'était « éprouvant ». C'est rien de le dire. Mais maintenant, Dieu merci, c'est terminé. Je regarde tristement le petit cochon.

– Ce n'est qu'un bébé. On ne peut vraiment pas l'aider ?

Elle secoue la tête.

– Felicity... c'est la vie.

Je ne supporte pas de regarder ce pauvre porcelet mourir sans rien faire. Je passe devant Margot.

– Ouais, c'est ça.

Comme je refuse de pleurer devant elle, j'essaye de prendre un air indifférent. J'inspire un bon coup avant de traverser la cour en direction de l'enclos où se trouvent les moutons et la chèvre, mais il n'y a rien de mignon à voir là-dedans. Enfin, j'imagine qu'il y aura des agneaux au printemps.

Et maintenant ? Je suis l'allée parsemée de mauvaises herbes qui contourne la maison et j'arrive dans le jardin de derrière. Le potager est séparé en deux par un chemin. Chaque carré de légumes est méticuleusement étiqueté : carottes (plantées le 23.08), radis, patates, choux-fleurs, panais. Il y a des tipis en bambou pour les pois et les haricots à côté du poulailler –, un petit abri sur pilotis, sûrement pour protéger les poules des renards.

C'est tellement bizarre. Mes souvenirs de Margot sont flous parce que, durant la majeure partie de mon enfance, elle passait son temps à travailler et allait de déjeuners en soirées. Quand nous passions le week-end à Hampstead Heath, grand-père jouait avec moi dans le jardin pendant que Margot, au téléphone, criait des instructions à ses larbins du journal. Comment s'est-elle retrouvée ici, à patauger dans la boue, avec du fumier sous ses ongles autrefois parfaitement manucurés ? Grand-père est mort en 1988, il y a presque dix ans, donc je doute qu'elle soit encore en deuil.

Au bout du jardin se trouve une arche en treillis, croulant sous des plantes grimpantes et des rosiers. Je passe dessous et je découvre un deuxième jardin magnifique, bien qu'envahi par les mauvaises herbes : une roseraie secrète, retirée du reste du monde. Tout d'un coup, j'ai l'impression d'être dans les pages mode de *Vogue*. Des roses couleur crème aux pétales de velours commencent à faner, ridées et marron sur les bords, pourtant l'effet est plutôt cool, vintage. Une balançoire cassée pendouille d'un pommier, les cordes aussi pourries que les pommes qui jonchent les broussailles. Mais le potentiel est là : il y a même un joli banc en fer forgé où je pourrais m'asseoir pour lire *Cosmo*. Des moucherons tournoient dans l'air, un papillon blanc volette devant mon visage.

Et si Margot ne connaissait pas cet endroit ? Ça pourrait être mon refuge secret. Au loin, j'entends le doux clapotis d'un ruisseau.

Prudemment, je foule les mauvaises herbes jusqu'à trouver un vieux portail branlant. Je force le loquet rouillé en prenant garde aux orties et aux roseaux à plumes presque aussi grands que moi. Le jardin débouche sur un sous-bois qui descend en pente douce jusqu'à une forêt épaisse. Je regarde par-dessus mon épaule en direction de la maison, comme pour vérifier que Margot ne m'observe pas. Si c'était un film d'horreur, je serais en train de crier à l'héroïne de faire demi-tour, mais il est midi, on est dimanche ; franchement, qu'est-ce qui pourrait m'arriver ?

J'avance de quelques pas. Les arbres bruissent et tremblent. Je frissonne à mon tour. Je tends l'oreille pour localiser le ruisseau.

Felicity…

Ça paraît dingue, mais je jurerais entendre mon nom, très doucement, sur la brise.

Felicity…

Je fais quelques pas supplémentaires. Des branches noueuses s'enroulent les unes autour des autres, formant une sorte de bouche prête à m'avaler dans les bois. À l'intérieur, la lumière est d'un vert émeraude. Je sens une odeur d'ail sauvage (dégueu) et de chèvrefeuille (délicieuse).

Felicity…

Je l'entends à nouveau. Quelqu'un a dit mon nom, j'en suis sûre. Je frissonne. La voix n'est pas menaçante, plutôt… attirante.

J'entre dans le sous-bois.

– Felicity !

OK, cette fois je ne rêve pas. Je tourne la tête : Margot est plantée au niveau du portail, les mains sur les hanches comme un sergent-major.

– Que diable fabriques-tu ?

Je hausse les épaules, penaude.

– Je voulais juste voir le ruisseau.

– Habillée comme ça ? réplique-t-elle avec un *tss* de désapprobation. Ne sois pas bête, tu vas te rompre le cou. Rentre.

Je remonte le chemin en traînant les pieds. Margot m'arrête au portail.

– Ne va jamais dans la forêt toute seule. Ce n'est pas prudent.

– Comment ça ? je demande en repensant à la voix éthérée que j'ai cru entendre.

– Comme je te le dis. N'entre pas dans les bois.

Elle n'ajoute rien d'autre. Je suis intriguée. Effrayée, mais intriguée.

CHAPITRE 3

En débarrassant la table après le dîner, je trouve un biberon géant sous l'évier de la cuisine. Immédiatement, je pense au petit cochon.

– À quoi ça sert ?

Margot me regarde par-dessus ses lunettes en demi-lune. Ses mains ridées couvertes de graisse bricolent un groupe électrogène.

– Il faut élever certains agneaux au biberon. Pourquoi ?

– Je peux nourrir le porcelet ?

– Felicity, ça ne sert à rien, dit-elle en levant les yeux au ciel. Une fois qu'une truie a rejeté son petit, il est condamné.

– S'il te plaît ?

– Oh, Margot, laisse-la faire. Ça ne coûte rien d'essayer, intervient maman, assise à table.

Sa perruque est légèrement de travers.

Sur le point de protester, Margot se mord la langue. Impossible de dire non à une victime de cancer, même en rémission.

– Très bien, mais ne viens pas te plaindre quand il mourra.

Pourquoi est-elle toujours aussi dure ? Sérieusement, c'est quoi son problème ?

– Je ne me plaindrai pas, dis-je d'un ton de défi avant d'attraper le biberon et de dévisser le bouchon. J'utilise juste le lait du frigo ?

– Tss-tss, fait Margot. Si tu veux le tuer plus vite, oui.

– Margot… gronde maman.

Margot souffle par les narines comme si elle était épuisée et s'essuie les mains sur un chiffon.

– Les cochons ne digèrent pas le lait de vache. Tu peux soit traire la truie, soit utiliser le lait de chèvre. Ça fera l'affaire. Si tu veux bien faire les choses, Felicity, fais attention à le garder au chaud sous une lampe à chaleur et donne-lui du fer pour booster son système immunitaire.

Bon, c'est plus de travail que prévu, mais peu importe. Ça vaudra le coup si j'arrive à le sauver.

– D'accord. Tu as une lampe à chaleur ?

Tandis que Margot va chercher sa lampe de mauvaise grâce, je remplis le biberon de lait de chèvre, puis je me dirige vers la porcherie. En entrant, je prie pour que le pauvre petit ne soit pas déjà mort. Une fois encore, je le trouve à l'écart, à moitié écrasé sous la truie.

– Oh, mon pauvre. Tes frères et sœurs sont vraiment méchants.

Je traverse prudemment l'enclos pour récupérer la malheureuse créature. Mon talon s'enfonce dans quelque chose que je ne vois pas – et que je ne veux pas voir. Beurk.

Indécise, je m'agenouille dans le foin pour le prendre sur mes genoux. Il bouge faiblement, mais on dirait que toutes ses forces quittent son corps ; il ne prend presque pas la peine de se débattre. Je le berce comme un bébé et je presse le biberon contre sa bouche.

– Allez, bidule. Mange !

Sans me laisser décourager, je force la tétine dans sa bouche. Le porcelet crachote et du lait dégouline sur mes cheveux. Bon sang, qu'est-ce que c'est horrible. J'essaye à nouveau. Cette fois, on dirait qu'il avale.

– Bravo ! C'est bien, mon petit !

Margot entre avec fracas en portant une grosse lampe argentée.

– J'arrive pas à croire que je m'embête à faire ça.

– Regarde, il boit ! dis-je d'un ton triomphant. Comment s'appelle-t-il ?

– Je ne leur donne pas de nom.

Le porcelet pousse son museau contre moi.

– C'est idiot. Je vais leur en donner, moi.

– Felicity, c'est une très mauvaise idée. Il ne faut pas que tu t'attaches à eux.

J'ignore le conseil de Margot.

– Toi, dis-je au petit cochon dans mes bras, tu ressembles à une cacahouète. Cacahouète le cochonnet !

Margot marmonne quelque chose dans sa barbe en branchant la lampe. Je fais mine de ne pas l'entendre et continue à nourrir Cacahouète.

Qui a besoin d'un réveil quand il y a un coq à proximité ? L'affreuse bestiole se met à chanter dès le lever du soleil, à cinq heures du matin. Je fourre ma tête sous mon oreiller, mais j'entends Margot se lever et descendre d'un pas lourd.

Et me voilà suis réveillée pour de bon. Premier jour d'école. Je ne peux plus l'éviter et j'avoue, je suis nerveuse. Si seulement j'étais encore à St Agnes. J'imagine Tiggy, Marina, Booey et Livs, toutes excitées de se retrouver après les vacances. Je me demande si elles vont parler de moi. Je fréquente cette école depuis que j'ai onze ans et tous les profs m'aiment. M. Greenaway a dit un jour que je ferais une bonne préfète. J'espère que personne ne va prendre ma place avant que je ne revienne à Londres.

Après ma douche, je prends le temps de sélectionner la parfaite tenue pour faire bonne impression. Je veux quelque chose qui montre que je viens de Londres, que je suis à la pointe de la mode, quelque chose qui crie que je ne sors pas de la campagne galloise. Je choisis une simple petite robe noire avec des chaussettes d'un blanc éclatant montant jusqu'aux genoux et mes chaussures à brides. Je complète la tenue par un serre-tête et une bouffée d'eau de toilette *CK One*. Parfait.

J'imagine un nouveau film. Dans celui-ci, je rencontre un groupe de pauvres villageoises opprimées et je les aide à s'émanciper grâce au pouvoir de la mode. J'irais carrément voir ça au ciné.

Nauséeuse, mais bien décidée à ne pas le montrer, je descends au rez-de-chaussée. Une fois encore, un festin m'attend sur la table de la cuisine. Pas étonnant, vu que Margot est debout depuis l'aube. De la confiture de fraise, du *lemon curd*[1], de la gelée... le tout fait maison.

Maman, l'air fatigué, tient une tasse de café noir entre ses mains ; elle a dû se lever tôt exprès pour moi et n'a pas pris la peine de mettre sa perruque. Son crâne est encore visible sous le duvet de cheveux qui commence à repousser. Je n'aime pas quand elle ne porte pas sa perruque. Elle ressemble encore à une patiente atteinte de cancer. Avec un frisson, je revois l'époque où je trouvais des touffes entières de cheveux bruns entre les coussins du canapé, sous le tapis, dans la bonde de la baignoire. Partout.

– Maman, tu devrais retourner au lit. Tu as une mine affreuse.

– Trop aimable. Je voulais te souhaiter bonne chance pour ton premier jour de cours !

– Merci.

Mon ventre gargouille. Je change de sujet.

– Où est Margot ?

– Dehors, en train de collecter les œufs. (Maman repose sa tasse.) Fliss...

– Quoi ?

– Tu vas t'habituer, je te le promets. Ne te complique pas la vie, d'accord ?

– Oui, oui.

1. Crème de citron typiquement anglaise (toutes les notes sont de la traductrice).

– OK… dit-elle d'un ton peu convaincu. J'ai une idée. Margot et moi allons à Llanmarion aujourd'hui. Et si je me renseignais sur les écoles de danse ?

Je secoue la tête.

– Non.

– Oh, allez, Fliss. Tu n'as pas dansé depuis des années… pas depuis… Enfin, ce serait le bon moment de t'y remettre.

– J'ai pas envie.

J'ai bien conscience de mon ton pleurnichard. La danse classique semble remonter à une autre vie. Une vie précancer. J'ai du mal à croire que c'était la mienne.

– Pourtant tu aimais tellement ça !

– J'aimais aussi les jouets Mon Petit Poney. Je suis trop vieille pour la danse classique.

Maman a l'air de sentir que la bataille est perdue d'avance.

– D'accord. Mais tu gâches ton talent.

– Je ne crois même pas que je pourrais en refaire. Je suis trop grosse maintenant.

– Felicity Baker ! Quel ramassis de conn…

Margot fait irruption dans la pièce par la porte de derrière, jetant une longue ombre sur la table.

– Alors, sur le plat, brouillés ou pochés ?

– Je n'ai pas faim, dis-je.

– N'importe quoi ! Le petit déjeuner est le repas le plus important de la journée. Ton cerveau ne peut pas travailler avec le ventre vide.

Maman renchérit :

– Fliss, tu ne vas pas à l'école sans avoir mangé.

– D'accord, d'accord. Je vais prendre un bout de pain. (J'attrape une tranche et je m'écarte de la table.) Il faut que j'aille nourrir Cacahouète avant d'aller en cours.

Dès que je suis dehors, je balance le pain dans les arbres.

Chapitre 4

Après avoir nourri Cacahouète – qui est encore en vie –, je refuse qu'on me dépose à l'école en voiture. Il faut que j'apprenne à me déplacer seule dans ce trou, ou je serai coincée à la ferme et dépendante du bon vouloir très relatif de Margot jusqu'à la fin des temps. Le lycée Ysgol Maes-y-Coed (je peux à peine le prononcer et encore moins le traduire – c'est du gallois, bien sûr) se trouve à une vingtaine de minutes de là. Margot m'a informée qu'un bus scolaire faisait le tour de la vallée pour ramasser les enfants paumés dans leurs fermes et hameaux.

J'ai appris récemment que c'étaient Margot et grand-père qui m'avaient offert mon éducation à St Agnes, à Londres. J'avais toujours cru que maman payait mes frais de scolarité, mais elle n'a pas travaillé depuis des lustres et, de toute façon, je n'ai pas la moindre idée de ce que peut gagner une productrice de télévision. Il y a bien une école privée dans le coin, sauf qu'elle est à une heure de route et ne fait pas internat. Quelle déchéance !

La question des garçons me traverse l'esprit. Je n'ai jamais mis les pieds dans une école mixte. Il paraît qu'en bande, les garçons sont des créatures bruyantes et malodorantes qui ressemblent fortement à des chimpanzés. Enfin, j'espère quand même que certains seront mignons.

Le bus, vert et triste comme ceux qui emmènent les vieux à leur club du troisième âge pour la journée, arrive à l'arrêt. Je vérifie qu'il va à la bonne école avant de monter. C'est immonde, l'intérieur sent les pets de vieilles avec des relents de chou. Quand j'essaye de payer en liquide, le chauffeur m'explique qu'il faut que je récupère une carte à l'accueil du lycée. Trop d'informations d'un coup. Le chauffeur fait une embardée et je trébuche dans l'allée.

Heureusement, il n'y a qu'un seul témoin de ma maladresse : un géant assis à la dernière rangée qui prend presque toute la place. Il n'est pas gros, juste énorme, comme un humain de taille normale qu'on aurait agrandi de cent cinquante pour cent à la photocopieuse. J'ai mon premier aperçu de l'uniforme de Maes-y-Coed : un sweat bleu marine et un polo blanc. On est loin du blazer et de la jupe plissée de St Agnes que j'ai toujours trouvés plutôt adorables, très pensionnat anglais.

Je m'assieds au troisième rang et lisse ma jupe de la main. J'ouvre ma sacoche pour en sortir le *Vogue* de ce mois-ci. Amber Valletta, la célèbre mannequin, me sourit sur la couverture, qui annonce « le RETOUR des minijupes ! ». Avec ça, je suis sûre d'envoyer un message très clair aux curieux. Mais je me demande si je vais réussir à trouver *Vogue* par ici.

Je suis tellement absorbée par un article sur « le nouveau tailleur » que je ne remarque même pas que le géant s'est glissé sur le siège derrière le mien.

– Alors, dit-il avec un accent gallois très prononcé. T-t-tu d-d-dois être la p-p-petite-fille de M-Margot.

Oh, non… je ne supporte pas les gens qui bégaient. Ils me font toujours pitié. C'est comme quand je vois un aveugle avec une canne blanche ou un chien-guide. J'ai toujours envie de pleurer pour eux.

– C'est moi. Je m'appelle Felicity Baker. Fliss.

Au moins, St Agnes m'a appris l'importance des bonnes manières. Je serre sa main de la taille d'une patte d'ours.

– Dewi Allen. Enchanté.

Il porte lui aussi du *CK One*. Évidemment.

Pourquoi son nom me rappelle-t-il quelque chose ?

– Le laitier ?

Il sourit. Ses dents de devant sont légèrement espacées.

– Je suis Dewi Allen Junior. C'est m-mon père qui possède l'exploitation laitière. Je l'aide, genre, le week-end.

Je me replonge dans mon magazine.

– Qu'est-ce que tu lis ?

– *Vogue*.

– Ma mère le lisait des fois. Un magazine cochon, si tu veux mon avis, avec toutes ces filles à poil.

Je referme le magazine et me tourne vers lui.

– Et comment le sais-tu ?

Il rougit et hausse les épaules. Je me sens un peu coupable.

– Quoi qu'il en soit, ce n'est pas de la pornographie, c'est de la haute couture. Grosse différence.

Il sourit.

– Je ne savais pas qu'il y avait différents types de tétons.

Je ne peux retenir un éclat de rire. Pour quelqu'un d'aussi imposant, il a quelque chose d'inoffensif. J'avoue, son accent chantant y est sûrement pour beaucoup. Le bus s'arrête pour récupérer d'autres élèves, certains plus jeunes, d'autres plus vieux. Dewi en profite pour me signaler les boutiques locales et autres attractions peu attractives. En traversant Llanmarion, on passe devant un boulanger, un boucher, une salle de bingo et une salle de billard, la grand-place, la salle des fêtes, un centre sportif affreusement déprimant (je sens le chlore d'ici), sans oublier l'incontournable mine de charbon désaffectée typique du pays de Galles.

Bon, c'est vrai qu'il est encore tôt, mais l'endroit fait vraiment ville-fantôme. Abandonné. Des pissenlits poussent entre les fissures du trottoir comme si la nature reprenait lentement possession des lieux après une guerre. Dewi m'explique que la mine était autrefois le cœur de Llanmarion : presque tous les hommes de la ville qui n'étaient pas fermiers y travaillaient. Maintenant qu'elle est fermée, ceux qui sont trop vieux pour se reconvertir passent leurs journées à boire et à fumer en attendant la mort. Et d'éventuelles compensations financières pour leurs troubles respiratoires. Je ne savais rien de tout ça. Pas étonnant que l'endroit semble si gris et morose.

L'école est aussi triste que la ville. Lorsque le bus s'arrête sur le parking, je découvre de misérables bâtiments recouverts de crépi avec des fenêtres carrées noires. Dans les années soixante, ça devait être à la pointe du design ; à présent on se croirait dans une vieille usine toute sale.

Je descends du bus, prête à me présenter à l'accueil.

– Tu veux que je te m-m-m... (Dewi s'interrompt, cligne des yeux et se reprend.) ... montre où aller ?

– Non, ça va. Je vais me débrouiller. Mais merci.

– M-monte juste cet escalier et avance jusqu'à la porte en verre.

Deux autres mecs approchent d'un pas nonchalant. Des amis de Dewi, je parie. Évidemment, aucun n'est aussi imposant que lui : l'un est grand et mince comme un cure-pipe ; l'autre, petit et rondouillard.

– *Bore da*[2], Dewi, dit le trapu.

– Salut, *butt*[3], répond Dewi. Rhys et Matthew, je vous présente... Fliss, la petite-fille de Margot Hancock.

Un autre bus s'arrête, plus grand celui-ci. Les portes s'ouvrent dans un sifflement et un troupeau bavard d'élèves en descend.

– Ah, de la ferme *Marie Morgane*, oui ? demande Rhys, le filiforme.

– C'est moi.

---

2. « Bonjour », en gallois.
3. « Ami, pote, mec ».

– Elle me fait flipper cette ferme, lance celui qui répond au nom de Matthew. Tu sais ce qu'on dit sur *Marie Morgane*, pas vrai ?

Dewi lève les yeux au ciel.

– Matthew, ne lui mets pas ces bêtises en tête.

– Non ! je proteste. Vas-y, raconte, que dit-on ?

– Oh, elle cause bien, hein ! intervient Rhys.

– Tu sais ce que sont les Marie Morgane, non ? demande Matthew. (Je secoue la tête.) Ce sont des sortes de fées qui vivent sous l'eau. Elles ont la peau argentée et des yeux noirs. Elles entraînent les hommes au fond des eaux pour les noyer.

– C'est juste... une vieille légende galloise, dit Dewi avec mépris. Ne f-fais pas attention à lui. Et de toute façon, tout le monde sait qu'elles sont vertes.

– C'est vrai, *butt* ! C'est même pour ça que Margot a changé le nom de la ferme. Tout le monde ici est au courant pour les Marie Morgane dans la rivière.

Je sais que c'est complètement ridicule, mais mon cœur se met à battre plus vite. Des fées qui vivent sous l'eau ? Des sirènes ? N'importe quoi ! En même temps, je ne peux pas ignorer les voix, les murmures que j'ai entendus dans la forêt. C'est arrivé avant même que je sache ce qu'était une Marie Morgane, avant que je sache que Margot avait rebaptisé la ferme.

– Ça va, Fliss ? demande Dewi.

– Oui, désolée, j'étais ailleurs. Il faut vraiment que je trouve l'accueil.

– Matthew, espèce de con, regarde ce que tu as fait !

– Non, vraiment, ça va ! dis-je avec un sourire jaune. Ça m'étonnerait vraiment que des fées des eaux vivent sur la ferme de ma grand-mère !

Je remarque alors un trio de filles hyperflippantes qui traînent derrière Dewi. Elles portent toutes leur uniforme de la même manière : les manches retroussées, le col relevé et une jupe en Lycra très moulante avec des bottines compensées. Si c'est ça, mes nouvelles amies à relooker, y a du boulot. L'une d'elles tend la main et tape Dewi sur l'épaule. Elle a deux mèches teintes en blond sur le devant, du crayon à lèvres marron avec du rouge à lèvres pâle. Un choix… osé, disons.

– *Bore da*, Dewi.

– Oh, salut, M-Megan. Comment ça va ?

– Ça roule. (Elle m'observe de ses yeux bordés d'eye-liner noir qui semble avoir été appliqué au marqueur.) Qui c'est, ça ?

– Salut, dis-je en tendant la main. Fliss Baker. Je viens d'emménager dans la ferme *Marie Morgane*.

– Bonjour ! s'exclame-t-elle avec une parodie d'accent anglais. Bienvenue aux pays de Galles, Votre Majesté !

Derrière elle, ses amies pouffent : une fausse blonde avec des sourcils ressemblant aux virgules de Nike à l'envers et une Black aux cheveux en forme d'ananas.

Évidemment, je fais mine de rien. Au moins maintenant, je sais qui éviter.

– Merci. Pour l'instant, tout se passe merveilleusement bien. La ferme est magnifique.

– Tout comme ta tenue, dit Megan avec un sourire narquois.

– Megan… intervient Dewi, mais il n'a pas l'air très sûr de lui.

Un petit truc que j'ai appris à St Agnes pour faire face aux pestes dans son genre : plus Megan est horrible, plus je serai gentille. Je ne me laisserai pas démonter.

– Eh bien, c'était super de vous rencontrer mais il faut vraiment que j'aille voir où je suis censée aller ! À plus !

Je souris à la ronde, fais volte-face et m'éloigne.

– Pourquoi elle s'est habillée comme ça ? demande la fille–ananas alors que je suis encore largement à portée de voix.

– Elle ressemble à la fille de la famille Addams, vous trouvez pas ? lance Megan, et ses deux acolytes hurlent de rire.

Pas exactement l'impression que je voulais donner. Je tressaille, mais je continue d'avancer, la tête haute, en faisant semblant de n'avoir rien entendu.

Une gentille dame du nom d'Yvonne qui travaille à l'accueil me fait faire le tour des lieux. Elle a des cheveux bordeaux touffus et des lunettes rouges. Il fut un temps, elle devait être très glamour, mais à présent, le nuage persistant de *Poison* de Dior qui la suit est le dernier vestige de cette époque révolue.

Elle me parle de la grande rivalité avec l'école en langue galloise de l'autre côté de la ville. Malheureusement, je suis tellement dépassée que la majeure partie de ce qu'elle me dit entre dans une oreille et ressort par l'autre. De toute évidence, je vais être complètement larguée.

– Ma biche, ton uniforme a été payé par ta *naini* [4], tu pourras venir le chercher à la fin de la journée.

– Est-ce que je pourrais le mettre tout de suite ?

Yvonne a l'air un peu surprise.

– Oh, bien sûr. Si c'est ce que tu veux ! Viens donc, ma biche, on va trouver ta taille.

Je choisis un sweat, un tee-shirt et une jupe, et je vais me changer dans les toilettes. L'uniforme est informe et il n'y a rien à faire pour atténuer son côté flambant neuf. J'ai tout autant l'air d'une nouvelle que dans mes propres vêtements. Évidemment, j'ai gardé mes chaussettes hautes et mes chaussures. Pas question de changer de style juste parce qu'il ne plaît pas à quelques campagnardes. Qu'est-ce qu'elles en savent de toute façon ? Non, Ginger Spice, alias Geri Halliwell des Spice Girls, n'est pas une icône de mode !

Je laisse mes propres vêtements dans un sac derrière le bureau d'accueil pour ne pas avoir à les traîner toute la journée et Yvonne m'imprime un emploi du temps.

– Tiens, ma biche. Maintenant, dépêche-toi, ou tu seras en retard pour ton premier cours.

Mon premier cours, c'est maths en E14.

– Monte l'escalier et n'oublie pas, on marche toujours dans le sens des aiguilles d'une montre dans le bâtiment E.

---

4. « Grand-mère ».

Tellement de règles idiotes à apprendre... Heureusement que j'ai la tête qui tourne : pas le temps de me sentir nerveuse ou perdue. Je me dépêche de monter pile au moment où la cloche sonne. Les portes des salles de classe s'ouvrent, les élèves déferlent dans les couloirs. Soudain, je comprends la règle du sens de la marche. Je ne peux que me laisser porter par le courant et voir où il va m'emmener. Je parviens à m'en extraire pour me glisser dans la salle E14. Le prof n'est pas encore arrivé et mes nouveaux camarades, déchaînés, se pourchassent en se bombardant de missiles. Ça ne serait jamais arrivé à St Agnes où nous devions faire la queue en silence dans le couloir jusqu'à ce qu'un enseignant nous laisse entrer.

Au fond, je vois Megan et ses affreuses copines, assises sur les tables et faisant des bulles de chewing-gum. La grande classe. Je ne vois pas Dewi, ce qui est bien dommage – du coup, je ne peux dire bonjour à personne. Je m'assieds discrètement sous la fenêtre au premier rang, loin du chaos, et je sors *Vogue* de mon sac. Je feuillette avec plaisir la rubrique « Accessoires » quand je prends conscience qu'on m'observe. À l'autre bout de la salle se trouvent une fille aux cheveux cuivrés couverte de taches de rousseur ainsi qu'un très beau garçon d'origine asiatique avec un rideau de cheveux lisses.

Ne sachant pas trop pourquoi ils me scrutent aussi intensément, je me replonge dans mon magazine. Oh, qu'est-ce que je ne donnerais pas pour une paire de sandales Miu Miu en cuir verni... Du coin de l'œil, je m'aperçois que le garçon asiatique me fait signe en pointant mon magazine du doigt. Je ne comprends pas. Il se moque de moi ? Ou bien il veut voir ce que je lis ? Je lui montre la couverture. Il lève les yeux au ciel et gesticule, glissant ses mains sous sa table. Maintenant, je suis vraiment perdue. Je hausse les épaules. Au même moment, quelqu'un m'arrache le magazine.

– Hé ! je proteste.

Un homme au visage impassible avec des dents jaunies tachées de nicotine me toise.

– Les magazines ne sont pas autorisés à l'école. Juste les livres.

– Mais… je… C'est mon premier jour. Je… je ne savais pas.

J'entends un ricanement par-dessus mon épaule. Inutile de me retourner pour savoir qu'il s'agit de Megan et ses acolytes.

Le professeur enroule mon *Vogue* et le glisse sous son aisselle auréolée de sueur.

– Dans ce cas, tu pourras le récupérer à la fin du cours.

Je comprends à présent que les deux au premier rang essayaient de me prévenir. Je me tourne vers eux et je les vois m'adresser un sourire compatissant. Je leur rends un demi-sourire.

La matinée se déroule sans incident, même si je passe la récré à remédier au fait qu'on m'a inscrite en musique plutôt qu'en études théâtrales (je n'ai pas du tout l'oreille musicale).

Le temps que je récupère un nouvel emploi du temps, c'est l'heure du cours de français.

À la pause-déjeuner, je me rends compte que j'ai commis un autre impair en apportant de l'argent pour acheter à manger. Je comprends vite pourquoi la cantine est presque déserte. Des bacs en acier inoxydable contiennent deux sortes de gadoues marron, censées être du chili et du curry de légumes. Elles bouillonnent comme des marécages pleins de gaz. Presque tout le monde a apporté un pique-nique ; seuls les élèves ayant droit à des repas gratuits sont assis aux tables de la cafèt'.

Heureusement, il y a un distributeur de sandwichs et de boissons : j'attrape un jambon-fromage et une bouteille d'eau. Dieu seul sait comment, mais je ne vois pas Dewi avant de percuter son torse qui m'arrive à hauteur de visage.

– Oh, oups, désolée ! dis-je.

– Désolé. Je suis vraiment pas doué. Comment ça va ?

– Pour l'instant, tout va bien. Tu me cherchais ?

Dewi hausse les épaules.

– Oh non.

Trop gênant.

– Je suis censé r-retrouver Rhys ici.

– Oh. Ne me dis pas que tu es venu pour la nourriture.

– Ha ! Personne ne mange ces trucs. Je ne sais même pas ce que c'est censé être !

– Oui, demain j'apporterai un sandwich.

Et sur cette remarque percutante, je prends conscience que je n'ai rien d'autre à dire à Dewi Allen Junior. On se tient à peine à un mètre l'un de l'autre, à côté du bar à salade.

– Oui. Un sandwich.

– On ne peut pas se tromper avec un sandwich.

Je n'ai même pas d'excuse pour m'en aller.

– Ah, regarde, Rhys est là !

Dewi a l'air aussi soulagé que moi.

– Cool. On se verra peut-être dans le bus, alors.

– Oui, carrément. À plus tard.

Je ne sais pas où je vais mais il faut que je m'éloigne de cette odeur de bouffe liquide marronnasse.

Après le déjeuner, je décide d'affronter les toilettes pour filles du bâtiment A. J'ai peur de ce que je vais trouver et j'ai raison. On se croirait dans les toilettes d'une gare routière. L'endroit pue la fumée et la pisse et les murs sont couverts de graffitis vieux de dizaines d'années. Qu'est-ce que je préfère : une porte qui ferme à clé, un abattant qui tienne ou du papier toilette ? Apparemment, les trois à la fois, c'est trop demander.

Après avoir terminé mes petites affaires sans toucher la lunette des WC, je sors et découvre Megan et ses amies qui m'attendent devant les lavabos. Un trio de gargouilles. Elles me bloquent la sortie et il n'y a aucun autre témoin.

Super. Il ne manquerait plus que je prenne feu ou que je chope la rage pour couronner cette belle journée.

– Salut Megan, dis-je d'une voix mielleuse.

– Tu te prends pas pour de la merde, hein ? réplique Megan en plissant les yeux.

Avec des sourcils normaux et un meilleur maquillage, elle pourrait être vraiment jolie.

– Non, pas du tout.

J'essaye de me diriger vers le lavabo, mais la fille–ananas me bloque le passage.

– Excuse-moi.

– Laisse-la laver ses petites mains délicates, Rhiannon.

C'est Megan qui fait la loi. Rhiannon se décale.

– Merci.

– Ne t'approche pas de Dewi Allen, dit la blonde. Il sort avec Megan.

Vraiment ? Ce n'est pas du tout l'impression que j'ai eue.

– OK.

Megan envahit mon espace vital et je suis obligée de reculer dans le coin le plus éloigné de la porte. Elle sent à plein nez les cigarettes mentholées et le déo à la vanille qu'elle a utilisé pour tenter de masquer l'odeur.

– On t'a vue flirter avec lui à la cantine.

Je ne devrais pas discuter, ça ne fera qu'empirer les choses, mais je ne peux pas m'en empêcher.

– Je n'ai pas flirté, je lui ai parlé. C'est tout.

– Arrête ton char ! On t'a vue, tu avais tes mains sur lui.

– Megan, je ne l'ai rencontré que ce matin. Il n'y a rien entre nous, promis.

– Tant mieux ! dit-elle avant de reculer. Parce que tu sais ce qui arrive aux petites garces anglaises qui viennent ici et commencent à toucher les copains des autres ?

Je ne réponds pas.

– On lui montre ? demande Rhiannon.

Megan sourit.

– Cerys, garde un œil sur la porte, OK ?

Je sens mon cœur tambouriner sous mon crâne. Tous mes muscles, tétanisés, me crient de sortir de là, tout de suite, mais je ne peux pas.

– Megan, qu'est-ce que tu fais ?

Ma voix est soudain aussi faible qu'un miaulement de chaton.

– Tu as beaucoup de cheveux, hein ? Mais ils ont l'air un peu sales. Tu ne crois pas qu'elle devrait les laver, Rhi ?

– Ouaip.

Et avant que je ne puisse faire le moindre geste, elles fondent sur moi. Elles me percutent, puis tentent de me repousser vers les toilettes. Je m'agrippe à l'encadrement de la porte, mais Megan me martèle les bras de coups de karaté jusqu'à ce que je cède. Je tombe en arrière et mes fesses touchent la lunette des WC avant qu'elles ne me poussent complètement par terre.

Je croyais que se retrouver la tête dans les toilettes était un mythe, une légende urbaine pour faire peur aux première année. Apparemment non.

– Megan ! Non !

Elles ont du mal à manœuvrer dans cet endroit exigu. J'essaye de me glisser sous la cuvette, ce qui est toujours mieux que de plonger dedans. Elles essaient de me retourner. Rhiannon m'attrape par les cheveux et me hisse vers l'abattant. Le sol est humide, poisseux et jonché de feuilles de papier toilette. Ça pue et je vois des mégots de cigarette flotter dans l'eau jaunâtre. Je me cramponne au rebord.

– Megan, arrête !

– Quelqu'un arrive ! lance Cerys.

Rhiannon me lâche immédiatement.

– Sauvée par le gong, hein, grince Megan. La prochaine fois peut-être. T'approche pas de Dewi, compris ? Ni de nous.

Sans ajouter un mot, elles sortent. Je ravale mes larmes en me redressant. Je refuse de pleurer. Si je pleure, elles ont gagné. Je serre les dents jusqu'à ce que l'envie passe. Puis je m'examine. Dieu merci, je crois que rien n'a fini dans la cuvette.

Pas question de rester ici. Je ne survivrai pas six mois dans cette école. Impossible. Je plante mes ongles dans mes paumes et je regarde mon reflet dans les yeux. Je rentre chez moi.

Après la sonnerie à trois heures et quart, je vais récupérer mes vêtements auprès d'Yvonne, puis je me dirige vers le minibus. Dewi est assis à la dernière rangée, comme ce matin. Je ne sais pas si Megan et ses yeux qui voient tout me regardent, mais, alors qu'il me lance un sourire affable, je m'installe ostensiblement tout devant, derrière le chauffeur.

Heureusement, il n'essaye pas de me parler sur le trajet du retour. Une fois descendue à mon arrêt, je suis prête à dormir pendant une semaine. La fatigue m'envahit et j'ai mal partout, même aux cheveux. J'espère juste que mon corps va s'habituer à cette nouvelle routine. En passant devant la porcherie d'un pas traînant, je me rappelle que je dois nourrir Cacahouète, alors que je n'ai qu'une envie : aller m'effondrer sur mon lit. Peut-être que Margot a raison, que je ne suis pas capable de m'occuper de lui.

Je pousse la porte d'entrée et lâche mon sac au pied de l'escalier.

– Fliss ?

C'est maman, dans le salon. En entendant sa voix, je suis prise d'une envie puérile d'aller me jeter dans ses bras. Je veux la supplier de nous ramener à Londres.

– C'est moi.

Complètement abattue, les membres comme des nouilles trop cuites, je me traîne jusqu'au canapé. Maman lit un roman devant le feu. Elle ne porte pas sa perruque et je me rappelle soudain pourquoi nous sommes venues dans ce trou à rats.

– Comment s'est passée ta première journée, ma chérie ?

Je ne peux pas lui dire. Je mens.

– Très bien.

– Tu t'es fait des nouveaux amis ?

– Oui. Il y a une fille très sympa qui s'appelle Megan.

Chapitre 5

Septembre, octobre, novembre, décembre, janvier, février, et on rentre à la maison. Encore six semaines jusqu'aux vacances de mi-trimestre – je les marque sur mon calendrier – puis sept semaines jusqu'à celles de Noël. Tout ça m'a l'air très loin, si bien que je note aussi qu'il ne me reste que quatre jours jusqu'à samedi.

Après la journée que j'ai eue, je ne sais pas si je vais tenir jusqu'en février. Il me faut un plan, histoire de montrer à maman qu'on peut s'en sortir à Londres sans Margot. On s'en est bien sorties pendant deux ans sans elle. Je ne vois pas pourquoi on a besoin qu'elle vienne mettre son nez crochu dans nos affaires maintenant.

Après le dîner, je vais nourrir Cacahouète dans l'étable. Je remarque qu'il est déjà un peu plus vigoureux. Cette fois, quand je le prends dans mes bras, il remue légèrement. C'est bien. Il tète goulûment le biberon et lorsque je le laisse sous la lampe à chaleur, l'un de ses frères (ou sœurs, qui sait ?) vient se lover contre lui. Bon, ma journée d'école était horrible mais là, ça rattrape un peu le coup. J'ai chaud au cœur en retournant à l'intérieur.

Maman et Margot regardent *Hercule Poirot* dans le salon. J'hésite un instant sur le pas de la porte.

– Je peux appeler Tiggy ?

– Bien sûr, répond maman.

– Ne reste pas des heures. Ce n'est pas toi qui payes les factures, hein, ne peut s'empêcher d'ajouter Margot.

Je l'ignore et m'assieds sur la première marche de l'escalier. Le seul téléphone de la maison est posé sur une petite table dans l'entrée. Évidemment, je connais le numéro de Tiggy par cœur. Elle répond au bout de la troisième sonnerie.

– Allô ?

En entendant sa voix, j'éclate presque en sanglots. J'inspire un bon coup et je me pince le nez.

– Salut, Tigs. C'est Fliss.

– Fliss ! Comment tu vas ? C'est pas trop horrible, là-bas ?

– Je ne peux pas parler fort, dis-je dans un quasi-murmure. Mais si.

– C'est comment ?

– Je sais pas... juste... complètement différent.

– Et l'école ?

– Tigs... (Je baisse encore la voix.) Ce sont quasiment des sauvages. Sérieusement, les filles sont de vraies brutes.

Je ne peux même pas lui parler de l'incident des toilettes, c'est trop humiliant. Tiggy glousse. Je l'imagine clairement allongée sur le dos sur son grand lit double, des guirlandes lumineuses accrochées sur le cadre de lit. Ses cheveux blonds tout raides rassemblés en deux nattes décoiffées, comme d'habitude.

– Est-ce qu'il y a au moins des garçons mignons ?

– Non. Même pas.

Dewi est plutôt pas mal dans le genre homme des cavernes, mais ce n'est pas le moment d'en parler.

– Bon sang, quel intérêt d'aller dans une école mixte s'il n'y a même pas de mecs canon !

– Je ne te le fais pas dire. Tiggy, je veux rentrer à la maison.

– Comment va ta mère ?

– Bien.

– Bah, t'en fais pas, peut-être qu'elle va se remettre et que vous pourrez rentrer plus tôt ?

– Y a intérêt. Je vais devenir folle sinon. Comment vont les autres à St Agnes ?

Tiggy me donne des nouvelles détaillées. Apparemment, Nicole Caruthers s'est fait faire une permanente catastrophique et Carrie Button est partie vivre en Jamaïque avec son père, ce qui est une très mauvaise idée parce que tout le monde sait qu'il est alcoolique et coureur de jupons.

– Et Xander ? Tu l'as vu ?

Xander et moi avons décidé de rester amis, mais il ne m'a toujours pas contactée et il est hors de question que je fasse le premier pas.

– Je l'ai vu samedi à la foire.

Presque tous les gens que je connais étaient à la foire de Clapham Common pendant que j'étais coincée dans la voiture de Margot.

– Ah, d'accord, dis-je d'une voix mélancolique malgré mes efforts. Comment va-t-il ?

– Bien je crois.

– Il a parlé de moi ?

– Euh. Oui, sûrement.

– Qu'est-ce qu'il a dit ?

– Oh. Je ne sais plus, mais je suis sûre qu'il a dû dire quelque chose.

– Super.

Ce n'est pas franchement encourageant. Je finis ma discussion avec Tiggy, me sentant encore plus mal qu'avant. Je reste assise sur la marche, la tête entre les mains. C'est pas juste ! Il faut que je retrouve ma vie volée. Il faut que je convainque maman de rentrer à la maison.

Plus tard dans la soirée, pendant que Margot est partie au pub de Llanmarion retrouver le véto ou je ne sais qui d'autre, je déballe le reste de mes affaires.

– Et si tu triais tes vêtements ? avait suggéré maman avant d'éteindre la télé alors qu'affalée sur le canapé à côté d'elle, je m'ennuyais à mourir. Tu n'auras pas besoin de tes affaires d'été avant un bon moment, tu pourrais les ranger au grenier en attendant.

Je reprends du poil de la bête à la mention du mystérieux-grenier-de-la-mort-qui-tue.

– La porte est verrouillée.

– Et je sais où elle garde la clé, répond maman avec un sourire.

Je me redresse.

– Où ?

– Dans un tiroir de la cuisine, le troisième en partant du bas.

Je récupère la clé et je me dépêche de monter avant le retour de Margot. Elle a dit qu'elle n'en avait que pour une heure environ. J'ai juste envie d'aller fureter un peu, puisque je sais pertinemment que Margot ne veut pas de moi là-haut.

La clé, longue et rouillée, a du mal à tourner dans la serrure, mais je finis par y arriver. La porte s'ouvre dans un grincement et je me retrouve en bas d'un étroit escalier plongé dans le noir qui monte en pente raide vers la droite. Je cherche à tâtons un interrupteur. Une ampoule nue s'allume avec un faible bourdonnement.

Je déglutis avec peine et commence à grimper les marches. L'air est de plus en plus glacial et humide à chaque pas. Je me les pèle. Le vent hurle et gémit dans le toit, faisant trembler la maison. Je serre mes bras contre moi.

Une autre ampoule nue pendouille d'une poutre au centre du plafond mansardé. Je suis obligée de me pencher pour tenir debout. Maintenant que j'y suis, je regrette mon idée. Pour changer. Des draps blancs poussiéreux recouvrent tout ; on se croirait entouré de fantômes. Des fantômes qui jouent à Un, deux, trois, soleil ! dès que j'ai le dos tourné. Mais réflexion faite, ma grand-mère me fait plus peur que d'éventuels spectres.

Je jette un œil sous un drap et découvre des chaises de salle à manger empilées. Un autre dissimule un vieux meuble lavabo.

Je reconnais dans des caisses des babioles de l'ancienne maison de Margot, à Hampstead. Elles n'ont pas leur place à la ferme, pas plus que moi. Je trouve une boîte de trophées et de médailles : Jeune Journaliste de l'année, prix de l'Association de la presse, récompense pour l'ensemble de sa carrière. C'est bizarre qu'elle les ait flanqués là où personne ne peut les voir.

Je passe les doigts sur une armoire en acajou et j'envisage immédiatement d'y stocker mes vêtements en trop.

Je m'apprête à retourner en bas pour aller les chercher quand j'aperçois le coffre, rangé dans un coin, à côté du conduit de cheminée. Pas de drap dessus, si bien qu'il est enduit d'une épaisse couche de poussière.

Je ferais sûrement mieux de ne pas y toucher. Il a l'air vieux, plus vieux que tout le reste, et il est tapissé de toiles d'araignées, mais c'est comme un coffre au trésor ; la tentation est trop grande. Il n'y a pas de cadenas. Je tends l'oreille pour vérifier que la voie est libre, puis je m'agenouille devant.

Je souffle dessus, ce qui n'enlève qu'une infime partie de la poussière bleuâtre. Je soulève le fermoir rouillé et j'ouvre le couvercle. Mes doigts sont dégoûtants. Le nuage qui se dégage me fait tousser. Beurk ! Je le chasse de la main avant de regarder à l'intérieur.

Oh. Ce ne sont que des livres. Des bouquins supervieux, un peu brunis et cornés. L'odeur me fait l'effet d'une claque au visage : un parfum de vieilles pages moisies, presque sucré, comme des amandes. *Le Bruissement du rideau* de Pamela Brown, *La Boîte aux merveilles* de John Masefield, *Hirondelles et Amazones* d'Arthur Ransome. Ils pourraient avoir de la valeur, je pense. Ils sentent tous le renfermé et la sagesse. Je les feuillette en admirant les superbes gravures. C'est vraiment dommage que les livres d'aujourd'hui n'aient plus d'illustrations.

Je pense à mes propres romans, un méli-mélo de *Chair de poule*, de *Club des baby-sitters* et des livres de Judy Blume. Par comparaison, ils font vraiment gamine.

Je sors du coffre une bible reliée de cuir et je m'aperçois que quelque chose est coincé en dessous. Un fin cahier orné d'une couverture couleur écaille de tortue. Contrairement aux autres livres, celui-ci n'a pas d'image ni de titre. Rien. Je l'attrape et je l'ouvre. Les pages sont mal fixées ; certaines s'éparpillent sur le plancher.

– Zut !

Je me précipite pour les ramasser, inquiète à l'idée qu'elles glissent entre les interstices du plancher. Il y a deux photos en papier glacé parmi les pages, avec ce bel effet sépia vintage.

La première est le portrait d'un très bel homme en uniforme militaire. Il a un large sourire avec des fossettes à tomber. L'autre montre une jolie fille blonde portant un gilet sur une robe d'été à pois, perchée sur une barrière en bois devant un grand enclos. Elle rit, peut-être en réponse au photographe. Après avoir rassemblé les quelques pages éparses, je retourne la première pour la lire.

Ce carnet appartient à Margot Stanford. Si vous le trouvez, merci de le retourner à la ferme Tan-Y-Pistyll.

Non. Pas possible. Je jette un œil à l'intérieur. Eh si. C'est le journal de Margot. Je regarde à nouveau la fille sur la barrière. Je plisse les yeux… et j'étouffe un cri. C'est elle ! Elle a l'air tellement différente, mais les pommettes saillantes et la mâchoire bien découpée sont les mêmes. Elle devrait sourire plus souvent, ça lui va bien. J'étudie de plus près l'autre photo. Pour être honnête, dans mon souvenir, grand-père était un vieux monsieur chauve mais j'ai vu d'anciennes photos de lui et il ne ressemblait pas du tout à ce type-là.

Je renifle le cahier. Magnifique. J'ai déniché le journal intime de Margot. Je le serre contre moi ; je peux à peine contenir ma joie. C'est la trouvaille du siècle ! Je referme le coffre et retourne en haut de l'escalier. Si je tends l'oreille, j'entends la télé au rez-de-chaussée. Personne n'en saura jamais rien…

Non ! Lire le journal de quelqu'un d'autre doit être ce qu'il y a de pire au monde en matière de karma. Je risque de me réveiller avec tous mes secrets tatoués sur le front, ou pire.

Mais…

C'est *Margot*. Elle n'est tellement pas du genre à tenir un journal. Juste un petit coup d'œil, ça ne peut pas faire de mal, hein ? Je glisse les feuilles volantes et les photos au début du carnet et je tourne la première page. La date annonce le mercredi 15 janvier 1941. Je fais un rapide calcul. Je suis pratiquement sûre que Margot est née en 1924 et que son anniversaire est en mars. Donc elle avait seize ans quand elle a écrit ça, juste un an de plus que moi.

Une autre pensée, encore plus vilaine, me traverse l'esprit comme un nuage vert toxique. Si je n'arrive pas à convaincre maman de rentrer à la maison, peut-être que je trouverai quelque chose là-dedans à utiliser contre Margot. Le chantage est un bien grand mot : après tout, je ne veux pas rester ici et elle n'a pas l'air d'être ravie de ma présence. Alors pourquoi ne pas faire d'une pierre deux coups ? Ce serait tellement bon de rabattre le caquet à cette vieille pie… Découvrir quelque chose de croustillant à son sujet pourrait être mon aller simple pour Londres.

Intéressant. Diabolique, mais intéressant. Je descends furtivement l'étroit escalier, le journal serré dans ma main. J'éteins la lumière, puis je verrouille le grenier avant de me diriger vers ma chambre et de fermer la porte derrière moi.

Si je ne regarde pas dedans, je vais mourir de curiosité. Margot à seize ans ! Je peux à peine l'imaginer : elle fait partie de ces gens qui semblent être sortis du ventre de leur mère âgés de quarante ans. Allez, promis, je n'en lis qu'un tout petit bout.

Mercredi 15 janvier 1941

Tout cela me paraît tellement inutile. À quoi bon quitter Londres maintenant ? Si j'ai réussi à survivre au Blitz, je peux bien survivre aux horreurs qu'Hitler peut nous infliger.

La journée a été longue et éprouvante. J'ai peine à croire que j'ai quitté la gare de Paddington ce matin.

J'étais de loin l'évacuée la plus âgée dans le train et j'ai donc dû m'occuper des petits dans mon compartiment. J'avais fait mes adieux à Mère à la maison et je m'étais rendue seule à la gare, dans l'espoir d'éviter tout cinéma, mais il y avait malgré tout quantité de larmes et de mouchoirs blancs sur le quai. J'étais surprise de voir autant d'enfants encore à Londres. Peut-être que la campagne de Septembre a enfin convaincu les Londoniens qu'une invasion se tramait. Mais enfin, nous n'étions pas non plus entassés comme du bétail, contrairement à ce que je craignais.

Lorsque le train s'est ébranlé, je me suis présentée à mes nouveaux compagnons. La première s'appelait Liddy, une fille rougeaude de onze ans à l'air espiègle venant du quartier de Limehouse ; il y avait aussi deux frères, John et William Pointer de Shoreditch, de vrais petits anges jusqu'à ce qu'ils ouvrent la bouche et qu'un torrent de pur argot londonien en sorte.

Prévoyant un long voyage pénible, j'avais apporté un jeu de cartes ; je leur ai appris le gin-rummy et le whist pour passer le temps. La pauvre Liddy n'avait pas apporté de déjeuner contrairement aux instructions, si bien que je lui ai donné la moitié de mon roulé au jambon.

Dieu merci, le temps que l'on arrive dans les vallées vertes du pays de Galles, les reniflements éplorés s'étaient tus. À la place, le train bourdonnait d'impatience. Étant beaucoup plus âgée que les autres, j'ai estimé important de garder mon sang-froid, comme Mère durant les longs mois d'absence de Père, même si je dois admettre que j'étais nerveuse moi aussi. Comme tout le monde, j'avais hâte d'apprendre où je vivrais et avec qui. Évidemment, je n'ai rien dit aux petits, mais des rumeurs étaient parvenues jusqu'à Londres sur les horreurs qui attendaient certains malheureux évacués. Plusieurs s'étaient même enfuis pour retourner à la ville.

À l'approche de notre destination, je me suis assurée que tout le monde avait sa valise et l'étiquette à son nom bien en évidence. La mienne était attachée à mon col et je me sentais assez ridicule. « Margot Stanford – De Kensington, Londres, à Cardiff, pays de Galles. » J'étais une babiole égarée, un objet trouvé.

La gare était aussi bondée et calcinée que celle de Paddington. L'air sale et enfumé me bouchait les narines et se déposait sur ma langue. L'ironie, c'est que Cardiff a été durement touchée ces derniers temps. J'étais d'ailleurs censée faire le voyage une semaine plus tôt, mais un raid au Nouvel An a laissé la majeure partie de la ville en ruine. De Charybde en Scylla... Heureusement, aucun d'entre nous ne devait rester à Cardiff ; nous étions attendus dans la campagne environnante. Des chœurs de voix mâles et de moutons nous ont salués, quelle joie. J'espère vraiment que mon sarcasme est perceptible.

J'ai aidé les plus jeunes à descendre du train et une bénévole avec une bouche pincée comme si elle suçait un citron particulièrement acide nous a accueillis. « Mettez-vous en rang ! En rang ! » a-t-elle aboyé, bien inutilement puisque c'était déjà fait. À ce stade de la guerre, nous savions tous qu'il valait mieux paraître dociles et bien élevés face à nos futurs hôtes.

J'ai passé en revue les visages des femmes qui nous attendaient – la plupart devaient être les épouses des mineurs partis au front. Un autre bénévole, un homme rondelet au visage rose comme du jambon, a rejoint Mme Face de Citron et ils ont commencé à nous attribuer nos nouvelles familles. Liddy, à mon grand soulagement, a été rapidement placée chez une femme à l'air doux et maternel (j'ai entendu dire que les filles étaient préférées aux petits garçons turbulents).

– Margot Stanford ? a lancé la dame et j'ai avancé d'un pas. Tu as quel âge ?

– Quatorze ans, ai-je répondu en mentant éhontément.

En réalité, je suis déjà trop vieille, mais évidemment, papa voulait que sa fille unique quitte la ville.

– Tu es prête à travailler ?

– Oui, madame.

Elle m'a observée d'un regard perçant.

– Va avec Maggie Reed à Newport. Tu feras l'affaire à l'usine.

Je m'y attendais et je n'y voyais pas d'inconvénient. Mère participe à l'effort de guerre ; j'allais faire de même.

J'ai attrapé ma valise, dit au revoir à John et William et j'ai suivi la volontaire. Maggie Reed n'est pas beaucoup plus âgée que moi, bien qu'elle ait une bague au doigt. Elle est jolie, a le teint frais… J'ai immédiatement décidé qu'elle était jeune mariée, une épouse de guerre sans enfants.

– Ravie de vous rencontrer, ai-je dit. Je vous remercie de m'accueillir chez vous.

– Oh, ce n'est pas chez moi, a répondu Maggie avec un sourire timide, les épaules voûtées. (Une bonne posture est primordiale et en dit long sur le caractère d'une personne.) C'est chez Mam'. Elle ne va pas bien et je m'occupe d'elle pendant que mon Huw n'est pas là.

J'avais donc vu juste ! Et son accent gallois était charmant.

– En ces temps difficiles, on doit tous faire de notre mieux. Je serai ravie de vous prêter main-forte de quelque manière que ce soit.

– C'est très gentil à vous, miss… Mam' ne peut pas monter l'escalier pour le moment donc vous aurez sa chambre pour vous toute seule…

À cet instant, il y a eu un remue-ménage sur le quai. Je me suis retournée pour voir le bénévole porcin tenter de séparer John et William. Les garçons s'accrochaient l'un à l'autre en hurlant. J'ai continué à regarder, m'attendant à ce qu'un professeur intervienne pour les aider. Mais je n'en voyais qu'une, l'air complètement épuisée, deux fillettes en larmes accrochées à sa jupe. J'ai pris conscience que personne ne viendrait en aide aux Pointer, leur mère étant à des centaines de kilomètres de là, dans l'est de Londres, et leur père encore plus loin.

– Excusez-moi, Maggie. Juste un instant.

J'ai lâché ma valise et je me suis précipitée vers le quai.

– Dites donc, qu'est-ce qui se passe ici ?

– Rien qui vous concerne, miss.

Le visage de l'homme était à présent d'une couleur betterave des plus repoussantes.

– Bien au contraire. J'ai voyagé depuis Londres avec ces deux petits garçons. Lâchez-les tout de suite !

Il a lâché John, qui est allé se cacher derrière William.

– Margot, il essaye d'nous séparer ! J'vais avec mon frère !

J'ai regardé l'étiquette indiquant le nom de l'homme.

– Écoutez, monsieur Ridwell, je comprends bien que votre travail n'est pas facile, mais vous ne pouvez pas séparer des frères. C'est monstrueux.

Il a soupiré avec impatience :

– Je n'ai rien à voir là-dedans, miss. La plupart des maisons sont déjà pleines. On case les petits là où on peut.

– Oh, il doit bien y avoir de la place pour eux deux quelque part. Regardez-les ! Ils ont un appétit de moineau !

Je me suis interrompue. Des ténèbres ont jailli de nulle part. Une ombre a englouti le quai. J'ai levé les yeux et aperçu une sorte de géant qui se dressait devant moi, dans un nuage tourbillonnant de poussière et de fumée. Son visage était buriné et si j'avais été d'humeur optimiste, j'aurais décrit ses poings serrés comme des « mains d'étrangleur ». Je n'étais plus si sûre de moi.

– Qu'est-ce qui se passe ici ? (Sa voix retentissante avait l'accent le plus prononcé que j'avais jamais entendu.) Où est mon gamin ?

J'ai bombé le torse.

– Monsieur, est-ce vous qui hébergez John Pointer ?

– Aye, a-t-il grogné.

Ma voix s'est soudain faite toute menue.

– Je me demandais si vous auriez la bonté d'accueillir aussi son frère William ? Il serait tellement dommage de les séparer alors qu'ils sont déjà si loin de leur mère…

L'ogre a secoué la tête.

– Non. Notre maison est déjà pleine à craquer.

– Je suis sûre qu'ils ne verraient pas d'inconvénient à partager le même lit. Ils sont si petits.

M. Ridwell, avec toute l'autorité d'une souris effrayée, s'est tourné vers l'homme gigantesque en essuyant ses mains moites sur son manteau.

– Qu'est-ce que tu en dis, Ivor ? Ils pourraient aider à la ferme ?

Ivor a jeté un regard dédaigneux aux garçons.

– Tu m'as promis des jeunes gaillards, Rhodri. Qu'est-ce que tu veux que je fasse de ceux-là ? Ils ne seraient même pas capables de soulever une pelle à eux deux.

Maggie attendait non loin, l'air anxieux. Rhodri Ridwell s'agitait, impuissant. Il n'y avait que moi pour prendre les choses en main.

– Une ferme, vous dites ? Je pourrais être utile sur une ferme, si Maggie acceptait de prendre les garçons. Qu'en pensez-vous ?

Ivor m'a lancé un sourire en coin.

– Toi ? À la ferme ?

– Pourquoi pas ? Je suis en bonne santé et je ne rechigne pas à la tâche.

Contre toute attente, il m'a attrapé le poignet. J'ai remarqué aussitôt qu'il lui manquait les deux derniers doigts de la main droite. Ce qui expliquait pourquoi il n'était pas à la guerre.

– Regarde-moi ces ongles, a-t-il grommelé en inspectant mes doigts. Tu n'as jamais travaillé un seul jour de ta vie. (Il a relâché mon bras.) J'ai besoin d'un garçon de ferme, Rhodri.

– Écoutez ! ai-je dit d'un ton un peu plus péremptoire que prévu. Nous n'avons pas beaucoup l'occasion de faire des travaux agricoles à Kensington Ouest, mais je ne suis pas plus douée avec une machine à coudre qu'avec une pelle ! Je suis prête à apprendre et la plus forte de tous les enfants ici présents. Je ne sais pas comment vous traitez

les femmes au pays de Galles, mais à Londres nous faisons partie intégrante de l'effort de guerre, ce qui est plus que je ne peux en dire pour vous, monsieur Ivor.

Un horrible silence s'est abattu sur le quai et je me suis demandé s'il allait me frapper. J'avais été trop loin et tout le monde le savait. J'ai retenu mon souffle.

Soudain, M. Ivor a éclaté de rire, à gorge déployée.

– Oh, Rhodri ! Il faut que j'emmène celle-ci pour la présenter à ma Glynis ! Tu as entendu ça ? Oh, gamine, tu ne vas pas être déçue du voyage ! Tu as la langue bien pendue, hein ? Tu es sûre de vouloir vivre à la ferme ?

Je me suis redressée.

– Pourquoi pas ?

J'espérais sincèrement que Glynis était sa femme ou sa fille. L'idée de me retrouver seule avec lui dans une ferme ne me disait guère.

– Maggie, a demandé Rhodri, tu accepterais de prendre les garçons ?

– Oh, je ne sais pas. Mam' a été très claire… et elle ne va pas bien ces derniers temps.

– Maggie, je vous en prie, ai-je dit. Vous ne voudriez pas qu'ils soient séparés, pas vrai ? (Je me suis agenouillée pour être à hauteur de John et William.) Les garçons, si vous allez chez Miss Maggie, vous promettez d'être sages comme des images ?

– Oui, miss, ont-ils répondu en chœur.

– Et vous ferez de votre mieux pour aider Miss Maggie avec ses tâches ménagères ?

Ils ont acquiescé aussitôt. Après avoir supplié Maggie un peu plus longtemps, celle-ci a accepté à contrecœur de les emmener. Les deux petits cockneys nous ont dit au revoir et je me suis retrouvée seule avec le grand fermier. J'ai levé les yeux vers lui.

– Merci, monsieur.

– On verra si tu me remercies encore après une ou deux journées à la ferme.

Il était bourru, mais ses mots ne recelaient aucune méchanceté, plutôt de la perplexité.

– Nous verrons, ai-je répondu. Je m'appelle Margot Stanford.

Et je lui ai tendu la main.

– Ivor Williams.

Il m'a tendu sa main déformée que j'ai serrée de bon cœur.

Le temps que nous arrivions à la ferme Tan-Y-Pistyll, *la nuit tombait sur la vallée. Quel endroit triste et désolé : le paysage battu par le vent m'a rappelé les sermons postillonnants du père Seycombe sur le purgatoire. La ferme et l'étable, plongées dans l'obscurité, ressemblaient à une grosse araignée noire tapie au coin des collines.*

C'était la première fois que je montais dans un camion et c'était très excitant d'être perchée si haut, même si le véhicule d'Ivor avançait en cahotant le long du chemin de terre qui menait à la maison. Je commençais à me sentir nauséeuse et j'ai été soulagée lorsque nous avons enfin franchi le portail.

L'intérieur de la ferme était d'un froid glacial (mon souffle formait des petits nuages jusque dans le couloir), mais elle était plutôt bien aménagée. Je sentais la patte d'une femme : des jardinières sur les rebords de fenêtres, de jolies aquarelles aux murs. Et j'avais vu juste : une femme aux cheveux auburn tressés est sortie de la cuisine en s'essuyant les mains sur son tablier. Elle m'a regardée de la tête aux pieds et a souri.

– C'est le nouveau valet de ferme ? Il est plus mignon que l'ancien.

– Aye, a répondu Ivor, toujours aussi bourru.

– Alors, qu'est-ce qui s'est passé ? a-t-elle demandé. (Ivor a retiré son manteau et l'a accroché sur la rambarde de l'escalier.) Oh, où sont passées mes bonnes manières ? Je m'appelle Glynis. Et toi, ma puce ?

– Margot Stanford. Enchantée. C'est ma faute, j'en ai bien peur, madame Williams. Je me suis portée volontaire pour venir chez vous afin que deux petits frères puissent rester ensemble.

Glynis a éclaté de rire, s'est dressée sur la pointe des pieds et a embrassé effrontément Ivor sur les lèvres.

– Fais-moi un cwtch[5]*, cœur d'artichaut !*

– Ça suffit, femme ! a-t-il aboyé, mais l'ombre d'un sourire se dessinait sur ses lèvres.

– Je ferai de mon mieux pour aider à la ferme, ai-je annoncé.

– Aye, il faudra bien. Trois bouches de plus à nourrir à présent. J'ai déjà mis Peter et Jane au lit. Ça ne va pas être facile, Margot. Autant que tu le saches tout de suite.

Quelque chose chez cette femme me plaisait. Elle semblait avoir du cran.

– Ça ne l'est jamais, pas vrai ? ai-je répondu.

Elle a gloussé.

– Allez, entre. Tu dois être affamée. Un peu de ragoût de lapin ?

Mon estomac a gargouillé et je me suis souvenue que j'avais une faim de loup. Le ragoût était copieux et bien assaisonné, servi avec des morceaux de pain aux céréales tout chaud. Nous avons mangé à la table de la cuisine, fabriquée par Ivor en personne, m'a-t-elle dit. Celui-ci a mangé en silence, faisant passer chaque bouchée avec une rasade de bière locale. Mais Glynis était contente de discuter. Elle m'a posé je ne sais combien de questions sur le Blitz et l'état de Londres. J'ai été surprise qu'elle sirote la même bière, et encore plus qu'elle m'en propose. Bien sûr, j'ai refusé poliment. Les dames comme il faut ne boivent pas de bière.

Ici, la guerre existe surtout à la radio, à peine plus réelle qu'un feuilleton. Ayant survécu aux bombardements, j'ai eu le sentiment de m'exprimer avec maturité et sérieux, une figure d'autorité en quelque sorte, relayant ce que Père avait dit à Mère.

– Ça a dû être terrible, a dit Glynis en secouant la tête. Tu n'as pas eu peur, ma puce ?

---

5. Mot gallois aux significations multiples, ici un baiser et/ou un câlin. Peut aussi désigner un endroit cosy, un petit recoin.

– Il y a une minute horrible, ai-je répondu, une fois que l'alerte aérienne s'est arrêtée mais avant qu'on puisse quitter l'abri, où l'on ne sait même pas si la maison est encore debout. On est serrés les uns contre les autres dans le noir et tout le monde essaye de rester calme et enjoué, malgré l'angoisse bien présente. Personne ne le dit à voix haute, mais on pense tous exactement la même chose : et si on était les seuls survivants ? Puis quelqu'un ouvre la porte et on retient son souffle en priant pour que le monde soit encore là.

Glynis a pris la main d'Ivor.

– Juste ciel ! Ma pauvre petite. Tu en sécurité à présent.

– C'est sûr, a renchéri Ivor avant de quitter la table.

Peut-être bien, mais qu'en est-il de Mère et de Père ?

Maintenant, dans le cagibi qu'on m'a attribué, j'écoute le silence. Ici, aucune bombe ne tombe, aucune sirène d'alerte aérienne ne gémit comme une banshee infernale, aucun camion de pompier ne traverse à toute allure la ville en ruine. Le silence est épais et lourd, et quand la bougie sera éteinte, l'obscurité sera dévorante, encore plus que la grisaille des black-out. J'ai promis à Mère que je coucherais par écrit ma vie au pays de Galles et j'ai donc commencé. Demain sera mon premier jour de vie à la ferme. Comme dirait Dorothée dans Le Magicien d'Oz, *« Toto, j'ai l'impression que nous ne sommes plus au Kansas. »*

Chapitre 6

J'entends trop tard les bruits de pas sur le palier. Un léger coup sec contre ma porte et j'ai tout juste le temps de fourrer le journal de Margot sous mon oreiller avant que maman ne glisse la tête dans l'entrebâillement.

– Tout va bien ? demande-t-elle.

– Oui, oui, ça va !

Je suis sûre que j'ai l'air affreusement coupable. Un jour, Marina et moi avons allumé une Marlboro Light à la fenêtre de sa chambre parce qu'on pensait que ce serait le summum de l'élégance, et sa mère a senti la fumée. Elle nous a sommées de nous expliquer. On a eu beau nier toutes les deux, je n'arrivais pas à m'arrêter de tousser. Je dois faire à peu près la même tête que cette fois-là.

– Qu'est-ce que tu fabriques ?

Je balaye la pièce du regard et vois des CD éparpillés sur la moquette.

– Oh, tu sais, j'écoute juste de la musique.

J'ai lu un jour quelque part que les mensonges étaient plus crédibles s'ils étaient vagues. Seuls les menteurs du dimanche rajoutent des tonnes de détails et c'est ce qui les trahit.

– D'accord. Tu es sûre que ça va ? Tu n'es pas très bavarde.

– Tout va bien, promis.

Maman entre et se penche pour m'embrasser sur le sommet du crâne.

– Je vais me coucher alors. Ne tarde pas trop, tu as école demain.

– J'ai hâte.

– Dors bien.

– Fais de beaux rêves.

Une fois seule, mon premier instinct est de reprendre ma lecture. J'ai un million de questions au sujet du journal. Je regarde la pendule et je m'aperçois que je lis depuis presque une heure, comme aspirée par une faille temporelle qui m'a transportée en 1941. C'est tellement bizarre. J'ai le cerveau en bouillie. Je suis tout bonnement incapable d'associer la fille du journal à la femme au rez-de-chaussée. Pourtant, logiquement, je sais qu'elles sont une seule et même personne.

Margot a changé le nom de la ferme. Intéressant. La ferme *Tan-Y-Pistyll* doit être la ferme *Marie Morgane*, sinon pourquoi le journal se serait-il trouvé dans ce vieux coffre qui avait l'air de moisir dans le grenier depuis des décennies ? Donc c'est ici que Margot a été évacuée durant la guerre ? Alors que mon autre grand-mère, la mère de mon père, passe son temps à nous régaler d'histoires assommantes, je ne crois pas avoir une seule fois entendu Margot parler de cette époque de sa vie. Elle a l'air jeune pour son âge, si bien que je n'ai jamais vraiment pensé qu'elle était assez âgée pour avoir vécu la guerre.

Je suis sous le choc, et je n'ai qu'une envie, continuer à lire, mais mes yeux sont fatigués après avoir déchiffré l'écriture déliée de Margot. Maman m'a interrompue au bon moment, en fait. Je renifle à nouveau le cahier moisi en cherchant à comprendre comment et pourquoi il se trouvait encore au grenier après près de soixante ans.

Pour l'instant, rien de compromettant ou qui puisse faire l'objet de chantage, mais l'histoire est fascinante. Le plus étrange dans tout ça c'est que j'aime beaucoup la Margot du journal. Elle est vraiment chouette.

Dewi et moi sommes à nouveau les deux seules personnes dans le bus. Impossible de l'éviter sans paraître malpolie.

– Hé ! lance-t-il d'une voix enjouée tandis que j'avance d'un pas mal assuré.

Vu la conduite de casse-cou du chauffeur dans les virages, je le soupçonne d'être en semi-liberté probatoire.

– Bonjour, Dewi.

Je m'assieds exprès de l'autre côté de l'allée plutôt que devant lui. Il change de siège pour se rapprocher. Je m'aperçois que j'ai marché dans un énorme chewing-gum rose et je pousse un grognement.

– Comment s'est passée ta première journée ?

Je frotte ma chaussure par terre, mais ça ne fait qu'empirer les choses.

– Ça a été, merci.

J'espère que mes réponses sèches vont écourter la conversation. Dewi glisse ses longues jambes dans l'allée centrale.

– Écoute, euh... L-le... Le problème avec les p-petites villes, c'est que tu ne peux pas lâcher un vent le matin sans que tout le monde soit au courant d'ici le déjeuner. (Je souris.) J'ai entendu dire que Megan Jones t'avait mené la vie dure hier.

Comment est-ce possible ? Il n'y avait personne d'autre dans les toilettes !

– Oh, non, ce n'était rien. Elle voulait juste que je sache que tu étais, euh, déjà pris. Non pas que je voulais... te prendre, mais... Enfin, c'était rien.

– Bon sang ! s'exclame Dewi en basculant la tête en arrière. Il faut vraiment qu'elle se calme avec cette histoire. Il n'y a rien entre moi et Megan.

– Elle n'a pas l'air du même avis.

Dewi inspire profondément.

– OK, écoute, on-on on a été ensemble une fois au barbecue d'anniversaire de Seren Lloyd. On a joué à la bouteille et j'étais vraiment bourré... Mais je connais M-M-M-Megan depuis l'école primaire.

Je ne la considère pas comme ça… elle est trop directe. Et elle est sortie avec, genre, la moitié de mes potes. Ça fait trop allumeuse, tu vois ?

Je ne dis rien. Megan peut bien se faire toute la promo par ordre alphabétique si ça lui chante, je m'en moque. C'est son droit le plus strict en tant que femme, mais je refuse de m'en mêler.

– Je vais lui parler pour qu'elle te lâche.

– C'est gentil, mais non.

Ce serait dix fois pire s'il le faisait.

– Ça va aller. Je vais juste l'éviter et elle va vite tout oublier, j'en suis sûre.

Dewi a l'air un peu blessé. Il a beau être gigantesque, il a une bouille adorable. Comme un bébé saint-bernard.

– Je ne veux pas que tu te sentes obligée de m'éviter, OK ?

Ses grands yeux remplis d'espoir plongent dans les miens et ma bouche devient toute sèche. Je n'en pince quand même pas pour Dewi Allen ? Bon, je pourrais faire quelque chose pour ses sourcils touffus, j'imagine. Et il est plutôt mignon, dans le style Hulk, l'opposé de Xander avec ses pommettes saillantes à la Calvin Klein. En fait, Dewi n'est pas né au bon millénaire : ses épais sourcils et sa mâchoire carrée auraient été parfaits si j'avais été une femme des cavernes. On se serait allongés sous une peau de bête devant un feu de camp et, oui, je me serais pelotonnée dans ses bras de chasseur de mammouth. Mais là, j'ai trop de choses en tête. Pas le temps de tomber amoureuse. Je serais déjà contente de survivre jusqu'à samedi prochain.

– Dewi… Je ne vais pas t'éviter… Il faut juste que tu saches que je fréquentais plus ou moins quelqu'un à Londres.

Ce qui, à strictement parler, n'est pas un mensonge. Je fréquentais plus ou moins Xander.

Incapable de dissimuler ses sentiments, il me lance un regard de chien battu avant de se reprendre.

– Oh, non. C'est pas ce que je voulais dire ! Je voulais juste dire comme amis.

– OK, c'est parfait.

Il faudra bien en tout cas.

Le bus s'arrête et un troupeau d'amis de Dewi monte à bord, mettant fin à ce moment gênant. J'ai assez de soucis avec Margot et Megan sans ajouter des garçons à l'équation, merci bien. Enfin, c'est agréable de savoir que mon charme opère même sur les Gallois.

Le premier cours – anglais – porte sur *Sa Majesté des Mouches*, un roman que j'ai déjà étudié. Mais pas question de me faire remarquer en levant la main pour répondre aux questions. Je balaye la salle de classe du regard pour tenter de repérer ma future clique. Un trio de filles ressemble un peu à mes anciennes amies de Londres, cheveux brillants et jolies manucures, mais elles me regardent d'un air suspicieux comme si j'étais un coucou qui s'apprêtait à voler les œufs dans leurs nids. J'essaye de croiser leur regard et de sourire à l'une d'entre elles, qui me traite de lesbienne pour ma peine. Faudrait savoir : je suis une voleuse de copains, ou une lesbienne ? Je me plonge dans mes questions d'anglais pour passer le temps jusqu'à la sonnerie.

L'heure de la récré arrive. J'essaye de trouver un moyen de tuer vingt minutes sans passer pour une sans-amis. Une ombre tombe sur mon bureau : c'est le garçon asiatique et la fille rousse qui ont tenté de me prévenir hier.

– Salut, dit le garçon. Moi c'est Danny, et elle, Bronwyn.

Des gens me parlent. Quel progrès. Danny est très beau pour un garçon, mais pour être honnête, Bronwyn a l'air vraiment bizarre. Elle se trémousse derrière Danny comme si elle s'apprêtait à s'enfuir d'un moment à l'autre.

– Bonjour. Moi, c'est Fliss.

– Oh, on sait, dit Danny. Tu viens de Londres, pas vrai ? C'est incroyable, non ? Et gigantesque ? Est-ce que tu t'y perds ?

Il est gay. Ça se voit comme le nez au milieu de la figure.

– Dehors, s'il vous plaît ! crie le prof. Allez, on ne reste pas à l'intérieur pendant la pause.

Je hisse mon sac sur mon épaule.

– Londres, c'est vraiment gé-nial, dis-je à Danny en suivant le cortège qui sort de la salle de classe et se déverse dans le couloir. Mais tu formes ton propre village en quelque sorte. Genre, nous on vit à Clapham et on reste principalement sur la rive droite. Donc on ne se perd pas ! Enfin, si, une fois je me suis perdue en sortant du métro à Stockwell, c'est assez chaud dans ce coin-là.

Je vois à son expression que je l'ai épaté.

– J'ai tellement hâte de partir d'ici et de m'installer à Londres ! Avec Bron, on va se prendre un appart à Camden, pas vrai ?

Bronwyn acquiesce d'un murmure. Je m'arrête à la fontaine d'eau pour boire une gorgée.

– Tu ne devrais pas boire ça, dit Bronwyn en détournant le regard. Si tu avais la moindre idée de ce qu'ils ajoutent là-dedans, tu ne t'en approcherais même pas.

– Quoi ?

– Oh, ignore-la, dit Danny en levant les yeux au ciel. Le gouvernement essaye de nous contrôler grâce au fluor ou un truc du genre. La semaine dernière, c'étaient les OGM.

Bronwyn n'a pas l'air de trouver ça drôle.

– OK, Dan, continue de faire le mouton.

Danny me lance un regard entendu.

– Enfin bref, on voulait juste te dire de ne pas faire attention à ce que raconte Megan Jones. C'est une psychopathe.

– Euh, merci.

– Elle essaie de me pourrir la vie depuis cinq ans, mais elle aboie plus qu'elle ne mord, promis. Une fois, elle a fait courir le bruit que mon père cuisinait des chats errants. Sérieusement.

– Je vais juste essayer de l'éviter.

– Bonne idée. À la pause-déjeuner, on va au club d'échecs au CDI. Tu devrais venir. Megan préférerait mourir que d'être vue là-bas.

Euh… moi aussi, à vrai dire.

– Oh, je sais pas. Les échecs, c'est pas trop mon truc. Mais merci.

– Je te l'avais dit… marmonne Bronwyn.

Danny repousse ses cheveux devant ses yeux.

– On peut t'apprendre. Et tu n'es pas obligée de rejoindre le club si tu n'as pas envie. C'est juste un endroit cool où traîner pour les loosers comme nous.

– Figure-toi que j'étais plutôt populaire dans mon ancienne école.

Je ne sais même pas pourquoi j'ai dit ça. Dans ma tête, ça semblait bien moins arrogant.

– Alors tu n'as pas besoin de nous, hein ?

Bronwyn me fusille du regard, met un énorme casque très disco sur ses oreilles et s'éloigne à grandes enjambées.

– Oh, non ! Ce n'est pas ce que…

– Eh ben, dit Danny. Tu es peut-être vraiment, et je cite Cerys Hughes, une « pimbêche d'Anglaise coincée ». Dommage.

Alors qu'il commence à s'en aller, je l'attrape par la bretelle de son sac à dos.

– Je suis désolée. Je ne le pensais vraiment pas. Tu es, genre, la deuxième personne à m'adresser la parole depuis que je suis arrivée. (Je ferme les yeux et me masse les tempes.) Je n'ai rien fait. Je ne comprends pas pourquoi tout le monde semble me détester.

– Parce que tu es différente, pardi !

– Vraiment ?

– Oui. Bienvenue au pays de Galles. Essaye donc d'être le seul Gallo-Chinois de l'école.

Le seul Gallo-Chinois gay de l'école. Effectivement, ça ne doit pas être facile tous les jours.

– Tu sais quoi ? J'adorerais déjeuner avec toi. Merci pour l'invitation.

Le visage de Danny s'illumine et je crois que je suis pardonnée.

– Top ! Il faut que j'aille pisser là, tu me diras à midi comment tu fais pour que tes cheveux soient aussi brillants ! On se retrouve au CDI, OK ?

Il me lance un baiser en rejoignant les toilettes des garçons. Je souris et caresse mes cheveux pour les féliciter. Ça a failli tourner au désastre, mais je crois que j'ai enfin réussi à me faire un nouvel ami.

Le CDI est au sous-sol, ce qui ne me semble pas très respectueux. Je descends à la cave, comme l'idiote dans les films d'horreur, la main crispée sur la rampe de l'escalier. Je ne peux pas m'empêcher de me demander si ce n'est pas une ruse et si Megan et ses acolytes ne vont pas me sauter dessus. En plus, la cantine doit servir du chou bouilli aujourd'hui parce qu'une odeur de pets a envahi tout le bâtiment.

Arrivée en bas des marches, je vois une pancarte qui indique la gauche pour le CDI et la droite pour la salle informatique. En tournant à gauche, je tombe sur une double porte close avec une affiche « Abandonnez tout espoir » en caractères gothiques. C'est le temple des geeks, aucun doute là-dessus.

J'hésite un instant. Suis-je vraiment sûre de moi ? Si j'entre, je deviens une looseuse certifiée. Le stigma, c'est comme l'herpès : une fois qu'on l'a, c'est pour toujours. Peut-être que si j'attends quelques jours de plus, une des filles cool se rendra compte que je suis une des leurs et me laissera m'asseoir à leur table… ?

Et voilà, je recommence à faire ma pimbêche. Ça m'étonnerait que quiconque m'ait vue descendre et même si c'est le cas, je suis sûre que la mobilité sociale est encore possible. Au pire, il me reste mes cheveux brillants. J'entre dans la bibliothèque avec un soupir résigné.

Oh. Je ne m'attendais pas à ça. Je n'ai jamais rien vu de tel. À St Agnes, le CDI se trouvait dans une ancienne chapelle : haut plafond, poutres, vitraux et une documentaliste rachitique qui ne disait jamais rien d'autre que « Chhhhhhut ! ». Ici, rien à voir. Il y a quelques tables rondes où des élèves mangent leurs sandwichs, mais la plus grande partie a été dégagée pour laisser place à des poufs et des coussins multicolores. On dirait plus une aire de pique-nique qu'une bibliothèque. Au milieu de la pièce se trouve un arbre. Un vrai. Ses branches tarabiscotées grimpent jusqu'au plafond. En y regardant de plus près, je me rends compte que si les branches sont des vraies, les feuilles sont en papier et sur chacune est inscrit un titre de livre.

Les étagères sont au fond de la pièce, remplies de rangées et de rangées de livres, et près de la porte se trouve le bureau incurvé du documentaliste. Les murs les plus proches sont couverts de graffitis. Loin des horribles gribouillis qu'on trouve sous les ponts, c'est une superbe peinture murale qui représente des personnages célèbres en style manga, avec des citations – « Pourquoi es-tu Roméo ? », « Être ou ne pas être », « Les gens applaudissent toujours pour les mauvaises raisons », et bien d'autres encore.

– Sympa, non ? dit une voix derrière moi.

Je me retourne et plonge dans de gentils yeux verts mouchetés de brun, comme de la glace à la menthe et aux pépites de chocolat. Ils appartiennent à un homme de grande taille avec de larges épaules, des cheveux blond vénitien et une barbe de trois jours. *Hello, monsieur Sexy.*

– C'est vous qui les avez faits ? je demande, soudain paniquée à l'idée d'avoir mauvaise haleine.

– Pas du tout, je sais à peine tracer un cercle. C'est Aled. Il a le droit de manquer les cours quand il est énervé et on a mis au point un plan pour qu'il ne s'ennuie pas.

C'est un étrange soulagement d'entendre un accent comme le mien.

– Vous êtes anglais !

Il sourit.

– Exact. Je suis Thom, enfin M. Deacon, mais ici tout le monde m'appelle Thom.

Je vois sur son badge que son prénom s'écrit avec un *h* inutile. Avec son sweat bordeaux, son pantalon en velours côtelé beige et sa paire de Converse, il n'a pas l'air beaucoup plus âgé que moi, peut-être vingt-quatre ou vingt-cinq ans.

– Vous êtes le documentaliste ?

– Je plaide coupable.

Il sourit à nouveau, dévoilant de jolies dents blanches. Dieu merci, une mauvaise dentition est un vrai tue-l'amour.

– Tu dois être Felicity ? On m'a dit que la nouvelle était anglaise.

Je regarde mes pieds et glisse mes cheveux derrière mon oreille.

– C'est moi.

– Je crois que Danny Chung te cherche. Il est sur le banc dans la partie non-fiction... Suis les étagères jusqu'au fond.

– Merci.

Je ne sais pas pourquoi ma bouche est si pâteuse. *Cosmo* m'a pourtant appris « Comment parler aux garçons mignons avec assurance », mais j'arrive à peine à sortir une phrase.

– Ravi de te rencontrer, Felicity, dit Thom en me tendant la main.

Je fixe sa main tendue comme si je n'en avais jamais vu une auparavant. Quelle idiote. Je reprends mes esprits et je la serre.

– De même. Tout le monde m'appelle Fliss, sauf en cas de problèmes.

– Tu as intérêt à ne pas causer de problèmes, alors !

Il me fait un clin d'œil en retournant vers son bureau. Je sens un picotement familier au creux de mon ventre, comme ce que j'éprouvais pour Xander mais encore plus fort. Je prie pour que cette étincelle n'embrase pas mon visage. Trop. Sexy.

Ça pourrait expliquer pourquoi le CDI semble si populaire. Une table accueille des gothiques et des pogoteurs, deux tables des matchs d'échecs. Une autre sert à peindre des petites figurines du style elfes, nains et compagnie. Il semble aussi y avoir une sorte de club de lecture : trois filles lisent toutes le même roman de Terry Pratchett en silence. Je fais vraiment tache et je suis à des années-lumière de St Agnes ; je décide donc d'aller chercher Danny.

Comme indiqué, je suis les étagères jusqu'au fond de la salle et je le trouve avec Bronwyn en train de travailler sur un ordi.

– Te voilà ! s'exclame Danny. On pensait que tu n'allais pas venir. Enfin, moi j'ai dit que si, mais Bronwyn pense que tu nous détestes.

Le visage de Bronwyn ne trahit aucune surprise.

– Ce n'est pas *exactement* ce que j'ai dit.

– Je ne vous déteste pas, dis-je, gênée. Vous êtes les seuls de l'école à me parler. Pourquoi est-ce que je vous détesterais ?

– On n'est pas très cool, répond Danny. Si tu traînes avec nous, tout le monde va te prendre pour une fille bizarre. C'est comme une lèpre sociale et on est extrêmement contagieux.

Je ris bien trop fort pour une bibliothèque.

– Apparemment, je suis déjà bizarre, donc c'est bon, je suis contaminée.

– Prends une chaise, dit Bronwyn.

Elle a dû me pardonner pour tout à l'heure. J'en attrape une et me glisse à côté de Danny.

– Qu'est-ce que vous faites ?

– Tu habites à la ferme *Marie Morgane*, pas vrai ? demande Bronwyn.

– Oui… je réponds d'un ton hésitant.

Les yeux de Danny s'illuminent.

– Tu as entendu toutes les histoires ?

Je me souviens de ce que les amis de Dewi ont dit hier matin.

– Ah oui, les terrifiantes fées des eaux ?

– Cette forêt est carrément hantée.

Hors de question que je leur raconte avoir cru entendre la cascade murmurer mon nom. Ça me propulserait illico au rang de cinglée ultime.

Bronwyn tourne l'écran vers moi.

– Hantée, je ne sais pas, mais historiquement, beaucoup de phénomènes paranormaux se sont produits dans ces bois.

– Tu es fan de *X-Files*, je parie ?

– Un peu, répond-elle avec un demi-sourire. Tout est consigné. Des corps trouvés dans la forêt, des suicides, des chiens qui refusent de prendre certains chemins ou d'approcher du ruisseau, des voitures qui s'arrêtent soudainement…

– Vraiment ?

Elle ne plaisante pas, je le vois bien.

– Regarde.

Effectivement, il y a un site Internet dédié aux faits étranges se déroulant dans les bois derrière la ferme. Une police vert acide sur fond noir.

– C'est mon blog, ajoute Bronwyn – heureusement juste avant que je ne me décide à critiquer la palette de couleurs à donner la migraine. Je rassemble juste les infos. Je me suis dit que tu devrais le voir. Tu sais que toute la vallée marque la convergence des lignes telluriques ?

– Des quoi ?

– Des lignes telluriques. Ce sont des alignements de grands sites préhistoriques.

– Euh… quoi ?

Bronwyn soupire.

– D'anciens sillons d'énergie mystique.

– Oh. OK. Je vois.

– Je t'ai dit qu'elle nous prendrait pour des tarés.

– Mais non ! je proteste. Ça fait juste beaucoup à digérer. (Je me tourne vers Danny.) Tu y crois à tout ça ?

Danny sourit.

– Llanmarion est tellement ennuyante. Par pitié, ne m'enlève pas la seule chose qui la rend intéressante.

Je souris.

– Promis.

– Je crois aussi, ajoute-t-il, qu'on devrait vraiment faire une soirée pyjama chez toi ! Imagine comme ça serait flippant, on pourrait même faire une balade à minuit ou camper dans la forêt !

Je suis d'accord, mais il n'y a pas moyen que je présente mes amis à Margot. Elle est bien plus flippante que n'importe quel esprit des eaux.

CHAPITRE 7

Ce soir-là, en nourrissant Cacahouète, je le porte jusqu'au jardin de derrière. Il commence déjà à prendre du poids. À contrecœur, Margot a accepté de le nourrir pendant que je suis en cours. Dans quelques semaines, il sera un vrai petit gaillard. Apparemment, il suffit que je l'élève au biberon jusqu'à ce qu'il puisse manger des aliments solides, ce qui ne devrait pas tarder.

Je dépasse le potager et pénètre dans le « jardin secret », où je me perche prudemment sur la vieille balançoire – pas facile quand on a les deux mains prises par un bébé cochon qui tète. Les branches protestent et les cordes grincent, mais ne cèdent pas, sous notre poids combiné.

La campagne a ça de bon : il y a beaucoup plus de ciel. Je sens mes épaules se détendre. Le lycée, bien que toujours horrible, est un peu plus supportable avec Danny et Bronwyn. J'ai aussi passé une bonne partie de l'après-midi à rêver de Thom le Divin Documentaliste. Je ne me souviens pas bien de son visage et j'ai hâte de le revoir demain pour une piqûre de rappel.

La nuit tombe et le ciel vire rapidement au violet Milka, la forêt formant une silhouette qui frissonne, bruisse et piaille.

Je repense à ce qu'a dit Bronwyn. Des cadavres, des suicides, des voitures en panne... vraiment ? Ce ne sont que des arbres. J'inspire profondément ; l'air est aussi frais qu'un iceberg. La forêt est calme et, malgré les histoires de fantômes, vraiment engageante. *Allez, viens*... semblent murmurer les arbres sentinelles, s'écartant pour former un passage. Je suis tentée de retirer mes chaussures et de voir où le chemin me mène.

Je regarde Cacahouète.

– *Ces bois sont charmants, sombres et profonds*, dis-je en citant un poème de Robert Frost appris à St Agnes. *Mais j'ai des promesses à tenir, et des lieux à parcourir avant de dormir.*

Après dîner, je décide de faire des cupcakes pour Danny et Bronwyn. Et pour M. Thom Deacon. Qui n'aime pas une fille qui apporte des gâteaux ? Ça fera plaisir à mes nouveaux amis et, pour être tout à fait honnête, j'espère qu'après une bouchée, Thom voudra m'épouser sur-le-champ. À St Agnes, mes cupcakes légendaires ont gagné le premier prix au Festival d'hiver l'an dernier. Je les avais parfumés à la cannelle et à l'écorce d'orange pour rappeler Noël.

Là, ce n'est pas du tout la bonne période, bien sûr. Je ne sais pas grand-chose sur Danny, mais je suis à peu près certaine qu'il appréciera quelque chose de mignon. Je sors donc des placards un saladier ainsi que des colorants bleus et rouges pour préparer des gâteaux violets. Je trouve même des petites billes de sucre argentées pour la touche kitch.

Je pèse mes ingrédients avant de m'interrompre pour changer de station de radio, au plus grand mécontentement de Margot.

– Qu'est-ce que c'est que ce raffut ? lance-t-elle depuis le salon.

Le salon et la cuisine sont séparés par une porte en accordéon qui reste généralement ouverte.

– Euh, Green Day.

– Du boucan, oui.

– Ton âge te trahit, Margot, la taquine maman, assise sur le canapé, sans lever le nez de son roman de Danielle Steele.

Margot continue sur sa lancée tout en remplaçant un fusible dans une prise :

– Tu devrais écouter les informations, Felicity. On ne sait jamais, tu apprendrais peut-être quelque chose d'utile.

Je bats mes œufs et ma farine, le saladier glissé sous mon bras.

– Beurk, non merci. C'est trop déprimant.

Margot repose brutalement son tournevis.

– Margot… dit maman d'un ton d'avertissement.

– C'est ton influence, Julia ?

– Ne me regarde pas comme ça. Je suis sa mère, pas une gardienne de prison.

Margot me regarde dans les yeux, son dédain fusant à travers le salon jusque dans la cuisine comme une flèche en acier. Ma chère grand-mère ne cache pas ce qu'elle pense de moi : je suis superficielle, inutile, vaine.

– Quel genre de fille préfère être une idiote ? dit-elle avec une étincelle dans le regard.

Je pose mon saladier sur le plan de travail.

– Je ne suis pas une idiote, dis-je en m'efforçant de rester calme. J'en sais suffisamment.

Margot lâche un petit rire moqueur. *Fais comme si de rien n'était, Fliss.*

– D'accord, je ne sais peut-être pas exactement ce qu'il se passe à Sarajevo mais je sais que ce n'est pas bon signe. Les infos sont horribles et tristes. Moi, je compte faire tout ce que je peux pour créer quelque chose de joli.

Je pointe du doigt le plan de travail en bazar.

– Je ne peux pas concocter la paix dans le monde, mais je peux préparer des gâteaux extraordinaires. Peut-être qu'ils rendront les gens un peu plus heureux et qu'ils n'auront plus envie d'aller se faire exploser les uns les autres.

Je lèche triomphalement ma cuiller en bois. Ça lui coupe le sifflet.

– Elle t'a eue là, maman, intervient maman avec un petit sourire.

Margot fait la moue.

– Eh bien, on aura tout entendu. Sauver le monde avec des cupcakes.

J'hallucine peut-être, mais je jurerais voir un soupçon de sourire au coin de ses lèvres, l'espace d'une seconde, avant qu'il ne disparaisse.

Un peu plus tard, je regarde *Crimewatch UK* avec ma mère et Margot. Enfin, maman s'endort en plein milieu de l'émission. Ça ne m'étonne pas, il n'y a pas de meurtres irrésolus intéressants ce mois-ci. Margot et moi l'aidons à se mettre au lit, puis je m'enferme dans ma chambre.

Quel genre de fille préfère être une idiote ? Quelle vieille peau ! Le journal est là où je l'ai laissé, sous mon oreiller. Je sais que pour bien faire, je devrais lui rendre immédiatement et prétendre ne pas l'avoir lu, mais à présent je suis curieuse de savoir ce qui s'est passé après son arrivée à la ferme. Faire ce qu'il faut me paraît souvent barbant. Et il y a forcément quelque chose de compromettant là-dedans.

L'ironie de cette histoire ne m'échappe pas : on a toutes les deux quitté Londres contre notre gré pour se retrouver dans la même ferme. Mais pourquoi Margot est-elle revenue dans ce trou, *a priori* par choix, cinquante ans plus tard ? Mystère.

Je me glisse sous ma couverture avec le journal, ne laissant que ma lampe de chevet allumée. J'ai déjà commis un péché capital en lisant le journal de quelqu'un d'autre. À quoi bon m'arrêter maintenant ?

Samedi 18 janvier 1941

Bon, ma résolution de tenir un journal est bien partie… J'avais prévu d'écrire tous les jours, mais il va sans dire que chaque soir, je me suis endormie dès que j'ai posé la tête sur mon oreiller. Un mélange d'air fleurant bon le fumier et de dur labeur, j'imagine. J'accumule courbatures sur courbatures.

Mes deux premières journées ont été éprouvantes. Je pense que c'était l'intention d'Ivor. On dirait bien que j'ai tendu le bâton pour me faire battre…

La journée commence avec le chant du coq à l'aube, pour tout le monde. Même Jane, la plus jeune, doit aider au petit déjeuner. J'ai rencontré les autres évacués le premier matin. Jane est une adorable fillette au visage d'ange, avec de grands yeux et des joues rondes. Elle vient de Liverpool et j'adore son accent. Peter est un garçon de dix ans, maigre et nerveux, au teint rougeaud, venant de Portsmouth.

Pendant les vacances de Noël, l'école de Llanmarion a été inondée quand un tuyau gelé a explosé, si bien que les enfants n'ont pas encore pu y retourner. Pendant que Jane aidait Glynis dans la cuisine, Peter et moi étions donc censés prêter main-forte à Ivor : faire sortir les moutons, curer les sabots du cheval, ramasser les œufs (même si Jane aime le faire). Peter a déjà le tour de main pour traire les vaches ; il m'a montré comment rouler et pincer le pis pour faire gicler le lait dans un seau en métal. C'est tout bonnement affreux. J'ai dû me rendre à l'évidence dès le premier jour : mes vêtements ne sont pas du tout adaptés. En remontant dans ma chambre après le petit déjeuner, j'ai découvert que Glynis m'avait apporté des pantalons en laine informes, des chandails et des blouses à carreaux. J'ai attaché mes cheveux et j'ai mis un foulard par-dessus, exactement comme les fermières que j'ai vues au cinéma.

Il s'est passé quelque chose d'étrange avant-hier : peu après le petit déjeuner, une voiture est venue chercher Glynis qui est partie, sans aucune explication. La même chose s'est reproduite hier et ce matin.

Quand j'ai demandé à Ivor où elle se rendait, il a répondu d'un ton sec : « Avec les femmes. » Je ne suis pas plus avancée. Comme c'est curieux ! Il faut que je découvre le fin mot de l'histoire.

En tout cas, il est clair que la ferme est une bénédiction pour le village. Les tickets de rationnement sont aussi maigres qu'à Londres, mais ici, il est bien plus facile de tirer profit de la terre.

Tôt le matin, les gens sont arrivés, souvent à pied, pour troquer des légumes d'hiver, patates et panais. On m'a observée avec intérêt – le bruit a couru qu'il y avait une nouvelle évacuée à la ferme. Je devais présenter un sacré spectacle, couverte de boue dans les vêtements masculins de Glynis.

J'ai passé le reste de mon premier jour au potager plutôt qu'aux champs. Il doit être trop tôt dans l'année pour la moisson. Ivor n'est pas taillé pour la discrétion et j'avais pleinement conscience de sa supervision constante pendant que je travaillais. Je ne mentirai pas, la besogne était dure : gratter le sol gelé à quatre pattes pour tenter de déterrer les patates à la pelle. Mais plutôt mourir que laisser Ivor voir à quel point j'étais frigorifiée et misérable. Non, à la place, j'ai siffloté d'un air le plus enjoué possible.

Épuisée, les bras tout endoloris, je me suis effondrée sur mon lit, Dieu merci après un bon bain chaud. Mes mains sont déjà calleuses. Ivor serait sûrement ravi de le voir. Mais il ne m'entendra pas me plaindre ; je ne lui donnerai pas cette satisfaction !

Je venais à peine de me coucher lorsque j'ai entendu un faible gémissement. Une fille plus idiote aurait peut-être cru la pièce hantée. Je me suis redressée, l'oreille aux aguets. Quelqu'un pleurait. Pauvre petite Jane !

J'ai enfilé mes chaussons et ma robe de chambre (que j'ai apportés de chez moi) avant de m'aventurer sur le palier. J'entendais Glynis et Ivor parler en bas, mais le bruit venait de la pièce d'à côté. Glissant la tête dans l'entrebâillement de la porte, j'ai vu Jane perchée sur le lit de Peter. La tête du garçon était enfouie sous son oreiller.

– Peter est triste, m'a dit Jane.

– Peter ? Qu'est-ce qu'il y a ?

– Je veux rentrer à la maison, a-t-il dit sans lever la tête, ses mots étouffés par son oreiller.

Bon, je ne suis pas spécialiste, mais il avait clairement le mal du pays. Je me suis assise au bord du lit pour lui frotter le dos maladroitement. C'est dans les moments comme cela que je prends conscience que je suis fille unique. Je ne sais pas comment me comporter avec les autres enfants.

– Allons, allons, ai-je improvisé. Bien sûr que tu veux rentrer chez toi. On veut tous rentrer chez nous. On est tous très loin de nos parents.

Peter s'est tourné pour me regarder, les yeux rouges.

– Le monsieur à la radio a dit qu'il y avait eu un bombardement à Portsmouth.

– Oh, Peter, ne t'inquiète pas. Ta mère sait comment rejoindre un abri anti-aérien, pas vrai ? Elle n'est pas bête.

– Mais, et si…

– N'importe quoi ! Demain, on lui écrira pour prendre de ses nouvelles. On lui dira comme tu es courageux et comme tu t'amuses bien à la ferme pour qu'elle ne s'inquiète pas inutilement.

– Peter ne sait pas écrire, Miss Margot, a dit la petite Jane.

Je me suis demandé ce que sa vie à la maison avait dû être s'il ne savait pas écrire à son âge.

– Eh bien tu me feras la dictée, Peter, et j'écrirai à ta place.

L'idée a semblé lui remonter légèrement le moral.

– Vraiment ? Promis ?

– Bien sûr. Mais il faut dormir à présent. On doit tous se lever très tôt demain matin.

– J'ai pas sommeil, a dit Jane.

J'ai serré les mâchoires. Je ne crois pas être faite pour m'occuper d'enfants. Je me suis souvenue de ma vieille nounou, Martha. Que ferait-elle à ma place ?

– Jane, tu as peut-être un livre favori ? Tu as droit à une histoire avant de dormir.

Jane a sauté du lit et s'est précipitée vers la bibliothèque, revenant avec Peter Pan.

– Il y a écrit mon nom, a déclaré Peter avec fierté.

– Tu as raison. Vous êtes bien installés tous les deux ? Allongez-vous et fermez les yeux pour mieux imaginer l'histoire…

Quelques minutes plus tard, ils étaient profondément endormis. Je les ai vite suivis au pays des songes.

Tous les samedis, un marché se tient sur la place du village. Nous avons aidé Ivor et Glynis à charger le camion avant de nous glisser à l'arrière, accrochés aux caisses de légumes, tandis que le véhicule avançait cahin-caha sur les routes accidentées.

Je n'avais encore rien vu de Llanmarion à part la ferme, et l'endroit est époustouflant : des vallées ondoyantes, des collines enneigées et un charmant petit pont sur une rivière tumultueuse. J'ai décidé de prendre des photos pour les envoyer à Mère avec une lettre à la première occasion.

Le marché en lui-même était installé sur la place du village, autour d'un monument aux morts de la dernière guerre. Je n'ai pas pu m'empêcher de penser aux hommes, comme Papa, qui ont survécu à ces horreurs pour y retourner, tête levée, épaules redressées, mais le regard lourd d'inquiétude. Cette fois, ils savent ce qui les attend.

L'année dernière, j'ai vu un train de conscrits quitter la gare Victoria – malgré les chansons et la camaraderie ambiante, les hommes semblaient crispés. Beaucoup d'entre eux savaient ce voyage sans retour.

J'ai frissonné. Mère m'a dit un jour que si l'on pense trop à ce qui se passe vraiment dans le monde, on devient fou. Et je crois qu'elle a raison.

Le marché débordait d'activité et nous nous sommes mis au travail pour installer notre étal. Les confitures maison de Glynis étaient particulièrement appréciées, même si j'ai du mal à comprendre comment ils peuvent gagner de l'argent quand elle donne tant de bocaux gratuitement. Au bout de quelques heures, Glynis m'a suggéré d'aller faire un petit tour : « Vas-y. Tu n'es pas une esclave, Margot. Va rencontrer des jeunes de ton âge. »

M'occuper de l'étal ne me dérangeait pas mais j'étais curieuse de voir s'il y avait d'autres Londoniens dans le village. Je me suis promenée sans but sur le marché, profitant de ma liberté. Les gens semblaient plutôt enjoués et faisaient du mieux avec le peu qu'ils avaient. On trouvait ainsi des tranches de gâteau sans œuf et une théière fumante. J'ai discuté avec certaines personnes déjà rencontrées à la ferme.

L'employée des postes, Myfanwy Jones, m'a alpaguée au stand de thé pour me présenter sa fille et sa nièce. J'ai pris ma tasse et elle m'a emmenée de force vers deux filles qui nourrissaient des pigeons avec les miettes d'un sandwich au crabe.

Bess est très joviale, avec des joues rebondies, rosies par le froid. Doreen, elle, est une très jolie fille d'environ mon (vrai) âge, venue de Southampton pour plus de sécurité.

– Tu dois être Margot, a déclaré Bess avec entrain en tripotant ses gants tricotés. On a beaucoup entendu parler de toi ! Comment ça se passe à la ferme ?

– Ça va, ai-je répondu, soudain mal à l'aise dans mon manteau de chez Harrods. (La coupe élégante et la laine vert jade offraient un contraste saisissant avec le pardessus gris informe de Bess. Prenant conscience que ma tenue était ostentatoire, j'ai résolu de ne plus porter ce manteau à l'avenir.) Le travail n'est pas facile mais je m'en sors.

– Pourquoi ne faites-vous pas connaissance les filles ? a lancé Mme Jones.

– On s'occupe d'elle, maman ! a répondu Bess.

Elle a attendu que sa mère soit hors de portée avant de reprendre d'une voix joyeuse :

– Viens, Margot, allons voir si on trouve les garçons !

– Nous sommes passées par un étal qui servait de la soupe chaude où le vendeur a été ravi servir trois jolies filles avec plein de clins d'œil et un sourire.

– Oh, je ne pourrai jamais travailler dans une ferme, a annoncé Doreen en soufflant sur son bouillon pour le refroidir. Toute cette boue et ce foin… Pas question !

Bess a froncé le nez.

– Bah, ça ne peut pas être pire que de laver le linge à l'hôpital.

– C'est ce que vous faites ? ai-je demandé.

– Oui. Maman a dit qu'on devait aider. C'était soit l'hôpital, soit l'école maternelle…

– Et on a choisi les pauvres soldats blessés plutôt que les gamins ! a ajouté Doreen. Je pensais que j'allais rencontrer un gentil garçon, mais tu parles ! On passe notre temps à laver les taches de sang, ou pire, sur les draps !

Bess a éclaté de rire tandis qu'on traversait la place, cherchant un endroit où s'asseoir.

Un terrier s'était échappé de sa laisse et des enfants lui couraient après à travers la foule. En voyant Peter prendre la situation en mains, j'ai senti un élan de fierté. Après juste quelques jours, j'ai l'impression qu'il est comme mon petit frère.

– Où se trouve l'hôpital ? ai-je demandé pour faire la conversation.

Je ne pense pas qu'en temps normal, Bess et moi aurions été amies, mais j'apprécie vraiment sa compagnie.

– Oh, c'est le vieil asile de fous, a-t-elle répondu avec autorité. Il a été fermé pendant des années. À présent, il sert d'hôpital annexe pour les troupes qui viennent de Cardiff ou de Londres.

– Je n'aimerais pas y être la nuit, a ajouté Doreen avec de grands yeux effarouchés. L'endroit me donne déjà la chair de poule en pleine journée.

Bess a souri.

– Eh bien, si tu veux vraiment avoir peur, on devrait aller à la ferme de Margot…

– Comment ça ?

Avant que Bess ne puisse répondre, un jeune homme près du monument aux morts nous a interpellées.

– Oh, regarde ! s'est exclamée Doreen. Ils sont là !

Un groupe de garçons étaient assis au pied du monument, buvant de la bière artisanale achetée à l'un des étals. Ils semblaient à peine en âge de le faire. Le premier avait un air arrogant et des cheveux blond doré séparés par une raie parfaitement centrée, comme un plumage huilé.

– Bore da, *mesdemoiselles ! Mais qui voilà ?*

Sur lui, l'accent gallois était beaucoup moins charmant, aussi rugueux que du papier de verre.

Aussitôt, Doreen s'est troublée, glissant ses mains dans ses cheveux pour replacer ses boucles d'ébène.

– Bonjour, Bryn ! C'est Margot. Elle loge à la ferme.

Bryn s'est tourné vers ses amis avec un sourire carnassier. Comme j'ai déjà rencontré des petits coqs dans son genre à Londres, je suis restée de marbre devant ses simagrées.

– Enchanté, Margot. Bryn Davies, je suis le fils d'Owen.

– Pardon, qui ?

– Owen Davies, a glissé Bess. Le maire.

– Enchantée, ai-je répondu.

Je lui ai tendu la main ; au lieu de la serrer, il l'a portée à ses lèvres pour embrasser mes doigts gantés. J'espère que ma grimace ressemblait un peu à un sourire.

– Qu'est-ce que vous faites de beau, petites damoiselles ?

– Rien ! a répondu Doreen, trop empressée.

– Alors joignez-vous à nous.

Il a désigné d'un geste leur banc de fortune.

– Non merci, ai-je répondu d'un ton poli mais ferme. Je ne peux pas m'asseoir, mon médecin me l'interdit. Je ferais mieux de rester debout ou même de partir.

Bien sûr, la plaisanterie lui est passée complètement au-dessus de la tête.

– Allez, les filles ! Mon père m'a dit qu'on pouvait aller en ville voir un film, ça vous dit ?

– Oh, oui, merci ! ont répondu Doreen et Bess en chœur.

– Et toi, Margot ? Tu pourras même t'asseoir à l'avant.

– Oh, je ne pense pas qu'il y ait de la place pour nous tous.

J'ai souri à nouveau, même si je n'avais pas la moindre envie de passer plus de temps que nécessaire en compagnie de Bryn. Il est beau garçon mais bien trop content de lui.

– Ça ne les dérange pas, pas vrai, les gars ?

Il s'est tourné vers ses compagnons – que j'avais, je l'avoue, plus ou moins ignorés jusque-là, présumant qu'ils étaient du même acabit que Bryn.

L'un d'entre eux était un grand costaud avec un visage ingrat qui le faisait paraître bien plus âgé qu'il ne l'était ; le deuxième était un blond plutôt séduisant, un peu plus jeune, avec des taches de rousseur, et le dernier était le premier Noir que je voyais depuis mon arrivée aux pays de Galles. Il devait être un évacué comme moi.

– Ça ne me dérange pas. Je vais rentrer chez moi, a dit le blond.

Bess m'a dit plus tard qu'il s'appelait Andrew, et son ami, Reg. Tous deux viennent de Londres.

– Tu vois ? a dit Bryn en souriant. Il y a plein de place.

J'en ai eu la chair de poule. Puis une autre idée m'est venue à l'esprit.

– Si tu as l'âge de conduire, pourquoi n'es-tu pas à la guerre ?

Aussitôt, son visage s'est fermé.

– Je suis réserviste, a-t-il répondu d'un ton maussade.

Je me suis immédiatement demandé quelle était la vraie raison.

– Alors, tu viens ou pas ?

– Il faut vraiment que je retourne à la ferme. Il y a toujours beaucoup à faire.

Son sourire méprisant a refait surface.

– Tu sais que Tan-Y-Pistyll *est hantée, pas vrai ? Enfin, la forêt… Tu as entendu les voix ?*

– Quoi ? a lancé Doreen, horrifiée.

Heureusement que je n'ai jamais été aussi crédule.

– C'est vrai ! a dit Bess en gloussant. Elle est vraiment hantée. Tout le monde sait qu'il ne faut pas aller dans la forêt la nuit.

– N'importe quoi ! ai-je répliqué, le froid me faisant soudain frissonner. Je n'ai jamais rien entendu d'aussi bête.

– Tu n'as jamais entendu parler des Marie Morgane, alors ? (Bryn prenait de grands airs, savourant l'attention qu'il recevait.) Elles ressemblent à de jolies filles – enfin, à part leur peau bleu pâle et leurs cheveux argentés – et elles chantent merveilleusement bien, mais si tu les suis dans l'eau, elles te gardent prisonnier pour toujours.

– Quoi ? Comme des sirènes ? ai-je demandé malgré moi.

Père m'avait raconté ces histoires.

– En quelque sorte. Elles vivent dans le ruisseau de la forêt. Il y a une caverne derrière la cascade. Les gens y entrent… et ne ressortent jamais.

– Mon père a entendu les voix une fois, a ajouté le grand qui s'appelle Bill Jones (mais qui n'est pas de la famille de Bess. La moitié des Gallois s'appellent Jones).

– Vous me prenez pour une idiote ! ai-je répliqué en remarquant que Doreen semblait captivée par l'histoire. (Ou par le jeune homme qui la racontait ?)

Bryn a regardé ses amis.

– C'est le problème avec vous, citadins. Vous venez au pays de Galles en pensant que c'est comme l'Angleterre. Mais non. On a nos façons de faire ici, vous ne pouvez pas comprendre.

J'ai souri.

– Tu sais quoi, Bryn, tu n'as qu'à garder tes façons et moi les miennes, et les moutons seront bien gardés.

– Si tu ne me crois pas, viens avec moi dans la forêt. Je te montrerai.

Quel impertinent !

– Non merci.

– Allez ! On ira tous ensemble.

– On pourrait faire un pique-nique ! a lancé Bess en frappant dans ses mains.

– On est en janvier ! ai-je objecté. Il faut être fou pour faire un pique-nique en plein hiver ! On va attraper la mort.

– On se couvrira bien. Ce sera amusant.

Bess avait l'air un peu blessée et je me suis sentie coupable.

– La forêt est si belle, Margot. Si on reste ensemble et qu'on rentre avant la nuit, tout ira bien, promis.

Bess est si adorable et optimiste. Une telle gentillesse est rare et je ne voulais pas la peiner davantage.

– Eh bien, peut-être. Si le temps le permet.

Je ne pensais pas inconvenant d'aller dans les bois avec des jeunes hommes si on était en groupe. J'espérais seulement que Bryn serait découragé.

– Tu viendras, Reg ? a demandé Bess d'une voix soudain haut perchée.

Reg ne prêtait pas vraiment attention à la conversation, tapant dans un ballon avec Bill.

– Quoi ? La forêt ? Euh, oui, je verrai avec ma famille mais j'aimerais bien.

Bess lui a lancé un large sourire.

– Merveilleux. J'espère que tu pourras !

Je n'ai rien dit mais l'intérêt de Bess était évident comme le nez au milieu de la figure.

Nous avons donc fait de vagues projets pour le lendemain ; Bess, surexcitée, a prévu quoi apporter et Doreen s'est assurée que Bryn viendrait. Avec un peu de chance, il va tourner son attention vers elle – elle est bien plus jolie que moi.

Contente d'avoir fait de nouvelles rencontres, j'ai pris congé. Alors que je me frayais un chemin à travers la foule pour retourner à l'étal de Glynis et Ivor, Andrew m'a tapé sur l'épaule, rouge et hors d'haleine après avoir couru.

– Tu n'as pas cru à ces bêtises ? a-t-il demandé. Ce que Bryn a dit. Sur les esprits des eaux.

– Non ! Bien sûr que non. Et toi ?

– Non ! Mais écoute… (Son ton s'est fait grave.) Je ne devrais pas dire cela, après tout il a pris la peine de me faire visiter les environs, mais sois prudente avec Bryn. Ce n'est pas un gentleman.

Je n'ai pas pu m'empêcher d'admirer sa galanterie tranquille.

– Je n'en doute pas une seconde. Mais merci, Andrew. (Il a incliné légèrement la tête.) Passe une bonne journée. Ravie d'avoir fait ta connaissance.

– De même, Margot. Dieu merci, nous ne sommes plus tout seuls maintenant.

Nous avons échangé un sourire entendu, puis il s'est éloigné pour rejoindre les autres.

J'ai passé le reste de l'après-midi à aider Glynis au marché. De toute évidence, elle est populaire au village, même si elle n'est pas aussi guindée ou apprêtée que la plupart des autres ménagères. Quand j'ai dit que les gens semblaient très gentils, elle a rétorqué : « Oh, je ne veux même pas savoir ce qu'ils disent derrière notre dos. La moitié d'entre eux pensent qu'Ivor aurait dû partir au front même avec sa main, mais tant qu'on leur fournit du lait et du beurre, ils ne me diront rien en face. »

Alors qu'on remballait, Reg est passé avec sa famille d'accueil – un des chirurgiens de l'hôpital et sa femme.

– Bonjour, ai-je dit. Je vois que tu as perdu Bryn. (Reg a souri sans rien dire.) Mais entre nous, je crois que Bess aimerait mieux te connaître.

– Bess est très gentille, a-t-il répondu timidement.

Je n'arrivais pas à savoir s'il rougissait avec sa peau foncée.

– Tu es londonien ?

– Oui, de Battersea.

– Oh. Je suis juste de l'autre côté de la Tamise, à Kensington.

Malgré le simple fleuve qui nous séparait, nous vivions dans deux Londres, deux mondes différents.

– Sympa ! a-t-il dit avec un sourire contagieux. C'est un peu différent ici, hein ?

– Tu l'as dit, Reg, ai-je soupiré. Mais on va s'en sortir.

– On n'a pas trop le choix de toute façon.

Sa réponse trahissait la lassitude d'un homme mûr.

– Quand es-tu arrivé ? Ça n'a pas été trop difficile ?

– En septembre, miss. Ça n'a pas été facile, non. Mais j'imagine que ce sera bien pire l'an prochain quand j'irai servir mon pays.

– Mon Dieu, appelle-moi Margot, s'il te plaît.

Le docteur Armistead avait terminé sa transaction avec Glynis.

– Viens, Reg. Ne dérange pas la jeune demoiselle.

– Il ne me dérangeait pas, ai-je répliqué aussitôt. Pas le moins du monde.

– Ravi d'avoir fait ta connaissance, Margot. (Il s'est penché par-dessus la table et a répété ce qu'avait dit Andrew.) C'est agréable d'avoir une autre Londonienne parmi nous.

– Viens avec nous demain si tu peux. Bess serait enchantée.

Je lui ai serré la main en souriant.

Il a commencé à neiger dès notre retour à la ferme. Des flocons doux comme des plumes tourbillonnaient contre les murs croulants des pâturages. Bientôt, la vallée est devenue blanche et immaculée ; je me sentais encore plus loin de Londres.

De la fenêtre de ma chambre, je vois la forêt, des branches nues, argentées et gelées. Je l'avoue, j'ai ouvert la fenêtre tout à l'heure pour tenter d'entendre les « voix » dont Bryn a parlé. La nuit était aussi silencieuse qu'une tombe. Belle, mais désolée.

J'ai maudit ma curiosité insatiable. Peut-être ma conversation avec Reg ? Pour la première fois, le mal du pays me tord le ventre. Je vais m'arrêter là pour ce soir afin d'écrire une lettre à Mère, l'inonder de points d'exclamation, lui dire combien je suis heureuse et comme tout est merveilleux.

Chapitre 8

Il est minuit et je suis toujours éveillée. Je meurs d'envie de continuer ma lecture, mais si je ne m'endors pas bientôt, j'aurai une mine de déterrée demain matin. Hors de question. Le look « héroïne chic » à la Kate Moss a ses limites.

Je repense à ce qu'a fait Margot, ouvrir la fenêtre pour écouter la forêt. Pour être honnête, j'ai peur d'entendre quelque chose d'inexplicable si je fais de même.

Mon réveil sonne à six heures trente, une demi-heure plus tôt que si je ne m'occupais pas de Cacahouète, et seule l'effroyable perspective de donner raison à Margot parvient à m'éjecter du lit. Je ne suis vraiment pas du matin. Après ma douche – je ne prends même pas la peine de me laver les cheveux – je descends et découvre Margot déjà habillée, en train de préparer le petit déjeuner.

– Tu vas être en retard si tu ne fais pas attention, dit-elle.

Elle ne dort jamais ou quoi ? Peut-être que c'est un cyborg en fait. Ça expliquerait pourquoi elle est si froide. J'imagine attraper la poêle sur la cuisinière, lui donner un bon coup sur la tête et voir des fils et des rouages jaillir de ses orbites.

– J'ai le temps.

J'en fais des tonnes en préparant le petit déjeuner de Cacahouète. Il fait froid dehors, l'hiver se fait sentir, si bien que je prends Cacahouète dans mes bras et le ramène à la cuisine. Il commence à sacrément gigoter ; le tenir pendant que son biberon chauffe n'est pas facile.

– Tu devrais pouvoir le nourrir au bol après le week-end, dit Margot sans même se détourner de la cuisinière pour me regarder.

– Mais toujours du lait ?

Je m'assieds à table et Cacahouète tète goulûment sa tétine.

– Oui, pendant le premier mois. Ensuite de l'eau et de la nourriture.

– Tu entends ça, Cacahouète ? Tu vas devenir grand et fort !

Margot pose la théière ébréchée au centre de la table puis retourne à sa poêle.

– Et bientôt, il sera temps que je l'emmène au marché avec les autres porcelets.

Je suis tellement focalisée sur Cacahouète que je mets une seconde à comprendre ce qu'elle vient de dire.

– Quoi ?

– Pour les vendre. Pour leur viande.

– Tu les vends ?

Margot me lance un sourire cruel, presque jubilatoire, comme une tueuse en série. Oh, je sens que cette révélation lui brûlait les lèvres.

– Bien sûr. C'est une ferme, Felicity. Je n'élève pas des animaux de compagnie ! Je les emmène au marché et je les vends. Comment crois-tu qu'une ferme fonctionne ? À ton avis, d'où vient le bacon que tu engloutis tous les matins ?

C'est pas vrai, j'ai dévoré les frères et sœurs de Cacahouète. J'ai l'impression d'être une cannibale.

– Je t'avais prévenue, continue-t-elle. Je t'ai dit de ne pas lui donner de nom, de ne pas t'attacher à lui, mais tu as refusé de m'écouter. Felicity sait tout mieux que personne, pas vrai ?

Je regarde l'adorable bébé dans mes bras, puis la poêle grésillante contenant sa famille à un mètre de là. Je jurerais que les yeux de Cacahouète papillonnent en me regardant.

– Tu ne peux pas le vendre.

Ma voix semble enfantine, rose bonbon. Margot m'a bien eue : je me comporte comme l'idiote qu'elle me croit être.

– Je n'ai pas le choix. Il n'y a pas la place pour deux porcs adultes. Un point, c'est tout. Je sais comment gérer ma ferme, merci bien.

Cacahouète me regarde avec de grands yeux tristes. Je sais que les bébés animaux sont adorables exprès, pour ne pas qu'on ait envie de les tuer, mais c'est efficace.

– S'il te plaît, Margot, pas Cacahouète.

Nouveau sourire cruel.

– Oh, c'est comme ça que ça marche ? Tuer et manger des animaux est parfaitement acceptable tant qu'ils ne sont pas petits et mignons ? Tu parles d'une hypocrisie !

– Qu'est-ce que tu veux que je te dise ? je réplique d'un ton sec, trop fatiguée pour tenter d'être polie. Que je suis une petite idiote qui ne connaît rien à rien ? OK, d'accord, j'avoue, je suis stupide ! Mais par pitié, ne tue pas Cacahouète !

Maman passe la tête par la porte.

– Qu'est-ce qui se passe ?

– Margot veut tuer Cacahouète !

– Margot ne veut rien faire de la sorte, répond Margot. J'explique juste à Felicity comme je gère ma ferme et que tout le bétail va être vendu aux enchères en temps utile.

– Oh, maman, dit ma mère avec lassitude en s'appuyant contre le chambranle. Laisse-la garder son fichu cochon.

Margot semble se mordre la langue un instant avant de se lâcher :

– Eh bien, ça explique bien des choses. À l'évidence, Felicity a l'habitude de n'en faire qu'à sa tête pour se faciliter la vie. Je remarque qu'elle n'a pas vu d'inconvénient à manger mes autres porcelets.

– Et si j'arrête ? dis-je aussitôt.

– Fliss, ne sois pas ridicule.

Maman se glisse sur une chaise. Elle n'a pas l'air d'avoir dormi, ses yeux sont cernés comme un panda.

– Tu arrêterais de manger de la viande pour sauver la vie d'un petit avorton ?

– Oui. Si tu promets que je peux le garder.

Margot éclate de rire.

– Très bien. Marché conclu. Mais je te préviens, c'est valable pour toute la viande, pas juste le porc.

– D'accord. Et pour le lait et les œufs ?

– Je laisse ta conscience en décider.

Impossible d'arrêter ça aussi. Je mourrais de faim.

– Je vais y réfléchir.

– Tu ne tiendras jamais, répond Margot avec un petit sourire suffisant. Au premier effluve de bacon ou de poulet grillé, tu vas craquer.

– Non, dis-je en le pensant vraiment.

Plutôt mourir que de donner raison à cette sorcière. Je commence à me dire que George Bouillon a eu l'idée du siècle avec sa potion magique…

– Dès que céderas à la tentation, « Cacahouète » partira au marché avec les autres.

– Mais c'est quoi ton problème ? je lance d'une voix rageuse.

– Fliss ! dit maman d'un ton sec.

Je ne comprends pas. J'ai passé toute la soirée d'hier à lire l'histoire d'une fille drôle et pétillante avec qui j'aimerais être amie si elle allait à mon école. J'enchaîne :

– Qu'est-ce qui t'est arrivé, hein ? Tu n'as pas toujours été aussi peau de vache !

– Felicity. Dans ta chambre, tout de suite ! Tu ne parles pas à ta grand-mère comme ça !

Maman frappe sa main contre la table, faisant trembler les tasses. Je me lève et lui tends Cacahouète. Margot m'attrape par le bras alors que je m'apprête à partir en trombe de la cuisine.

– Comment diable peux-tu savoir comment j'étais ?

Zut. J'essaye de me souvenir de ce que j'ai dit, impossible. Me suis-je trahie ?

– Euh, je ne sais pas. Mais tu ne pouvais pas être aussi méchante, sinon grand-père ne t'aurait jamais épousée.

Elle relâche mon bras.

– Tu sais, Felicity, j'ai presque de la peine pour toi. Je m'en souviens, tu sais. Crois-le ou non, je me souviens de ce que c'est d'avoir ton âge, de penser tout savoir. Et combien c'est fatigant.

– Je ne crois pas tout savoir.

– Si. Tu penses que je suis vieille et dépassée, et que tu es la première personne à ressentir ce que tu ressens. (Elle dépose le bacon cramé dans une assiette d'un geste ostentatoire.) L'école t'inculque un savoir que tu prends pour de l'expérience. Crois-moi, l'expérience va vite te rattraper et tu te rendras compte que tu ne sais rien du tout. C'est ce qui rend l'entrée dans le monde adulte bien plus intrigante. J'en profiterais, si j'étais toi. Je suis assez sage à présent pour admettre que je ne sais rien. J'improvise au fur et à mesure. Comme tout le monde.

Si elle croit que je vais gober son numéro de devin à deux balles, elle se fourre le doigt dans l'œil, la tueuse de cochons.

– C'est ça, dis-je en quittant la cuisine.

Le temps d'arriver à l'école, ma colère s'est légèrement calmée grâce à Dewi. On a discuté de nos séries préférées, *La Vie à cinq* que j'adore et qu'il déteste, et *Angela, 15 ans*, qu'on trouve tous les deux géniale. En descendant du bus, il me bloque le passage.

– Tu fais quoi ce week-end ? Tu veux que je te fasse visiter le coin ?

Megan, Rhiannon et Cerys traînent près de l'entrée du bâtiment E comme les trois sorcières de *Macbeth*. Je recule d'un pas.

– Je crois que Danny Chung va me faire visiter.

– Danny Chung ? Tu sais qu'il est pédé ?

J'ai bien entendu ? L'insulte m'arrête net. Ouah. Dire que je pensais que Dewi n'était pas un bouseux arriéré.

– Tu rigoles j'espère ?

– Quoi ? C'est vrai. Tout le monde le sait.

– On dit « gay », et je m'en moque qu'il le soit ou non. Apparemment, c'est la seule personne ici à avoir du style et un cerveau.

Je contourne Dewi et le dégoût sur mon visage devrait envoyer un message clair à lui et sa petite copine. Ils vont bien ensemble, ces deux-là.

Je me dirige droit vers le CDI dont l'attrait me paraît à présent évident. C'est une oasis au milieu d'un désert aride et hostile. Je suis furieuse. Je pensais vraiment que Dewi était quelqu'un de bien. Quel enfoiré. Dès que je pousse la porte du CDI, une odeur de café frais me submerge. Thom, M. Deacon, est debout derrière le bureau, une cafetière à la main.

– Bonjour ! s'exclame-t-il. Du café ? Décaféiné, bien sûr. Je ne peux pas t'envoyer en cours surexcitée.

Je ne me souvenais pas à quel point il était mignon. Cette fois, j'essaye de le photographier mentalement pour plus tard. L'espace d'un instant, tout semble devenir flou, comme une brume d'été.

Danny, Bronwyn et quelques autres sont assis à des tables sous l'arbre aux livres. Je reprends mes esprits.

– Oui, merci ! J'ai fait des cupcakes !

Je pose mon Tupperware sur le bureau pour que Thom puisse admirer mes talents culinaires.

– Non ! s'écrie Danny en accourant. Tu es la meilleure !

– J'avoue, c'est un flagrant pot-de-vin. J'essaye d'acheter votre amitié.

– C'est réussi. Je peux en prendre un ?

– Bien sûr !

Je rejoins les autres pendant que Thom me sert du café. Aujourd'hui, il porte un tee-shirt à manches longues qui met en valeur son torse musclé. Autour de son cou pend un collier de perles en bois ; je me demande s'il fait du surf ou de l'art sur son temps libre. Je parie qu'il est dans un groupe de folk.

Danny me présente à deux de ses amis. Une fille pulpeuse du nom de Sophie et un grand échalas dégingandé, Robin, qui a l'air de s'être pris la puberté de plein fouet. Il ne dit pas grand-chose mais engloutit deux cupcakes ; Sophie est plus hésitante.

– Oh, je ne devrais pas, dit-elle en picorant un morceau. Maman menace déjà de m'envoyer en camp d'amaigrissement. Vous imaginez ? Ce serait horrible.

– Ta mère est un cauchemar. Tu n'es pas grosse, intervient Danny, le visage couvert de glaçage rose.

– Elle fait encore son régime à base de soupe au chou ? demande Bronwyn sans une once de sarcasme.

– Oh, non, c'était l'avant-avant-dernier. Depuis, elle a testé celui où tu bouges en mangeant, et maintenant celui sans glucides.

– Elle a l'air marrante ! dis-je pour tenter de m'immiscer dans la conversation.

Bronwyn ne semble pas entièrement convaincue.

– Tu connais *Coiff' Émoi* en ville ? C'est son salon. Avant, elle dirigeait l'école de danse au-dessus de la boutique de mes parents, dit Danny. Car oui, on a un restaurant chinois à emporter. *Le* restau chinois de la ville. Ma vie est un supplice. Toute l'eau de toilette Jean Paul Gaultier du monde n'arrivera jamais à recouvrir l'odeur de crevette.

– Ma mère était danseuse dans une émission de télé, ajoute Sophie. Elle est complètement tarée, je vous jure.

– Et tes parents, ils font quoi ? me demande Bronwyn.

– Mon père est mort, dis-je. Enfin, il est mort quand j'étais petite. Je ne me souviens pas vraiment de lui.

– Je suis désolé, dit Danny. Et ta mère ?

– Oh, elle va bien. Elle travaille pour la télévision.

– Sérieux ? Tu déconnes !

– Oui. Elle fait des documentaires... Vous avez vu celui sur les enfants assassins au Brésil ? Il est passé sur la BBC il y a quelques années.

– Je m'en souviens, répond Bronwyn. (Pour la première fois, je perçois une pointe de respect dans sa voix.) C'était vraiment percutant.

– Je lui dirai ! dis-je.

– Sympa comme boulot, ajoute Danny.

Je décide de ne pas leur parler du cancer. À mon ancienne école, j'avais plein d'avantages par procuration : des heures de libre, du temps en plus pour les contrôles, de l'attention et de la compassion de la part des profs. C'était presque agréable au début, mais ça m'a vite lassée. Trop de mines apitoyées et de hochements de tête compréhensifs de la part de gens qui ne comprenaient pas du tout. Toutes les conversations cotonneuses pour amortir le choc au cas où le pire arriverait. Je ne supportais plus d'être traitée comme si j'étais en sucre. J'allais bien, c'est maman qui était malade.

Ce n'était pas une décision délibérée, mais je me rends compte à présent qu'ici, je ne veux pas être « la fille dont la mère a le cancer ». Je veux recommencer à zéro. Et de toute façon, maman va mieux, Dieu merci. Une fois qu'elle aura purgé tous les médicaments de son système, elle reprendra son travail à Londres et tout ira pour le mieux.

La cloche sonne et nous rejoignons la procession lugubre qui se dirige vers les salles de classe. Je me tourne vers Danny.

– Dis, tu fais quoi ce week-end ? Je pensais que si tu étais dispo, tu pourrais me faire visiter le coin ?

– Bien sûr ! Par où commencer ? Il y a tellement à voir ! Une mine à l'abandon, la salle de bingo, le banc où viennent s'asseoir les poivrots…

Il glisse son bras sous le mien et on se marre jusqu'à la salle E14. C'est la première fois que je ris depuis mon arrivée au pays de Galles et j'ai l'impression que le dégel est arrivé.

Chapitre 9

Je suis tellement énervée pour Cacahouète que je ne touche pas au journal de Margot de la semaine. C'est trop perturbant. J'ai commencé à le lire pour déterrer des ragots sur Margot, pas pour me mettre à l'apprécier. C'est ce qui risque de se passer si je continue. Je n'ai pas mangé de viande depuis mercredi, pas même à l'école où personne n'en saura rien. Non. C'est une guerre des volontés et je compte bien gagner.

Comme on est samedi, une fois que ce foutu coq a fini de chanter, je me rendors, ignorant le remue-ménage de Margot en bas. Cacahouète peut bien attendre son petit déjeuner. Je tire ma couette par-dessus ma tête et pendant quelques heures, je fais semblant d'être de retour à Londres. J'imagine retrouver Tiggy et Marina au Starbucks pour des latte et des pains au chocolat avant d'aller me balader au parc de Clapham Common ou de faire les magasins dans Oxford Street.

Quand je finis par me lever à dix heures, j'ignore ostensiblement la pile de saucisses et de bacon au centre de la table ; je choisis à la place un œuf sur le plat et des toasts.

Margot m'observe par-dessus sa tasse sans rien dire. Pour l'instant, nous sommes dans une impasse.

Je prends un bain. Je suis très tentée de lire le journal, mais je résiste et décide de relire *La Baby-sitter* de R. L. Stine à la place. Le temps de rincer mon après-shampoing (ce qui me prend, genre, quatre heures) et de nourrir Cacahouète, il est l'heure que j'aille retrouver Danny en ville.

Les bus sont tellement rares que lorsque Margot me propose de me déposer, je suis obligée d'accepter.

– N'oublie pas ta mère. Elle a encore besoin de ton aide, dit-elle une fois en route.

– Je sais, dis-je sur la défensive. Mais elle va de mieux en mieux.

– Quand même.

– Je m'occupe d'elle depuis des années. Je sais ce que je fais.

Cette fois, je n'ajoute pas *pendant que tu l'abandonnais pour venir vivre au milieu de nulle part.*

– Je suis désolée, répond Margot. (Je la regarde mais elle ne semble pas sarcastique.) Tu as raison. C'est bien que tu te sois fait un nouvel ami. Et il paraît que la nourriture au Jardin-Chinois est très correcte, même si personnellement je n'ai jamais aimé les plats industriels. Trop salés. Trop de produits chimiques.

Je crois qu'il y avait du positif quelque part dans cette phrase, du coup je décide de ne pas insister. Margot me laisse près de l'arrêt de bus de Llanmarion, à une dizaine de kilomètres de la ferme, puis elle va faire des courses. Je n'ai que quelques minutes à attendre avant que le bus de Danny n'arrive.

La ville est encore plus pourrie vue de près. On y trouve une chaîne de fast-food, des magasins « tout à une livre », mais surtout, plein de bureaux de paris et de boutiques d'occasion – les premiers expliquant sans doute l'usage des secondes.

– C'est tout ? je demande.

– Malheureusement oui, répond Danny. Si tu veux de vrais magasins, il faut aller jusqu'à Swansea. C'est pas très long par le train.

– Eh bien, ça explique tous ces suicides dans la forêt, dis-je avec un sourire espiègle.

Il éclate de rire.

– Viens, il y a au moins une boutique sympa. C'est une librairie qui fait aussi café ! Dingue, non ?

Il me prend par la main et alors qu'on passe devant la pharmacie, une altercation éclate. Un vigile baraqué avec le crâne tondu, des bras sous stéroïdes et un tatouage celtique impersonnel fait sortir de force une femme de la boutique ; les portiques de sécurité se mettent à sonner.

– Lâche-moi ! glapit-elle avant d'ajouter quelques jurons pour faire bonne mesure.

Elle se dégage en titubant, clairement saoule.

– Tu l'as vue ? me souffle Danny à l'oreille en m'entraînant à l'écart.

Je la regarde de plus près. Son visage est défait, ses cheveux gras sont tirés en arrière, façon lifting maison. Il lui manque ses dents de devant et ses seins s'échappent de son haut sous un survêtement Adidas sale.

– Oui, quelle épave…

Une pause.

– C'est la mère de Megan.

– Quoi ? Mais elle a l'air d'avoir cinquante ans !

– Eh non. Elle a la trentaine.

Comme dirait ma mère, elle n'a pas dû avoir une vie facile. Je ressens un chouïa de compassion pour Megan – même si moi aussi, ma mère a eu des problèmes et que je ne passe pas mon temps à terroriser la moitié de l'école. Le vigile lui fait vider ses sacs et, sans surprise, trouve un tas de vêtements de bébé volés. Danny me reprend la main et on repart, bien que je sois étrangement tentée de continuer à regarder la scène.

On croise des poivrots, des ados paumées avec leurs gamins et une espèce de prédicateur taré qui s'inquiète déjà du passage à l'an 2000.

Bon, en vrai, on trouverait les mêmes types de personnes dans Clapham High Street, donc je ne peux pas vraiment mettre ça sur le dos du pays de Galles. À la différence des nuages apocalyptiques qui s'amoncellent au-dessus des collines. Dans la voiture, Margot a déclaré que le ciel était « noir comme du cirage » ; elle n'avait pas tort.

La librairie se trouve en bout de rue à côté d'une boîte aux lettres et d'un kebab. C'est un vieux bâtiment en granit et verre plombé. À l'étage, les vitres sont embuées sous l'effet d'une machine à café sifflante. Une clochette sonne lorsque nous entrons. Nous nous dirigeons droit vers l'escalier en colimaçon qui mène à une petite mezzanine. Danny avait raison, c'est charmant. On se croirait à Londres. Ils ont même des latte et des pains au chocolat !

La décoration est digne du Chapelier Fou : un assortiment de chaises Marie-Antoinette dépareillées et de vaisselle ancienne. L'espace d'une seconde, je m'imagine dans un magazine de mode, avant de me rappeler où je me trouve. On commande des chocolats chauds surmontés de crème Chantilly et de marshmallows – le genre de cocktail calorique qu'une vraie ballerine ne regarderait même pas –, puis on s'assoit à la table près de la fenêtre. Avec un dernier adieu à ma carrière de danseuse, j'avale une grosse gorgée de ma boisson.

Danny me met au courant des principaux ragots de Maes-y-Coed : quels profs ont des aventures extraconjugales, quels profs fument entre les cours ; lequel aurait prétendument tué sa femme. Je ne suis pas sûre de croire au dernier.

Il me parle aussi un peu de Bronwyn. Apparemment, son père est aussi excentrique qu'elle, et sa mère est partie rejoindre une communauté quand Bronwyn avait six ans.

– Et toi et Dewi Allen, alors ? finit par demander Danny. (Je sais qu'il en mourait d'envie.) Il y a des rumeurs…

– Elles ne sont pas vraies. On prend juste le même bus. Et de toute façon, il m'a vraiment énervée l'autre jour.

– Pourquoi ?

– Peu importe.

– Tu avais un copain à Londres ? ajoute Danny en versant un troisième sachet de sucre brun dans sa boisson déjà écœurante.

– Plus ou moins. Un gars qui s'appelait Xander.

– Il était mignon ?

Je souris.

– Canon. Tu connais l'acteur River Phoenix ? Un peu comme lui. Enfin, avant qu'il meure bien sûr.

– Vous avez rompu ?

– Oui…

J'ajoute presque que j'étais trop occupée à prendre soin de ma mère pour avoir un copain, mais je me retiens et dis simplement :

– Ça n'a pas marché entre nous.

– Vous avez couché ensemble ? demande Danny.

C'est bien une question de mec ! Tous des obsédés.

Je m'écrie :

– Danny ! Bien sûr que non ! J'ai quinze ans ! Et je me réserve pour Keanu Reeves.

(Ou Thom Deacon, s'il tombe sous mon charme en premier.)

– Pas pour Dewi ? dit Danny avec un sourire espiègle.

Franchement, pourquoi les garçons sont-ils aussi immatures ?

– Non. Absolument pas.

– Dommage. Il est plutôt pas mal.

Puisqu'il me tend la perche, je décide de me lancer.

– Tu trouves qu'il est pas mal ? Ça veut dire que… ?

Danny lève les yeux au ciel.

– Oh, pas la peine d'en faire tout un plat. Oui, j'aime les garçons, mais ne dis rien à personne, compris ? Je suis sûr qu'à Clapham, les mecs peuvent se balader sans souci main dans la main, et tout, mais ici, je me ferais tabasser. Il n'y a que Bronwyn et Sophie qui sont au courant.

– Je ne dirai rien, promis.

– Je sais que tout le monde à l'école me prend déjà pour une tapette, mais si mon père l'apprend, il risque de me renier.

Son ton a beau être jovial, je sens qu'il ne plaisante pas. Qu'est-ce que ça doit être, de craindre que ton père te déteste pour quelque chose que tu ne peux pas contrôler... Certes, ce n'est pas l'amour fou entre Margot et moi, mais là, c'est bien pire.

– À ce point ?

– Bah, on ne s'est jamais entendus. Je crois que je ne suis pas celui qu'il espérait quand le docteur lui a dit : « Félicitations, monsieur Chung, c'est un garçon ! » Je suis une horrible déception.

Je lui prends la main par-dessus la table.

– Je ne vois pas pourquoi. Qui voudrait d'un bébé lambda quand il peut avoir un Danny ?

– Oh, tu es chou ! sourit-il. Ce n'est pas grave, de toute façon. Dès qu'on aura fini le lycée, je partirai à Londres. Je veux jouer dans *Cats* ou *Les Misérables*. (Il fait la moue.) Oui, je sais, je suis un Asiate gay qui vit dans un restaurant chinois et veut jouer dans des comédies musicales ! Je collectionne les stéréotypes comme des perles sur un bracelet. Et alors ?

En rentrant à la maison, une surprise m'attend dans le salon. Un lecteur cassettes VHS ! Je n'ai jamais été aussi contente de voir un vieux magnéto de ma vie.

– Tu l'as trouvé où ? je demande en m'agenouillant, comme devant une icône religieuse – je suis à deux doigts de laisser une offrande.

Margot virevolte dans la cuisine, un plumeau à la main.

– À Oxfam, en ville. Il n'était qu'à dix livres.

Je crois que je n'ai jamais autant eu envie de la serrer dans mes bras.

– Merci ! Oh ! (Je me tourne vers maman.) On peut regarder un film ce soir ? *Pretty Woman* ? *Dirty Dancing* ?

– Bien sûr, répond-elle avec un sourire. Mais avant, regarde ce que Margot a trouvé au grenier...

Elle attrape la télécommande et appuie sur *play*.

– C'est quoi ?

– Regarde.

C'est une vidéo maison granuleuse. La date en bas à gauche indique le 12.07.1980 et une femme en robe de mariée se tient devant un miroir. Je plaque une main contre ma bouche.

– C'est toi ?

– Oui !

Une voix parle derrière la caméra.

« Tourne-toi, ma chérie, que je te voie. »

C'est mon grand-père et j'ai l'impression d'entendre un fantôme. Je distingue à moitié son reflet dans le miroir à côté de maman.

Maman pivote vers lui pour lui montrer sa robe en dentelle ivoire avec des manches cloches.

– Oh là, là, c'est quoi cette énorme tignasse à la Farrah Fawcett ?

– C'était la mode à l'époque ! réplique maman en se frottant le crâne. Je parie que tu ne te souviens même plus à quoi je ressemble avec des cheveux…

Je lève les yeux au ciel.

– Bien sûr que si. Tu es très jolie.

À l'écran, la scène change. On voit à présent maman monter en voiture avec grand-père et Margot.

– Margot, j'adore le chapeau ! je lance en direction de la cuisine.

Elle sort pour admirer le chapeau mou à large rebord qu'elle avait assorti à un tailleur-pantalon à pattes d'éléphant bleu pervenche.

– Ce n'était pas la décennie du bon goût, admet-elle avec un sourire en coin.

La voiture démarre ; le décor change à nouveau. Cette fois, les cloches de l'église sonnent tandis que mon père et ma mère apparaissent, main dans la main, dans une tempête de confettis.

– Oh, c'est papa.

Je couvre ma bouche de la main et je me tourne vers maman sur le canapé. Elle regarde l'écran en silence, émue.

Mon père est très beau avec sa barbe bien taillée et son costume marron, au pantalon pattes d'eph lui-aussi. J'ai du mal à comprendre pourquoi il a choisi de se marier en costume marron, mais peu importe. « Embrasse-la, Paul ! » crie quelqu'un. Il s'exécute. Tout le monde applaudit. Papa et maman rient, encore et encore.

Derrière moi, maman m'enlace contre elle. Je lui serre les mains.

Plus tard dans la soirée, je suis installée avec maman et Margot devant ma cassette vidéo de *Nuit de folie* quand soudain, il y a une coupure d'électricité.

– Oh, l'installation électrique est vraiment nulle !

Margot va fouiller sous l'évier de la cuisine et en sort une lampe torche de la taille d'une matraque.

– Il y a un vieux groupe électrogène au pétrole derrière. Je vais voir si je peux l'allumer.

L'obscurité est étouffante.

– Maman ? dis-je, sans pouvoir la voir dans le salon.

– Je suis là, répond-elle.

C'est tout ce que je voulais savoir.

Au bout d'une dizaine de minutes, Margot revient par la porte de derrière.

– Impossible. Je n'arrive pas à le faire démarrer. On va devoir patienter.

Elle rassemble des bougies, longues et fines, courtes et épaisses, puis on se met à jouer aux cartes. Margot m'apprend les règles du whist et, en échange, j'apprends à elle et maman celles du menteur. L'ambiance est étonnamment détendue. Les bougies sur la table basse nous englobent d'une lueur réconfortante, comme une zone neutre alors que le reste de la ferme est incontestablement le territoire de Margot. Heureusement, la cuisinière fonctionne au gaz ; on peut au moins faire du thé en chauffant de l'eau dans une casserole.

Puisque la télé ne marche plus, on va se coucher tôt. Deux bougies trônent sur ma table de chevet; dans la lumière vacillante, le journal de Margot semble m'appeler. Oh, et puis zut. Je repousse ma couette pour le récupérer dans ma taie d'oreiller. Où en étais-je ? Ah oui, la ferme. La forêt flippante. Bryn l'abruti.

Dimanche 19 janvier 1941

Eh bien, que de rebondissements aujourd'hui ! J'écris emmitouflée dans une couverture devant le feu. Glynis a peur que je ne sois hystérique et elle a peut-être raison. Mes pensées fusent dans tous les sens, mais je vais faire de mon mieux pour y mettre de l'ordre.

Par où commencer ? Je crois qu'aujourd'hui, pour la première fois, je ne me suis pas réveillée déboussolée, incertaine de l'endroit où je me trouvais. Je me suis levée tôt et j'ai aidé Glynis à la cuisine. Je ne sais toujours pas où elle disparaît tous les jours – même le dimanche – mais le matin, c'est tout le monde sur le pont, comme dirait Père. Une ferme ne s'arrête jamais, il y a toujours quelque chose à faire : Ivor fait des allées et venues toute la journée, couvert d'huile et de boue, et bien sûr, ils ont trois bouches de plus à nourrir.

J'aime beaucoup Glynis. Elle m'a expliqué que si la grange et l'étable avaient été construites lors du boom postindustriel, la vieille bâtisse principale avait été démolie puis reconstruite par Ivor en personne après la dernière guerre. C'est un accident durant la construction qui a blessé sa main et son bras.

J'ai trouvé le courage de lui demander s'ils ne pouvaient pas avoir d'enfants. « C'est ce qu'on dit aux gens, a-t-elle répondu avec un léger sourire en coupant de larges tranches de pain blanc pour les servir avec du miel. Ivor et moi sommes sur la même longueur d'onde en ce qui concerne les petits. C'est agréable un moment, mais ça l'est encore plus de les rendre à leurs parents. »

Je n'ai pas cherché à en savoir plus. Glynis semble heureuse de son choix, même si je me demande comment ils font pour éviter les grossesses non désirées. Et j'aimerais vraiment savoir où elle part chaque matin.

J'avoue m'être demandé si elle n'allait pas vendre de la nourriture au marché noir, bien que ça ne semble pas être son genre.

Occupée à faire la lessive et à raccommoder le pantalon de Peter, je n'ai même pas vu la matinée passer jusqu'à ce que Doreen et Bess arrivent à midi pile. Ni l'une ni l'autre n'était jamais venue à la ferme et elles avaient envie de voir les animaux.

Pour Doreen, c'était une grande découverte. Je lui ai présenté la vache, les poules et le cheval. C'est amusant comme en moins d'une semaine, je me prends déjà pour une experte.

Le temps était frais, avec un beau soleil d'hiver. Agréable, mais pas vraiment adapté à un pique-nique, si bien que Glynis a invité les filles à partager un bon bol de soupe aux légumes avec nous, avant notre promenade dans les bois.

– Soyez prudentes dans la forêt, m'a prévenue Glynis tandis que je glissais mes cheveux sous mon chapeau en mohair. Ne vous écartez pas du chemin, revenez par là où vous êtes parties et n'allez pas dans le ruisseau.

– À cause des Marie Morgane ? ai-je demandé avec un sourire en coin.

– Non, parce qu'il gèle et que vous attraperiez la mort ! a-t-elle rétorqué en enroulant une écharpe autour de mon cou.

Je crois que ce que je préfère à la ferme – et je n'en ai pas encore parlé – c'est l'adorable roseraie derrière le poulailler. Ivor l'a créée pour que Glynis ait un endroit où lire les soirs d'été, m'a-t-elle dit. Des pavés sont posés en une spirale complexe et un joli banc en fer forgé est installé à l'ombre d'un pommier. À cette époque de l'année, les rosiers ne sont que des squelettes bruns et épineux, mais en été, les fleurs doivent être délicieusement parfumées. Je me demande si je serai toujours là pour les voir.

Nous sommes toutes les trois sorties par la roseraie. Nous avions à peine fait deux pas sur le chemin que j'ai entendu Bryn nous appeler, comme Ivor rameutant ses moutons.

– Vous ne nous avez pas attendus ! a-t-il crié en s'approchant, suivi d'Andrew et Bill.

– Qui les a invités ? ai-je chuchoté.

– Doreen, a répondu Bess d'un ton plat. Je me demande pourquoi Reg n'est pas venu.

Les garçons nous ont rattrapées.

– Vous n'alliez quand même pas dans les bois toutes seules, mesdemoiselles ? a demandé Bryn.

– Bien sûr que non, ai-je rétorqué. Je me disais justement à quel point ce serait horrible de profiter de la nature en compagnie de mes amies, ou seule avec mes pensées encombrantes. Heureusement que vous êtes là pour nous sauver de ce triste sort.

Bryn était trop obtus pour percevoir mon sarcasme, mais Andrew a réprimé un sourire.

– Où est Reg ? s'est enquise Bess.

– On ne veut plus qu'il traîne avec nous. Les gens vont se faire des idées.

– Quel genre d'idées ? ai-je demandé d'un ton ferme.

– Mon père ne veut pas que les gens pensent qu'on aime les nègres. Tout le monde sait que ce sont des bons à rien et des fainéants.

– Oh, pour l'amour du ciel ! ai-je explosé. Quel ramassis de bêtises…

Mais Bryn s'enfonçait déjà dans la forêt, Doreen sur ses talons. Bess était abattue. J'ai pris sa main gantée dans la mienne et je l'ai serrée en signe de solidarité. Je voulais lui dire que Reg et elle risquaient d'affronter beaucoup d'obstacles dans ce patelin, mais je savais que je n'arriverais pas plus à arrêter les élans de son cœur que la charge du taureau dans le champ d'à côté.

Bryn ouvrait la marche. Soudain, la perspective d'une promenade dans les bois fut bien moins réjouissante. Doreen s'accrochait à son bras comme une demoiselle en détresse, même si son jeu manquait de naturel. J'ai finalement réussi à occulter ses fanfaronnades et à m'imprégner du paysage. L'air vivifiant chassait le reste de pollution londonienne de mes poumons. À l'exception de quelques feuillages persistants, tous les arbres étaient nus et le sol gelé avait viré à l'argenté. Un vrai paysage de carte de vœux. J'ai vraiment regretté de ne pas avoir apporté mon appareil photo – j'ai même vu un rouge-gorge perché sur une branche de houx !

Au bout d'un moment, j'ai entendu la cascade et j'ai compris d'où venaient les rumeurs de mystérieux « murmures ». L'eau qui coule ressemble à un million de conversations étouffées.

L'air se faisait plus frais.

– La voilà, a déclaré Bryn.

Le chemin devenait de plus en plus étroit et traître à mesure que nous descendions vers le lit de la rivière. Le courant était impétueux, bien trop rapide pour geler, et se déchaînerait encore davantage lorsque la neige fondrait sur les collines. Le plus étrange, c'est que l'eau était si claire, si pure, que j'ai été prise d'une envie folle d'y plonger, de m'y immerger tout entière comme pour un baptême. Mais Glynis avait raison, bien sûr ; le choc thermique serait fatal.

Un court instant, même Bryn s'est tu.

– C'est tellement beau, a dit Doreen d'un ton rêveur, énonçant l'évidence.

– Suivez-moi ! a lancé Bryn en longeant le cours d'eau. Le sol était glissant, il fallait prendre garde et nous aider les uns les autres pour franchir les pierres de gué. Nous avons formé une chaîne, comme de courageux explorateurs traversant la forêt amazonienne à la recherche d'orchidées rares ou du dernier dodo.

Le grondement de l'eau amplifiait à mesure que nous approchions de la cascade. Enfin, ce n'était pas vraiment une cascade, plutôt de l'eau qui coulait par-dessus une formation rocheuse escarpée.

– Voilà, a déclaré Bryn. C'est là que vivent les Marie Morgane.

– Elles n'existent pas ! a rétorqué Bess. C'est juste une histoire pour faire peur aux enfants.

– Entre dans la grotte, alors.

– Non ! a-t-elle aussitôt répondu.

– Quelle grotte ? ai-je demandé.

– Là-haut. Tu vois ? (Bryn a désigné une crevasse entre deux blocs à mi-hauteur de la paroi rocheuse.) C'est là qu'elles emmènent leurs victimes.

– Oh, n'importe quoi.

– C'est vrai. J'y suis allé. Et il y avait des os.

– Quel genre d'os ?

Les jolis yeux de Doreen étaient emplis de crainte et je me suis demandé si, finalement, elle jouait vraiment la comédie. Peut-être est-elle aussi sotte qu'elle en a l'air. Quel dommage.

– Des os humains, bien sûr.

– Bryn, arrête ! Tu lui fais peur, a protesté Bess.

– Mais c'est vrai. Si tu ne me crois pas, vas-y.

– Pas question !

Doreen a agrippé la main de Bess.

– Et toi, Andrew ? Allez, sois un homme !

– Je n'ai pas peur ! a répliqué Andrew. Des fées des eaux, pff ! C'est ridicule.

Andrew parle d'une voix posée, bien élevée, comme les hommes à la radio.

– Vas-y, alors. On n'a pas toute la journée.

Après une courte pause, Andrew a sauté sur le premier rocher avant d'hésiter à nouveau, incertain.

– Allez, chochotte !

Pauvre Andrew.

– Je viens aussi, ai-je soudain déclaré en relevant ma jupe pour grimper sur le même rocher. On peut s'entraider.

– J'y arrive parfaitement seul, merci.

Andrew a commencé à escalader des roches jusqu'à l'ouverture. L'ego masculin est plus fragile qu'un œuf de caille, ai-je pensé avec impatience.

– Moi aussi je veux voir et je ne veux pas y aller seule.

Ma réplique a semblé l'amadouer.

– Tu es tellement courageux, ai-je ajouté, bonne âme.

– Très bien.

Andrew m'a tendu la main et je l'ai prise pour qu'il m'aide à grimper. Je me suis retournée et j'ai vu la mâchoire de Bryn se crisper. Tant mieux. J'ai décidé de faire mon petit cinéma, m'agrippant à Andrew *pour ne pas tomber. Il ressemblait à un vrai héros de film, ce qui rabattait son caquet à Bryn.*

Je me suis égratigné le genou en grimpant, mais rien de grave, la laine de mes bas ne s'est même pas déchirée. Bientôt, Andrew et moi sommes arrivés à l'entrée de la grotte, si l'on peut dire.

– Tu crois que tu vas passer ? ai-je demandé en mesurant mentalement ses épaules.

– De biais, peut-être.

– Eh bien, après toi, ai-je dit avec un petit sourire.

Maintenant que nous étions là, mon courage m'avait quittée. L'air venant de l'intérieur était froid et humide. Étrangement vieux, inquiétant… sépulcral.

Andrew a froncé les sourcils et s'est approché de l'ouverture.

– Je ne peux plus reculer à présent, hein ? Mais imagine qu'un animal sauvage vive là-dedans.

– Comme quoi ? On est au pays de Galles !

– Je ne sais pas. Des loups ?

– Il y a des loups au pays de Galles ? Je croyais qu'ils avaient disparu.

– Comment veux-tu que je le sache ?

– On vous attend ! a crié Bryn d'en bas.

– Oh, vas-y, ai-je dit. Pas question de lui donner la satisfaction de nous voir changer d'avis.

– Oui. Allez, taïaut ! (Andrew s'est assis, pieds en avant, pour se glisser dans l'ouverture.) Oh, c'est affreusement étroit.

– Fais attention. Il ne manquerait plus qu'on reste coincés.

Plus mince que lui, j'ai pu me faufiler à quatre pattes dans l'interstice. Les rochers étaient visqueux sous l'effet de l'humidité, et je me suis rapidement retrouvée trempée. Le vieux duffel-coat que Glynis m'avait prêté allait être tout sale – j'allais devoir le laver.

J'ai glissé sur le ventre.

– Ça s'élargit, a annoncé Andrew en grognant. Oh, il y a un dénivelé, fais attention !

À chaque centimètre supplémentaire, l'obscurité semblait m'engloutir. Je me suis souvenue d'une vieille leçon à l'école sur la lumière qui ne se déplaçait qu'en ligne droite. Soudain, j'ai regretté de ne pas avoir pris de lampe. J'ai étouffé un cri quand des mains m'ont attrapée, avant de comprendre que c'était Andrew.

– Je te tiens. Attention, la descente est rude. Mais tu vas pouvoir tenir debout.

Dans le noir, mes mains se sont d'abord posées sur son visage avant de trouver ses épaules pour m'appuyer. J'ai senti ses bras m'enlacer et j'ai sauté. Il faisait noir comme dans un four, le noir le plus sombre que j'avais jamais connu. Mes yeux clignaient inutilement, tentant en vain de trouver une source de lumière.

– Ça pourrait être rempli de fées, pour ce qu'on en voit, ai-je lancé.

Andrew a émis un petit rire.

– Attends. Je crois que j'ai une boîte d'allumettes dans ma poche.

– Toujours prêt.

– Exactement. La voilà…

Andrew a allumé une allumette et un minuscule filet de lumière a jailli, illuminant à peine plus que son visage. Il a levé l'allumette quelques secondes durant lesquelles nous n'avons rien vu d'autre que des rochers.

– Tu crois que c'est dangereux là-dedans ? a-t-il demandé avant de lâcher l'allumette qui lui brûlait les doigts avec un juron.

J'ai tendu la main et senti une paroi froide et humide. J'ai appuyé, pour voir.

– Ça a l'air solide.

La grotte était assez grande pour se tenir debout, mais quand j'ai levé les bras, mes doigts ont effleuré le plafond.

– Tu crois que ça va jusqu'où ?

– Je ne pense pas que ce soit l'entrée des Enfers, en tout cas.

Andrew a allumé une nouvelle allumette et a avancé d'un pas, à tâtons.

– Oh, ça sent mauvais, a-t-il dit.

– Ça sent le renfermé.

L'odeur d'humidité se mêlait à quelque chose de pourri, presque sulfurique.

– Aïe ! a crié Andrew. Je me suis cogné la tête. Ça rétrécit.

– On doit être au bout.

La grotte ne faisait donc que quelques mètres de long et de large.

J'ai trébuché sur quelque chose de mou – ni des os, ni des loups. Je me suis tenue au mur de ma main gauche tandis que la droite décrochait mon pied de là où il était coincé. J'ai senti une matière rêche sous mes doigts.

– Andrew, j'ai trouvé quelque chose. Allume une autre allumette. Par ici…

Andrew s'est cogné contre moi.

– Tiens…

Il a allumé une nouvelle allumette et, l'espace d'un instant, nous avons vu le corps.

Chapitre 10

Quoi ? Je relis le paragraphe. Le corps ? Margot n'a pas pu trouver un cadavre, c'est impossible ! Je regarde la pendule sur ma table de chevet. Il est minuit passé et ma bougie a presque entièrement brûlé. Je tends la main pour allumer ma lampe ; l'électricité est revenue.

Je suis fatiguée, mais impossible de m'arrêter de lire maintenant.

On a tous les deux reculé en poussant un cri, et Andrew a lâché l'allumette.

– Qu'est-ce que c'était ? a-t-il crié.

– Je ne sais pas... On aurait dit... Vite, rallume une allumette !

– Je ne veux pas !

– Andrew, fais-le !

Je l'ai entendu s'avancer en rampant. J'ai tendu la main dans le noir pour toucher prudemment ce qu'on avait vu. C'était froid. Une étincelle, puis la lumière est revenue et, d'une main tremblante, Andrew a approché la flamme.

Le garçon aurait pu être endormi si sa peau n'avait pas été aussi grise ni ses lèvres aussi bleues. Il était plus jeune que moi, mais plus vieux que Peter.

– C'est un vrai ? Ou c'est une blague ? a demandé Andrew d'une voix chancelante.

– Non, ai-je répondu en touchant la main froide et raide du garçon. Il est mort.

Mon premier cadavre. Même durant le Blitz, je n'en avais jamais vu un de près comme ça. Il gisait là, sans vie, si vide et si triste. Je ne savais pas quoi dire ou faire. Je me sentais moi aussi vide et triste.

– Margot, il faut qu'on sorte de là tout de suite ! Les gens risquent de penser qu'on...

– Non, je crois qu'il est mort depuis plusieurs jours. Regarde... (L'allumette s'est éteinte de nouveau et j'ai attrapé Andrew par les épaules.) Viens, il faut qu'on aille chercher de l'aide.

Évidemment, les autres ont cru que c'était une plaisanterie quand nous avons descendu le rocher en criant. Bryn a grimpé pour jeter un coup d'œil. Nous l'avons ignoré et traversé la forêt à toutes jambes. Heureusement, il y a une ligne téléphonique à la ferme. Après avoir repris notre souffle, nous avons raconté à Glynis ce que nous avions vu. Elle a aussitôt appelé la police. Je crois qu'elle me fait confiance ; elle n'a pas douté une seconde de mon histoire.

La nuit tombait presque quand l'agent est arrivé, seul. Je pense qu'il a cru à un canular jusqu'à ce que Bryn confirme nos dires. En tant que fils du maire, sa parole semblait avoir un certain poids. En effet, le maire en personne – un homme replet avec un sourire suffisant – est arrivé à la ferme peu après. La mère de Bess et l'hôte d'Andrew l'accompagnaient. Tout le monde s'est rassemblé autour d'une tasse de thé dans la cuisine. Ivor s'est rendu avec l'agent dans la forêt et, malgré nos protestations, nous avons été obligés de rester à la ferme. Quand ils sont revenus, ils portaient le corps enveloppé dans une bâche. Ils l'ont posé sur un brancard qui a été emporté dans une ambulance, même s'il était trop tard.

Tout le monde a déferlé sur Ivor dès qu'il a posé le pied dans la cuisine, exigeant de savoir ce qu'il avait vu.

– C'était le gamin du vieux presbytère, a-t-il marmonné d'un ton grave.

J'ai vu qu'il ne prenait aucun plaisir à apporter de si tristes nouvelles.

Glynis a levé la main devant sa bouche.

– Oh, le pauvre petit. Que s'est-il passé ?

Ivor a haussé ses épaules d'Atlas.

– Qui sait ?

Sans autre réponse, et avec la neige qui s'était remise à tomber, la ferme s'est vidée. Nous avons dîné en silence, de lapin grillé et de chou.

– Qui était-ce ? ai-je osé demander.

– Je ne me souviens pas de son nom, a admis Glynis avec tristesse. Il vivait avec Geraint au presbytère.

– Geraint est le pasteur ?

– L'organiste. (Il y a eu une pause lourde de sens. Glynis sirotait sa bière.) Il est… eh bien, il est étrange.

– Glynis, a lancé Ivor d'un ton réprobateur.

– Comment ça ? ai-je demandé.

– Je ne devrais pas… Je suis sûre qu'il est inoffensif, mais c'est un type bizarre.

– Glynis ! a répété Ivor d'un ton ferme, mettant fin à la discussion.

J'ai couché Peter et Jane avec une histoire – j'essaye d'apprendre à lire à Peter –, puis je suis venue raconter cette journée extraordinaire. Ma main est endolorie à force de tenir le stylo, mais je ne vais pas dormir de la nuit. Dès que je ferme les yeux, je vois cette horrible… absence sur le visage du garçon, l'aspect cireux de sa peau. Ce pauvre garçon perdu, sans nom. Mon cœur est brisé.

Mardi 21 janvier 1941

Quoi de mieux que se réveiller avec l'odeur du bacon fumé qui grésille dans la poêle ? Je voulais écrire hier mais j'étais bien trop fatiguée. Un autre jour de drame dans le village. Je ne sais même pas par où commencer. Heureusement je me sens mieux après une bonne nuit de sommeil. J'écris emmitouflée dans ma couverture en regardant par la fenêtre couverte de givre la prairie enneigée. Cette blancheur immaculée est presque magique. Chaque nouvelle journée apporte une page blanche sur laquelle on peut écrire.

Lundi a commencé par un voyage catastrophique jusqu'au village. La route était trop dangereuse pour qu'Ivor sorte le camion, si bien que Glynis m'a demandé si je ne voyais pas trop d'inconvénient à m'y rendre à vélo pour récupérer nos rations. Elle a sorti une bicyclette rouge du cabanon.

Je n'ai pas osé refuser, même si je trouvais cela imprudent. « Ne va pas trop vite », m'a-t-elle dit, ce qui me paraissait évident.

Finalement, la forêt avait largement protégé le chemin de la neige et le trajet n'a pas été aussi dangereux que je le craignais.

Je me suis dirigée droit vers l'épicerie, mon carnet de rationnement à la main. Comme nous nous approvisionnons nous-mêmes en viande, beurre et lait, je devais prendre du sucre, des fruits en conserve et des céréales. Je l'admets, je rêvassais en faisant la queue et j'ai mis plusieurs minutes à percevoir le murmure de conversation. J'ai pris conscience peu à peu du ton jaseur et scandalisé.

– Eh bien, ce n'est pas étonnant, a déclaré Hilda Llewellyn, ses cheveux encore enroulés dans des bigoudis, ce qui m'a un peu choquée.

– On ne peut pas leur faire confiance, c'est ce que j'ai toujours dit, a ajouté Ted Morgan, l'épicier.

– C'est prouvé scientifiquement, pas vrai ? Ils sont primitifs.

J'ai tendu l'oreille. Je n'avais pas entendu parler des « coloniaux » depuis la mort de grand-père.

– Espérons qu'il va se balancer au bout d'une corde pour ça, a continué Ted.

– Excusez-moi, ai-je dit. Voulez-vous dire que quelqu'un a été inculpé pour le meurtre de ce petit garçon dans les bois ?

– Aye, a répondu Morgan. Ce nègre qui habite chez Pam et Lloyd.

Mon estomac s'est rebellé violemment, menaçant de régurgiter mon petit déjeuner.

– Reg ?

– C'est son nom ? Aye.

Je sais que je ne l'ai rencontré qu'une fois au marché. Pourtant, venant comme lui de Londres, je m'étais prise d'amitié pour lui. Certes, les meurtriers ne crient pas leurs pulsions meurtrières sur les toits, mais je n'avais perçu qu'une douce chaleur chez Reg.

– Oh mon Dieu, ai-je réussi à dire. Vous savez ce qui s'est passé ?

Hilda n'était que trop contente de partager ce qu'elle savait. Sa soif de ragots frisait la frénésie.

– Il paraît qu'on les a vus entrer ensemble dans les bois. Mais le pauvre Stanley n'est jamais ressorti.

Donc il s'appelait Stanley.

– Mais enfin, ça n'a rien d'une preuve !

Les autres, surpris par une telle impertinence, m'ont regardée, sous le choc. J'ai récupéré nos rations avec autant de dédain que possible puis je suis sortie de la boutique avec indignation. Dès que j'ai été hors de vue, j'ai fourré les provisions dans mon panier et j'ai pédalé jusqu'à la ferme de toutes mes forces.

J'ai débarqué dans la cuisine à moitié gelée et échevelée.

– Dieu du ciel ! s'est exclamée Glynis. Qu'est-ce qui s'est passé ? Tu as l'air de revenir du front !

– Glynis, ai-je haleté. Ils ont arrêté Reg pour le meurtre !

– Le garçon chez Pam et Lloyd ? Quoi ? Pourquoi ?

– Oh, à ton avis ! ai-je répliqué. Désolée… je suis juste…

– Je vois… Margot, on va mettre ça au clair, je te le promets.

D'un air déterminé, Glynis est partie se renseigner, nous laissant, Peter, Jane et moi, aider Ivor à déblayer la neige sur la route et devant la ferme. Les animaux, eux, se débrouillaient en se blottissant les uns contre les autres dans les recoins les plus abrités de la grange.

Glynis est revenue un peu plus tard, le visage fermé et les sourcils froncés.

– Qu'est-ce qui se passe ? ai-je demandé en posant une tasse de thé brûlante devant elle.

– Peter, Jane, allez jouer en haut s'il vous plaît, a-t-elle répondu.

Ils ont quitté la chaleur de la cuisine à contrecœur et dès qu'ils ont été hors de portée, Glynis a continué :

– C'est vrai. On a vu Reg aller dans les bois avec Stanley, même s'il le nie.

Ce n'était pas tout, j'en étais sûre. Les yeux de Glynis lançaient des éclairs.

– Glynis, chérie, qu'est-ce qu'il y a ? a demandé Ivor en retirant son manteau sale.

Glynis a jeté un regard éloquent à son mari.

– Et l'autre garçon qui habitait chez Geraint Tibbet, hein ?

Ivor, d'habitude inflexible, a tressailli.

– Il s'est enfui.

– Quoi ? Qui ? Quel garçon ?

J'ai soupiré, exaspérée.

Glynis s'est levée et a avalé son thé d'une traite.

– Ça n'a pas d'importance.

– Mais…

– Non, Margot, ça suffit. Il y a assez de colportage de rumeurs dans cette ville. Je n'aurais rien dû dire.

Glynis était peut-être satisfaite ; moi, non. J'ai donc décidé de me rendre chez Bess. Un soleil timide avait fait son apparition et la neige fondait déjà à l'orée du champ.

– Oh, Margot, c'est affreux ! a gémi Bess dès que j'ai passé la porte.

Bess, sa mère et Doreen vivent dans une petite maison modeste mais impeccablement tenue au cœur du village. Pas un meuble sans napperon, pas une tasse sans soucoupe.

– Les gens disent que Reg va être pendu !

– Pas sans un procès, ai-je répondu pour la calmer avant de proposer de mettre la bouilloire à chauffer. Qu'as-tu entendu d'autre ?

– Juste ce que Geraint Tibbet a dit aux agents. C'est Gethin Williams qui l'a dit à Mam' à la poste. D'après Geraint, Stan a été vu dans la forêt avec Reg il y a quelques jours et n'est jamais rentré.

Une pleine cuiller de feuilles de thé suffisait à nous trois pour économiser les rations et nous avons partagé un scone rabougri.

– Eh bien, je ne suis pas Miss Marple, mais le corps avait l'air d'avoir passé plus que quelques jours dans cette grotte.

– Dis-lui ce que tu m'as dit, Bess, a lancé Doreen, les cheveux décoiffés.

– Ce Geraint Tibbet est un vieux cochon, tout le monde le sait.

Ce qui expliquerait les regards échangés par Glynis et Ivor.

– Vraiment ? Que disent les gens ?

Bess a haussé les épaules sous son gilet à torsades.

– Tu sais, que c'est un… pervers. Je ne peux pas le dire, Margot, c'est trop horrible !

Je n'ai pas insisté. D'expérience, je sais que chaque rue a son excentrique. Si ce sont des hommes, ce sont des pervers et si ce sont des femmes, des sorcières. D'ordinaire, je ne prends pas ces rumeurs pour argent comptant mais là, l'enjeu était trop important.

– Vous connaissiez l'autre garçon qui vivait avec lui ? Celui qui s'est enfui ?

– Oui ! s'est exclamée Doreen. On était dans le même train ! Il s'appelle Roger et il voulait retourner vers la côte sud. Vers Brighton, je crois.

– Pourquoi ?

– Beaucoup d'évacués essayent de rentrer chez eux, a répondu Bess. J'imagine qu'ils ont le mal du pays.

J'ai haussé un sourcil.

– Une drôle de coïncidence, vous ne trouvez pas ? Un garçon s'enfuit et l'autre meurt dans la forêt.

– Tu crois que Geraint l'a tué ?

– Je ne sais pas. Peut-être. Ou peut-être que Stanley s'est caché dans la grotte et qu'il est mort de froid. Après tout, les nuits sont rudes. Personne n'y survivrait.

Bess a écarquillé les yeux.

– Tu as vu le corps, Margot. Tu crois qu'il est mort de froid ?

– Je ne suis pas médecin, Bess. Je n'en ai pas la moindre idée, mais je refuse qu'ils accusent Reg. Je suis sûre que c'est parce qu'il est noir.

Vu leur silence, elles étaient d'accord.

– Que peut-on faire ? a demandé Bess d'un air abattu.

Avais-je confiance en la police de cette petite ville arriérée ? Honnêtement, non, je ne pensais pas une seconde qu'elle serait juste envers Reg. Je me suis demandé ce que ferait Mère. Bon, elle compterait probablement d'abord sur Père pour intervenir, mais en son absence, je crois qu'elle défendrait ce qu'elle estimerait être juste. Et moi aussi.

– Je pense qu'on devrait exprimer nos soupçons, aussi ignobles soient-ils. Je ne vois pas en quoi ils auraient moins de poids que les preuves contre Reg.

C'est donc ce que nous avons fait. Après avoir terminé notre thé et le scone, nous sommes allées au commissariat, un petit bâtiment au toit de chaume à côté de la poste. Les courtes jambes de Bess avaient du mal à suivre ma cadence. Doreen nous suivait aussi pour voir si j'allais mettre mon plan à exécution.

Mère m'a dit un jour qu'il suffit souvent de faire illusion, si bien que tête haute et d'un air assuré, j'ai appuyé sur la sonnette de l'accueil d'une main ferme.

Une porte en verre s'est ouverte et le jeune agent aux joues creuses qui était venu à la ferme est apparu. Je me suis demandé comment il avait échappé à la mobilisation. Service minimum, j'imagine.

– Bore da, *Bess… les filles. Que puis-je faire pour vous ?*

– Bonjour, Huw, a répondu Bess, les joues écarlates.

– Bonjour, monsieur, ai-je dit. Nous souhaitons parler à quelqu'un au sujet de l'arrestation arbitraire de Reg…

Je me suis rendu compte que je ne connaissais pas son nom de famille.

– Bawden, a terminé Bess. Reg Bawden.

Au moins, Huw ne nous a pas ri au nez et mises dehors. Au contraire, il a froncé les sourcils.

– Qu'est-ce que vous savez sur Reg Bawden ?

– Il n'a pas tué ce pauvre garçon dans la forêt.

Apparemment, ma voix était assez forte pour alerter un policier plus chevronné. Un homme au visage rougeaud est apparu derrière Huw.

– Qu'est-ce qui se passe ici ?

– Papa… Enfin, sergent Thomas… Cette jeune fille dit qu'elle sait quelque chose au sujet du meurtre.

– Et qui es-tu, jeune fille ?

– Margot Stanford, monsieur, et j'aimerais savoir quels motifs justifient l'arrestation de Reg Bawden.

L'expression de mon interlocuteur suggérait qu'il n'était pas ravi de voir son travail remis en question.

– Oh, vraiment ?

– Oui, monsieur. À moins que vous n'ayez un témoin, c'est la parole de Reg contre celle de M. Tibbet, pas vrai ?

– Écoute-moi bien, jeune fille, ça ne te regarde pas. Rentre chez toi.

Le sergent Thomas a fait mine de fermer la porte, mais j'ai tendu la main pour la bloquer.

– Hors de question. Je ne vais nulle part tant que vous ne m'avez pas dit quelle preuve vous avez contre Reg, autre que la couleur de sa peau. Dites-moi si je me trompe, mais n'y a-t-il pas un autre garçon

qui s'est échappé de chez M. Tibbet ? Cela ne vous paraît pas curieux ? Pourquoi deux garçons courraient-ils ce danger plutôt que de rester dans la maison d'un étrange vieux monsieur une seconde de plus ?

Le rouge a commencé à monter aux bajoues de Thomas.

– Tu devrais prendre garde à ce que tu racontes, ma fille...

Je l'ai fixé droit dans les yeux.

– C'est un ami à vous ?

Thomas a viré au cramoisi.

– Je répète, au cas où tu serais sourde, rentre chez toi.

– Non.

Mon ton était inflexible. Parfois, le progrès consiste à dire non et à le penser.

– Comment oses-tu, espèce de petite...

– Qu'est-ce qui se passe ici ?

Nous nous sommes retournés pour découvrir Ivor sur le pas de la porte.

– Qu'est-ce que tu fais, Margot ? Gethin dit qu'il t'a vue débouler ici en trombe.

J'ai eu l'impression d'être prise la main dans le sac.

– Ivor, ce n'est pas juste ! Ils ne peuvent pas garder Reg sans preuves.

– Oh, elle est à toi, Ivor ? est intervenu Thomas. Ramène-la, tu veux ?

Ivor a avancé d'un pas pesant jusqu'au bureau.

– Dis-moi, Dave, pourquoi tu retiens ce Reg ?

– Ne commence pas, Ivor.

– Je ne plaisante pas. Les gens en ville commencent à parler, Dave. À parler de Geraint Tibbet.

– Tu es pire qu'elle ! Ne viens pas fourrer ton nez là-dedans !

Avec Ivor à mes côtés, je me sentais plus forte.

– Avez-vous au moins interrogé l'autre garçon qui s'est enfui ? Je crois qu'il s'appelle Roger.

Thomas s'est contenté de soupirer comme une locomotive à vapeur.

– C'est une bonne question, Dave, a insisté Ivor.

– Non. On ne lui a pas parlé.

– J'ai vu le corps, sergent Thomas. Il n'a pas été tué. Il est mort de froid, je parie. Il s'est enfui et il est mort gelé. J'ai raison, n'est-ce pas ?

– Ivor, a dit Thomas d'un ton grave. Il faut que tu la remmènes tout de suite.

– Viens, Margot. Tu t'es fait entendre. Dave… tu ne peux pas inculper ce garçon sans preuves. Tu as intérêt à être sûr de toi à cent pour cent avant de le faire.

Thomas l'a fusillé du regard.

– Je te remercierai pour ton aide quand tu viendras me demander des conseils en agriculture.

Les narines d'Ivor ont frémi, comme le taureau dans le champ à côté de la ferme.

– Les filles, allez m'attendre dans le camion.

Trop effrayées pour protester, Bess et moi sommes sorties en toute hâte du poste de police, laissant Ivor prendre les rênes.

– Qu'est-ce qu'on fait maintenant ? a demandé Bess.

Je pensais être à court d'idées, quand une nouvelle m'est venue à l'esprit : dans un commissariat aussi petit, les cellules se trouvaient probablement au rez-de-chaussée.

– Suis-moi, ai-je lancé.

Après avoir vérifié que la voie était libre, nous avons contourné le bâtiment sur la pointe des pieds. Un étroit passage menait à une cour arrière pavée et humide. Les fenêtres munies de barreaux en métal étaient à coup sûr les cellules.

– Tu crois qu'il est là-dedans ? a demandé Bess, pleine d'espoir.

– Probablement. Aide-moi.

À nous deux, nous avons basculé une poubelle en métal ; j'ai remonté ma jupe et avec l'aide de Bess, j'ai grimpé dessus. J'ai cogné doucement contre le verre à travers les barreaux

– Reg ? Reg, tu es là ?

J'ai entendu du bruit de l'autre côté de la fenêtre – des meubles qu'on déplaçait. La vitre était gelée, mais bientôt, un visage déformé est apparu derrière.

– Qui est-ce ?

– Reg, c'est moi, Margot Stanford.

– Margot ! Mais qu'est-ce que tu fabriques ici ?

Bien qu'assourdie, sa voix me parvenait quand même.

– Je suis avec Bess. On est venues voir si tu allais bien.

Il a marqué une pause.

– Ça pourrait aller mieux.

– Tu as à manger ? Tu es au chaud ?

Reg a acquiescé.

– Écoute, ai-je ajouté. Dis-moi honnêtement, est-ce tu as fait ce qu'ils prétendent ?

– Non ! Je n'ai rien fait. Je n'ai traîné avec Stanley qu'une ou deux fois. Je n'étais pas avec lui quand il a disparu.

J'ai soupiré de soulagement. Je le croyais de tout mon cœur.

– Bien. Dis-leur. Sans preuves, ils ne peuvent rien faire.

Reg a jeté un œil par-dessus son épaule.

– Il faut que j'y aille. Je suis debout sur mon lit et quelqu'un risque de me voir.

– Laisse-moi lui parler ! a soufflé Bess en tirant sur ma jupe.

– Bess veut te dire un mot, ai-je dit avant de m'agripper à une gouttière pour redescendre.

Puis j'ai aidé Bess à monter sur la poubelle.

– Oh, Reg ! Tu me manques tellement !

J'ai entendu Reg rire doucement.

– Moi aussi, Bess. Mais je serai bientôt libéré.

Si seulement j'avais pu être aussi confiante…

– Je t'attendrai ! a dit Bess, en larmes, en pressant une main contre la vitre.

J'ai réprimé un sourire face à son ton mélodramatique – on se serait presque cru au cinéma.

– Hé !

Nous nous sommes figées et Bess a manqué de tomber de son perchoir. J'ai dû me forcer à lever les yeux. Nous avions été prises en flagrant délit.

– Je vous avais dit d'attendre dans le camion. Qu'est-ce que vous fabriquez ?

C'était Ivor.

Bess a sauté dans mes bras.

– Rien, ai-je répondu d'un ton coupable et pas du tout convaincant.

– Vous feriez mieux de venir avec moi avant qu'ils ne vous mettent de l'autre côté de ce mur.

Nous avons obéi, honteuses.

– Merci de nous avoir aidées, ai-je murmuré en passant devant Ivor.

– Mmmmh.

Et c'est tout ce qu'il a dit sur le sujet.

L'après-midi, la rumeur s'était déjà répandue dans le village et tout le monde ne parlait plus que de ça : une évacuée anglaise effrontée avait débarqué au commissariat pour dire au sergent Thomas le fond de sa pensée. Je le sais parce que la mère de Bess et Hilda Llewellyn étaient déjà passées à la ferme pour tenter de déterrer des informations, comme des cochons affamés.

À l'heure du dîner, nous avons appris que Geraint Tibbet avait été emmené au poste pour être interrogé. Je n'en sais pas plus, mais je suis plutôt optimiste. Je ne m'attribue pas l'entière responsabilité de cette victoire. Je soupçonne les rumeurs du village de s'être resserrées autour du sergent, comme un étau, jusqu'à ce qu'il n'ait d'autre choix que d'agir. J'espère seulement qu'il est à présent à la recherche de l'autre garçon et que celui-ci confirmera la terrible vérité que je redoute.

Mais je dois mettre de côté ces horreurs. Prouver l'innocence de Reg est une bataille digne d'être menée. Je crois que Mère serait fière de moi.

Chapitre 11

Je dors jusqu'à onze heures – autant profiter de l'excuse des hormones adolescentes tant que c'est encore possible. Margot et maman discutent en bas pendant que je me prélasse au lit. Mes rêves sont étranges, comme des films en noir et blanc mettant en scène Reg, Bess et la jeune Margot. Puis Gregory Peck fait son apparition et tout devient confus.

Lorsque je me réveille enfin, ce que j'ai lu la nuit dernière me semble être de la fiction. C'est tellement… improbable ! Un meurtre, enfin non pas un meurtre, mais… de la pédophilie, j'imagine… et Margot qui sauve un homme condamné à mort. Comment se fait-il qu'en seize ans, je n'aie jamais entendu parler de cet épisode remarquable ? Ni maman ni Margot ne l'ont jamais mentionné !

Certes, j'ai déjà entendu cette histoire des dizaines de fois : un héros blanc, du style Kevin Costner, arrive sur son destrier, sauve le type noir et tout le monde l'acclame. Sauf que là, ce n'est pas une histoire, c'est la vie de Margot, les mots de Margot.

J'imagine que je ne connaîtrai jamais le point de vue de Reg, ce qui est bien dommage, mais je n'ai pas vraiment le choix. Ce n'est pas comme si je pouvais monter à bord du *Tardis* pour aller lui parler, et je ne peux pas non plus interroger Margot sans lui révéler que j'ai piqué son journal.

C'était une autre époque. En 1941, Reg ne devait pas avoir grand monde, encore moins des Blancs, prêts à parler en sa faveur. Je suis fière que Margot l'ait fait. J'espère que j'aurais agi de même.

Quand j'entends la Land Rover de Margot s'éloigner sur le chemin de terre, je décide qu'il est temps de me lever. Maman a nourri Cacahouète pour moi.

– Tu veux un petit déj ? demande-t-elle. Il est presque midi, Fliss.

– Je vais juste prendre ça, dis-je en attrapant une banane dans le bol de fruits. Tu veux une tasse de thé ?

– Ooh, oui, s'il te plaît !

Elle s'affale sur le canapé.

– Où est partie Margot ?

– Elle a emporté le groupe électrogène à l'une des maisons sur la colline. L'électricité n'est toujours pas revenue là-bas. Elle en a pour un petit moment.

Je verse le thé et mets du sucre dans ma tasse.

– Tant mieux. Profitons-en !

– Fliss, dit maman d'un ton las en mettant un marque-page dans son roman. Tu m'as promis d'essayer.

Je pose son thé sur la table basse.

– Mais j'essaye ! C'est elle qui est une horrible vieille…

– Felicity !

– C'est un tyran, maman. Elle le fait exprès. Elle était pareille avec toi avant que tu ne tombes malade.

Je me souviens, à plusieurs occasions, de maman disant à Margot de ne pas se mêler de ses affaires.

Maman soupire.

– Margot est âgée. Elle est comme elle est. Tu es jeune et plus souple. On va devoir s'adapter un peu à son caractère.

– Tous les cours de gym du monde n'arriveraient pas à nous rendre assez souples pour ça.

Maman sourit ; son visage s'illumine. Elle commence à avoir meilleure mine. Je me demande si les produits chimiques qu'ils ont injecté dans son corps sont enfin partis. Bientôt, elle pourra retourner au travail… ce qui veut dire rentrer à Londres. Sauf si elle décide de tourner un documentaire sur les moutons et les collines.

Je repense à l'histoire de Reg.

– Comment était Margot quand tu étais petite ?

– Pas très maternelle, répond maman avec un haussement d'épaules. C'est surtout papa qui faisait les trucs de parents. Tu sais, Margot était déjà une célèbre journaliste primée quand je suis née… À l'époque, il n'y avait pas encore de nourrices ou d'équilibre travail-vie privée. Margot était très occupée. Enfin, ça ne me dérangeait pas. J'ai toujours été fière d'elle. Elle était au cœur du Mouvement de libération des femmes – non pas qu'elle avait besoin de se libérer de papa – même quand j'étais petite, je trouvais ça merveilleux.

J'essaye de me souvenir de grand-père, mais j'étais tellement jeune et il est mort si soudainement… Je me souviens qu'il était gentil, chaleureux, toujours prêt à me faire tournoyer dans leur jardin d'Hampstead. J'avais le choix entre « bras » (il m'attrapait par les deux bras), « jambes », ou « avion » (un bras et une jambe). Le jardin était incroyable : des digitales, des saules et un bassin rempli de carpes koï. Il adorait ces poissons et passait sa vie à les défendre contre un ignoble héron.

– Est-ce que Margot a connu la guerre ? je demande d'un ton faussement innocent.

– Bien sûr ! Elle était adolescente à l'époque. D'ailleurs…

Maman se lève et se dirige vers le buffet. Elle l'ouvre et passe le doigt sur la tranche des vieux livres poussiéreux. Elle en sort un et je me rends compte que ce sont des albums photos.

– Voyons voir. Celui-ci date de… 1939, donc juste avant la guerre.

Maman s'assied à côté de moi sur le sofa et on passe en revue les superbes photos sépia illustrant la vie de Margot à Londres. Sur la plupart d'entre elles, elle pose avec son père, l'amiral, et sa mère.

On voit tout de suite de qui elle tient : elle a la haute stature de son père et, heureusement pour elle, les belles pommettes et lèvres de sa mère. Mes arrière-grands-parents. De parfaits inconnus, morts bien avant ma naissance. Nous arrivons à la fin de l'album et il n'y a aucune photo datant de l'évacuation.

– Est-ce qu'elle t'a déjà parlé de la guerre ?

– Non, pas vraiment. Tu n'as qu'à lui demander. Peut-être que c'est ce qu'il vous faut : que vous appreniez à vous connaître, lâche maman en retournant à son roman.

C'est bien le problème… je commence à découvrir qui est Margot mais ça ne rime à rien.

Il n'y a qu'une chose à faire. Une fois que j'ai pris ma douche et que je n'ai plus la tête qui tourne après m'être séché les cheveux la tête en bas, j'enfile des chaussures adaptées – des vieilles Kickers violettes – pour m'aventurer enfin dans la forêt. Voix étranges, Marie Morgane, peu importe, il faut que je sache. Si la grotte derrière la cascade existe, ça corroborera au moins en partie ce que raconte le journal. En histoire, les profs nous disent toujours de remettre en question les sources de seconde main, notamment les journaux intimes – qui ont souvent un parti pris. Peut-être que Margot s'ennuyait tellement à la ferme qu'elle a inventé toute cette histoire.

Dehors, le temps est « lourd » comme dirait maman. J'enfile une veste en jean violette par-dessus mon chemisier. L'ensemble est plutôt assorti, mais qui s'en rendra compte de toute façon ? J'annonce à maman que je vais faire un tour et je sors par la roseraie.

À l'ombre des arbres, je me souviens de l'avertissement de Margot et des histoires sinistres de Bronwyn, sans pour autant me laisser décourager. Un soleil pâle tente de percer les nuages et les oiseaux s'égosillent. Il n'y a vraiment rien d'effrayant.

Comme on n'est jamais trop prudent, je trouve un morceau d'ardoise fin. Tous les cent mètres environ, je trace un X dans l'écorce d'un arbre pour pouvoir rebrousser chemin. Après tout, ça a été plutôt efficace pour Hansel et Gretel.

Le décor me rappelle notre week-end à Center Parcs – la dernière fois que j'étais dans une forêt – avec maman et Tiggy. C'était pré-cancer. Mais là-bas, les sentiers étaient clairement tracés et balisés. On se serait cru dans un parc d'attractions, artificiel et stérile en quelque sorte, comme si chaque mésange bleue ou chaque écureuil était là pour faire le show. Ici… la forêt est sauvage, noueuse, furieuse et très ancienne. Les branches au-dessus de ma tête craquent comme de vieux os; tous les arbres semblent avoir des histoires à raconter.

Les chemins serpentent et se croisent sans aucune logique, plus organiques que synthétiques. Après la pluie d'hier soir, l'air dégage une odeur terreuse, presque électrique. Bientôt, j'entends le « murmure » du ruisseau. Aujourd'hui il ne dit pas mon nom. Bien sûr que non, ce serait trop fou.

Le sol se dérobe soudain sans prévenir pour former une gorge. Je manque de tomber la tête la première et j'attrape une branche pour me retenir. Un ruisseau rapide coupe la forêt ; un arbre tombé fait office de pont. Aussi tentant que ce soit, je ne suis pas assez bête pour tenter de traverser habillée comme je suis. En amont, l'eau jaillit d'un piton rocheux. La cascade est irrégulière, comme un éclair à flanc de coteau. L'eau scintille en reflétant le soleil.

Je n'ai jamais rien vu de tel. C'est tellement beau que j'en oublie de respirer. Un instant, je me sens toute petite face à la puissance du monde naturel.

Descendre au bord de l'eau est un peu plus compliqué. S'il y a un accès facile, je ne le vois pas. La pente est raide, couverte de ronces et de mauvaises herbes. Je suis obligée de m'agripper de nouveau aux branches au-dessus de ma tête.

Les rochers sur la berge sont glissants et moussus. Je continue de me retenir aux branches pour traverser. Si je tombe et perds connaissance, personne ne trouvera mon corps avant longtemps. Je frissonne en repensant au cadavre dans la grotte. Enfin, s'il a existé…

Je remonte le ruisseau, mais c'est long, pénible, et mes bras me font mal. Une ou deux fois, mes pieds glissent dans le ruisseau et mes chaussettes sont complètement trempées. Mes Kickers couinent à chaque pas.

Je m'arrête pour souffler au pied de la cascade. De l'eau surgit d'une étroite brèche entre deux rochers au sommet, puis dégringole le long de la paroi. Une brume froide me fouette le visage ; je me demande à quoi vont ressembler mes cheveux après tout ça. J'observe la paroi rocheuse à la recherche de la fameuse grotte. Je ne vois rien à part une fissure où deux couches de roche ne se rejoignent pas complètement. Ça doit être là.

Je suis à peu près sûre que je vais avoir des engelures aux pieds, mais si je suis venue jusque-là, ce n'est pas pour rebrousser chemin maintenant. Je commence à grimper. Cette partie est moins traître que les pierres couvertes de mousses : ce n'est pas trop glissant si j'évite les zones humides.

Malgré tout, je suis claquée une fois arrivée à la fissure. Bon sang, je n'ai vraiment plus la forme. Je me jure de faire la vieille vidéo d'exercice de maman (*Cuisses, Abdos, Fessiers*) dès que je rentre. Ou demain.

À moins que Margot ait omis de le mentionner, l'entrée de la « grotte » a depuis été couverte de graffitis et le sol est jonché de cannettes de bière écrasées. Ça doit être le repaire des alcoolos et des drogués, je ferais mieux d'être prudente. Scout un jour, scout toujours, je sors ma lampe torche de mon sac à dos et dirige le faisceau vers l'intérieur. Je ne vois pas grand-chose mais je me souviens de la description de Margot sur l'étroitesse de l'entrée qui s'élargit un peu plus loin.

Je pose mon sac à dos. Consciente que je vais complètement bousiller ma veste en jean, je m'allonge sur le ventre pour me faufiler à travers l'ouverture comme un serpent. Le faisceau de la lampe est faible – les piles doivent être usées –, je vois juste devant moi. La caverne sent la pisse et la clope. De ma main libre, je cherche le décrochement dont Margot a parlé. Quand mes doigts trouvent un rebord, je progresse à la force des bras.

J'y suis !

Et je ne suis pas seule.

J'entends un juron, un cri de surprise et des bruits de pas. Ma lampe illumine clairement deux paires de fesses nues et pales. Deux gars remontent frénétiquement leur pantalon. Et entre eux, à genoux, se trouve Megan Jones.

Génial. C'est vraiment parfait.

CHAPITRE 12

– Désolée ! je couine avant de ramper à reculons vers l'entrée de la grotte.

J'atterris maladroitement sur les fesses, mais mon désir de m'enfuir le plus loin possible l'emporte sur la douleur.

– Je n'ai rien vu ! Juré ! je crie dans le trou avant d'attraper mon sac à dos et d'escalader les rochers pour rejoindre la berge.

Je jette un regard par-dessus mon épaule pour vérifier s'ils me courent après mais je ne les vois pas.

J'ai envie de disparaître sous terre.

Cette fois, je ne descends pas au bord de l'eau. À la place, je suis le ruisseau le long du chemin qui court en haut de la gorge jusqu'à ce que je trouve la première de mes marques sur les arbres. Puis je me mets à courir, voulant à tout prix retourner à la ferme.

Peut-être que le ruisseau est rempli de fées malfaisantes, finalement. En tout cas, il a bien l'air maudit. Des gens morts. Des gens nus. De toutes les personnes au monde, il fallait que je surprenne Megan Jones. Merci, l'univers. Le murmure du ruisseau ressemble désormais à un rire moqueur.

Je cours de marque en marque, la forêt tournoie autour de moi comme un manège verdoyant. Je ne peux pas m'empêcher de regarder par-dessus mon épaule, certaine que Megan et ses copains vont venir me tuer. Je n'ose pas m'arrêter. Lorsque l'orée des bois est enfin en vue, je m'autorise une petite pause. Je tombe à quatre pattes. Mon estomac se soulève mais je ne vomis pas. Pour la première fois, la ferme me semble être un véritable refuge.

Lorsque je traverse le jardin d'un pas vacillant et hors d'haleine, Margot est en train de nourrir les poules. Elle jette un regard à mon jean et ma veste couverts de boue, mes Kickers fichues.

– Je t'avais prévenue pour les bois, se contente-t-elle de dire avant de retourner à sa tâche.

Je ne réponds pas. Je veux juste un bain.

Les gouttes de pluie sur le toit de l'étable m'ont tenue éveillée presque toute la nuit et le mauvais temps ne semble pas vouloir s'arrêter. L'eau dégringole en gargouillant de la gouttière cassée devant ma fenêtre jusqu'aux dalles en contrebas et, pour empirer encore les choses, Bronwyn et Danny sont en sortie scolaire sans moi aujourd'hui. Comment vais-je faire face à Megan toute seule ? J'envisage de simuler une maladie, mais c'est trop d'efforts et pour être convaincante, il faut préparer le terrain la veille au soir… aller se coucher tôt ou prétendre ne pas avoir faim au dîner.

Je sors de sous la couette en me raccrochant à mon seul espoir : que Megan n'ait pas reconnu ma tête dans la grotte sombre hier. Mais tu parles ! Elle va me crucifier, oui. Je crois que je vais gerber.

Pendant ce temps, Margot a inventé une nouvelle forme de torture. Je commence à la soupçonner de se tenir au bas de l'escalier pour envoyer les effluves de bacon en direction de ma chambre. Pas question de céder ! On échange quelques mots durant le petit déjeuner, mais je tartine du beurre et de la confiture sur mon pain en ignorant la montagne de bacon et de saucisses au centre de la table.

Sérieusement, c'est pour qui tout ça ? Maman a un appétit de moineau. Autant planter des têtes de cochons sur des pics, et basta.

En l'absence de mes amis, je décide d'emporter le journal de Margot à l'école. Je trouverai un coin tranquille au CDI pour continuer ma lecture. Je voudrais aussi essayer de comparer les dates aux journaux locaux et à la chronologie de la guerre pour voir si tout se tient. Maintenant que j'ai localisé la grotte, je n'ai plus trop de raisons de douter du reste. J'ai l'impression de remonter le temps comme si le journal était un portail magique. Je veux en savoir plus. Je veux découvrir le pays de Galles de Margot.

Je lis dans le bus en prenant garde à éviter Dewi. Dans le prochain épisode, Margot raconte brièvement la suite des aventures de Reg : il a été libéré deux jours après la scène au poste de police. Apparemment, les policiers ont réussi à retrouver le fugueur, qui s'était réfugié chez une famille à Swansea. Il leur a raconté la raison de sa fuite, confirmant ce que Margot et moi soupçonnions. Heureusement, Margot n'a pas inclus de détails ignobles. Après l'arrestation de Geraint Tibbet pour « indécence », Reg a été relâché.

En revanche, l'arrestation de Tibbet n'a pas stoppé les spéculations au sujet du « nègre » à Llanmarion. Pauvre Reg. Au moins, Bess était ravie qu'il ne soit plus en prison – même si certains villageois menaient désormais la vie dure et l'accusaient d'« aimer les nègres ». Margot quant à elle ne semblait pas se soucier de ce que les gens pensaient d'elle. Je devrais en prendre de la graine.

Dewi me rattrape quand je descends du bus.

– Hé… T-tu es fâchée contre moi, Fliss ? À cause de D-D-D-Danny Chung ? Écoute, je n'aurais pas dû dire ça, OK ? Je n'ai pas réfléchi.

Je fais de mon mieux pour avoir l'air encore plus hautaine que d'habitude.

– Non. Tu n'aurais vraiment pas dû. L'intolérance est un vilain défaut, Dewi.

Pour quelqu'un d'aussi imposant, il a soudain l'air d'un petit garçon penaud.

– C'est vrai… je ne sais pas ce qui m'a pris. C'était stupide. J'étais stupide. En plus, j'aime beaucoup Danny. Il est supermarrant.

– Ah oui ? « Un de mes très bons amis est gay », c'est ça ?

– Quoi ?

– Oh, laisse tomber.

– J-je pensais juste que s'il te plaisait, il fallait que tu saches qu'il est gay.

C'est pas vrai ! Il est jaloux de Danny ! Ce serait mignon si ce n'était pas si triste.

– Personne ne me plaît pour le moment, dis-je pour mettre les points sur les *i*.

Il a l'air blessé et je me sens mal.

– Écoute, je cherche juste à me faire des amis, dis-je d'un ton plus doux. Les gens n'ont pas été très accueillants, au cas où tu n'aurais pas remarqué.

Dewi semble ragaillardi.

– Si on t'embête, dis-le-moi. Je suis hypergentil mais ma taille perturbe les gens. (Il me lance un sourire en coin.) Je peux… je peux m'asseoir sur eux au pire.

Je ris et décide de lui pardonner pour le moment. Dewi dégage une vraie chaleur qui ne tient pas juste à son apparence d'ours en peluche. Je crois qu'il a le cœur sur la main. D'ailleurs, maintenant que j'y pense, qu'est-ce que ça peut bien vouloir dire ? Comment peut-on avoir le cœur sur la main ? Ça serait fatal. Maintenant qu'il est plus ou moins pardonné, on se dirige ensemble vers la salle de classe.

En première heure, j'ai maths. À St Agnes, j'étais plutôt moyenne, mais ici, je suis en tête de classe. Je ne crois pas que mes profs du privé étaient meilleurs, c'est juste que dans mon ancien lycée, nous n'étions que dix-sept par classe. Ici, on est trente-deux. Les deux heures de trigonométrie passent avec une affreuse lenteur. À la récré, je me dirige vers le CDI, le journal de Margot à la main.

J'emprunte un passage entre les deux bâtiments quand quelqu'un m'attrape par la queue-de-cheval. Aïe ! Ça fait vraiment, VRAIMENT mal, comme si on m'arrachait les cheveux. Ma tête part en arrière, mais je réussis à me retourner avant que mon cou ne se rompe et j'aperçois les chaussures de Megan.

C'est parti.

Elle me pousse contre le mur et frappe l'arrière de ma tête contre les briques. Mon cerveau tambourine douloureusement dans mon crâne. Mes yeux papillonnent de droite à gauche à la recherche d'un sauveur. Où sont les profs quand on a besoin d'eux ?

Megan colle son visage contre le mien ; son haleine sent le chewing-gum aux fruits et le Red Bull.

– Tu l'as dit à quelqu'un ?

– Non ! je couine, et elle relâche légèrement son étreinte.

Au moins, elle est toute seule cette fois. Non pas que ça me serait d'une grande aide en cas de bagarre. Elle me pulvériserait.

– Tu vas le dire ?

– Je n'ai rien vu, Megan.

– Exact, espèce de garce, lance-t-elle d'une voix rageuse. Tu sais ce qui va t'arriver si tu parles ? On taillade les gens avec une bouteille à Londres ? Ce serait dommage d'amocher un si joli visage.

Mon cuir chevelu heurte à nouveau le mur.

– Je ne dirai rien. Promis.

Megan recule d'un pas et je lâche un soupir vacillant.

– Ne t'approche pas de moi, salope. Ou je t'éclaterai la gueule juste pour rire.

Elle me crache au visage et je sens l'épais crachat couler sur mon nez. Puis elle s'éloigne, non sans m'avoir fusillée du regard.

Je ne peux pas m'arrêter de trembler. Ça doit être le contrecoup de l'adrénaline. Mes mains ne font que tressauter, mes jambes sont comme du coton. Dès que je pose le pied dans le CDI, Thom Deacon s'arrête net et sort de derrière son bureau.

– Fliss ? Ça va ? Tu as une mine affreuse.

– Ça va, dis-je, mais mes jambes manquent de se dérober sous moi.

Thom m'attrape le bras et me dirige vers une des tables.

– Qu'est-ce qui se passe ?

– Rien.

Je ravale les larmes qui emplissent mes yeux. Je ne veux pas pleurer devant lui. Plus sexy, tu meurs.

– Ce n'est pas rien, Fliss.

La pièce est presque vide avec la moitié de la promo en sortie scolaire, mais je ne veux rien dire. S'il signale l'incident et que Megan l'apprend, je suis foutue. Faute d'oser parler, je me contente de secouer la tête.

Thom Deacon s'approche un peu plus et je sens un soupçon de son after-shave. Une odeur boisée et mature, distinguée. Elle me plaît. J'aimerais poser ma tête sur son épaule.

– Écoute, si quelqu'un te mène la vie dure, je peux t'aider. Je serai discret.

– Honnêtement, ça va. Tout va bien.

Il soupire, contrarié.

– Ça me rend dingue. Je ne comprends pas comment vous pouvez être aussi horribles les uns envers les autres. Tu imagines si les adultes se comportaient comme certains d'entre vous ? Je sais que tu n'as rien fait de mal, Fliss. Ils doivent juste être jaloux.

Jaloux ? De quoi ? Est-ce qu'il veut dire qu'il me trouve jolie ? Je le regarde dans les yeux, à la recherche des taches brunes au milieu du vert. Des yeux couleur sous-bois, comme les sapins dans la forêt.

– Jaloux de quoi ?

– Tu es nouvelle et différente, répond-il avec un sourire. Tu te démarques. Ça ira mieux quand ils se seront habitués, promis. En attendant, tu m'as, moi. Où sont Danny et les autres aujourd'hui ?

J'inspire profondément pour me reprendre avant de lâcher :

– Sortie scolaire.

– Ah, bien sûr. Eh bien, laisse-moi te faire une tasse de thé. Tu as l'air d'en avoir besoin.

Je le regarde aller dans son bureau.

En attendant, tu m'as, moi. Un volcan entre en éruption au creux de mon estomac et de la lave toute chaude se répand jusqu'à mes orteils. *Tu m'as, moi.*

Je pense à Thom Deacon tout le restant de la journée, durant les cours, sur le chemin du retour, et surtout dans le bain le soir.

Je ne peux pas m'en empêcher. Ma tête est remplie de fantasmes, et pas seulement les plus évidents. J'imagine de petits moments intimes. Je nous vois vivre dans une espèce de cabane en pleine forêt avec une cheminée et plein de poutres. Il y a même des bois de cerf au-dessus de l'âtre. On est assis ensemble sur un canapé en cuir, enroulés dans une couverture en tartan. Il m'apporte du chocolat chaud et je porte l'une de ses bagues en argent sur une chaînette autour de mon cou, près de mon cœur.

Il m'embrasse sur la nuque pendant qu'on regarde un film. Il m'a laissée choisir et j'ai opté pour *Dirty Dancing*, encore une fois. Je lui dis tendrement d'arrêter même si je ne le pense pas vraiment.

Il m'apporterait le petit déjeuner au lit ; on se baladerait main dans la main dans la forêt et on se tartinerait mutuellement de crème solaire pendant l'été ; il m'achèterait ce truc que j'ai vu un jour et que j'ai mentionné en passant. Et en échange, je l'aimerais plus qu'il n'a jamais été aimé.

Mon cœur semble tout gonflé.

Ça fait mal. Une vraie douleur dans ma poitrine. J'ai tellement envie que ces rêves deviennent réalité. Je souffle la mousse du bain sur la paume de ma main. Suis-je folle ? Est-ce que Thom (plus besoin de nom de famille) pourrait vraiment s'intéresser à moi ? Il n'est pas beaucoup plus âgé, neuf ans max, ce n'est rien. Une femme de trente ans avec un homme de quarante, personne n'y verrait rien de mal, hein ?

Thom a quasiment dit que je lui plaisais. Il a dit que tout le monde était jaloux de moi et qu'il était là pour moi. Nous étions si proches dans la bibliothèque, on se touchait presque. Il m'a frotté le dos. Sa main a effleuré la bretelle de mon soutien-gorge. Qu'est-ce que ça veut dire ? Si les autres élèves n'avaient pas été là, est-ce qu'il se serait passé quelque chose ? Mes entrailles sont toutes entortillées. Je plonge ma tête sous l'eau pour essayer de reprendre mes esprits avant de sortir du bain.

J'enroule mes cheveux dans une serviette et j'enfile un peignoir tout doux. Je ne sais pas si je devrais m'inquiéter de Megan. Je déteste lui accorder une seule pensée ; je préférerais tapisser les murs intérieurs de mon esprit avec des photos mentales de Thom. Replonger dans l'époque de Margot me semble être une parfaite échappatoire : difficile d'aller plus loin que 1941.

Ma chambre commence à prendre forme. J'allume des bougies parfumées au magnolia et je m'installe avec le journal pour la soirée.

Lundi 3 février 1941

Hier, Andrew m'a appris à jouer aux échecs. Il trouve hilarant que je ne sache pas jouer, même si je lui ai fait remarquer que ce n'était pas moins étrange qu'il n'ait jamais joué au backgammon.

Il habite chez Mme Evelyn Pritchard, une veuve aisée dont le mari, paraît-il, s'est tué quand le marché boursier s'est effondré durant la Grande Dépression. La version officielle est qu'il a eu une crise cardiaque. Elle a vendu leur propriété londonienne pour une coquette somme et s'est installée dans leur maison de campagne galloise.

Andrew, il faut le dire, est plutôt bien tombé. La maison de Mme Pritchard est charmante. Elle appelle cela une chaumière, mais c'est une jolie maison à un étage avec un grand jardin et une superbe vue sur la vallée.

Elle chouchoute Andrew comme s'il était son neveu favori, je l'ai vu à sa façon d'enlever des grains de poussière sur sa joue et d'apporter des plateaux de biscuits dans la véranda où nous jouions. Je n'ai pas osé demander d'où ils venaient. Ce n'est certainement pas elle qui les avait préparés et Glynis a fait allusion à un marché noir.

– Vous avez besoin d'autre chose, Andrew chéri ?

– Non merci, madame Pritchard. C'est très gentil de votre part.

– Oh, allons donc.

Mme Pritchard est une femme rondelette avec des airs de chien pékinois lesté de bijoux.

– Après tout ce que vous avez subi dans cette grotte, mes pauvres enfants… Je ne sais pas comment vous avez surmonté cela.

– Vraiment, madame Pritchard, ai-je dit en mangeant un troisième biscuit par pure politesse, nous allons bien. C'est plutôt le pauvre Stanley que nous devrions plaindre.

– Vous savez, j'ai toujours dit que ce Geraint Tibbet n'était pas net. Ça se sent, pas vrai ? Si un homme n'est pas marié à trente ans, c'est qu'il y a anguille sous roche. Tous des invertis, ceux-là.

Andrew et moi avons échangé un regard gêné.

– Enfin, je vais vous laisser à votre jeu. Appelez-moi si vous avez besoin de quoi que ce soit, je demanderai à Marjorie de préparer quelque chose.

Andrew a attendu que la porte soit refermée.

– Dieu merci.

– Elle est toujours comme ça ?

– Ça n'en finit jamais. J'ai l'impression d'étouffer. À ce rythme, je pèserai soixante kilos de plus à mon retour à Londres.

– En tout cas, cette maison est plus luxueuse que la plupart des hôtels, petit chanceux !

– Oh, tu ne t'en es pas mal sortie toi non plus.

J'ai marqué une pause.

– Oui, oui, tu as raison, ça aurait pu être bien pire...

Je me suis interrompue. Lui aussi. Nous pensions tous les deux à Stanley, j'en étais sûre.

– Bref ! (Il a changé de sujet.) Les échecs ! C'est très facile une fois que tu sais comment se déplacent les pièces. Le but du jeu est de protéger le roi.

– Quelle surprise !

– À vrai dire, la dame est tactiquement plus utile : elle peut se déplacer dans toutes les directions sur n'importe quel nombre de cases tandis que le roi ne peut bouger que d'une case à la fois.

– Comme d'habitude, la femme travaille deux fois plus pour moitié moins de reconnaissance.

Andrew a éclaté de rire ; je ne m'étais pas sentie aussi détendue depuis une éternité. Il m'a expliqué chaque pièce mais, comme pour tout, je préfère la mise en pratique : en commençant une partie, j'ai rapidement acquis les bases.

– Tu sais, a dit Andrew en avançant un pion d'une case, Bryn raconte à qui veut l'entendre que c'est lui qui a trouvé Stanley.

– Ça ne m'étonne pas de lui.

– Quel abruti.

– Pourquoi n'est-il pas sur le front ? ai-je demandé.

– Bill m'a dit que son cher papa avait inventé une histoire à dormir debout au sujet de sa vue pour obtenir un certificat médical du médecin du village. Ça paye d'être de la même famille que le maire.

– Quel lâche ! Je le savais !

– Bien sûr, ça pourrait être des ragots calomnieux.

– Ce nigaud de Bill Jones ne me semble pas du genre à rapporter des ragots.

Andrew s'est contenté de hausser les épaules.

– C'est ton tour, Margot.

– Tu sais, Andrew, heureusement que tu es là. Tu me rappelles ma chère ville.

Il m'a lancé un large sourire en levant sa tasse de thé.

– Toi aussi Margot. Aux Londoniens loin de chez eux !

Et nous avons trinqué poliment.

Chapitre 13

Attends une seconde. Je viens de réaliser quelque chose et c'est du lourd.

Mon grand-père s'appelait Andrew.

Pourquoi est-ce que ça n'a pas fait tilt dès que Margot a mentionné son nom ? Pour moi, grand-père s'appelait grand-père, dans ma tête, il n'a jamais été « Andrew ».

Je retourne au début du journal et je sors la photo cornée du soldat sexy. Je l'examine minutieusement. C'est sûr, ce n'est absolument pas grand-père. Je vérifie ma pendule : il n'est pas si tard. Je tends l'oreille : Margot, dans sa chambre au bout du couloir, se prépare à aller se coucher.

Je glisse le journal sous mon oreiller, puis je sors de ma chambre sur la pointe des pieds. Le parquet est vicieux et craque. Margot réagit au quart de tour ; sa tête surgit dans l'entrebâillement de sa porte.

– Qu'est-ce que tu fabriques ? demande-t-elle.

– Je vais juste me chercher un verre d'eau, dis-je en murmurant pour ne pas réveiller maman.

– Très bien. Bonne nuit.

Elle referme sa porte et je descends au rez-de-chaussée dans la pénombre. Mais au lieu d'aller dans la cuisine, je me dirige vers le buffet du salon d'où maman a sorti l'album photos. J'y prends trois ou quatre volumes reliés de cuir. Le premier, qui date clairement des années quatre-vingt, déborde de photos de moi bébé avec maman. J'en profite pour en chercher de papa. Sans surprise, il y a les mêmes que celles qu'on a à la maison, mais elles me font toujours chaud au cœur. Sûrement parce que sur la plupart d'entre elles, nous sommes devant des sapins de Noël.

Il était très beau, mon père. Je regrette de ne pas me souvenir mieux de lui.

Je repose le premier album, puis je passe au suivant. Quelqu'un d'aussi organisé que Margot les a sûrement rangés par ordre chronologique. Effectivement, je tombe à présent sur les années soixante, aucun doute là-dessus. Maman est petite et sur la plupart des photos, elle joue sur diverses plages. L'album s'ouvre sur une page indiquant *Julia à Monte-Carlo, juillet 1966* ; je reconnais l'écriture de Margot.

Enfin, je trouve ce que je cherchais. L'album de mariage. Tout le monde en a un – enfin, tous les gens mariés. Leur mariage a eu lieu le 11 juillet 1953, d'après la couverture. Je feuillette les photos. Apparemment, ils se sont mariés à la mairie, à Londres, un beau bâtiment avec d'imposantes colonnes de pierre.

Main dans la main, Margot et grand-père, aussi beau que ma vieille poupée Ken, avancent au milieu d'un nuage de confettis, comme papa et maman sur la vidéo. On dirait des fleurs. Ils rient tous les deux à gorge déployée. Ça fait bizarre de voir Margot aussi joyeuse. Elle porte une élégante robe blanche qui lui arrive aux chevilles avec des manches courtes et une ceinture à la taille. Un mignon petit chapeau avec un voile est accroché dans ses cheveux. Je me vois carrément porter ça.

Je fais le calcul. Ils se sont mariés en 1953, douze ans après l'arrivée de Margot à Llanmarion. Donc ça pourrait être le même Andrew, même si, bon, ce n'est pas un prénom très rare. Je crois que grand-père avait des taches de rousseur comme l'Andrew du journal, mais c'est loin d'être le seul dans ce cas.

Après avoir reposé les albums photos, dans l'ordre j'espère, je retourne à l'étage, un verre d'eau à la main au cas où des yeux de lynx m'attendraient sur le palier.

Je feuillette rapidement le début du journal ; pour l'instant, elle n'a pas spécifié de nom de famille. Il n'y a qu'une manière de le savoir. J'aurai une tête de déterrée demain matin, tant pis !

Vendredi 14 février 1941

C'est étrange comme on s'habitue à l'inhabituel ! Ma vie avant la ferme me semble tellement loin à présent. Oh, bien sûr j'écris à maman. Dans ses réponses, elle m'assure qu'elle va bien et me dit d'ignorer les rumeurs de bombardement. Londres tient bon, comme toujours.

Je sais que je n'ai rien écrit depuis plusieurs jours, mais j'étais trop occupée. Car j'ai enfin appris où se rendait Glynis chaque matin ! Mercredi dernier, je venais de déposer Peter et Jane à l'école quand j'ai vu Glynis et plusieurs autres femmes du village pénétrer dans la taverne du Lion-Rouge.

Je n'ai pas pensé une seconde que Glynis quittait la ferme en douce pour aller boire un petit verre dès le matin. Sinon, au dîner, elle serait dans les choux. Mais un groupe de femmes qui entre dans un pub à une heure si matinale a suffi à éveiller mes soupçons.

Le Lion Rouge, *comme la plupart des bâtiments de Llanmarion, est un édifice en pierres de guingois, peint d'un blanc grisâtre. En revanche, le pub a encore son toit de chaume, des poutres noires de style Tudor et les portes des écuries. Bref, ce n'est pas un endroit pour une dame de bonne famille.*

Je ne savais pas quelle excuse inventer pour toquer à la porte, mais je ne voyais pas de mal à jeter un œil par la vitre. J'ai réussi à ouvrir l'un des volets en bois recouvrant les fenêtres, juste assez pour voir Glynis et les autres disparaître par une porte attenante au bar qui devait donner sur un escalier menant soit à la cave, soit à l'étage.

– Je peux vous aider, mademoiselle ?

Faisant volte-face, j'ai découvert une très jolie femme aux lèvres rouges, avec des boucles noires s'échappant d'un chapeau bleu orné d'une plume de paon.

– Oh, je suis désolée, ai-je répondu, décidant de faire preuve de franchise. Je suis Margot Stanford, j'habite chez Glynis Williams. Je l'ai vue entrer et je me demandais ce qu'elle pouvait bien faire dans une taverne à cette heure.

– Ah, a souri la femme. Tu es la Merveilleuse Margot. J'aurais dû m'en douter ! Glynis nous a beaucoup parlé de toi. Écoute, et réfléchis bien avant de répondre… Peux-tu garder un secret ?

– Oui, ai-je répondu sans hésiter. J'ai seize ans. C'est ce que je fais de mieux.

Elle a ri d'une voix rauque.

– Alors, entre. Je suis Agatha Moss, au fait.

Je sais à présent différencier un accent du nord du pays de Galles d'un accent du sud ; le sien était du nord.

Avec sa propre clé, Agatha nous a fait entrer dans le pub. L'intérieur empestait la bière et le tabac. Agatha m'a conduite vers l'étroite porte, puis vers l'escalier pentu menant à l'étage.

– Première porte à droite, m'a-t-elle indiqué.

Quand j'ai ouvert, un groupe de femmes s'est tourné vers moi, surprises.

– Margot ! s'est exclamée Glynis.

– Regardez qui j'ai trouvé en train d'espionner par la fenêtre, a dit Agatha en retirant son manteau pour l'accrocher sur une patère à côté de la porte.

La pièce, qui devait être un ancien appartement, semblait servir à présent de bureau de communication. Je n'avais jamais rien vu de tel. Même si je ne sais pas grand-chose sur les commutateurs téléphoniques, j'ai quand même reconnu des radios, des téléphones en bakélite et d'autres machines dont je ne pouvais que deviner l'utilité. Certaines opératrices portaient déjà des casques avec microphone.

– Margot, qu'est-ce que tu fais là ? a continué Glynis.

Elle ne semblait pas tant fâchée que surprise.

– Je suis désolée. Je t'ai vue entrer dans le pub et j'étais curieuse.

Une femme que je ne connaissais pas a lâché un petit rire.

– Tu sais ce qu'on dit sur la curiosité, pas vrai ?

– Arrête, Phyllis, a dit Glynis. Elle ne pensait pas à mal.

– Qu'est-ce que c'est, tout ça ? ai-je demandé en désignant l'équipement.

– On va devoir lui faire signer l'accord de confidentialité, a lancé Agatha en se versant une tasse de café à la table près de la fenêtre.

De l'extérieur, la réunion ressemblait sûrement à un simple goûter entre amies.

– Je lui fais confiance, a répondu Glynis. Et elle est brillante. Elle serait plus utile ici qu'à la ferme, je vous assure.

J'aurais pu m'offusquer, mais elle avait probablement raison.

– C'est une station d'écoute, pas vrai ? (J'avais espionné suffisamment de conversations étouffées de papa pour savoir qu'il y avait des avant-postes tactiques en-dehors de Londres. À quoi bon mettre tous ses œufs dans le panier le plus susceptible d'être bombardé ?) Ne vous inquiétez pas, je n'en parlerai à personne.

– J'espère bien ! Pour répondre à ta question, oui, c'est une station d'écoute, a dit Agatha. Tu vois, Margot, si la Luftwaffe arrive à prendre l'Irlande, les Boches pourraient nous envahir par la mer, auquel cas ils débarqueraient sur la côte galloise. Nous devons donc être particulièrement vigilants par ici.

– Oh, je n'en avais pas la moindre idée.

Deux femmes à l'air fatigué ont enfilé leur manteau et nous ont dit au revoir – l'équipe de nuit laissait place à celle de jour, probablement.

– Enfin, maintenant que tu es là, autant te rendre utile, a conclu Agatha.

– Avec plaisir !

Comme c'était palpitant ! Déchiffrer des messages et décoder, euh, des codes.

– Tant mieux. Tu peux commencer par aller chercher du lait pour le thé, m'a dit Agatha avec un sourire en coin.

Elle me plaît déjà et me fait penser à Mère – telle que je l'imagine étant jeune.

– Très bien, ai-je répondu, sentant que c'était un test.

C'est terriblement excitant. J'y suis retournée tous les jours depuis pour aider. La plupart du temps, je prépare le thé, je passe le balai et je nettoie les toilettes. Quand j'ai terminé mes tâches, je peux seconder Glynis. Mamie m'a appris un peu de français sur la Côte d'Azur, ce qui est très utile. Oh, il s'agit surtout de faire preuve de patience : guetter des conversations radiophoniques en France et en Allemagne ; repérer des radiocommunications aéronautiques et identifier les phrases répétées. Le truc, j'ai découvert, c'est de trouver le fil conducteur, l'aiguille dans la botte de foin.

Glynis a commencé à m'enseigner le morse. Ce n'est pas si compliqué que je le craignais. Les lettres et les chiffres se composent d'impulsions plus ou moins longues qui sont transmises sous forme de « points » et de « tirets », un tiret étant égal à trois points. Les lettres sont séparées par une pause équivalente à un point et les mots par une pause équivalente à un tiret. Il y a une combinaison différente pour chaque lettre et chaque chiffre. Glynis dit que je suis très douée ; elle m'apprendra bientôt des codes plus complexes et confidentiels.

Je n'aurais jamais cru en arrivant au pays de Galles que je deviendrais décodeuse ! Espionne ! C'est drôle ce que la vie nous réserve !

Bref, cela explique mon silence cette dernière semaine. À présent, il faut que je raconte ce qui s'est passé ce soir. Pour le moment, c'est l'heure la plus calme de la nuit et les étoiles brillent au firmament. Je n'ai pas du tout sommeil, mon esprit bien trop rempli tourne comme un moteur.

Mon Dieu ! Je vais commencer par le commencement. Chaque année, la mère de Bess et d'autres femmes du village organisent un bal de la Saint-Valentin à la salle paroissiale. On m'a dit que c'était devenu une date importante dans le calendrier du village.

Bess, surexcitée, a insisté pour que je les rejoigne, elle et Doreen, pour nous préparer. J'ai mis une robe à pois, la plus jolie que j'ai apportée, avec mes chaussures à talons vert jade achetées à Paris. Je l'avoue, c'était amusant ; on a bouclé nos cheveux avec des bigoudis et Doreen a même dessiné des coutures à l'arrière de nos jambes avec un crayon pour les yeux. Je n'ai pas osé lui dire que j'avais de vrais bas avec des coutures à la ferme.

– Oh, je suis tellement excitée ! s'est exclamée Bess. Je suis sûre que ma carte venait de Reg.

Selon la coutume, une carte anonyme en forme de cœur avait été déposée chez Bess ce matin. J'en avais reçu une de maman, ce qui était bien moins intéressant.

– Bess, ai-je dit d'un ton grave. Reste prudente.

– Oh, je sais, mais je me moque de ce que disent les gens.

– Tu ne devrais pas, a marmonné Doreen en appliquant soigneusement son rouge à lèvres.

– Qu'est-ce qu'ils peuvent faire ? Nous rire au nez ? Nous cracher dessus dans la rue ? M'insulter ? Ça ne m'atteint pas.

Je ne lui ai pas dit que les gens risquaient de faire bien pire.

– Reg est charmant, ai-je répondu, mais sois sur tes gardes, Bess. Tout le monde n'est pas aussi intelligent que nous.

– Cette guerre va changer le monde, Margot, a répliqué Bess, les yeux écarquillés, la bouche pleine de pinces à cheveux. Les Alliés se battent pour le bien, pas vrai ? Un monde où les gens ont la liberté d'être ce qu'ils veulent, d'aimer qui ils veulent, de croire en ce qu'ils veulent.

Pauvre Bess, elle est si naïve. J'ai entendu d'horribles rumeurs à la station d'écoute et, avant, de la bouche de Père. De sombres murmures nous parviennent depuis l'autre côté de la Manche, si atroces qu'ils ne peuvent être vrais. Des choses pires que tous nos cauchemars, et Glynis craint que la situation ne fasse qu'empirer.

Bien sûr, je ne peux rien dire à Bess.

– Très bien, lui ai-je répondu. Tu as tout mon soutien. Et si tu te maries, je serai demoiselle d'honneur.

– Mon témoin ! a affirmé Bess avec un sourire.

Depuis que Reg a été relâché, Bess et lui filent en douce dans les bois pour des « promenades », mais Bess raconte à sa mère qu'elle m'aide à la ferme. Les villageois se méfient encore de Reg, pourtant toujours poli et serviable. Cela me met en colère de le voir faire des courbettes devant des gens si indignes de ses efforts.

Sur notre trente et un, nous sommes allées jusqu'à la salle paroissiale, qui était déjà bien animée à notre arrivée. Les organisatrices avaient fait du très beau travail : des guirlandes de fanions et des bocaux transformés en lanternes étaient accrochés d'arbre en arbre. La salle, à peine plus qu'une grange branlante, se situe entre l'église et le cimetière. Mais les musiciens, le murmure de conversations et les rires rendaient l'endroit enchanteur.

– Mon Dieu, regardez ! s'est exclamée Doreen alors que nous approchions d'un pas mal assuré sur nos talons. Des soldats !

Doreen devient folle dès qu'elle voit un uniforme.

Effectivement, un groupe de soldats fumait devant la salle.

– Qu'est-ce qu'ils font là ? ai-je demandé.

– Ils viennent de l'hôpital, a répondu Bess. Bonsoir, Tommy !

– Bonsoir, Miss Bess, a répondu un jeune homme, le bras gauche en écharpe.

Bess m'a expliqué que les blessés suffisamment rétablis avaient été conviés au bal.

Quant à Ivor, Glynis m'a dit qu'il préférerait servir des scones à Hitler plutôt que venir danser ; il était donc resté à la maison avec Peter et Jane pendant qu'elle était venue aider à servir les rafraîchissements. Elle avait apporté un délicieux cocktail aux fruits. Je n'en suis pas certaine, mais vu mon état, je soupçonne qu'il ne contenait pas que du jus de pomme.

Comme souvent, tout le monde s'est collé aux murs avec un verre, laissant un large gouffre au milieu de la pièce jusqu'à ce que deux âmes courageuses se lancent. Dès qu'un couple d'évacuées polissonnes a commencé à danser le lindy hop, Bess m'a pris la main pour qu'on se joigne à elles. La danse n'est pas mon fort, mais je m'amusais trop pour être gênée. Bientôt, la piste fut remplie de filles – et là où il y a des filles, les garçons ne tardent pas à suivre.

Puis Reg a entraîné Bess. Je ne sais pas où il a appris à danser, mais il était phénoménal et Bess suivait son rythme admirablement. Nous leur avons laissé la place pour admirer leur talent. La pièce était divisée. Il y avait d'une part des exclamations admiratives et des applaudissements tandis qu'ils pirouettaient sur la musique. Reg a même hissé Bess au-dessus de sa tête. Mais on entendait aussi des murmures de désapprobation et de dégoût. J'ai entendu une voix lancer : « Comment supporte-t-elle de lui tenir la main ? » J'ai fusillé la femme en question du regard.

J'ai dansé et ri jusqu'à ce que mon maquillage dégouline et que mes boucles se défassent. Je ne m'étais pas sentie aussi libre et légère depuis bien longtemps. C'est étrange, je n'aurais jamais pensé que fuir ma maison serait aussi… amusant.

Il était presque minuit quand Glynis m'a prise à part.

– Je ne veux pas gâcher ta soirée, Margot, mais garde un œil sur ton amie Doreen. Elle a bu tout ce sur quoi elle a pu mettre la main et n'a pas l'air très bien.

J'ai balayé la salle du regard.

– Où est-elle ?

– Je ne sais pas trop. Va voir aux cabinets peut-être.

– Bien sûr.

Je me sentais coupable. Je m'amusais tellement à danser et à regarder Bess et Reg que j'avais à peine prêté attention à Doreen de la soirée – non pas que j'étais chargée de la surveiller. Je me suis faufilée à travers la foule pour atteindre les toilettes qui se trouvaient à côté d'une petite scène au bout de la pièce. La porte étant fermée, j'ai toqué.

– Doreen ? Tu es là ? C'est Margot.

– Non ! Elle n'est pas là, a répondu une voix gênée.

– Désolée !

J'ai refait le tour de la pièce avant de sortir par la porte de devant. Un groupe de soldats fumait dans la nuit glaciale de février.

– Oh, bonsoir, ai-je dit. Auriez-vous par hasard aperçu Doreen, de l'hôpital ?

– Mais c'est qu'elle cause bien ! a lancé un robuste gaillard avec un sourire affable.

L'un de ses camarades m'a répondu, sans lui prêter attention. Il s'est avancé dans la lumière de la lampe, aussi beau qu'une star du grand écran : une solide mâchoire carrée, un nez aquilin, des cheveux coupés court sur les côtés et gominés sur le dessus.

– Non, miss, désolé, mais nous allons ouvrir l'œil.

Il avait un accent américain ou canadien, des dents d'un blanc éclatant et une fossette irrésistible sur le menton.

– Merci, ai-je répondu sans trop savoir quoi ajouter.

Je savais que ma mère, où qu'elle soit, ne serait pas contente de me savoir seule avec trois messieurs sans chaperon. En guise d'au revoir, j'ai à moitié hoché la tête, à moitié fait la révérence, incapable de détourner mon regard de l'Américain.

Les joues cuisantes, je me suis dirigée vers l'église en me demandant si Doreen s'était trouvée mal et était sortie prendre l'air. Ou peut-être était-elle partie avec un gars de l'hôpital... cela ne m'aurait pas surprise ; elle me paraît avoir la cuisse un peu légère.

Il faisait froid et je n'aimais pas être si proche du cimetière. Le brouillard rampait entre les tombes délabrées. J'avais la sensation d'être observée, comme dans la forêt, par les yeux de la nuit.

– Doreen ? ai-je appelé, plus pour me réconforter que pour obtenir une réponse. Tu es là ?

J'ai serré mes bras contre mon torse, me maudissant de ne pas avoir pris mon manteau.

– Tu n'es pas au courant ? (Une voix arrogante et familière a percé l'obscurité. Bryn Davies.) Doreen était tellement pompette qu'elle a dû rentrer avec Myfanwy.

La mère de Bess.

– Où es-tu ? ai-je demandé, perturbée par cette voix désincarnée.

– Juste là, chérie.

Je l'ai vu assis sur une pierre tombale en train de fumer un cigare. Il s'est levé et s'est approché de moi d'un pas traînant. À l'évidence, il était saoul.

– Ah, je vois. Eh bien, je suis contente qu'elle soit bien rentrée.

J'ai commencé à me diriger vers la salle, mais il m'a attrapé le bras.

– Attends. Tu vas où ? Reste discuter avec moi pendant que je finis ça. Tu aimes les hommes qui fument des cigares ?

– À peine plus que les petits garçons qui en fument.

Il a gloussé.

– Tiens, prends mon manteau, Margot.

– Non, merci. (Je me suis dégagée quand il a tenté de me le mettre sur les épaules.) Glynis sait que je suis partie retrouver Doreen. Il vaut mieux que je retourne à l'intérieur avant qu'elle n'envoie une équipe de recherche.

Quand je me suis éloignée, il m'a à nouveau attrapé le bras.

– Bryn, lâche-moi.

– Chut. Tu as bien une minute ou deux…

Ses mains sur mes épaules, il m'a poussée contre une alcôve en pierre de l'église, à l'abri des regards. J'ai eu beau regarder autour de moi, je ne voyais personne dans la brume. Je n'entendais que des bribes de musique venant de la salle paroissiale.

C'est étrange, ce sixième sens qui nous avertit quand les choses tournent au vinaigre. Bryn m'avait déplu dès que j'avais posé les yeux sur lui, mais il ne m'avait jamais fait peur. Là, c'était différent. Il faisait sombre, nous étions seuls et il était saoul. Pourtant j'étais bien décidée à cacher mes craintes.

– Bryn, sérieusement, je veux retourner à l'intérieur.

– Margot, Margot, Margot… ce n'est pas la peine de jouer avec moi comme ça. Je sais que tu es une fille sage, pas la peine d'en rajouter.

Je me suis redressée de toute ma taille.

– Je ne vois pas de quoi tu parles.

– Je sais comment sont les filles. Vous devez donner une bonne image mais… ne t'inquiète pas, je ne dirai rien à personne.

Je l'ai repoussé.

– Bryn, il n'y aura rien à dire. Maintenant, laisse-moi!

Ma colère semblait lui plaire.

– Bon sang, tu es fougueuse! Allez, tu peux me faire confiance…

– Non!

Alors que je tentais de me dégager, il m'a acculée dans un coin et a pressé ses lèvres contre les miennes. L'arrière de mon crâne a percuté douloureusement le mur de l'église. J'ai réussi à lui griffer la joue malgré mes ongles courts à force de travailler à la ferme.

Il a reculé, portant la main à l'écorchure.

– Aïe, espèce de petite…

– Il y a un problème ici?

Une large silhouette a émergé du brouillard. Un accent américain.

– Qui est là? a lancé Bryn.

– Lieutenant Rick Sawyer. Ça va, mademoiselle?

J'ai repoussé Bryn, me dégageant. Vive l'Amérique.

– Maintenant, oui. Merci beaucoup.

– Pas de problème. Il vous a fait mal?

Je déteste être faible, vulnérable, mais je tremblais et je ne pouvais pas mentir.

– Oui.

– Oh, arrête un peu, Margot! Je ne t'ai rien fait!

Il a avancé d'un pas; Rick l'a arrêté.

– Tu ferais mieux de la laisser tranquille, gamin.

– Tu traites qui de gamin, Ricain?

Bryn a poussé Rick et Rick a reculé d'un pas avant de répliquer. Tout s'est passé en un clin d'œil. Son poing a jailli, a percuté le nez de Bryn avec un bruit sourd et Bryn s'est retrouvé à genoux, son visage entre les mains.

– Je suis canadien, a déclaré Rick en pliant les doigts.

Je n'ai pas pu retenir un petit rire. C'était si charmant que ça ne semblait pas réel.

– Je vais le dire à mon père! a glapi Bryn tandis que du sang coulait entre ses doigts.

Il s'est relevé d'un bond, reculant avant que Rick ne le mette au tapis pour de bon.

Rick s'est contenté de rire à cette piètre menace.

– Miss, je peux vous raccompagner à l'intérieur ?

Il m'a offert son bras.

– Oui, merci.

Sur le chemin, mon rythme cardiaque est revenu à la normale. Avec Rick, je me sentais en sécurité.

– Je suis vraiment désolée. Est-ce que votre main va bien ?

– Ne vous inquiétez pas pour moi. Avez-vous besoin d'un docteur ?

– Mon Dieu, non. Je suis plus secouée qu'autre chose. Je me sens si bête ! Je n'aurais jamais dû venir ici toute seule.

– Ce n'est pas votre faute si ce gars est un abruti. J'étais venu vous aider à chercher votre amie.

– J'apprécie, vraiment. Merci encore.

Je me sentais un peu pitoyable d'avoir eu besoin qu'on vienne à ma rescousse, mais je n'ose imaginer ce qui se serait passé si Rick n'était pas venu.

– Puis-je vous demander votre nom ?

– Oh, où sont mes manières ? Je m'appelle Margot Stanford. J'habite à la ferme d'Ivor Williams.

– Vous venez de Londres ?

– En effet. Et vous ? Du Canada ? Qu'est-ce qui vous amène ici ?

– Je suis anglo-canadien. Ma mère vient du Sussex. Je suis arrivé ici il y a quelques années.

– Juste à temps pour vous battre !

Il a souri.

– Juste à temps pour me battre. J'ai été blessé en mai dernier. Une lésion à la colonne vertébrale, et même pas sur le champ de bataille. Un vérin a lâché sur la base aérienne ! Apparemment, j'ai de la chance de pouvoir marcher.

Ah, donc il faisait partie de la Royal Air Force, pas de l'armée.

– Et vous allez mieux maintenant ?

Il a grimacé légèrement.

– Ça va, mais j'ai encore des douleurs. Je me sens comme un vieil homme à juste vingt-deux ans. (Ce qui répondait à la question que je n'avais pas posée.) Et c'est pire quand il fait froid.

Je voulais continuer à me promener avec lui, mais nous nous sommes arrêtés devant la salle. Les gens commençaient à partir, enroulant des écharpes autour de leurs cous et boutonnant leurs manteaux. Tout allait bien, l'incident dans le cimetière me paraissait déjà irréel.

Bess a jailli de la pièce, Reg sur ses talons.

– Bon Dieu, Margot, te voilà ! On t'a cherchée partout. (Puis elle a vu qui m'accompagnait.) Lieutenant Sawyer. Je ne savais pas que vous étiez là.

– Bonsoir, Miss Jones, a-t-il répondu en inclinant son chapeau. Appelez-moi Rick.

– Où étiez-vous ?

J'ai hésité à lui parler de Bryn mais j'ai décidé d'attendre.

– Je cherchais Doreen. Rick... (Non, c'était trop informel.) Le lieutenant Sawyer m'a proposé de m'aider.

– Tout le plaisir était pour moi. Il vaudrait mieux que je rejoigne les autres. J'ai été ravi de vous rencontrer, Miss Stanford.

J'ai lutté pour ne pas virer au fuchsia.

– C'est moi. Merci encore pour votre... aide.

Il m'a lancé un très beau sourire et nous a souhaité bonne nuit.

À présent, je n'arrive pas à effacer son visage de ma mémoire. Dès que je ferme les yeux, je vois son regard, ses fossettes et ses dents parfaites. J'essaye de tourner mes pensées vers d'autres sujets, mais j'en reviens toujours à Rick Sawyer. Enfin, je comprends.

C'est ainsi que tout commence, pas vrai ?

Chapitre 14

Je suis tellement énervée contre Bryn qu'il faut que j'en parle à quelqu'un. J'ai si peu d'options que je choisis Danny et Bronwyn, alors qu'on prend notre habituel deuxième petit déjeuner au CDI.

– Si je vous révèle un secret bizarre, vous le garderez ?

– Bien sûr ! s'exclame Danny avec plaisir. Tu étais un garçon avant, pas vrai ?

Je plaque mes mains contre mes joues.

– Non ! Pourquoi ? J'ai l'air d'un homme ?

– Ha ! Je blague, idiote !

Bronwyn réprime un sourire.

– C'est à propos de la ferme ? Est-ce qu'une vache a donné naissance à des chatons ou un truc du genre ?

– Bron, laisse tomber. La ferme n'est pas l'entrée des Enfers, dit Danny.

Je sors le journal de mon sac à dos.

– J'ai volé le journal intime de ma grand-mère.

Ils me regardent tous les deux les yeux écarquillés.

– OK, c'est bizarre. Qu'est-ce qui t'a pris ? demande Danny.

– Qu'est-ce qu'elle raconte ? « Aujourd'hui, je suis allée au bingo et je me suis fait refaire ma couleur bleue » ? dit Bronwyn.

– Ce n'est pas son genre et il ne date pas d'aujourd'hui. C'était son journal durant la Seconde Guerre mondiale.

Bronwyn se redresse.

– Ah, d'accord, c'est plutôt cool en fait. Je peux voir ?

– Bien sûr, mais fais attention. Il faudra que je lui rende à un moment.

Bronwyn feuillette avec soin les pages – soit dit en passant, elle aurait bien besoin d'une manucure. Puis elle passe les photos à Danny.

– Ouah, elle était canon ! Elle ressemble à Lauren Bacall quand elle était jeune !

– Qui ?

– Regarde sur Yahoo.

– En tout cas, c'est dingue, elle a été évacuée ici en 1941, à la ferme avec plein d'autres jeunes. Et une espèce d'abruti qui s'appelait Bryn Davies a quasiment essayé de la violer dans le cimetière.

Bronwyn et Danny échangent un regard entendu.

– Sans blague ! Bryn Davies était l'ancien maire.

– Ça ne m'étonne pas, dis-je. Son père l'était aussi.

Danny lève les sourcils.

– Il a été obligé de démissionner après qu'on l'a surpris en train de s'envoyer en l'air avec une prostituée dans la mairie.

– Ça ne m'étonne pas non plus.

– Il est mort il y a quelques années, je crois.

Bronwyn me rend le journal que je range en lieu sûr.

– C'est tellement bizarre. Elle était, genre, supercool, ma grand-mère. Dans son journal, elle raconte qu'elle déchiffrait même des messages codés ! Mais maintenant, c'est… une vraie harpie tout droit sortie des Enfers.

Danny hausse les épaules.

– Bah, elle est vieille, c'est tout. Moi aussi, je dois faire gaffe avec ma grand-mère. Elle mord. Littéralement. Si tu fais quelque chose qui ne lui plaît pas, elle te mord direct.

Je ris sans conviction.

– Si tu le dis.

– Tu as tout lu ? demande Bronwyn en passant la main dans sa tignasse, un bracelet clouté en cuir à son poignet.

– J'en suis à un quart environ.

– Eh bien, il y aura peut-être un coup de théâtre dans la deuxième moitié.

– Je vous dirai, dis-je en haussant les épaules.

Nous sommes tellement absorbés par notre conversation que je ne vois pas Thom sortir de son bureau avec Sophie.

– Alors, vous en pensez quoi ? lance-t-il.

Aujourd'hui, il porte une chemise grise à manches longues qui laisse deviner son corps musclé. Je sens ce drôle de petit sursaut dans mon estomac et ma poitrine, comme à chaque fois que je pense à lui. Je sais, c'est idiot : j'ai soudain peur qu'il soit capable de lire dans mes pensées.

– De quoi ? demande Danny.

– Est-ce qu'on refait *Le club d'échecs présente…* cette année ?

– Non, répond Bronwyn.

– OUI ! crie Danny. Absolument ! C'était GÉNIAL l'an dernier.

– Qu'est-ce que c'est ? je demande.

Sophie nous rejoint et prend un croissant.

– Ne dites pas à ma mère que j'ai mangé ça. C'est une sorte de spectacle de fin d'année qu'on a organisé l'an dernier à la salle paroissiale.

– Oh, la soirée jeunes talents ?

J'ai vu des affiches dans les couloirs.

– Non, répond Danny avec dégoût. Ça, c'est pour les gens populaires. Toutes les jolies filles se réunissent pour chanter une chanson des Spice Girls. Trop naze.

– On organise une soirée alternative, explique Thom. Beaucoup de membres du club d'échecs sont très talentueux mais n'ont pas l'occasion de le montrer ou bien ne veulent pas se produire devant toute l'école. Là, c'est à plus petite échelle – et en dehors de l'école – juste pour les amis et la famille. Si personne n'est intéressé, je ne prendrai pas la peine de l'organiser.

Danny tape dans ses mains avec enthousiasme.

– Moi, je suis partant ! L'année dernière, j'ai chanté *Memory* de la comédie musicale *Cats* et ce fut un vrai tournant dans ma vie.

– Les oreilles de chat étaient mémorables, en tout cas, ajoute Bronwyn avec un petit sourire.

– Ne l'écoute pas, Danny, Elaine Paige aurait été fière. Fliss, tu veux participer ?

Ma dernière performance me revient douloureusement à l'esprit. J'avais treize ans, mon école de danse classique participait à un gala de charité au Royal Albert Hall, la célèbre salle de concert à Londres. C'était un grand événement, même Lady Di était présente – paix à son âme. Nous devions reprendre la danse du *Royaume des Ombres* de La Bayadère. Trente filles, en blanc de la tête aux pieds, sur pointes en six rangées de cinq : ça aurait dû être inoubliable. La répétition s'était passée comme sur des roulettes, hélas la représentation avait été bancale et disgracieuse. Je n'avais pas fait mieux que les autres. Une vraie catastrophe. Inoubliable, mais pas pour les bonnes raisons. Je jurerais avoir entendu les spectateurs soupirer de désapprobation.

Ce n'est qu'après coup qu'on a appris qu'une dénicheuse de talents du Royal Ballet se trouvait dans le public.

Quand elle est venue en coulisses par politesse, le dédain se lisait sur son visage. Elle ressemblait exactement à ce que j'imaginais : une ballerine à la retraite, l'air reptilien, qui n'a jamais vraiment réussi à percer. Mme Nyzda, notre professeure, m'a présentée, mais je n'ai eu droit qu'à un vague sourire méprisant et une poignée de main aussi molle qu'une feuille de laitue mouillée.

C'est ce soir-là que j'ai abandonné, pour être honnête. Ma chance s'était présentée, je l'avais laissée filer. Alors à quoi bon ? À quoi bon me bousiller les pieds pour rien ? Autant ranger mes pointes et me gorger de gâteaux.

– Je ne crois pas non, finis-je par répondre.

– Tu ne faisais pas de la danse classique ? demande Bronwyn.

– Quoi ? Comment tu sais ça ?

– Je t'ai cherchée en ligne.

Évidemment. Me prenant sûrement pour une espionne, elle devait enquêter.

– Tu fais de la danse classique ? (Les yeux de Thom s'illuminent.) Ce serait parfait.

J'ai beau mourir d'envie de l'impressionner, pas question de renfiler un tutu. La danse classique fait partie de mon passé et je ne veux pas qu'il me voie comme la Fée Dragée.

– Plus maintenant, je réponds, tête baissée.

– Je t'en supplie ! dit Danny. Ne m'oblige pas à faire quelque chose tout seul.

– Je vais chanter, intervient Sophie.

Je me trémousse.

– On verra.

Ça veut dire non. Mais je veux pouvoir passer du temps seule avec Thom.

– J'aiderai en coulisses en tout cas.

– Oui, moi aussi, dit Bronwyn et je me retiens pour ne pas la frapper.

La cloche sonne et Thom se lève pour reprendre son travail.

– Ce n'est pas avant janvier, tu as tout le temps d'y réfléchir.

Je surprends quelque chose, une dispute, quand je rentre à la maison. Ce n'est jamais bon signe quand une conversation s'interrompt à ton arrivée. J'accroche mes affaires sur la rampe de l'escalier et j'entre dans la cuisine.

– Qu'est-ce qui se passe ?

Le silence de plomb suggère qu'elles parlaient de moi. Maman est assise à table, une tasse d'infusion de camomille entre les mains, pendant que Margot est appuyée contre le plan de travail.

– Rien, répond maman.

Les lèvres pincées, Margot quitte la cuisine sans un mot en claquant la porte.

– Qu'est-ce qu'elle a ?

– Oh, tu connais Margot, dit maman en soufflant sur sa tasse avant d'avaler une gorgée. Elle a passé trop de temps toute seule avec ses animaux. Elle a oublié comment parler aux humains.

Je souris.

– Ce n'est pas moi qui vais te contredire.

– Tu as des devoirs ?

– Non.

Je mens. Mais je n'ai qu'une envie, découvrir ce qui s'est passé entre Margot et Rick Sawyer. Je me prépare une tasse de thé, puis je monte direct dans ma chambre.

Lundi 17 février 1941

Je l'ai revu aujourd'hui dans des circonstances des plus étranges. Hier soir, juste après dîner, le sergent Huw Thomas est venu à la ferme. Je m'attendais au pire, pensant qu'il apportait de terribles nouvelles de Mère ou de Père, mais ce n'était pas le cas, même s'il était bien venu me voir.

– Pourrais-je parler à Miss Stanford, Ivor ?

– Aye, Huw, entre donc. Margot a des ennuis ? a demandé Ivor avec un soupçon de sarcasme dans la voix.

Je me suis levée de table.

– Je n'ai rien fait de mal ! ai-je protesté.

Le sergent Thomas a retiré son chapeau en entrant dans la cuisine.

– Non, miss. Nous pensons que vous avez été témoin d'une agression.

Glynis a soulevé Jane de sa chaise.

– Les enfants, allons jouer en haut, d'accord ?

Elle est sortie de la pièce avec Jane et Peter, nous laissant seuls.

– Vraiment ?

– Le maire a porté plainte.

Il m'a fallu un moment pour comprendre.

– Oh, vous parlez de Bryn ?

– Margot, qu'est-ce que c'est que cette histoire ? a demandé Ivor d'un ton grave.

Le sergent Thomas a sorti son carnet.

– M. le maire prétend qu'un jeune officier de la RAF a attaqué Bryn le soir du bal de la Saint-Valentin et que vous étiez présente, Miss Stanford.

Pas question que Rick se retrouve dans le pétrin à cause de cette petite fouine. Je n'avais pas le choix, je devais dire la vérité.

– Monsieur, l'agression, si l'on peut dire, n'était que le lieutenant Sawyer défendant mon honneur.

– Continuez…

– Bryn Davies se comportait d'une manière très inappropriée. Si le lieutenant Sawyer n'était pas arrivé, je n'ose imaginer ce qui se serait passé.

– Margot… tu n'as rien dit…

Ivor avait l'air extrêmement mal à l'aise.

– Je vois, a répondu le sergent. Vous seriez prête à répéter cela sous serment, miss ?

– Je le jure, sergent. Si Bryn Davies affirme le contraire, je vous assure qu'il ment.

Ivor a avancé d'un pas, dominant Thomas.

– Et qu'a dit ce pilote, Huw ?

Lorsque le visage de Thomas a pris la couleur du bacon cru, j'ai su que Rick avait dû leur dire la même chose que moi.

– Je ne suis pas autorisé à le répéter, Ivor. Tu le sais.

Ivor s'est mis à mes côtés.

– Eh bien, tu diras à Owen Davies que si son petit crétin de fils s'approche à nouveau de notre Margot, il risquera plus qu'une lèvre enflée. Compris ?

Je n'ai pas pu réprimer un sourire.

– Sergent Thomas, je suis tout à fait prête à témoigner devant tout le village que le fils du maire a tenté d'attaquer une fille sans défense dans un cimetière, si nécessaire. D'ailleurs, je devrais peut-être porter plainte… il m'a blessée à la tête.

Thomas a reculé vers la porte.

– Je suis sûr que ça ne sera pas nécessaire, Miss Stanford. Merci pour votre aide.

Puis il est sorti promptement avant que je ne puisse poursuivre le héros local.

– Tu vas bien ? a demandé Ivor en évitant mon regard.

– Oui, grâce au lieutenant Sawyer.

– Alors je lui dois une pinte. Préviens-moi si Bryn Davies ose poser les yeux sur toi.

– Oui. Merci, monsieur Williams.

– Je m'appelle Ivor.

Il est sorti de la cuisine et j'ai ressenti une grande vague d'affection pour cet homme.

Et puis aujourd'hui, quelqu'un d'autre est venu toquer à la porte.

– Margot ! a crié Peter dans le couloir. C'est pour toi.

Je me suis séché les mains sur le torchon et je suis allée voir, pensant que c'était Bess. Quelle ne fut pas ma surprise en voyant les larges épaules de Rick Sawyer sur le pas de la porte ! Dans ses mains, un bouquet de jolies fleurs sauvages fraîchement cueillies : des tussilages (qui ressemblent un peu à des pissenlits) et des narcisses délicatement noués par un simple ruban rose. Malgré mon étonnement, mes bonnes manières ont rapidement pris le dessus.

– Lieutenant Sawyer, quelle bonne surprise !

J'ai glissé une mèche rebelle derrière mon oreille. Dire que je ne portais pas une trace de maquillage ! Quelle honte !

– Oh, c'est juste Rick, ma'am.

– Très bien, je vous appellerai Rick si vous arrêtez de m'appeler ma'am ! J'ai l'impression d'avoir soixante ans ! (Je me suis soudain souvenue de Peter qui se trouvait encore dans le couloir.) Peter, va jouer ailleurs s'il te plaît.

Avec un sourire moqueur, il a obéi et Rick m'a tendu son bouquet.

– Pour vous remercier de m'avoir tiré d'affaire. Et pour m'excuser… j'ai entendu dire que la police était passée.

J'ai accepté les fleurs que j'ai instinctivement senties même si elles n'avaient pas spécialement d'odeur.

– De rien. C'était la moindre des choses après que vous êtes venu à ma rescousse.

– Ce type n'a eu que ce qu'il méritait.

– Je suis d'accord. Entrez donc, je vais nous faire du thé.

–Je passe tellement de temps à l'hôpital que je me demandais si vous accepteriez de m'accompagner faire une promenade en

forêt. Le soleil est de sortie et j'aurais bien besoin d'un bol d'air frais.

Ma dernière promenade dans les bois s'était terminée avec un cadavre dans une grotte, mais je pouvais passer outre pour profiter de la compagnie de Rick. Malgré tout, il n'était pas très approprié pour une jeune femme de s'éclipser en forêt avec un jeune homme.

– Il faut que je demande à Glynis… elle a peut-être besoin de moi à la ferme.

Très amusée que je lui demande sa permission, Glynis nous a donné sa bénédiction. J'ai enfilé une jupe et un chemisier plus élégants, puis j'ai mis un peu de rouge à lèvres et de fard aussi vite que possible.

Le soleil brillait et l'air fleurait bon le printemps. Sur les arbres, les bourgeons étaient presque à maturité et des jacinthes perçaient dans l'herbe. Alors que nous serpentions sous le timide soleil d'hiver, Rick m'a raconté sa vie dans la Royal Air Force. Il a décrit son enfance dans une grande ferme du côté de Banff, les ours qui pêchaient des saumons dans la rivière, les loups et les policiers en rouge qu'au Canada ils appellent les « Mounties ». Comme tout cela me semblait incroyablement exotique, il m'a assuré que ce n'était pas si différent du pays de Galles, excepté que les ours remplaçaient les moutons. Il marchait avec une claudication prononcée que je n'avais pas remarquée auparavant. S'il souffrait, il ne le montrait pas.

– Et toi ? a-t-il demandé, passant au tutoiement. Londres, hein ? Je ne peux pas imaginer vivre dans un endroit si bruyant.

– Je crois que Londres est dans mon sang. J'y suis née. Je ne remarque même plus le bruit. J'adore cette ville, si colorée, si animée. Tous ces gens différents qui vivent ensemble sans que personne n'y trouve à redire. Mais j'ai beaucoup de chance ; il paraît que le Londres des riches n'est pas celui des pauvres.

– Ton père est riche ?

– Pas tant riche que puissant, même s'il est vrai que les deux vont souvent de pair. Il travaille très dur et la marine s'occupe bien de nous. Je n'ai jamais manqué de rien.

– Regarde ! s'est-il soudain exclamé à mi-voix. Un rouge-gorge !

Il m'a pris la main pour que je suive son regard. Sa main dans la mienne semblait avoir trouvé naturellement sa place.

L'oiseau était posé au centre d'un buisson de houx.

– Oh, qu'il est mignon !

Nous l'avons regardé jusqu'à ce qu'il prenne son envol. Rick n'a pas relâché ma main et je n'ai pas tenté de me dégager.

– Enfant unique ? a-t-il demandé.

– Oui. Mère voulait un enfant mais elle n'est pas maternelle, il faut bien le dire. Et Père est si peu souvent à la maison… Et toi ?

– Nous sommes six fils dans ma famille.

– Six fils ! Grand Dieu !

– Oui, chez nous, la nourriture n'avait jamais le temps de refroidir sur la table !

– Avec cinq frères, j'ose à peine y penser.

– J'aime avoir une grande famille. Noël à la ferme est vraiment quelque chose !

– J'imagine.

– Mes frères comptent beaucoup pour moi. Bien sûr, on s'est disputés et bagarrés quand on était gamins… Tu vois cette cicatrice ? (Il a pointé une ligne à travers son sourcil droit.) C'est quand Ennis m'a tiré dessus avec un pistolet à billes.

– Et c'est une bonne chose ?

– Non ! Mais tu vois ce que je veux dire. Peu importe qu'un océan nous sépare. Je sais qu'ils sont là, quelque part, c'est réconfortant. Mon foyer est là où ils sont.

J'ai baissé les yeux vers le sentier.

– J'aurais aimé avoir des frères et sœurs. J'aime beaucoup mon père et ma mère, mais ils sont âgés et plutôt distants. On ne parle pas des choses qui comptent vraiment. On ne parlerait jamais d'amour ou de la famille.

– C'est bien dommage.

– On ne peut pas regretter ce qu'on n'a jamais connu.

Nous nous sommes arrêtés dans une large carrière non loin du ruisseau. J'entendais les applaudissements euphoriques de la cascade de l'autre côté de la colline. Il y avait un rondin, juste de la bonne taille pour servir de banc. Rick s'est assis et je me suis perchée à côté de lui en lissant ma jupe, taillée dans une épaisse laine couleur orange brûlée.

– Maman (j'adore qu'il l'appelle « maman ») nous a toujours dit que ce n'était pas grave de pleurer. Là-bas, à la ferme, à l'abri des regards, il n'y avait que nous. On pouvait être nous-mêmes.

– Où était ton père ?

– Il est mort.

– Oh, je suis désolée.

– Non, ça va. Il a attrapé la tuberculose en 1929. On n'a rien pu faire. La maladie l'a emporté rapidement, il n'a pas souffert trop longtemps. Il est mort comme il avait vécu : à l'arrière d'un tracteur !

– Il a laissé un sacré héritage… six petits Sawyer !

Rick a souri et c'était comme si des bouts de charbon luisaient dans ma poitrine. J'avais des picotements jusque dans mes orteils. Il est si beau qu'à côté de lui, je me sens complètement banale. Je ne sais pas comment décrire ce sentiment ; c'est comme se tenir au bord d'une falaise très haute et très fragile.

– Margot ?

– Oui ?

– Tu es une vraie lady. Pourrais-je revenir te rendre visite ?

J'avais le sentiment de me trouver dans un de ces affreux romans à l'eau de rose et ça m'était complètement égal.

Quand j'ai répondu « Avec grand plaisir », son visage s'est à nouveau éclairé.

Main dans la main, nous avons suivi le ruisseau en parlant de tout et de rien jusqu'à ce qu'il ne puisse plus cacher la douleur dans son dos. Il m'a raccompagnée à la ferme, en parfait gentleman, puis nous avons pris congé à la porte de la cuisine.

Je n'étais pas sûre de ce que dictaient les convenances dans une telle situation, mais Rick m'a simplement embrassé le dos de la main avant de s'éloigner avec un large sourire.

– À vendredi soir, a-t-il lancé en passant le portail.

– J'ai hâte.

Je crois qu'à cet instant, je me suis pâmée pour la première fois, cher journal, submergée par l'émotion. J'en avais presque le vertige.

Le reste de la semaine ne va être qu'un compte à rebours jusqu'à vendredi, j'en suis sûre. C'est drôle, pas vrai ? On pense qu'on ne sera jamais ce genre de fille jusqu'à ce que… si.

Chapitre 15

Je glisse le journal sous mon oreiller, un peu jalouse de ces charbons brûlants décrits par Margot. Je ne crois pas avoir jamais ressenti ça, mais c'est le genre d'histoire d'amour que tout le monde recherche, celles qu'on voit à la télé : Ross et Rachel dans *Friends*, Cher et Josh dans *Clueless*, ou encore Meg Ryan et tous ses partenaires dans tous ses films. J'espère que ce sera aussi le cas pour Thom et moi.

C'est bizarre d'imaginer Margot en ado débordante d'hormones. Un peu dégueu même. Franchement, elle est vieille comme Mathusalem ! Enfin bon, c'est vrai qu'elle était plutôt pas mal à l'époque. J'ai tendance à penser que le sexe n'existait pas avant la télé en couleur, comme si les bébés étaient tricotés plutôt que conçus.

Il y a autre chose d'évident : mon grand-père ne s'appelait pas Rick, donc Margot a… euh… fréquenté quelqu'un avant lui.

Le lendemain matin, je fais brûler mon toast – quelle barbe – et j'interroge maman.

– Quand Margot a-t-elle rencontré grand-père ?

– Fliss, ton toast va brûler à nouveau. Tu peux le surveiller s'il te plaît ?

– Zut.

Je sors le pain du four d'un coup sec (contrairement au reste du monde civilisé, Margot n'a évidemment pas de grille-pain).

– Difficile de répondre précisement à la question. Je crois qu'ils se sont mariés en 1953.

– Et tu es née en… ?

– 1957. Merci de me le rappeler.

– Mais où Margot a-t-elle rencontré grand-père ?

Je gratte furieusement la couche noire sur mon toast au-dessus de l'évier, même si je sais bien que ça n'enlève jamais le goût de brûlé.

– Fliss, je ne sais pas, mais il y a un bon moyen d'en être sûre, répond maman en faisant un signe de tête en direction du jardin.

Si seulement je n'étais pas aussi curieuse… Je sors avec mon toast cramé ; les pavés sont glacés sous mes pieds nus.

– Margot ?

Elle distribue de la nourriture aux poules, qui picorent gaiement.

– La cuisine est en feu ? Ça sent le brûlé.

– Oh, c'était juste mon toast. Margot, où est-ce que tu as rencontré grand-père ?

Elle s'interrompt pour me regarder en fronçant les sourcils.

– Tout de suite après la guerre, finit-elle par répondre.

– Pas quand, où.

Elle marque une autre pause.

– À Londres.

J'attends, mais elle n'ajoute rien d'autre.

– Oh, d'accord.

– D'où vient cet intérêt soudain pour ton grand-père ?

Je veux tout savoir : Rick, la ferme, Ivor et Glynis que j'adore. J'ai un million de questions et je peux n'en poser aucune.

– De nulle part. Je me suis juste rendu compte que je ne savais même pas comment vous vous étiez rencontrés.

Margot hausse les épaules et continue à nourrir les poules.

– C'était au début des années cinquante… En 1950 ou 1951 je crois. Nous nous sommes courtisés, puis mariés et on a eu ta mère. À l'époque, les choses étaient délicieusement linéaires. On faisait ce qu'il fallait, sans exception.

– Très romantique.

– La romance, s'esclaffe Margot, est la marque de fabrique des âmes sans imagination ! N'importe quel idiot peut t'apporter des fleurs, Felicity. D'après mon expérience, l'amour, le vrai, est silencieux et invisible.

Ça me met en colère. Elle ment. Comment peut-elle avoir oublié ce qu'elle a ressenti en recevant les fleurs de Rick ? J'ai envie d'arracher les pâquerettes de la rocaille pour les lui lancer au visage.

– Je ne suis pas d'accord, dis-je. Qui n'aime pas les fleurs ?

Margot lève les yeux au ciel.

– J'ai toujours trouvé que c'était une coutume étrange. Arracher des plantes puis les mettre dans un vase jusqu'à ce qu'elles meurent. Elles sont bien mieux dans la terre.

– Grand-père n'était pas romantique ?

– Non et c'est pour ça que je l'aimais.

Elle s'interrompt comme si elle en avait trop dit. Je suis un peu secouée. C'est vrai qu'elle ne mâche jamais ses mots, mais là, son ton semblait moins froid que d'habitude. Bizarre.

Ne sachant pas quoi dire, je bats en retraite.

– Il faut que je me prépare pour l'école.

– Bonne idée.

Au milieu du cours de chimie, je prends conscience de gloussements méchants derrière moi. Je tourne la tête ; aussitôt, Megan et Rhiannon se cachent derrière leur bec Bunsen. Je chuchote à Bronwyn :

– Pourquoi elles rigolent ? J'ai quelque chose dans le dos ?

Bronwyn vérifie.

– Oh, merde. Ne bouge pas.

Évidemment, je n'obéis pas et je glisse mes mains derrière moi.

– Quoi ? Qu'est-ce qu'elles ont fait ?

Les gloussements gagnent en intensité.

– Elles ont jeté de petites boules de chewing-gum dans tes cheveux. Ne bouge pas. Je vais les enlever.

Ces garces. Les cheveux, c'est sacré.

– Tu y arrives ?

– C'est emmêlé.

– Oh, c'est pas vrai !

– Ne bouge pas la tête. Tu empires les choses.

Bronwyn me tire les cheveux.

– Aïe !

– Désolée. On risque de devoir les couper.

– Pas question ! Il me faut un miroir.

Je demande à sortir et j'en profite pour fusiller Megan du regard au passage. Arrivée aux toilettes les plus proches, je tords le cou pour évaluer les dégâts. Je vois des petites touffes de cheveux là où le chewing-gum s'est collé. Ça ne va pas être facile. Je passe une bonne dizaine de minutes devant le miroir à démêler soigneusement mes cheveux, mèche par mèche, sans avoir la certitude d'avoir tout enlevé. Je passe un coup de brosse d'une efficacité douteuse. Par mesure de précaution, je les attache en une rapide natte.

Dès que je sors des toilettes, je vois Megan se diriger vers moi. Elle tente de me repousser à l'intérieur, mais je m'agrippe à l'encadrement de la porte. Je ne veux pas me retrouver seule avec elle.

– Lâche-moi, Megan. Sérieusement.

– Ou quoi ?

– Lâche-moi !

Quand je la repousse, elle m'attrape par la natte et me fait baisser la tête d'un coup sec.

– Tu n'as pas intérêt à cafter ou la prochaine fois, je coupe tout, compris ?

– Aïe ! Compris.

– Qu'est-ce qui se passe ici ?

La voix d'un professeur retentissant dans le couloir a quelque chose d'inimitable. Et je la reconnais : Thom. Il descend le couloir avec un chariot rempli de livres.

– J'ai dit, qu'est-ce qui se passe ? Megan Jones, lâche tout de suite ta camarade.

Elle obéit.

– Désolée, m'sieur, c'était une blague.

– Fliss ? Qu'est-ce qui se passe ?

Je ne dis rien. Rien du tout. Je ne vais pas cafter, mais je ne vais pas mentir non plus.

– Megan, je crois que tu ferais mieux de retourner en classe.

– Il faut que j'aille aux…

– Tout de suite, Megan. Tu retournes en classe IMMÉDIATEMENT.

Le dernier mot est presque un cri. Megan retourne vers la salle de chimie d'un pas traînant en marmonnant « tapette » dans sa barbe.

– Fliss, insiste Thom, tu vas bien ?

– Oui.

– Qu'est-ce qui s'est passé ?

– Rien.

Je me presse contre l'encadrement de la porte. Je n'ai qu'une envie, m'échapper avant d'éclater en sanglots. Ce qui risque d'arriver s'il dit ou fait quelque chose de gentil.

– Fliss, je ne suis pas idiot. Je sais ce que j'ai vu. Écoute, je ne suis pas censé le dire, mais la présence de Megan Jones dans cette école ne tient plus qu'à un fil.

Ça semble trop beau pour être vrai, une école sans Megan. Mais que se passerait-il à la sortie ? Est-ce qu'elle m'attendrait tous les jours à cent mètres du portail ? Elle sait où j'habite.

Je ne peux pas parler. Je secoue la tête.

– Fliss, il suffit juste que tu dises la vérité. On s'occupera de toi.

C'est la chose gentille de trop. Des larmes jaillissent, accompagnées d'un sanglot suraigu. Je ne veux pas pleurer, surtout pas devant Thom. Je couvre mon visage de mes mains.

– Fliss, viens là.

Il passe un bras sur mes épaules et m'attire contre son torse. Son pull en cachemire est chaud et doux. Je pose ma tête contre son épaule tandis qu'il me tapote le dos. C'est comme si j'étais une grosse plaquette de beurre pathétique qui fond sur lui, retenue par ses bras solides.

Maintenant que j'ai commencé, je ne peux plus m'arrêter. Toute la tristesse et la colère que je réprime depuis mon arrivée au pays de Galles dégoulinent à présent sur son pull.

– C'est tellement gênant, dis-je entre deux sanglots.

– Ne sois pas bête !

– Ne me regardez pas, je dois être horrible.

Mon mascara n'est pas waterproof.

– Viens. Retournons au CDI. Je dirai à ton professeur que j'avais besoin de toi.

Je m'essuie les yeux qui doivent être en mode Marilyn Manson et je le suis. C'est alors que je la ressens. Cette même chaleur dans ma poitrine que Margot avec Rick.

Bon sang. C'est pire que ce que je croyais. Je suis amoureuse de lui.

Vendredi 21 février 1941

Je suis fatiguée et au comble du bonheur mais je veux raconter ce qui s'est passé ce soir avant de m'endormir car je suis sûre qu'un peu de la magie se sera envolée au matin.

Après ma dernière rencontre avec Rick, j'ai pris conscience qu'il n'y avait que très peu de choses à faire à Llanmarion. Nous sommes en guerre après tout, et il n'y a ni restaurants, ni bals – en admettant qu'il puisse danser avec son dos. Je me suis demandé si, peut-être, il m'emmènerait à Cardiff ou Swansea pour aller au cinéma, mais j'ai entendu à la radio que Cardiff est constamment menacée par les attaques aériennes et je ne tiens pas à passer ma soirée avec Rick dans un abri.

J'ai à nouveau demandé à Glynis la permission de sortir avec Rick. En l'absence de mon père et de ma mère, cela me paraît approprié, même si Glynis a encore eu l'air de trouver ma demande amusante.

À dix-huit heures pile, Rick est arrivé à la ferme dans une voiture qu'il avait empruntée à un ami soldat pour la soirée. Il portait un élégant complet bleu-gris et un chapeau en feutre assorti. J'avais moi aussi revêtu mes plus beaux vêtements pour l'occasion : mon manteau vert jade et un béret bleu paon que Père m'a rapporté de Paris.

– Bonsoir, Miss Stanford, a-t-il dit sur le pas de la porte.

– Lieutenant Sawyer, comment allez-vous ?

Il a souri et j'ai fondu de plaisir. J'avais oublié à quel point il était beau.

– Je me demandais si vous aimeriez venir pique-niquer avec moi.

– Pique-niquer ? Il fait déjà nuit !

– Pas d'inquiétude, tout est prévu.

Je lui ai pris le bras et il m'a conduite à la voiture. À la fenêtre de leur chambre, Peter et Jane nous espionnaient, gloussant derrière leurs mains.

La voiture a grimpé la colline et sillonné les routes sinueuses, effleurant les haies sauvages qui débordaient. Il faisait horriblement sombre loin de la ville, mais avec Rick, je me sentais en sécurité. Il semblait savoir où il allait et a fini par se garer sur une petite aire de repos. Il m'a demandé d'attendre pendant qu'il sortait quelque chose du coffre.

– Tu penses pouvoir marcher un peu avec ces talons ?

– Bien sûr, ai-je répondu en sortant alors qu'il me tenait la portière et me tendait la main.

– Ce n'est pas loin, promis.

Il m'a aidée à franchir une barrière en bois et nous avons emprunté un sentier qui grimpait la colline. Mes chaussures n'étaient pas du tout adaptées, mais je ne me suis pas plainte. Bientôt, notre destination s'est précisée : le lac ; la source, j'imagine, du ruisseau qui coule près de la ferme.

– Tu es déjà venue ici ?

– Non, ai-je admis. Je n'y ai jamais pensé.

– C'est quelque chose.

Effectivement. Nous sommes arrivés au bout d'un quart d'heure de marche. L'eau, tranquille et noire, était entourée de falaises dramatiques et la lune nacrée se reflétait à la surface.

– L'endroit s'appelle la Coupe du Diable, a dit Rick. Tu vois pourquoi.

– Oui, il porte bien son nom.

Les rochers donnaient l'impression d'un grand bol en pierre. De ce côté se trouvait une sorte de baie rocailleuse où l'on pouvait patauger si on le souhaitait. De larges rochers plats offraient des espaces de repos et sur l'un d'eux nous attendait une pyramide de petit bois.

– Qu'est-ce que c'est ?

– Je suis venu cet après-midi pour tout installer, a répondu Rick.

J'étais touchée qu'il se soit donné autant de mal. En un tour de main, il a allumé un beau feu qui s'est mis à crépiter. Malgré tout, il a enveloppé nos épaules d'une couverture à carreaux et nous nous sommes serrés l'un contre l'autre.

– Tu as faim ? a-t-il demandé en dévoilant un panier rempli de pain frais, de viande froide et de fromage.

Je ne sais pas s'il a ses propres tickets de rationnement, mais de toute évidence, il s'était débrouillé.

– Oh, Rick, c'est adorable. Merci beaucoup.

– Ce n'est rien. Je me suis dit qu'il devait bien y avoir quelque chose à faire dans ce trou perdu.

– C'est parfait. Vraiment parfait.

– J'espère que tu accepteras de m'accompagner au prochain bal.

– Oh, je ne sais pas, je ne suis pas une grande danseuse. J'ai deux pieds gauches.

– Je n'y crois pas une seconde !

– C'est vrai !

– Alors il faudra que je te donne quelques leçons, si tu le permets.

Je lui ai souri.

– Tu sais danser ? Même avec ton dos ?

– Bien sûr. Ma mère a toujours dit : « Les garçons, comment voulez-vous qu'une jolie fille danse avec vous si vous ne savez pas danser seuls ? » Et elle nous a tous appris dans la cuisine à la ferme.

– Tu es plein de ressources, dis donc ! Dans ce cas, j'adorerais avoir une leçon de danse.

– Marché conclu.

Rick avait aussi apporté une bouteille de porto. J'ai souvent bu un verre lors des dîners organisés par Mère ; une lichette ne pouvait pas faire de mal. Le liquide m'a réchauffé la gorge.

Pendant un moment, nous avons simplement regardé les flammes hypnotiques. Le vaste ciel nocturne semblait contenir bien plus d'étoiles qu'à Londres. Être serrée tout contre Rick me semblait parfaitement naturel. J'ai posé ma tête sur son épaule. Nous étions enveloppés dans la lueur du feu qui se reflétait à la surface du lac. Comme une petite bulle remplie d'amour.

Car je crois que c'était de l'amour. Je le sentais entre nous, l'air était plus riche et plus épais que nulle part ailleurs.

Nous avons discuté longtemps. Je lui ai parlé de maman et papa, de mes études. Il m'a demandé ce que je voulais faire après la guerre.

– Honnêtement, je ne sais pas, ai-je répondu. Tout va changer, que l'on gagne ou que l'on perde.

– Oh, on va gagner, a-t-il dit d'un ton assuré. (Je crois que l'alternative est trop terrible pour être envisagée.) Tu veux une famille ou bien tu es une de ces filles qui veulent faire carrière ?

– Je veux les deux, ai-je répliqué. (Mon assurance m'a surprise.) J'aime beaucoup travailler avec Glynis et les autres filles. Ça m'occupe l'esprit. Je crois qu'il vaut mieux avoir l'esprit occupé, pas toi ?

– Si, a répondu Rick en serrant ma main gantée. Moi, je ne peux rien voir d'autre que cette guerre. Je veux me remettre et retourner à la base pour aider. S'il y a un futur après cela, je ne sais pas ce que c'est.

– Ce n'est pas si terrible de vivre dans le présent, il me semble. Au moins, tu ne rates rien.

– Je suis parfaitement d'accord, Margot. Là, tout de suite, il n'existe rien d'autre que toi, moi et ce feu.

J'ai toujours trouvé l'idée du « coup de foudre » ridicule, mais je ne me doutais pas à quel point ces choses-là peuvent arriver sans crier gare.

– Margot Stanford, je te trouve fascinante.

J'ai éclaté de rire.

– Je vais prendre ça comme un compliment.

– C'en est un ! Je pense beaucoup à toi, tu sais.

C'était tout ce que je voulais entendre. Au point d'en oublier les règles à observer dans ce genre de situation.

– Je pense à toi aussi. Tout le temps à vrai dire. Rick, tu vas me trouver très naïve, mais je n'ai jamais ressenti ça auparavant. Ça me fait peur.

– Je sais… Quand je suis arrivé à Llanmarion, je ne m'attendais pas à… Ne t'inquiète pas, tout va bien se passer.

Rick m'a serrée contre lui et je l'ai cru. Tant que nous sommes ensemble, je sais que ce sentiment enchanteur ne disparaîtra pas.

Je me demande si c'est cela, trouver la bonne personne.

Je veux être à lui. Et qu'il soit à moi.

CHAPITRE 16

J'envisage sérieusement de me faire porter pâle (comme dirait Danny) pour continuer à lire le journal à la maison. Margot est une grosse menteuse si elle prétend ne pas croire à l'amour – enfin, à la romance en tout cas. Chacun de ses mots respire l'amour. Mais je ne prétexte pas être malade parce que je ne veux pas manquer la soirée pyjama chez Danny. Ses parents vont passer le week-end à Dublin pour leur anniversaire de mariage et on a la maison pour nous tout seuls.

Danny vit juste à côté du restaurant de vente à emporter, *Le Jardin Chinois*, qui reste ouvert même quand ses parents ne sont pas là. Ils servent de la cuisine chinoise et, bizarrement, du *fish and chips*. Une enseigne au néon clignote dans la vitrine et il y a un aquarium dans la salle d'attente, ainsi que des affiches pour une fête foraine, plus une pancarte « chiots à vendre » d'aspect douteux. Au-dessus de la boutique se trouve le studio de danse à l'abandon. Une pancarte sur la porte annonce « PAZ' À PAS – DANSE CONTEMPORAINE, JAZZ ET CLAQUETTES ». J'imagine bien les horreurs en Lycra à paillettes qui doivent hanter l'endroit…

Danny me fait signe d'entrer. Bronwyn est déjà dans le salon. Si j'avais un accès illimité à un restau chinois, je pèserais au moins trois tonnes, mais d'après Danny, on s'en lasse vite. Néanmoins, je commande du poulet aux noix de cajou avec du riz cantonnais. Des chips aux crevettes accompagnent tous les plats, même le *fish and chips*.

On s'assied autour de la table basse avec *Souviens-toi... l'été dernier* en bruit de fond. Je ne suis pas très fan des films d'horreur mais celui-ci est plutôt gentillet et Ryan Phillippe et Freddie Prinze Jr. jouent tous les deux dedans.

– Ce film est nul, déclare Bronwyn entre deux bouchées de tofu. Franchement, elle se jette littéralement dans les bras du tueur !

– Meuf, dit Danny très sérieusement, ne dis pas de mal de Buffy.

– On peut regarder le nouveau Sandra Bullock après ? je demande.

– OK, répond Danny. Bon. J'ai des nouvelles.

Il marque une pause dramatique.

– Continue... dis-je.

– J'ai rencontré quelqu'un !

– Quoi ? explose Bronwyn. Qui ? À Llanmarion ?

– Non, t'es folle ! Il vit à Newcastle. Je l'ai rencontré en ligne.

Je pose mes baguettes. Danny a été très impressionné par ma dextérité (Bronwyn a dû demander une fourchette).

– Dan... ça pourrait être n'importe qui. Si ça se trouve, il a cent ans.

– Elle a raison. C'est probablement lui, ajoute Bronwyn en pointant sa fourchette vers le type au crochet en train de trucider Sarah Michelle Gellar.

– Mais non ! Il m'a montré des photos ! Et il est canon.

– Oh, allez. Moi aussi je peux te montrer des photos d'un mec canon et je serai toujours une Galloise rousse bizarre.

– On s'est parlé au téléphone. (Je n'ose même pas imaginer leur conversation.) Je le saurais si c'était un vieux cochon. Il s'appelle James et il est au lycée.

Danny a l'air un peu blessé qu'on ne le prenne pas au sérieux.

– Si tu es heureux, je suis heureuse pour toi, dis-je. Et je veux voir les photos. Mais ne fais rien de stupide, du style acheter des billets de train pour Newcastle.

– Bien sûr que non. Même si on meurt tous les deux d'envie de voir *Les Misérables* à Londres, donc peut-être que…

– Danny, sois prudent.

– Promis, Fliss. Ton inquiétude me touche.

Je souris, apaisée. Je crois que je ne me suis pas sentie aussi tranquille depuis le déménagement. Ma mâchoire se détend et mes épaules se relâchent, comme si j'avais enfin trouvé ma place.

– Je ne veux pas tomber dans le mélo, mais je voulais vous remercier tous les deux de m'avoir adoptée.

– Avec plaisir ! réplique Danny en souriant. Je sais qu'on n'est pas aussi chic que tes amis de Londres avec Vuitton et Gucci…

J'ai participé à plein de soirées pyjamas mais aucune de ce type. Les autres étaient toutes étrangement stratégiques, du genre si Dee venait, Aria refusait, mais si on invitait Aria et pas Dee, alors Marina ne venait pas en soutien à Dee. Même quand on arrivait à se mettre d'accord sur la liste des invitées, la soirée se terminait généralement en crise de larmes lorsque quelqu'un introduisait de la vodka en douce ou révélait un terrible secret. C'est rafraîchissant de se poser simplement devant un film d'horreur avec des plats chinois. Je n'ai même pas pris la peine de me maquiller.

– C'est bien mieux sans Gucci et Vuitton, crois-moi.

Une fois le film terminé, Danny suggère une partie d'Action ou Vérité. Malgré mes protestations et celles de Bronwyn, Danny obtient gain de cause, comme presque toujours.

– OK, je commence, dis-je. Si vous deviez emballer quelqu'un à l'école, ce serait qui ?

– Beurk, répond Danny. Ce sont tous des mutants.

– Tu sais qui je choisirais, dit Bronwyn, mélancolique.

– Qui ? je demande.

Danny lève les yeux au ciel.

– Bronwyn en pince pour Robin.

– Robin du club d'échecs ?

Il est là tous les jours, le nez dans un comics ou *Doctor Who Magazine*. Je ne savais pas qu'il plaisait à Bronwyn.

– Je l'aime depuis qu'on a trois ans, admet-elle tristement, mais je crois qu'il ne sait même pas que j'existe.

– Pendant un moment, on s'est demandé s'il n'était pas gay, mais il est à fond sur l'actrice qui joue Seven of Nine dans *Star Trek : Voyager.*

– Il a l'air plutôt timide, dis-je. Tu devrais peut-être faire le premier pas.

– Pas question ! À chaque fois que je lui adresse la parole, le seul son qui sort, c'est *Flabalabala*!

On éclate de rire.

– Et toi Fliss ? À qui tu roulerais une pelle ? demande Danny.

– Je n'ai pas à répondre, c'est ma question.

– Ce ne sont pas les règles en vigueur au pays de Galles.

– Il y a quelqu'un que j'aime bien…

(Tu parles d'un euphémisme.)

– Dewi Allen ?

– Non !

– Moi, Dewi, je ne dirais pas non, lance Danny. Vous avez vu ses pieds ? Et vous savez ce qu'on dit, grands pieds…

– Grandes chaussures, répondons-nous en chœur avec Bronwyn.

– Dewi est mignon. Adorable même et je l'aime bien, mais pas comme ça, vous voyez ce que je veux dire ?

– Alors qui ? demande Bronwyn.

– Vous jurez de ne pas le répéter ?

– Juré.

J'inspire un bon coup.

– OK. C'est Thom. M. Deacon.

Bronwyn et Danny échangent un regard entendu.

– Je le savais ! jubile Danny.

– Oh non, ça se voit à ce point ?

– Non. Mais on est intuitifs, répond Bronwyn.

– Ne dites rien à personne.

– Ne t'inquiète pas.

– Et je crois que c'est réciproque…

Ma remarque suscite un nouvel échange de regards.

– Tu es sûre ? Il s'est passé quelque chose ? demande Danny à mi-voix, avide de ragots.

Je ne sais pas pourquoi mais je ne peux pas me retenir de mentir.

– Oui. Plus ou moins.

– J'y crois pas ! Quoi ?

– Il m'a… prise dans ses bras au CDI. Et il m'a dit que j'étais très belle.

C'est un gros mensonge, mais l'expression scandalisée de Bronwyn et de Danny est étonnamment addictive. Je ne peux plus m'arrêter.

– Est-ce qu'il a une femme ou une copine ? demande Bronwyn.

Je me rends alors compte que je n'y ai même pas pensé.

– Non, dis-je, sur la défensive. Il ne porte pas d'alliance, pas vrai ?

– J'ai fouiné un peu une fois, dit Danny. Il est plutôt pas mal dans le genre rouquin, je voulais savoir s'il était gay. Je lui ai demandé s'il avait une petite amie et il m'a répondu que les profs n'avaient pas de vie privée et dormaient dans leur placard avec leurs Tupperwares.

– Les roux peuvent être sexy, je te signale, ajoute Bronwyn.

– Je suis certaine qu'il est célibataire, dis-je – même si en réalité c'est plus un vœu pieux qu'autre chose. C'est forcé. Je crois que je lui plais vraiment.

– Je n'ai jamais rien entendu de plus excitant ! s'exclame Danny. Qu'est-ce que tu vas faire ? S'il fait quoi que ce soit, il risque de perdre son travail.

– Tu es sûr ? Il n'est pas vraiment prof. Mais c'est exactement pour ça que vous ne pouvez pas en parler. On devrait faire un pacte de sang.

– Non merci, dit Bronwyn. Je ne tiens pas à choper une hépatite.

– Mais vous devez promettre. C'est sérieux.

J'en ai déjà trop dit. Si des rumeurs commencent à courir dans les couloirs de l'école, Thom va s'enfuir en courant.

– Franchement, à qui veux-tu qu'on en parle ? Personne ne nous adresse la parole, répond Danny.

– Ah oui, c'est vrai. (Je souris.) Bon, à qui le tour ?

– Danny, dit Bronwyn. Action ou vérité ?

– Action !

Deux minutes plus tard, Danny appelle le restaurant et, avec un accent chinois ridicule, passe une commande grotesque.

Mercredi 26 février 1941

De nouveau, je n'ai pas tenu ce journal de manière assidue. J'imagine que cela montre bien que je suis trop occupée à profiter de la vie pour écrire. La bonne prose vient de la douleur, c'est pourquoi les gens heureux n'écrivent pas. Je me demande si, dans les années à venir, nous relirons tous nos journaux imbibés de larmes en nous demandant si nous avons vraiment été heureux.

Cela peut sembler insipide mais j'ai passé toutes mes journées depuis la dernière fois avec Rick. Nous savons tous les deux que bientôt, il sera assez remis pour retourner à son poste. Avec ce sablier qui se vide au-dessus de nos têtes, nous n'avons pas une seconde à perdre.

Hier matin, il m'a envoyé une invitation. C'était très mystérieux : une carte manuscrite demandant si je pouvais le retrouver à l'hôpital aujourd'hui. J'ai téléphoné aussitôt à l'hôpital et j'ai laissé un message disant que j'acceptais.

Ce matin, j'ai rejoint l'ancien asile à bicyclette. À mon arrivée, j'ai compris ce que Doreen voulait dire. C'est un imposant bâtiment en briques, caché de la route par des saules pleureurs et une haute barrière hérissée de pointes. Ce doit être assez cauchemardesque à la nuit tombée. Après avoir laissé ma bicyclette dehors, j'ai monté quatre à quatre les marches en pierre jusqu'à la grande porte d'entrée.

L'intérieur grouillait d'activité, avec des soldats, des docteurs et des infirmières dans tous les coins. Chaque pièce et le moindre couloir étaient utilisés. Certains hommes semblaient en piteux état, allongés sur des brancards, le visage brûlé ou couvert de bandages.

Je me sentais mal. J'avais presque oublié qu'il y avait une guerre. Maintenant, je m'en souviens. Et pour chaque blessé, il devait y avoir encore plus de morts.

Ne voulant pas déranger, j'ai demandé à la réceptionniste où je pouvais trouver Rick. Elle m'a dit de prendre l'escalier principal, puis de remonter le couloir jusqu'à l'ancienne salle de bal. J'ai suivi ses instructions, me faufilant entre les soldats en béquilles et les infirmières empressées portant des bassins hygiéniques ou des dossiers.

Avant d'être un asile, l'endroit avait dû être une imposante demeure. À présent tout est délabré. La peinture s'écaille et des pans entiers de corniches sont tombés.

J'ai trouvé l'ancienne salle de bal. Fut un temps, elle devait être impressionnante, mais les lustres et les rideaux ont depuis longtemps été remplacés par des poutres, des bancs et des bicyclettes stationnaires. Au milieu de la pièce, Rick faisait de la musculation sous la surveillance d'un docteur.

– Oh, désolée, je ne voulais pas déranger, ai-je dit.

– On finit tout juste, a répondu Rick.

Le docteur, un petit homme avec d'épaisses lunettes en cul de bouteille, lui a tendu une serviette pour s'éponger le front.

– Ce doit être la fameuse demoiselle dont on a tant entendu parler.

– Je n'ai pas été si terrible, a répliqué Rick avec un sourire en coin. Entre donc, Margot.

–Je vous laisse, les tourtereaux, a dit le docteur avant de s'éclipser.

Sa remarque nous a fait rougir tous les deux.

– Quelle belle pièce ! ai-je dit pour faire diversion. Toute cette lumière...

Des rayons de soleil se déversaient à travers trois grandes fenêtres sur le mur du fond.

– C'est quelque chose, hein ?

Rick était magnifique, même en simple tee-shirt blanc, short et chaussures de tennis.

– C'est ce que tu voulais me montrer ?

– Non, a-t-il répondu en souriant de nouveau. Je me suis dit qu'il était temps que je te donne ta leçon de danse, avec la fête de la Saint-David la semaine prochaine.

Il a bondi vers un coin de la pièce où se trouvait un tourne-disque.

– Rick, je ne suis pas habillée pour danser…

– Tu peux danser en pyjama si l'envie te prend !

Il a soulevé le bras de l'appareil pour poser le saphir sur le disque. Après un craquement, Louis Armstrong a commencé à jouer Jeepers Creepers.

Rick est revenu vers moi ; heureusement, je sais quand même où placer mes mains. Je lui ai tendu ma main gauche et j'ai posé la droite légèrement sur son épaule. Pas question de m'agripper de toutes mes forces.

– Ma mère dit toujours que quand on danse, il faut écouter deux choses : la musique et son partenaire. Laisse-toi aller et tout ira bien.

Nous avons commencé à danser. Rick étant agile, je me suis contentée de le suivre, le laissant mener. Il a souri.

– Prête à tourner ?

– Je devrais pouvoir y arriver.

Il m'a fait tournoyer mais je suis allée trop vite, j'ai percuté son torse.

– Je t'avais dit que j'étais maladroite.

– Ne regarde pas tes pieds, regarde mes yeux. Voilà.

Il a recommencé et, cette fois, c'était parfait.

– On va réussir à faire de toi une danseuse.

Je ne m'étais jamais sentie aussi féminine ni insouciante, légère comme une plume sur la brise.

Nous avons ri et tournoyé jusqu'à ce que la chanson se termine. Une nouvelle, plus lente, commence. Immédiatement, Rick m'a serrée contre lui.

– Laisse-toi bercer par la musique.

Je sentais son souffle contre mon front.

Soudain, je ne pouvais plus déglutir. Je savais ce qui se passerait si je le regardais dans les yeux. J'ignorais si j'étais prête – je ne savais pas plus embrasser que danser – mais je me suis laissé bercer par la musique, par Rick, et j'ai su que c'était le bon moment. J'ai levé la tête et Rick a croisé mon regard. Il a marqué une courte pause avant de se pencher.

Juste au moment où ses lèvres ont touché les miennes, un remue-ménage a retenti dans le couloir et un soldat avec des béquilles a déboulé dans la pièce.

– Oh, désolé Rick, mon pote. Je ne savais pas qu'il y avait quelqu'un.

Nous nous sommes écartés immédiatement. Rick s'est raclé la gorge.

– Pas de problème, Clive. Entre.

Il est allé aider son ami et ç'a été la fin de la leçon. J'ai posé distraitement le bout de mes doigts sur mes lèvres.

À présent, assise dans la roseraie, je fredonne gaiement l'air sur lequel nous avons dansé et je me sens encore toute légère.

Sous ce paragraphe, on trouve des lignes et des lignes des mêmes petits mots, combinés de diverses manières…

Margot Sawyer
Mme Richard Sawyer
Mme Sawyer
Mme Margot Stanford-Sawyer
Mme Margot Sawyer-Stanford
Mme M. Stanford-Sawyer

Je souris en secouant la tête. Elle était bien atteinte !

Enfin, maintenant que j'y pense, *Mme Felicity Deacon* ne sonne pas mal du tout…

Jeudi 27 février 1941

Oh, pauvre Bess ! Je suis tellement en colère que ma main tremble et que j'arrive à peine à tenir mon stylo. J'ai l'impression de bouillir comme une casserole de homards. Dieu du ciel, je ne sais même pas par où commencer. C'est une vraie catastrophe.

Le printemps arrivant à Llanmarion, je me suis débarrassée de mon écharpe, mes gants et beaucoup de mes inhibitions. Rick est très sociable, bien que jamais inconvenant, et il est difficile de ne pas se détendre en sa présence. Le village semble avoir accepté notre relation, ce qui rend ce qui est arrivé à Bess encore plus cruel. Mais j'y viens.

Notre cour a perdu de sa formalité. Nous n'avons plus le temps de faire des manières. C'est la guerre. D'autres règles s'appliquent. Les moments que nous passons ensemble sont désormais tachetés sur les bords comme un Monet ou un Van Gogh : des jaunes et des verts printaniers, des boutons et des bourgeons, et bien sûr, des jonquilles en pagaille.

De son propre aveu, Rick n'est pas un grand lecteur, mais il aime les histoires. Aujourd'hui, nous avons traversé le village, acheté des petits pains à la boulangerie et nous sommes allés jusqu'à l'étang près de la place pour lire. Nous sommes déjà venus à bout de Jane Eyre, *si bien que nous nous sommes attaqués à* L'Île au trésor. *J'ai posé ma tête sur ses genoux et je me suis abrité les yeux avec le livre pendant qu'il me caressait les cheveux.*

– Regarde ! a-t-il dit. Des canetons !

– Tu es incapable de te concentrer ! l'ai-je raillé en m'asseyant pour regarder les adorables petits canards.

Et c'est alors que c'est arrivé.

– Puis-je t'embrasser ? m'a-t-il demandé avec un petit coup d'épaule.

Maintenant que le moment était venu, je me sentais aussi tranquille que l'étang devant nous.

– Je crois que tu ferais mieux. J'étais sur le point de t'envoyer une invitation écrite.

Habitué à mes plaisanteries, il a relevé mon menton et a pressé ses lèvres contre les miennes. Je n'osais plus respirer. Je ne sais pas ce que j'imaginais mais c'était encore mieux : doux, chaud, aussi intime qu'un secret.

L'espace d'un instant, j'étais paralysée.

– Tout va bien ?

– Juste pour être sûr, tu devrais recommencer, ai-je répondu.

Il a souri et m'a embrassée à nouveau, plus longtemps cette fois. Je savais qu'une telle démonstration d'affection en public était scandaleuse mais je m'en moquais. Pendant un instant, nous étions un. J'ai senti ses lèvres sur les miennes et toutes mes pensées, toutes mes inquiétudes se sont envolées, comme la pluie qui disparaît dans l'herbe. Les yeux fermés, des petites taches colorées sont apparues devant mes paupières. Je ne sais pas combien de temps nos baisers ont duré, des minutes ou des heures, mais j'ai senti la Terre tourner.

Il est fort probable que nous y serions encore si Bess n'avait pas traversé la place en courant, paniquée.

– Oh, Margot, te voilà ! Je t'ai cherchée partout.

Je me suis levée ; elle s'est presque effondrée dans mes bras, écarlate et hors d'haleine.

– Bess, que diable se passe-t-il ?

Elle s'est mise à pleurer. À ses yeux rouges, je voyais bien qu'elle avait déjà versé toutes les larmes de son corps.

– C'est Reg… Margot, il est parti.

– Quoi ? Parti où ?

Rick s'est levé à son tour en époussetant son pantalon.

– Miss Jones, ça va aller ?

– Non ! Il est parti et je ne sais pas où.

Elle a éclaté en sanglots incontrôlables ; je l'ai serrée contre moi.

Je l'ai fait asseoir sur le banc au bord de l'étang. Les gens nous regardaient – une mégère guindée a fait déplacer ses deux enfants. Je lui ai caressé la main.

– Ça va aller, Bess. Prends ton temps pour nous raconter ce qui s'est passé.

– Il est parti, a-t-elle répété après avoir repris son souffle. Papa a découvert le pot aux roses et a menacé de le tuer de ses propres mains quand il rentrerait. Alors maman a discuté avec Rhodri Ridwell et l'a fait chasser.

– Non ! C'est affreux !

– Personne ne veut me dire où il est.

La lèvre de Bess s'est remise à trembler.

– Il a quitté Llanmarion ? est intervenu Rick.

– Oui. Je ne sais même pas s'il est encore au pays de Galles.

Je me suis relevée d'un coup, indignée.

– C'est parfaitement injuste. Reg n'a rien fait de mal. Si sa famille d'accueil n'est pas prête à la reprendre, alors…

Rick m'a attrapée par le coude et m'a gentiment éloignée de Bess. Il a parlé d'une voix basse, mais ferme.

– Écoute, Margot, ça vaut peut-être mieux…

– Quoi ! Comment peux-tu dire ça ?

– Nous ne sommes pas à Londres. Et si le père de Bess met la main sur Reg ? Changer de ville n'est pas le pire qui aurait pu lui arriver. D'ailleurs, on ne sait même pas si c'est vraiment ce qui s'est passé…

– Tu ne penses pas sérieusement… ?

Il a haussé les épaules et j'ai été prise de nausée.

– Tout le monde n'est pas aussi ouvert d'esprit que nous. J'ai entendu des choses à l'hôpital… Quand Reg a été arrêté, des hommes bien, de bons soldats, ont parlé de prendre les choses en main, de faire justice eux-mêmes.

– Premièrement, soyons clairs sur un point : ce n'est pas l'attitude d'hommes bien ou de bons soldats. Et deuxièmement, ne dis surtout pas ça à Bess. Elle est déjà inconsolable.

En me retournant, j'ai vu la malheureuse se moucher. J'ai imaginé Reg gisant dans un fossé, couvert de bosses, et j'ai prié pour qu'il ait simplement été mis à la porte.

– Je vais déjà demander à Ivor de découvrir où on l'a envoyé. Je crois qu'il connaît bien Rhodri. Si c'est un mensonge, j'arriverai à le savoir.

– Je te le jure sur ma tête, Margot, a annoncé Bess quelques secondes plus tard. Je vais m'enfuir et partir à sa recherche. Je l'aime, il m'aime, et c'est tout.

J'ai tenté de lui sourire, mais Rick et moi savions que ce n'était pas tout. Pas dans une ville comme Llanmarion.

Finalement, Bess a passé la nuit à la ferme. Elle était si furieuse contre sa mère qu'elle refusait de rentrer chez elle. Glynis ne fut que trop contente de l'accueillir.

Nous avons donc dû dormir tête-bêche. Au moins, nous n'avions pas besoin de bouillotte. Nous sommes montées avec des tasses d'Ovomaltine et du cake aux raisins secs préparé par mes soins. Il était un peu sec mais je n'ai jamais prétendu être la meilleure des pâtissières.

– Oh, Margot, a déclaré Bess en mangeant sa part de gâteau. Reg n'a pas pu s'enfuir. Il ne m'aurait jamais quittée. Il me l'a dit.

– Quand l'as-tu vu pour la dernière fois ?

Elle s'est penchée d'un air de conspirateur.

– Tu connais la vieille ferme Whaddon ?

J'ai répondu que non.

– L'hiver dernier, Alun Whaddon est mort à force de se noyer dans l'alcool. Ne le répète pas, mais tout le monde le sait. Et comme il n'avait pas de fils pour reprendre sa ferme, elle est abandonnée en attendant qu'on sache quoi en faire. Enfin bref, avec Reg on avait pris l'habitude d'aller dans sa vieille grange pour…

– Oui, Bess, pas besoin de me faire un dessin, merci.

– On y était le week-end dernier. Et Margot, il m'a dit qu'il m'aimait. On n'est pas stupides. Je sais que l'année prochaine, il sera mobilisé, mais on a tout prévu. On devait prendre une maison à Greenwich. C'était magique quand il en parlait.

Je n'avais pas le cœur de la contredire.

– Bess, je ne sais pas quoi dire.

– Tu me prends pour une idiote, hein ?

– Pas du tout ! Je pense que tu es incroyablement courageuse de suivre ton cœur. Généralement, c'est la voie la moins raisonnable et la plus difficile.

Bess a secoué la tête, faisant sautiller ses cheveux au carré.

– Je sais comment sont les garçons. Je sais ce qu'ils racontent pour arriver à leurs fins. Mais Reg est différent. Je crois en chaque mot qu'il m'a dit.

Je lui ai pris la main.

– Alors je suis sûre que s'il peut, Bess, il reviendra.

Elle a éclaté en sanglots et je n'ai rien pu faire d'autre que la serrer contre moi jusqu'à ce qu'elle ait terminé.

La pauvre Bess a été misérable toute la journée. Comme prévu, j'ai demandé à Ivor d'aller parler à Rhodri et, malgré sa réticence initiale, il est revenu en annonçant que Reg avait été envoyé sur l'île d'Anglesey, dans le Nord. Glynis m'a assuré qu'Holyhead était très cosmopolite comparée à Llanmarion et qu'il devrait être en sécurité s'il ne cherchait pas les ennuis. Sur les conseils de Rick, j'ai gardé cette information pour moi, craignant que Bess ne s'enfuie si elle apprenait où Reg se trouvait. Elle n'a que quinze ans. Ce serait terrible si quelque chose lui arrivait.

Je l'occupe avec les préparatifs pour la fête de la Saint-David. Les Gallois prennent cela très au sérieux et je crois qu'un peu de gaieté nous fera du bien à tous. Toute la ville est impliquée. Des guirlandes de fanions décorent les rues et des dragons rouges ornent presque toutes les fenêtres.

Je comprends leur fierté nationale : les gens d'un si petit pays avec si peu de voix doivent crier d'autant plus fort pour ne pas que leurs traditions tombent dans l'oubli. D'ailleurs, la langue galloise est quasiment en voie d'extinction dans le Sud, ce qui est bien dommage.

J'ai hâte de voir le défilé et la fête. Je suis sûre que cela va requinquer Bess.

Samedi 1er mars 1941

La guerre est arrivée à Llanmarion. Même après tout ce que j'ai entendu à la station d'écoute, la guerre m'a toujours semblé lointaine, tout là-bas de l'autre côté de la Manche. Ce soir, nous avons tous réalisé que le monde était vraiment en guerre. Nous étions tous au combat. Des gens, et pas juste des numéros, meurent chaque jour.

Mes oreilles bourdonnent et mes mains ne veulent pas s'arrêter de trembler. Je sais que je ne vais pas dormir de la nuit. Je crois que le pire est passé mais je n'ose pas fermer les yeux. Alors je vais écrire. Jusqu'à ce que le soleil se lève. Pour le moment, j'ai l'impression que cela n'arrivera jamais.

Aujourd'hui, c'était jour de fête. Ivor avait prêté le champ de derrière ; il y avait des attractions (un manège et une grande roue), des tours à dos d'âne, des jeux de quilles. J'ai suggéré une partie de croquet, ce qui m'a valu des rires.

Agatha Moss était en charge du stand de cidre avec plusieurs autres dames de la station d'écoute, tandis que Bess et moi préparions la barbe à papa. Il y avait même des jonquilles à vendre. Juste pour la journée, tout le monde semblait prêt à oublier les tickets de rationnement, les travaux de réparation, comme les fils et maris absents.

Bien sûr, pour les enfants du village – ceux nés ici et ceux arrivés contre leur gré –, c'était comme Noël avant l'heure. J'en ai reconnu certains du voyage en train. Jane s'est attachée au gardien des ânes, un Irlandais un peu étrange avec très peu de dents, s'autoproclamant son assistante. Je lui ai demandé si elle le dérangeait, mais non ; il l'a laissée brosser la crinière des animaux et leur donner des carottes.

Oh, quelle belle journée cela aurait pu être ! Les enfants gambadaient gaiement tandis que des musiciens jouaient sur une scène de fortune faite de balles de foin. Je ne sais pas comment cela m'avait échappé, mais Ivor jouait même de la batterie. Son corps était énorme derrière l'instrument. Trois autres musiciens barbus, que j'avais déjà vus en ville, jouaient du banjo, de la flûte irlandaise et de la vielle à roue.

– J'ignorais qu'Ivor était musicien, ai-je dit à Glynis.

– Oh, oui, a-t-elle répondu en l'admirant du regard. Il cache bien son jeu.

Quelqu'un m'a tapé sur l'épaule. Je me suis retournée : Rick se tenait là, main tendue.

– Miss Stanford ? M'accorderiez-vous cette danse ?

J'ai grimacé.

– S'il le faut.

– Tu es meilleure que tu ne le crois.

J'ai souri et il m'a menée vers là où d'autres couples dansaient. Bess regardait la piste d'un air sombre, repensant probablement à la soirée deux semaines plus tôt. J'ai du mal à croire que je connais Rick depuis si peu de temps. J'ai l'impression que cela fait une éternité. Il m'a prise dans ses bras et nous nous sommes balancés au rythme de la musique. J'avais soudain compris l'attrait de la danse : c'est une excuse pour se toucher, une forme d'intimité.

À côté de nous, Andrew dansait avec Doreen. De vrais Fred Astaire et Ginger Rogers en herbe ! Par comparaison, nous devions avoir l'air affreusement maladroits, mais je m'en moquais.

Un match de foot a commencé en fin d'après-midi, évacués contre habitants du village. L'ambiance était bon enfant, même si j'ai remarqué que Bryn prenait garde à éviter Rick, qui a joué un moment pour l'équipe des évacués – contre l'avis du médecin, je parie.

Peut-être était-ce notre faute.

Peut-être n'aurions-nous pas dû laisser la station d'écoute sans surveillance.

Les premières bombes sont tombées au crépuscule.

Il n'y a eu ni avertissement ni sirène, juste une explosion. Personne n'a vu les énormes formes noires à l'horizon avant qu'il ne soit trop tard ; nous étions tous trop occupés à regarder le match.

On a appris plus tard que les avions allemands en direction de Cardiff avaient soudain changé de cap. Les charges ont probablement été lâchées trop tôt, en chemin vers Swansea, même si certains pensent que la station d'écoute était la véritable cible.

Sur le moment, rien de tout cela n'importait. Il fallait fuir.

Comment décrire la scène ? La première bombe est tombée dans les collines. L'espace d'une seconde, j'ai senti un souffle d'air chaud dans mes cheveux avant qu'un rugissement assourdissant ne retentisse dans la vallée. Rick a cessé de courir et m'a regardée droit dans les yeux, le visage blême.

Le sol a tremblé, puis il y a eu une terrible pause. Tout s'est arrêté. Un silence choqué avant le bruissement d'ailes frénétique des oiseaux s'échappant des arbres.

C'est alors que tous les habitants de Llanmarion ont compris le danger. Nous étions complètement exposés. Nous allions mourir. Je ne voulais pas mourir.

Les cris ont commencé. Les gens se sont éparpillés dans tous les sens.

« Sonnez l'alarme ! » a crié quelqu'un. J'ai honte de l'avouer, je suis restée figée sur place. Je n'osais pas lever les yeux au cas où je verrais quelque chose me tomber dessus. Si je devais mourir, je ne voulais pas le voir venir. Je voulais que ce soit rapide et silencieux.

Une main a attrapé la mienne.

– Rick…

– Cours ! m'a-t-il ordonné en me tirant vers la ferme.

C'était le chaos.

Des mères attrapaient des enfants en larmes, d'autres cherchaient les leurs en hurlant, mais les abris les plus proches se trouvaient au centre-ville. Nous n'avions nulle part où aller.

Il y avait des enfants partout, des enfants à des kilomètres de chez eux. Certains restaient plantés là en pleurant. Je ne savais pas comment les aider. J'étais démunie.

De nouveaux coups de tonnerre. La terre a tremblé. J'ai senti une odeur de fumée.

Rick me tirait si fort que je sentais l'articulation de mon bras protester et mes pieds avaient du mal à suivre le chemin de terre.

– Rick, ralentis ! ai-je supplié.

Mais il a continué en dépassant ceux qui nous gênaient. Certains couraient vers la ferme, d'autres vers leurs véhicules garés dans le chemin. D'autres erraient, stupéfaits.

Des colonnes de fumée noire aussi hautes que Big Ben planaient à présent au-dessus du village.

– La cave ! La ferme a une cave, pas vrai ?

– Oui !

Nous avons contourné l'étable d'un pas vacillant. Glynis était déjà à la porte avec Peter. Dès qu'elle m'a aperçue, ses yeux se sont écarquillés.

– Margot, où est Jane ?

J'avais le souffle coupé après ma course effrénée.

– Je ne sais pas ! Je croyais qu'elle était avec toi !

– Non ! Vite, dans la cave ! (Elle a poussé Peter à l'intérieur avant de remonter l'allée en courant et en hurlant à pleins poumons.) Jane !

Soudain, j'ai su où elle était. Les ânes. Elle ne les aurait pas abandonnés.

– Je vais la chercher.

J'ai dégagé ma main de celle de Rick et je suis repartie à toutes jambes vers la fête, me retrouvant dans le champ. De là, je voyais les attractions et la scène, mais aucun signe de Jane.

– Jane ! ai-je appelé, désespérée.

– Margot, reviens !

Rick était sur mes talons. Le sol s'est remis à trembler et nous sommes tombés tous les deux. Cette fois, j'ai senti le contrecoup de l'explosion. Elle n'était pas passée loin. L'air était empli de fumée et l'odeur celle d'une soirée au coin du feu. L'église avait été touchée.

Mes genoux écorchés saignaient à travers mes collants. En tentant de me relever, j'ai vu les ânes. Ou plus précisément, j'ai vu Jane qui tentait de tirer les trois animaux dans un des petits abris en métal où

Ivor stockait le foin. Une structure branlante qui n'a rien d'un abri antiaérien.

– Jane ! ai-je hurlé en me précipitant vers elle. Viens ici tout de suite !

– Il s'est enfui et les a abandonnés, a-t-elle pleurniché.

– Sans blague !

Je l'ai attrapée par le bras mais elle s'est dérobée. Rick nous a rejointes et en un mouvement a pris la petite fille dans ses bras avant de repartir vers la ferme.

J'ai attaché les ânes à l'abri en leur souhaitant bonne chance. Une autre bombe est tombée. Une nouvelle explosion. La chaleur m'a piqué le visage. M'a brûlé les narines et roussi les sourcils. Un épais brouillard âcre recouvrait à présent le champ. Je voyais à peine le bout de mon nez.

J'ai commencé à prendre conscience d'un sifflement aigu, comme une bouilloire. Très proche et qui fonçait droit vers nous.

– Margot, cours ! a crié Rick.

Jane et lui avaient pris de l'avance. Mes talons s'enfonçaient dans la terre tandis que je tentais de remonter la pente le plus vite possible.

Je refusais toujours de lever la tête. Je ne voulais pas voir.

– Margot !

Quand j'ai enfin atteint l'extrémité du champ, Rick m'a aidée à franchir le muret. Tenant Jane d'un bras et ma main de l'autre, il m'a entraînée à sa suite. Le sifflement devenait assourdissant. Glynis nous attendait à la porte de la ferme.

– Vite !

Elle a attrapé Jane et nous nous sommes propulsés à l'intérieur.

Au même moment, la bombe est tombée. Nous nous sommes tous effondrés par terre dans le couloir. Les fenêtres ont volé en éclats. La ferme tout entière a tremblé.

Je me suis accrochée à Rick, attendant que les murs et le plafond s'effondrent et nous enterrent vivants.

Au bout d'une seconde, je me suis rendu compte que ça n'allait pas arriver, du moins pas tout de suite. Mais la dernière explosion avait été proche. Trop proche.

– Vite, la cave. (Glynis s'est dirigée en boitant vers la porte sous l'escalier.) Le toit risque de s'effondrer.

– Tu vas bien ? ai-je demandé à Rick.

– Oui, et toi ?

J'ai hoché la tête. De la poussière et des débris s'engouffraient par les vitres brisées, je ne voyais presque rien. Un autre fracas a retenti. Le sol a de nouveau gémi. Je me suis accroupie et Rick m'a serrée contre lui. Quelque chose s'écroulait... la grange peut-être ?

Rick m'a aidée à franchir la porte et nous sommes descendus à la cave où nous avons retrouvé Ivor, Peter et quelques autres villageois. Les visages étaient couverts de crasse, on ne voyait que le blanc de leurs yeux, remplis d'espoir, tournés vers nous. Ivor a attiré Glynis dans ses bras en la serrant de toutes ses forces.

Après cela, nous n'avions plus qu'à attendre que la sirène s'arrête, ce qu'elle a fait une quarantaine de minutes plus tard. Quarante horribles minutes durant lesquelles nous n'avons presque rien dit, chacun imaginant le pire. Yeux grands ouverts dans la pénombre, nous étions serrés les uns contre les autres pour tenter de nous réchauffer. Je crois que j'étais sous le choc, je ne pouvais pas m'arrêter de trembler. Jane se cramponnait à moi, et moi à Rick. La douleur dans mes genoux était sourde, étouffée.

Je craignais que la ferme s'écroule et que nous nous retrouvions piégés dans la cave sans oxygène, mais j'ai jugé plus sage de garder cela pour moi.

J'ai pensé à Bess, Doreen et Andrew. Où étaient-ils, avaient-ils atteint un abri ? J'ai essayé de me rappeler où je les avais vus pour la dernière fois mais je ne me souvenais que de la première explosion et du chaos qui s'était ensuivi.

Quand la sirène s'est tue, j'ai d'abord cru que j'étais devenue sourde. Ivor s'est levé avec précaution, se courbant pour ne pas se cogner contre le plafond.

– Je vais aller voir les dégâts. Attendez ici.

– Pour l'amour du ciel, sois prudent, a supplié Glynis.

Il est revenu à peine quelques minutes plus tard, mais cela m'a semblé durer une éternité.

– C'est bon.

Nous sommes sortis ensemble. La ferme était remplie de poussière et de fumée. Un mouchoir plaqué contre mon nez et ma bouche, j'ai traversé le couloir avec précaution.

– La grange s'est écroulée, a déclaré Ivor d'un ton plat. Je dois aller voir s'il reste des bombes qui n'ont pas explosé.

– Pas question, Ivor Williams, a dit Glynis en le retenant avec plus de force que je ne l'en aurais crue capable. C'est le boulot de l'armée.

Se sentant coupable de son inaction forcée, Rick est immédiatement parti proposer son aide.

– Il faut que j'aille aider, m'a-t-il dit.

J'ai décidé de rester à la ferme.

– Sois prudent.

Je l'ai embrassé longuement sans me soucier de qui nous voyait.

Puis, j'ai déniché un balai et je me suis mise au travail. Heureusement, la ferme en elle-même n'était pas trop endommagée, juste très sale. Ivor a barricadé les fenêtres avec des planches, tandis que Glynis, les enfants et moi avons nettoyé en silence.

Glynis m'a interdit d'aller à la poste pour demander des nouvelles de Bess. Les lignes téléphoniques étaient coupées, si bien qu'à une heure du matin, sans nouvelles de Rick, je suis montée au lit et je me suis mise à écrire au lit.

Je n'arrive pas à dormir. Dès que je ferme les paupières, la sirène résonne de nouveau à mes oreilles. Je ne veux pas mourir, pas maintenant que j'ai découvert quelque chose de si précieux.

Dimanche 2 mars 1941

Agatha Moss est morte quand un arbre est tombé sur sa voiture. Le sergent Huw Thomas est mort en éteignant l'incendie à l'église. Betty et Rodney Houghton, deux enfants évacués, sont morts lorsque le grenier s'est effondré sur leur chambre, les enterrant vivants.

Llanmarion est en deuil aujourd'hui. Le silence étouffe la ville tout entière. On peut presque toucher la tristesse du doigt. La guerre est une réalité à présent. L'illusion que ce n'était que des vacances dans la campagne galloise vient de s'envoler en fumée.

Rick m'a tenu la main lorsque nous avons déposé des fleurs devant l'église en ruines. L'endroit est naturellement devenu l'autel de notre chagrin, avec ses os noircis se détachant contre le ciel blanc. Bess, Doreen et Andrew se tenaient à nos côtés. Même Bryn a gardé un silence respectueux. Nous étions tous en noir.

C'est trop horrible, je n'écrirai plus.

CHAPITRE 17

Ouah. C'est comme dans un film. Je n'arrive pas à imaginer que des bombes soient vraiment tombées sur Llanmarion… sur cette maison. Mon autre grand-mère, la mère de papa, dit toujours que les jeunes d'aujourd'hui auraient bien besoin d'une bonne guerre. Moi, ça ne m'a jamais paru réel.

Pour être honnête, dans ma tête, Hitler est tout aussi fictif que Dark Vador. Même après avoir lu le journal, je n'arrive toujours pas à imaginer les vraies horreurs des camps d'extermination et des chambres à gaz – je crois qu'il faut l'avoir vécu – mais je commence à comprendre que les gens d'ici ont connu une tout autre guerre.

De vrais gens sont morts. Pas juste des soldats dans des chars d'assaut et des avions. Pas juste un nombre incroyable de juifs, de gays, de gitans, d'enfants handicapés et autres. Pas juste d'horribles démons nazis à la peau rouge. Des gens comme Agatha. J'aimais bien Agatha. Elle était très cool. C'est vraiment horrible. Je voulais en savoir plus sur elle, la voir déchiffrer des codes et devenir une superpilote. Elle n'était pas un simple personnage dans un livre. C'était une amie de Margot. Et elle est morte.

Je reste allongée dans mon lit et pour la première fois de l'automne, j'ai froid. Je tire la couverture à mes pieds par-dessus ma couette. Je suis mitigée : d'un côté, je suis soulagée que les guerres aient désormais lieu à des kilomètres de chez nous. D'un autre, je vois Margot d'un nouvel œil. Margot et tous ceux qui ont survécu à la guerre. Je comprends pourquoi ils nous trouvent si futiles.

Peut-être que je le suis. Peut-être qu'on l'est tous, en fait. C'est drôle comme la nuit est propice aux pensées sombres. Tout cela passera-t-il une fois le soleil levé ?

Effectivement, c'est le cas. L'aube apporte le premier gel de l'année ; par ma fenêtre, les champs semblent saupoudrés de paillettes. Une nouvelle journée commence. Je me sens fraîche et dispose, même après mes quelques heures de sommeil.

Une fois par an, il faut prendre une grande décision : aujourd'hui, je vais sortir mon manteau d'hiver pour la première fois. Il est en laine, violet foncé, avec un grand col en fausse fourrure fauve. Et si je mettais aussi mes bottes en daim ?

Allez, c'est décidé ! J'adore les vêtements d'hiver.

Je descends pour le petit déjeuner, mon manteau sur le bras. Margot, assise à table, regarde mes bottes par-dessus sa tasse.

– C'est pour l'école ou pour faire le trottoir ? demande-t-elle.

Je lève les yeux au ciel.

– Plein de filles en portent.

– Plein de filles de joie, oui.

Je décide d'être bon prince.

– Tu sais quoi, Margot ? C'est une belle matinée et je ne veux pas commencer la journée par une dispute. Je vais porter les vêtements que j'aime. Je te laisse ton style clodo chic.

Bon, d'accord, pas si bon prince que ça.

Elle éclate d'un rire franc. Bizarre.

– Tu as bien raison. C'est pour cela qu'on s'est battues après tout. Le droit de vote, l'égalité salariale et le droit de porter des vêtements aussi ridicules qu'on le souhaite, sans être jugées.

Comme il me semble que c'est ce qui se rapproche le plus d'un compliment de sa part, je décide de lâcher l'affaire.

– Où est maman ?

D'abord, Margot ne répond pas, puis elle se lève afin de vider le reste de son thé dans l'évier.

– Elle ne se sent pas très bien, dit-elle enfin, je lui ai dit de retourner se coucher.

Mon cœur s'emballe légèrement. En un flash-back, je revois les pires journées de son traitement, celles où elle allait chercher ses résultats ou les lendemains de chimio.

– Qu'est-ce qu'elle a ?

Margot fait couler l'eau pour faire la vaisselle.

– Oh, rien de grave. Elle a juste attrapé froid, je pense, mais puisqu'elle n'a pas besoin d'être debout, autant qu'elle reste au lit.

Je scrute Margot qui s'affaire devant l'évier. Bien qu'elle ne semble pas spécialement inquiète, je ne peux pas me débarrasser de ce malaise diffus. Maman va mieux maintenant. Elle est en rémission depuis des semaines, c'est clair, mais je sens toujours comme un frisson qui n'a rien à voir avec le temps qu'il fait. Quand maman était au plus mal, j'avais une douleur sourde et constante dans un coin de ma tête. Quoi que je fasse, cette angoisse était toujours là, même dans mes rêves. J'ai mis une éternité à m'en débarrasser. Souvent, je me prends à penser que j'ai oublié quelque chose, alors que c'est juste que je n'ai plus à m'inquiéter.

L'espace d'une seconde, cette douleur réapparaît sous mon crâne.

Je me force à l'oublier. Tout va bien. Et aujourd'hui, je mets mon beau manteau.

En quittant la ferme, je me glisse derrière l'étable où je piétine l'herbe haute jusqu'à trouver ce que je cherche. Les vestiges de l'ancienne grange sont bien là. Des fragments de murs sortent de terre comme des dents pourries. Les ruines me rappellent un jeu de Tetris.

Je frissonne. J'essaye d'imaginer la sirène, la fumée, la panique. J'essaye de m'imaginer accroupie à la cave. Je me tiens sur un pan d'histoire. Comme toujours, si on y réfléchit bien.

À l'heure du déjeuner, j'aide Thom à enregistrer les nouveaux arrivages dans le catalogue. Je ne fais rien de plus que coller une étiquette sur le devant de chaque livre avant de le reposer sur le chariot, mais il semble apprécier mon aide. J'en profite pour l'interroger sur sa vie. Il ne porte pas d'alliance, ce qui ne veut rien dire.

– Vous vivez à Llanmarion ? je demande, aussi innocemment que possible.

– Non, répond-il en scannant un nouveau livre sur l'ordinateur. Il vaut mieux ne pas habiter trop près de l'école où l'on travaille.

J'ai envie de lui demander où il vit alors, mais ça fait un peu trop curieuse.

– Et toi, pourquoi as-tu déménagé ici ?

– Pour venir vivre chez ma grand-mère.

– Tout va bien chez toi ?

– Oui, oui, tout va bien. (Ce n'est pas faux.) On retournera probablement à Londres l'an prochain.

Je regrette immédiatement ma dernière phrase. Et s'il croit que je meurs d'envie de m'en aller d'ici ? Pour la première fois, je me demande si je suis prête à quitter Llanmarion ; à le quitter, lui. J'ajoute à toute vitesse :

– Ou peut-être pas, on verra. Llanmarion n'est pas si horrible.

Il sourit et je sens comme une étincelle entre nous. J'ai envie de m'approcher, de lui prendre la main.

– Dis-m'en plus sur ton passé de danseuse. Il est encore temps de t'inscrire pour *Le club d'échecs présente…*

Beuh. La honte.

– Ça fait vraiment longtemps que je n'ai pas dansé. Je ne pense pas que je pourrais encore le faire.

– Ça doit être comme le vélo, non ? Je suis allé voir le Royal Ballet à Londres une fois et j'ai trouvé ça incroyable. Comment font-elles pour sauter si haut ? Elles sont sur ressorts ?

Oh ! Mais ça change tout !

– Mmm. Je ne sais pas. Je pourrais peut-être ressortir mes vieux chaussons de danse.

– Tu devrais. Ce serait super.

Je veux l'impressionner mais honnêtement, je ne suis pas sûre d'en être encore capable. J'ai tellement perdu l'habitude, perdu en souplesse.

– On verra.

– Tu mettrais un grand tutu rose ? demande Thom avec un large sourire.

Il flirte avec moi. Aucun doute là-dessus.

– Non ! Comme si les gens ne se moquaient pas déjà assez de moi !

Il rit en scannant un autre livre. Mon cœur bat la chamade et j'ai la tête qui tourne. Le moindre centimètre de ma peau semble électrifié. Mon désir est comme un énorme caillou en travers de ma gorge. Je n'ai jamais rien autant désiré que lui.

Dimanche 30 mars 1941

Où en étions-nous ? La vie est lentement revenue à la normale après le raid aérien. Tout le monde pince les lèvres et serre les dents en aidant à reconstruire Llanmarion.

On ne se plaint pas. On ne pleure pas en public. On est en guerre.

Depuis la fête de la Saint-David, aucune autre bombe n'est tombée sur le village, bien que Cardiff et Swansea continuent d'être prises pour cible. Rick a aidé Ivor à dégager la grange écroulée jusqu'à ce que son dos proteste au point qu'il soit obligé de s'aliter une semaine. À présent, une structure se dresse juste devant le champ. Ivor dit qu'il ne reconstruira qu'une fois la guerre terminée, au cas où, ce que je trouve très pragmatique.

Bess continue de se languir de Reg, même si elle semble s'être tournée à présent vers Andrew qui s'est révélé un confident fiable. En l'absence de tant d'hommes partis combattre, Andrew, Bryn, Bill et quelques autres garçons du coin ont pris sur eux de sécuriser l'église jusqu'à ce qu'elle puisse être réparée. Cela va prendre du temps puisque le clocher tout entier s'est écroulé.

Si la guérison de Rick a été ralentie par ses efforts durant et après le raid, Dieu merci, il est de nouveau sur pied. Pendant sa convalescence, je lui ai apporté des jacinthes et je lui ai lu Les Hauts de Hurlevent. *Il a apprécié, mais je sentais son impatience grandissante. Au milieu des pauvres diables ayant perdu des membres ou des yeux, je crois que Rick a l'impression d'occuper un lit pour rien.*

Cela me fend le cœur : je sais qu'au fond, il a hâte de reprendre du service. L'ego masculin est très fragile ; végéter ici le piétine. Bien sûr, personne ne critique ouvertement les soldats blessés, mais il y a une sorte d'urgence tacite pour qu'ils se remettent et qu'ils aillent mourir sur un champ de bataille en France, comme le veut leur destin.

Hier, en guise d'anniversaire tardif, nous sommes retournés à la Coupe du Diable. Le temps était printanier et je ne portais même pas de manteau, juste un gilet de la même teinte que le soleil timide.

J'avais attaché mes cheveux avec un ruban bleu ; pour la première fois depuis cette fameuse nuit, je me sentais légère.

Nous avons bu du vin et nous nous sommes embrassés dans la lumière du soleil se reflétant sur le lac. Depuis le bombardement, nos baisers ont comme un goût d'urgence. Soudain, Rick s'est arrêté et m'a caressé la joue.

– Margot, je t'aime, m'a-t-il dit.

Je le savais depuis notre première rencontre, mais c'était la première fois qu'il le disait à voix haute.

– Je t'aime aussi, ai-je répondu simplement.

Nous avons continué à nous embrasser. Je ne devrais probablement pas l'écrire, mais j'ai laissé ses mains explorer mon corps et c'était fantastique. Quand elles ont commencé à aller trop loin, je lui ai rappelé gentiment que j'étais une jeune fille comme il faut.

– Richard Sawyer, sois sage.

Il a obéi.

– Je ne veux pas te perdre.

J'ai pris son beau visage entre mes mains.

– Qu'est-ce qui te fait penser que tu vas me perdre ?

Le soleil brillait dans ses yeux, leur donnant un reflet ambré.

– On ne sait pas combien de temps va durer cette guerre. On ne sait pas si je vais survivre. Si on va survivre. Je ne veux pas… Je ne peux pas attendre qu'elle soit terminée pour que l'on soit ensemble.

J'ai compris. Depuis la Saint-David, j'ai pris conscience que mes jours sont comptés. J'ose encore imaginer le jour où nous pourrons nous marier, mais il semble si lointain…

– Nous avons le temps, ai-je répondu d'un ton peu convaincu.

Rick a secoué la tête.

– Margot, si cette guerre m'a appris quelque chose, c'est que tout ce que l'on a, c'est maintenant. Tout de suite.

Il avait raison. Nous avions cet instant et notre amour, peu importait le reste.

Chapitre 18

Je rêve, ou Margot est sur le point de s'envoyer en l'air ? Je ne suis pas prête à voir le journal de ma grand-mère se transformer en un roman de Judy Blume. Si c'est le cas, il devrait y avoir avec un de ces petits sacs en papier qu'on vous donne dans l'avion pour vomir.

Au CDI, j'attends que Danny termine enfin ses devoirs de maths pour qu'on rentre chez lui regarder *Les Voisins*, un soap-opéra australien que j'adore.

– Pourquoi est-ce qu'on ne va jamais chez toi ? demande-t-il. Ça doit être plus grand que chez moi.

– Oui, mais notre télé est minuscule et Margot n'a même pas de magnéto.

Je mens. Je ne veux juste pas avoir à expliquer le crâne chauve de ma mère ou sa perruque.

– Enfin, bref, dépêche ! Helen Daniels ne va pas survivre plus longtemps juste parce que tu as oublié tes exos de maths.

– J'en ai pour dix minutes.

– Hé, Fliss ! lance Rhys, l'ami de Dewi.

Lui et Dewi font leurs devoirs sur la table d'à côté.

– Quoi ?

– On ne crie pas, dit Thom depuis son bureau. Ça reste une bibliothèque.

Rhys me fait signe d'approcher, même si Dewi est soudain rouge tomate.

– Qu'est-ce qu'il y a ? dis-je d'un ton plus bas en les rejoignant.

– Dewi t'a dessinée, répond Rhys avec excitation. Montre-lui, espèce d'idiot.

Dewi a l'air de vouloir disparaître sous terre.

– Rhys, tu es v-vraiment un bâtard.

– Tu m'as dessinée ? dis-je avec appréhension.

– Il est superdoué, ajoute Rhys.

– J'ai des vêtements ?

– Ou-oui !

Je souris en secouant la tête.

– Tu n'es pas obligé de me montrer si tu ne veux pas.

Avec un soupir, Dewi glisse la main dans un classeur.

– J'aime dessiner des comics. Tu sais, genre *Spider-Man* et *X-Men*.

Je jette un coup d'œil. Effectivement, ça ressemble à de vraies cases de comics – enfin je crois, même si je n'y connais rien. Quoique, j'avais bien aimé le film *Batman* avec Michelle Pfeiffer dans le rôle de Catwoman. Les illustrations à l'encre représentent mon double, toute mignonne avec mes grands yeux et même mon bandeau et ma robe droite, serrant des livres contre elle.

Pour le reste du monde, est-il écrit, *Fliss Baker n'est que la nouvelle du lycée. Mais ce que Llanmarion ignore, c'est que la nuit, Fliss devient BRITANNIA, défenseuse de Londres*. Sur l'illustration suivante, je porte une combinaison violette moulante, des cuissardes, une couronne dorée et un bouclier orné du drapeau britannique. Mes cheveux flottent derrière moi ; un lionceau apprivoisé qui ressemble un peu à Simba est à mes pieds.

Un grand sourire me vient aux lèvres.

– Dewi, c'est absolument génial !

– V... Vraiment ?

– Tu es hyperdoué ! C'est ce que tu veux faire plus tard ?

– Oh, je sais pas… Je suis content que ça te plaise.

– Bon, tu as carrément surestimé ma taille de soutien-gorge. À part ça, c'est vraiment cool !

Dewi rougit à nouveau, incapable de me regarder dans les yeux. Je vois Thom se tourner vers nous. Je ne veux surtout pas qu'il croie qu'il y a quelque chose entre Dewi et moi.

– Il faut que j'aille voir Danny, dis-je en reculant d'un pas. Mais tu me diras ce qui arrive à Britannia ensuite !

Il sourit timidement et je retourne à notre table.

– Tu as fini ? je demande à Danny.

Il lève les yeux au ciel.

– Je n'avais pas vu qu'il y avait des questions au dos. Désolé. Je me dépêche.

Ça me laisse le temps de lire la suite du journal. Légèrement inquiète, je reprends ma lecture.

Mercredi 9 avril 1941

Lorsque l'on écrit ce genre de choses dans un journal, je me demande si au fond, on n'espère pas que quelqu'un les lise. La confession a quelque chose d'éminemment catholique, pourtant je ne pense pas pouvoir assimiler tout ce qui se bouscule dans ma tête sans mettre des mots dessus.

Je blâme la pluie.

Nous étions sortis faire un tour de bicyclette. Le ciel était d'un bleu limpide, jusqu'à ce que soudain, des nuages menaçants comme des taches d'encre noire s'amoncellent. Si je les avais étudiés à la manière d'un test de Rorschach, est-ce que j'aurais pu prédire ce qui allait arriver ?

– Il faudrait qu'on pense à rentrer, ai-je dit juste avant les premières gouttes.

Les nuages sont entrés en éruption et une pluie torrentielle s'est abattue sur nous.

– Sacrebleu, cours ! s'est exclamé Rick.

En riant, nous avons descendu le chemin en poussant nos bicyclettes. Nous étions à équidistance du village et de la ferme et nous serions trempés bien avant d'atteindre l'un ou l'autre.

– Tu as déjà vu ça ? ai-je lancé par-dessus le déluge. (Un chemin de terre s'écartait du sentier principal et semblait mener à une grande grange en bois. Je ne savais pas à qui elle appartenait mais elle était encore debout après les bombes. Toujours mieux que rien.) Regarde cette grange !

Rick n'a pas protesté. Nous avons laissé nos bicyclettes contre la barrière et nous nous sommes hâtés de passer par-dessus. Les portes étaient fermées mais le cadenas avait été brisé. Reconnaissante pour cet acte de vandalisme anonyme, j'ai ouvert à toute volée avant de me précipiter à l'intérieur.

Il n'y avait pas de machines en vue, juste quelques ballots de foin abandonnés et un vieil abreuvoir.

– À qui appartient cet endroit ? ai-je demandé.

– C'est la vieille ferme Whaddon, a répondu Rick. (J'ai mis un moment à replacer le nom. C'est ici que Reg et Bess avaient leurs rendez-vous secrets.) Le vieux Whaddon est mort l'an dernier et…

– Ah oui, je connais, ai-je répliqué, le rose aux joues.

La pluie martelait le toit en tôle ondulée. Quand le tonnerre a retenti, je me suis cramponnée à Rick, me souvenant du bombardement.

– C'est juste l'orage, m'a-t-il rassurée. On dirait qu'il y en a pour un moment.

Un nouvel éclair et un fracas comme si le ciel se fendait en deux. Papa dit toujours que plus le coup de tonnerre et l'éclair sont rapprochés, plus la tempête est proche. Elle devait être juste au-dessus de nous.

Nous avions beau avoir couru, j'étais trempée jusqu'aux os. J'ai serré mes bras contre moi en frissonnant. Rick a retiré son veston et me l'a posé sur les épaules.

– Je suis gelée, ai-je déclaré alors qu'une grosse goutte d'eau me tombait du nez.

Il m'a attirée contre lui et m'a frotté le dos. Comme il était aussi mouillé que moi, cela n'a pas servi à grand-chose.

– Peut-être…

Il s'est interrompu.

– Quoi ?

– Non. Je… J'allais dire qu'on devrait enlever nos vêtements trempés avant d'attraper froid.

Je l'ai regardé dans les yeux en me mordant la lèvre pour réprimer un sourire.

– Richard P. Sawyer…

Il m'a rendu un sourire.

– Je suis sérieux ! Je ne veux pas que tu attrapes une hypothermie ou je ne sais quoi. Regarde… là-haut. (Une solide échelle menait à une mezzanine qui dominait la grange. Pour stocker le foin, probablement.) Il y a même une couverture.

Je ne suis pas sûre que j'aurais appelé cela une couverture, mais il y avait un rideau en toile de jute suspendu à la mezzanine. J'avais si froid que je claquais des dents.

– Très bien. Attends là.

J'ai grimpé à l'échelle, puis je me suis glissée derrière le rideau. J'ai retiré ma robe légère, que j'ai laissée tomber par terre. Mes sous-vêtements étaient trempés. J'ai hésité un instant avant de les enlever à leur tour. Me demandant si Rick regardait ma silhouette d'en bas, j'ai passé la tête de l'autre côté du rideau. En parfait gentleman, il avait le dos tourné. Sa chemise lui collait à la peau. Oh, c'était trop injuste.

– Lieutenant Sawyer ?

– Oui, miss ?

– Il y a bien assez de rideau pour deux…

Il a commencé à monter à l'échelle en souriant. J'ai décroché le rideau pour m'enrouler dedans.

– Tu vas détourner les yeux pendant que je me déshabille ? a-t-il demandé avec un regard espiègle.

– Bien sûr. Pour qui me prends-tu ?

Je lui ai fait un clin d'œil, puis je me suis retournée. La grange, bien que poussiéreuse et pleine de toiles d'araignée, était plutôt propre. Elle sentait le foin séché, une odeur qui n'avait rien de déplaisant.

J'avais encore le dos tourné quand j'ai senti ses bras m'enlacer et son corps contre le mien. Écartant mes cheveux humides, il a embrassé le petit creux entre mon épaule et mon cou. Il était si chaud et ses baisers si doux. Tout mon corps semblait bourdonner en réponse.

Je me suis retournée et j'ai fermé les yeux. Il a enroulé la couverture autour de nous ; nous nous sommes enlacés, peau contre peau. C'était divin. Il a glissé ses doigts dans mes cheveux, puis m'a embrassée.

La suite est venue si naturellement que je ne peux prétendre m'être sentie immorale. Au contraire, cela semblait la plus belle des choses à faire. J'étais incapable de m'arrêter et je n'en avais aucune envie. Je me sentais parfaitement en sécurité dans les bras de Rick.

Dans la chaleur de la petite grange, couverts par un tissu rugueux, Rick et moi avons fait l'amour sur un lit de paille.

Je blâme la pluie.

Chapitre 19

Beurk, beurk, beurk. Eh bien, ça m'a coupé direct l'appétit.

Chapitre 20

Le jour suivant, je vais dîner chez Bronwyn. Je suis un peu stressée parce que je n'ai pas passé beaucoup de temps seule avec elle – Danny est toujours là pour calmer le jeu. À vrai dire, je ne pense pas qu'on ait une seule chose en commun. Si Tiggy, Marina et les autres filles de St Agnes nous voyaient ensemble, elles seraient mortes de rire.

On rentre ensemble du lycée à pied, en direction opposée de la ferme, vers la vieille mine. Je réalise que Bronwyn doit vivre à Coedwigoedd, un affreux lotissement construit après la guerre pour les mineurs et leurs familles.

Les maisons sont couvertes d'un horrible crépi. Les plus jolies ont des jardins bien tenus avec des pots de fleurs en terre cuite, les pires sont calcinées et barricadées avec des plaques en acier. Bronwyn désigne une ruine carbonisée :

– Les gens pensaient qu'un pédophile habitait là, ils l'ont chassé de la ville et ont mis le feu à sa maison.

Elle s'abrite sous un parapluie à imprimé léopard rose. Le mien est un Burberry. Le crachin mouille plus qu'il n'en a l'air.

– Eh bah, dis donc. C'était vraiment un pédophile ?

Bronwyn hausse les épaules.

– Probablement pas. Il avait juste un œil de verre et était assez solitaire. J'espère qu'il va bien, où qu'il soit. C'était vraiment flippant. Un peu plus et les gens d'ici le chassaient à coups de torches. Comme dans *Frankenstein*.

– C'est un des avantages de vivre dans une grande ville, j'imagine. Personne ne fait attention à toi jusqu'à ce qu'ils te renversent par accident.

Bronwyn sourit.

– Quand je serai sûre que mon père se débrouillera tout seul, je partirai à l'université.

– Où ?

– Peut-être à Londres. M. Deacon pense que je devrais postuler à Oxford et Cambridge, mais je ne sais pas si je supporterais toutes ces cérémonies étranges et ces fils de riches.

Je m'abstiens de mentionner que c'est là que se retrouve la moitié de mon ancienne école.

– Moi, je n'ai même pas commencé à y réfléchir. J'ai l'impression que c'est encore à des années-lumière.

– Tu ne sais pas ce que tu veux étudier plus tard ?

– Pas vraiment. J'ai toujours cru que j'irais dans une école de danse classique. Mais à présent, il me faut un plan B. Comment est-ce qu'on devient coach de mode ? Je crois que ça m'irait bien.

Bronwyn me fusille du regard.

– Tu n'es pas bonne qu'à faire du shopping, Fliss, quoi que tu en dises.

Je lui lance un sourire moqueur.

– Quelle horreur. Il va falloir que je prenne garde à être plus superficielle.

– Tu essayes de faire croire aux gens que tu n'es qu'une barbe à papa rose bonbon, mais c'est faux. Tu serais plutôt un chou.

– Ha ! Et c'est une bonne chose ?

– Plus consistant. Et moi, quel type de dessert je serais ?

– Une orange. Givrée.

– Ha, ha, très drôle.

Bronwyn s'arrête devant un portail en bois branlant. Son jardin est une minijungle : la haie de troènes s'échappe par-dessus la clôture et avale la moitié du trottoir, tandis que l'herbe trop haute a presque entièrement envahi le chemin de dalles qui mène à la porte d'entrée.

Bronwyn ouvre la porte d'un coup d'épaule, écartant une montagne de prospectus, menus et factures. La maison dégage une odeur. Je ne sais pas quoi exactement de doux ou sucré, comme du caramel.

Les tapis marron effilochés sont recouverts de poils de chats. Quelqu'un a retiré le papier peint dans l'entrée, sans prendre la peine d'en reposer ou de repeindre.

– Ne fais pas attention au bazar, dit Bronwyn, ce qui est plus facile à dire qu'à faire.

Elle me conduit à un salon où deux canapés dépareillés des années soixante-dix sont arrangés autour d'une grande table basse en bois couverte de cendriers et de papiers à cigarette.

Je n'ai jamais été très douée pour cacher mon dégoût. Je me force à rester de marbre pour que les coins de mes lèvres ne me trahissent pas. On se croirait dans un squat. Ou un clip de rap.

– Tu as combien de chats ?

J'en vois au moins trois : un gros noir, un tigré et un chaton.

– Quatre, je crois. Esmeralda a eu des petits avant qu'on ne la fasse stériliser.

Le chaton est vraiment mignon. Bronwyn me le passe. Je suis à peu près sûre qu'il est plein de puces mais je le câline quand même et il ronronne d'approbation.

– Où est ton père ?

– Oh, il n'est pas là cette semaine, il installe un parc de sculptures à Nottingham.

– Tu es seule toute la semaine ?

– Oui. Il travaille souvent loin.

J'enlève un exemplaire du *Guardian* vieux de deux semaines pour m'asseoir sur le canapé le plus proche.

– On n'a pas payé notre redevance télé, donc on peut juste regarder des vidéos, explique Bronwyn. J'espère que ça te va.

– Tu n'as pas la télé ? dis-je sans parvenir à masquer mon horreur. Mais qu'est-ce que tu fais de tes soirées ?

– Je surfe sur Internet en général. Tu as faim ?

Même si je m'inquiète de ce qu'un inspecteur sanitaire dirait de leur cuisine, je m'assieds à une table pliante en formica pendant que Bronwyn prépare des pâtes avec une sauce tomate-basilic. Elle se débrouille comme un chef – cuisinier ! –, brandissant sel et poivre, ajoutant un trait de vin rouge à la sauce. On voit tout de suite qu'elle a l'habitude de se débrouiller seule.

Une photo est accrochée au frigo.

– C'est ta mère ?

C'est obligé, elles se ressemblent comme deux gouttes d'eau.

– Oui. Je ne l'ai pas vue depuis qu'elle est venue nous rendre visite en 1995. Je crois qu'elle est quelque part en Cisjordanie à présent.

Sa voix trahit une certaine résignation.

– Elle te manque ?

– Elle n'a jamais vraiment été dans ma vie. Comme Rafferty... (Elle montre du doigt le gros chat noir qui se glisse par la chatière de la porte arrière.) Il disparaît pendant des jours entiers. D'autres familles doivent le nourrir, tu as vu comme il est gros. Certaines personnes sont juste incapables de rester en place, il faut croire.

Bronwyn sert les pâtes. Elle m'explique que son père est végétalien mais qu'elle aime trop le fromage pour y renoncer. Je saupoudre un peu de cheddar râpé sur mon assiette. C'est drôle, la viande ne me manque plus. À vrai dire, rien que d'y penser, j'ai comme un goût métallique dans la bouche.

Après dîner, Bronwyn laisse la vaisselle sale sur une pile dans l'évier, puis on monte pour jouer sur le net. Je suis tellement déconnectée à la ferme que j'ai juste hâte d'aller sur MSN pour voir qui est en ligne.

L'escalier est bordé de chats et de vieux bottins. Je repère immédiatement la chambre de Bronwyn grâce à la vieille pancarte « ZONE 51 – DÉFENSE D'ENTRER » sur sa porte.

Heureusement, l'intérieur est un peu plus rangé que le reste de la maison. Elle allume une lampe avec une ampoule rouge – le résultat fait un peu chambre noire de photographe. Avec cette lumière, pas étonnant que ses yeux aient toujours l'air d'avoir été maquillés avec un rouleau à peinture.

Les murs sont dédiés à la gloire de groupes de grunge. Les yeux mélancoliques de Kurt Cobain, largement cerclés de khôl, m'observent, tandis que Richey Edwards des Manic Street Preachers, avec son petit sourire en coin, exhibe l'inscription « 4 REAL » tailladée sur son bras. Je reconnais aussi Björk et Shirley Manson, mais c'est à peu près tout.

Au-dessus de son ordi se trouve, sans surprise, le poster « I WANT TO BELIEVE » de *X-Files*.

– Est-ce que je peux regarder si mes anciens amis sont en ligne ? je demande. Je promets que je ne me sers pas de toi pour ta connexion Internet. Ce serait juste sympa de leur dire bonjour.

– Pas de problème si c'est donnant-donnant.

Je me connecte et pivote la chaise pour la regarder.

– Comment ça ?

– Eh bien… (Elle s'assied sur son lit.) Tu sais que j'aime bien Robin…

Ses yeux sont fixés sur ses mains.

– Je sais.

– Je veux qu'il me remarque. J'en ai assez de me fondre dans le décor. Je ne supporte pas Sophie – elle fait que parler de calories – et à chaque fois que Danny me relooke, je finis par ressembler à une actrice porno *slash* drag-queen.

Je cligne des yeux en me demandant si c'est un rêve.

– Bronwyn, est-ce que tu es en train de me demander un relooking ?

– Je sais pas. Je crois. Tu sais que je veux être féministe et tout, mais je voudrais aussi embrasser un garçon avant mes trente ans.

– OK… tu peux faire les deux sans avoir besoin d'un relooking !

– Oh, allez, Fliss. J'ai vu comment Dewi et la moitié des garçons de notre année te regardent. Comment tu fais ?

J'éclate de rire.

– Vraiment ? Je ne sais pas ! Ce n'est pas comme si je faisais exprès ! Enfin, c'est peut-être les cheveux…

Bronwyn passe une main dans ses boucles Ronald McDonald.

– C'est pas demain la veille, alors !

Je jette un rapide coup d'œil à mon MSN. Xander et Marina sont connectés mais Bronwyn a plus besoin de moi.

– Je ne crois pas que ce soit une question de physique, Bronwyn. Je crois juste que Robin est supertimide. Je te l'ai dit, tu vas devoir faire le premier pas.

– Je ne veux pas faire le premier pas. Je veux que ce soit comme dans les films, genre il me court après sous la pluie et m'embrasse.

Je ne peux pas m'empêcher de rire.

– Qu'est-ce qu'il y a de drôle ?

– Rien. Juste un truc que j'ai lu dans le journal de Margot. Je t'aurais dit qu'en vrai, ça n'arrive jamais, mais c'est ce qui s'est passé pour elle.

– Donc tu peux m'aider ?

Je hausse les épaules.

– Je ne vois pas l'intérêt de changer ta coiffure et tes habits si tu ne veux pas les changer pour toujours. Ça va te paraître niais, mais s'il ne t'aime pas comme tu es, c'est sans espoir. Il faut peut-être que tu lui fasses comprendre ce que tu veux.

– Comment ?

– Flirte un peu.

– Oh non, ça craint.

– Tu n'as pas besoin de sortir des phrases de drague bidon ou de baratiner. (Je la rejoins sur le lit.) Bon, je vais flirter avec toi, en faisant semblant d'être un mec. Je ne suis pas lesbienne, OK ?

Bronwyn lève les yeux au ciel.

– Merci de me prévenir.

– L'idée, c'est de trouver un moyen de s'approcher de lui. Du style, « Salut, Robin, j'aime bien ton manteau. Tu l'as trouvé où ? » (Je caresse la manche de son pull.) Tu vois, je suis tellement proche que tu peux carrément sentir mon parfum. Ou « Robin, tu as un cil sur la joue ».

J'enlève gentiment un cil imaginaire. Bronwyn repousse ma main avec impatience.

– OK, je vois le genre.

– Je sais que c'est bateau, mais tout le monde reconnaît les signes. C'est une manière discrète de dire : « Hé, je flirte avec toi, espèce d'idiot. »

Avec un profond soupir, les épaules de Bronwyn s'affaissent.

– Ouais. Et si ça ne marche pas ?

– Tu ne peux pas le forcer à t'aimer, mais tu sais, ce n'est pas le seul garçon sur terre. D'ailleurs, je dirais même que tu es trop bien pour lui. Tu pourrais mieux faire. Oxford et Cambridge grouilleront de grands binoclards qui aiment les Manic Street Preachers !

Elle me lance un grand sourire.

– OK. Mais tu ferais un truc pour moi ?

– Dis-moi.

– Tu veux bien me montrer comment tu fais pour avoir des sourcils aussi parfaits ?

Je glousse.

– Absolument. J'ai juste besoin d'une pince à épiler et d'une ampoule de quarante watts.

Ça va paraître hypernaze, mais à présent, j'ai hâte d'aller me coucher le soir avec ma bouillotte et le journal de Margot. Je raconte à maman que j'avance *Des souris et des hommes*, que je devrais lire pour mon cours d'anglais, et elle est fière de mon sérieux. En rentrant de chez Bronwyn, je lui demande :

– Tu te sens mieux ?

– Ça va merci, répond-elle, même si elle a toujours l'air un peu mal en point.

– Rien de grave ?

De l'autre côté du salon, Margot lit dans son fauteuil. Elle semble se figer l'espace d'une seconde, s'interrompant alors qu'elle tourne sa page.

– J'ai juste besoin de repos, dit maman.

– Tu es sûre ?

– Oui.

– Tant mieux. Il faut que je me mette à ma lecture alors. Bonne nuit !

– Bonne nuit, Felicity, dit Margot en retournant à son livre tandis que je monte lire celui qu'elle a écrit.

J'espère juste que la scène de la grange à la Lady Chatterley est terminée. Il me faut la version censurée. Ou un psy.

Lundi 21 avril 1941

Dieu du ciel. Je ne sais pas quoi faire. J'ai peur qu'en couchant ces mots sur le papier, ils ne prennent vie. Certains secrets devraient rester invisibles. Pourtant, il faut que j'en parle ou je vais éclater.

Où en étais-je ? Ah oui, la grange ! J'aimerais dire que j'ai ressenti ne serait-ce qu'une pointe de remords, mais ce serait mentir. Mon seul regret, c'est que j'aimerais être aussi proche de Rick tous les soirs. M'endormir au son de sa respiration et me réveiller au creux de ses bras. Hélas, nous n'avons pu retourner en douce à la grange que deux ou trois fois depuis.

Le plus étrange, c'est que je meurs d'envie d'en parler à Mère. J'ai l'impression d'être vraiment devenue une femme. J'ai hâte que la guerre soit terminée pour que ma vie commence officiellement. Je rêve souvent d'un cottage près de la mer, peut-être à St Ives, de longues marches sur une plage battue par le vent. Ou bien j'imagine une petite maison de ville à Marylebone avec des jardinières colorées aux fenêtres et une porte rouge avec un heurtoir en cuivre brillant.

Non seulement je me sens différente, mais je crois que j'en ai aussi l'air. Glynis l'a vu tout de suite. Nous étions à la station d'écoute, à travailler sur un code particulièrement retors. Nous étions quatre dessus, tentant de le déchiffrer plus vite que l'équipe de Bletchley. L'absence d'Agatha se fait toujours autant sentir. Le bureau n'est plus le même sans elle.

Glynis a retiré son casque et pris une gorgée de thé.

– Margot, a-t-elle dit sans prévenir. Promets-moi quelque chose.

– Bien sûr.

– Sois prudente avec Rick, d'accord ?

Ma première réaction a été de vouloir la gifler. Ridicule, je sais, mais elle avait touché un nerf sensible.

– Comment ça ?

Elle a incliné la tête, presque avec compassion. Son ton condescendant ne me plaisait pas.

– Cette guerre, Margot, personne ne sait où elle va nous mener.

J'ai cherché mes mots. Je ne voulais pas avoir l'air d'une idiote.

– Je ne suis pas une enfant. Je sais qu'il va devoir partir.

Elle a marqué une pause.

– La question n'est pas de savoir s'il va partir, mais s'il va revenir.

– Non. (J'ai secoué la tête.) Il ne faut pas penser ainsi. Sinon, autant admettre la défaite tout de suite. Cela prendra peut-être du temps, mais la guerre ne durera pas toujours et ensuite, nous serons ensemble.

Glynis m'a pris la main par-dessus la table.

– Je l'espère, Margot. Je l'espère vraiment.

À mesure que le temps s'améliore, l'état de Rick aussi, un fait que nous continuons d'ignorer tous les deux. Comme il va un peu mieux, j'ai accepté de lui apprendre à monter à cheval. Bess et Andrew nous ont accompagnés. Puisque le seul cheval de la ferme n'est pas dressé pour cela, nous sommes allés la semaine dernière à bicyclette jusqu'au village le plus proche, où se trouve un centre équestre.

Andrew avait déjà monté auparavant, mais Bess et Rick étaient tous les deux nerveux. Vu la taille de Rick, sa monture devait bien faire un mètre quatre-vingts au garrot. Je n'ai pas pu m'empêcher de rire en voyant Rick devenir blême.

Au final, nous nous sommes partagé deux chevaux à tour de rôle. Rick a monté Bainbridge, un bel étalon noisette, et je l'ai guidé gentiment par la bride. Heureusement, c'était une créature docile qui n'avait besoin que de peu d'encouragement.

Nous avons suivi le chemin de halage, puis avons pique-niqué dans une clairière. Au bout de quelques heures, Rick était assez détendu pour donner à Bainbridge les carrés de sucre que j'avais emportés en douce de la ferme. Il a croisé mon regard pendant que le cheval avalait les douceurs sur sa paume ; j'ai alors clairement senti l'amour pulser entre nous. J'en avais la tête qui tournait, comme Grand-Mère après un verre de sherry !

En fait, mon bonheur l'emporte largement sur l'inquiétude que je ressens à l'idée de voir Rick quitter Llanmarion. Ça en vaut la peine. L'amour en vaut toujours la peine.

Toutefois, les incidents ne sont jamais loin : j'en reviens à ce qui s'est passé cet après-midi. Respirons un bon coup. En cette journée de printemps étonnamment chaude, j'étais bien trop habillée avec ma jupe en laine et mes collants. Une fois ma journée à la station terminée, je me suis rendue à l'hôpital pour retrouver Rick.

Main dans la main, nous avons traversé des champs de colza jaune canari pour rejoindre notre grange. Évidemment, je n'apprécie pas de devoir aller me cacher dans une vieille grange délabrée, comme si ce que nous faisions était sordide et illicite, mais quel choix avons-nous ? Nous ne pouvons pas partager légitimement un lit avant d'être mari et femme.

Hélas, il est apparu que ce n'était pas vraiment « notre grange ». Elle est si loin de la route que Rick et moi pensions l'endroit oublié de tous. Nous sommes entrés, insouciants, et ce n'est que lorsque nous avons entendu un juron et vu du foin tomber des interstices entre les planches que j'ai réalisé que nous n'étions pas seuls.

– Qui est là ? s'est exclamé Rick. Sortez tout de suite ! C'est une propriété privée.

Je n'ai pas osé lui faire remarquer que nous étions bien mal placés pour le dire.

Dans un bruissement de pantalons renfilés à la hâte et un cliquetis de boucles de ceinture, deux visages honteux sont apparus à la mezzanine. De surprise, j'ai mis la main devant ma bouche. Ces visages n'étaient autres que ceux d'Andrew et de Bill Jones.

Ils savaient pertinemment ce que nous étions venus faire dans la grange, et réciproquement.

Chapitre 21

Saperlipopette ! Une liaison clandestine, et gay qui plus est ! Ce journal est vraiment une mine d'informations. Qui aurait cru que les gens dans les années quarante étaient si chauds ? Voilà ce qui arrive quand on n'a pas la télé, j'imagine. Ou c'est peut-être parce qu'ils savaient qu'ils pouvaient se faire zigouiller à tout moment, et que du coup, ils se lâchaient.

Je me remets rapidement de ce véritable scandale mais je commence à m'inquiéter. Si l'Andrew du journal est bien mon grand-père, c'est vraiment dégueu ! Pourquoi est-ce que mes grands-parents passaient leur temps à s'envoyer en l'air comme ça ? À ce rythme, je vais devoir me laver avec une éponge à récurer pour me sentir propre. Mon cerveau commence à faire le calcul : d'abord, si cet Andrew est effectivement mon grand-père, peut-être qu'il était bi. Plein de gens le sont. Kurt Cobain était bi. Brian Molko, du groupe Placebo, aussi. Je ne veux pas imaginer mon grand-père en train de… bref, mais je me moque bien que ce soit avec des hommes ou des femmes.

Enfin, quelles sont les chances pour que ce soit le cas ? Il doit y avoir un milliard d'Andrew dans le monde. Il semble peu probable que celui du journal soit mon grand-père.

Une seule manière de le savoir ! Je jette un coup d'œil à la pendule pour être sûre qu'il n'est pas trop tard et je continue à lire.

– Margot ! s'est exclamé Andrew, la bouche entrouverte sous l'effet de la surprise.

– Qu'est-ce que tu fais là ? ai-je demandé, même si je le savais déjà. Ma question était plus un réflexe qu'autre chose.

Andrew a descendu l'échelle à la hâte.

– Margot, ce n'est pas ce que tu crois... (Mon expression a dû traduire mon scepticisme.) Surtout, ne dis rien à personne. Tu sais ce qui pourrait nous arriver...

– Ferme-la, idiot.

Bill est descendu à son tour et a assené une claque dans le dos d'Andrew.

– Bill, elle nous a vus.

– Tais-toi !

Bill a levé le poing pour réduire Andrew au silence mais Rick s'est glissé entre eux deux.

– Du calme ! a-t-il ordonné en retenant Bill.

J'ai levé la main.

– Calmez-vous. Je ne dirai rien et Rick non plus. Pourquoi croyez-vous qu'on soit là ? On peut garder votre secret si vous gardez le nôtre.

Les épaules de Bill se sont légèrement relâchées. J'ai souri à Andrew. Trop effrayé pour en faire autant, il a baissé les yeux. Je ne suis pas tellement surprise pour Andrew, mais Bill Jones ! Ça alors !

Père ricane toujours avec mépris quand les gens parlent de pédales, or je ne pense pas que ce soit un choix. Le frère aîné de Mère, Edmund, qui a fui Berlin juste avant l'arrivée d'Hitler au pouvoir, est un célibataire endurci et je l'ai toujours trouvé absolument charmant.

– Si vous dites quoi que ce soit, je dirai que vous avez tout inventé, a ajouté Bill avec mauvaise humeur.

– Ce que deux types font ne regarde qu'eux, a déclaré Rick en haussant les épaules.

– C'était rien.

Bill a boutonné sa chemise puis est sorti de la grange. Je me suis tournée vers Andrew.

– Ça va aller ?

– J'aurai de la chance s'il me reparle un jour.

– Ce serait vraiment si horrible ? ai-je demandé.

Les joues d'Andrew ont viré au rose pâle et il a secoué la tête.

– Il me plaît plus qu'il n'est raisonnable. Et plus que je ne lui plais, c'est certain.

– Oh, mon pauvre Andrew. (J'ai pris sa main dans la mienne.) Je ne crois pas que ta grande histoire d'amour soit censée se passer à Llanmarion.

– On dirait que ça marche plutôt bien pour toi, a-t-il répliqué aussitôt.

J'ai échangé un rapide regard avec Rick, sentant à nouveau sur mes épaules cet invisible châle dans lequel je suis enveloppée. Parfois, je me demande comment le destin nous a menés tous les deux dans ce recoin de l'univers en même temps. Cela semble si fortuit que je n'ose éternuer, de peur que notre chance ne s'envole.

Bien sûr, je ne dirai rien de ce que nous avons vu dans la grange. Ça ne regarde qu'Andrew et je préférerais mourir que de compliquer sa vie déjà difficile. Je suis tentée d'en parler à Bess mais j'ai peur qu'elle ne tienne pas sa langue.

Maintenant que je suis amoureuse, je suis d'autant plus en colère que Bess et Reg, et Andrew et Bill ne puissent pas l'être. C'est tellement essentiel. Aucun sermon dominical ne changera le cours des choses.

Pardonne-moi, cher journal, je dois à présent aller aider Glynis à préparer les légumes pour le dîner. Le devoir m'appelle.

CHAPITRE 22

Au réveil, je me traîne jusqu'à la douche mais je me rends rapidement compte que quelque chose ne va pas. J'ai froid jusqu'aux os et j'ai mal à des muscles dont je ne soupçonnais même pas l'existence. Je me demande si j'ai attrapé le même virus que maman. Même Margot le remarque.

– Tu vas bien ? demande-t-elle quand je m'assieds pour petit-déjeuner.

Maman ne s'est pas levée ce matin non plus.

– Je me sens pas très bien.

Margot fronce les sourcils et pose le dos de sa main contre mon front. Après un « Mmmh », elle file à l'étage et revient avec un thermomètre.

– Tiens, glisse ça sous ta langue.

J'obéis ; une minute plus tard, elle le ressort de ma bouche sans prévenir.

– Bigre. Non, tu ne vas pas bien. Retourne te coucher, jeune fille.

Je n'ai même pas le courage de protester. Je dois pratiquement me hisser dans l'escalier jusqu'à ma chambre.

Je gigote dans mon lit, par moments brûlante et me débattant avec des tentacules de drap, et à d'autres complètement frigorifiée. La fièvre me fait faire des rêves abracadabrants mettant en scène Margot, Andrew, Rick, Dewi, Bronwyn et Thom, qui tournent en boucle dans mon crâne. Je passe mon temps à me réveiller, paniquée, persuadée de devoir aller quelque part.

Dans le pire scénario, maman est emmenée à l'hôpital pendant que je reste là dans mon lit. À un moment, je crie :

– Maman !

– Quoi ? dit-elle en passant la tête par la porte.

– Maman ?

– Je suis là. (Elle s'assied au pied de mon lit.) Tu te sens mieux ?

Non. J'ai l'impression d'avoir des éclats de verre dans la gorge.

– J'ai rêvé de toi. Tu es vraiment là ?

Un sourire doux. Elle est très belle, comme une peinture de musée. Le soleil illumine son visage pâle, lui donnant un petit côté Renaissance.

– Oui, je suis là. Ma pauvre chérie. Je vais te chercher du paracétamol.

Je l'attrape par le bras.

– Non, ne pars pas.

Elle se rassied.

– Tout va bien, Fliss. Je suis là.

Je me pousse pour qu'elle s'allonge à côté de moi. Je la serre contre moi et m'assoupis à nouveau.

Le reste de la journée est fichue et, soyons honnêtes, quand on rate le jeudi, on ne retourne pas à l'école le vendredi. C'est le jour où les profs ne se donnent même plus la peine de cacher leur gueule de bois et où l'on fait beaucoup de « temps calme de lecture ».

Heureusement, je me sens un peu mieux. Ma gorge en feu et mes microbes semblent s'être transformés en un vilain rhume. C'est plus supportable, même si je ressemble à une victime de la peste. Maman et Margot me laissent dormir jusqu'à neuf heures et demie. À mon réveil, je me sens assez bien pour descendre. Je veux sortir de mon lit, les draps sont moites de sueur et sentent la maladie.

Je mange des toasts avant d'aller me plonger dans un bon bain chaud. Tant qu'à être malade, autant faire ça bien. Je n'ose pas lire le journal dans la baignoire au cas où je le lâcherais, je prends donc un *Alice* que j'ai déjà lu il y a quelques années. Je fais trempette jusqu'à ce que l'eau devienne tiède et qu'Alice la détective découvre qui a laissé des messages menaçants aux étudiantes de la fac.

Puisque je reste à la maison, je m'attache les cheveux en un vague chignon et j'enfile ma robe de chambre. Maman a changé mes draps pendant mon bain.

En vrai, je suis probablement assez remise pour aller en cours.Oh, tant pis. Une nouvelle journée avec le journal de Margot. Je me glisse sous les couvertures (la ferme devient de plus en plus arctique avec l'arrivée de l'automne) et je reprends ma lecture.

Jeudi 1er mai 1941

Premier mai ! Quelle belle journée c'était, assez chaude pour porter une robe légère et des sandales.

Le village était bien décidé à célébrer la journée malgré ce qui s'est passé à la fête de la Saint-David. L'arbre de mai a été érigé et les enfants de l'école primaire s'étaient entraînés à danser depuis des semaines. Malgré la tension ambiante, la célébration devait se dérouler comme prévu.

Nous avons tous emporté un pique-nique : Rick, Bess, Andrew, Doreen et moi. Bill Jones était lui aussi présent mais il ignorait complètement le pauvre Andrew. Heureusement, nous avions un vrai festin : des tourtes au porc, des sandwichs au concombre et des tartines au miel. C'était merveilleux jusqu'à ce qu'on se rende compte que notre couverture était posée sur une fourmilière ! Oh, les cris qu'a poussés Doreen lorsque les fourmis se sont mises à grimper sur ses jambes !

Comme la classe de Peter devait participer à la danse, après manger, nous nous sommes rapprochés pour regarder. Rick a mis ses bras autour de ma taille et je me suis blottie contre lui. Il avait été d'humeur maussade toute la journée.

– Tu vas bien ? Tu n'as presque pas ouvert la bouche de la journée.

– Tout va bien.

Je me suis retournée et il m'a embrassée. Certaines des vieilles biques du village nous regardaient avec désapprobation, mais je m'en moquais. Elles aussi ont été jeunes et vous ne me ferez pas croire qu'elles n'aimaient pas embrasser.

– Tu as l'air triste.

Il a secoué la tête.

– Je ne suis pas triste, je suis amoureux.

– C'est une bonne chose !

– Je t'aime tellement, Margot, c'est presque douloureux.

Cela peut sembler bizarre, mais j'ai commencé à paniquer.

– Dans le bon sens du terme, j'espère ?

L'espace d'un horrible instant, il s'est tu. Et puis Dieu merci, il a souri.

– C'est comme une douleur, a-t-il répondu. Une grosse douleur chaude… juste là.

Il m'a pris la main et l'a posée sur son torse. Je sentais son cœur qui battait.

– Je suis contente d'être dans ton cœur.

Il a pris mon visage entre ses mains comme s'il voulait graver mes traits dans sa mémoire.

– Bon Dieu, tu es tellement belle. Et incroyable.

Puis il m'a de nouveau embrassée. J'ai souri.

– Ne blasphème pas.

Il a ri et m'a embrassée une nouvelle fois quand la musique a commencé.

Oh, Peter était si mignon avec ses culottes courtes. La danse a rapidement dégénéré quand un empoté s'est trompé de sens, ce qui a entraîné un enchevêtrement de rubans rouges qui s'est rapidement transformé en bagarre entre deux petits garçons. La pauvre Miss Dipping, la maîtresse d'école, a dû intervenir pour les séparer.

Nous avons tellement ri qu'on en avait les larmes aux yeux. Je n'avais rien vu d'aussi drôle de toute l'année !

Je tourne la page pour lire la suite. Sauf qu'il n'y en a pas. Juste une page blanche. Je tourne à nouveau et cette fois, il y a une enveloppe, aussi fine qu'une feuille, coincée dans la tranche. Je l'attrape. Elle a été soigneusement ouverte avec un coupe-papier. Elle est adressée à « Margot ».

C'est une lettre d'amour de Rick, j'en suis sûre, et c'est encore pire que de lire le journal de Margot encore plus intime. Est-ce que ça va m'arrêter ?

Non.

Je suis horrible.

Je sors la lettre, une simple page lisse. L'écriture de Rick est assurément masculine.

Ma Margot adorée,

J'ai fait la guerre, j'ai été prêt à mourir pour un roi et un pays qui n'ont pas toujours été les miens, mais je découvre à présent que l'amour nous rend tous lâches. Quand tu liras ceci, je serai déjà parti. Traite-moi de couard si tu veux, mais je ne supporte pas l'idée de te regarder dans les yeux tandis que je nous brise le cœur à tous les deux.

En écrivant cette lettre, je maudis le destin. Le temps est cruel. Il semble stupide que l'amour soit à la merci des circonstances. Une semaine ici, une heure là, une minute plus tard ou une seconde plus tôt, et nous ne nous serions peut-être jamais rencontrés et personne n'aurait été blessé.

Je n'aurais jamais dû me trouver à Llanmarion ; toi non plus. Nous n'étions pas censés nous rencontrer, mais je ne regrette pas notre amour. Car c'était de l'amour. C'est de l'amour. Quand je suis avec toi, j'ai le sentiment de rayonner. Je l'ai ressenti dès que j'ai posé les yeux sur toi. Je le ressens encore aujourd'hui. Je me demande si ce sera toujours le cas.

Cependant, et l'écrire m'est douloureux, mon cœur appartient à une autre. Je sais que j'aurais dû te le dire dès le début, mais tu m'intriguais tellement que je me suis retrouvé sur le pas de ta porte avec des fleurs sans même savoir comment. Il fallait que j'apprenne à te connaître. Qui aurait cru que nous nous enflammerions si vite, si fort…

J'ai été promis à une fille dès la sortie de l'école au Canada. Un amour d'enfance. Nous sommes venus en Angleterre ensemble pour nous marier, mais la guerre a retardé nos projets. Elle n'est pas comme toi, Margot. C'est une fille fragile, douce. Elle ne mérite pas ça. Malgré la passion que je ressens pour toi et le futur que j'ai imaginé entre nous, je ne crois pas qu'elle survivrait à ma trahison. À présent, elle attend mon retour après la guerre à Ontario.

Toi, mon aimée, tu es assez forte pour affronter n'importe quelle tempête. J'en suis certain. Je ne sais pas si je me remettrai de cette torture, mais je sais que toi, si.

Il nous restera ce village. Toi, moi et Llanmarion, comme l'une de ces boules à neige au marché de Noël. Essaye de garder notre amour dans ton cœur, quelque chose à chérir pour toujours. Il vaut peut-être mieux que je parte et que notre histoire reste parfaite pour l'éternité. Penses-y, nous serons jeunes, beaux et heureux pour toujours dans cette boule à neige. Nous ne vieillirons jamais, rien ne viendra ternir nos souvenirs. C'est peut-être mieux ainsi.

Je t'en prie, ne me hais pas, Margot, je ne crois pas que je pourrais le supporter. J'ignore encore où l'on va m'envoyer mais il vaut mieux que tu ne le saches pas. Fais comme si j'étais mort en héros, en combattant les nazis.

Ma lâcheté n'assombrit pas cette lumière dans mon cœur. Elle sera toujours là. Je t'aimerai toujours, Margot Stanford. Je suis tellement désolé.

Adieu, mon amour,

Rick Sawyer

CHAPITRE 23

Nooooooooon !

À un moment pendant ma lecture, ma main s'est plaquée contre ma poitrine comme pour empêcher mon cœur brisé de se déverser sur ma couette toute propre.

Jésus, Marie, Bidule, c'est AFFREUX. Je m'attendais tellement à une lettre d'amour que je la relis du début, et ma gorge se serre de plus en plus à chaque ligne.

Il l'a quittée ?

Juste comme ça ?

Il avait déjà une petite amie ?

Quoi ?

C'est pas vrai ! Non, non, non. Ce n'est pas du tout comme ça que ça devait se passer. Pauvre Margot…

Je replie soigneusement la lettre dans son enveloppe. Il faut que je sache la suite. Je tourne la page et, Dieu merci, l'histoire continue.

Vendredi 9 mai 1941

Je ne sais pas quoi écrire. J'ai passé des jours entiers à fixer une page blanche. Qu'y a-t-il à dire ?

Rick m'a quittée.

J'ai l'impression de pourrir de l'intérieur. Mes bras et mes jambes continuent de fonctionner, alors que mes entrailles sont toutes moisies, couvertes d'asticots. J'aimerais tant pouvoir pleurer. Crier, hurler. Mais c'est réservé aux vivants.

J'ai reçu sa lettre il y a deux jours. Elle m'attendait sur le pas de la porte quand je suis rentrée avec Glynis. Nous étions folles de joie après avoir réussi, à nous deux, à décrypter ce code diabolique. Et elle était là.

Tout me paraît si clair à présent. J'ai vu Rick pour la dernière fois dimanche. Comme il faisiat beau, nous sommes allés jusqu'au lac. Je me suis endormie sur notre couverture de pique-nique, un roman de Daphné Du Maurier ouvert sur ma poitrine. À mon réveil, il n'était plus là. J'ai levé les yeux et je l'ai vu au bord de l'eau, en train de faire des ricochets. Je sentais qu'il était d'humeur maussade, probablement conscient que nous allions bientôt devoir faire face à l'amélioration de son état de santé.

Maintenant, je sais que ses pensées n'étaient pas si nobles. Je l'ai regardé longtemps. Est-ce à ce moment qu'il a su ? Qu'il a décidé de me quitter ? La douleur dans sa poitrine n'était pas de l'amour en fait, c'était de la culpabilité. Froide, noire, gluante.

Il m'appelle son amour, mais comment peut-il m'aimer et se montrer si impitoyable ? Je n'aurais pas pu plus quitter Rick Sawyer que mon propre corps. Pourtant, lui l'a fait. J'ai lu sa lettre une première fois, croyant à un horrible cauchemar. Quand je l'ai relue, j'ai eu l'impression d'être dans un roman. Ce n'est que la troisième fois que j'ai vraiment saisi.

Il est parti.

Et avec lui, toute mon énergie.

Samedi 10 mai 1941

Je ne pouvais pas l'éviter plus longtemps. Il a fallu que je dise à Glynis pourquoi Rick n'était pas venu de la semaine.

– Margot, est-ce que Rick va bien ? m'a-t-elle demandé ce soir alors qu'on débarrassait le dîner.

Nous étions toutes les deux – les agneaux grandissent et les enfants aidaient Ivor à s'en occuper. J'ai sorti la lettre de ma poche. Je ne sais pas pourquoi je garde cette maudite chose sur moi. Peut-être parce que c'est tout ce qu'il me reste de Rick. Sans un mot, je la lui ai tendue. Elle l'a lue rapidement et son regard s'est empli de pitié.

– Oh, Margot, ma puce. Je suis tellement désolée.

– Merci, ai-je répondu, ne sachant trop quoi dire.

Glynis m'a fait asseoir à la table de la cuisine.

– Ma pauvre petite. C'est affreux. Et te le dire par lettre... quel genre d'homme fait ça ?

J'ai gardé le silence. Glynis m'a pris la main.

– Ah, Margot. Je pensais qu'il était quelqu'un de bien moi aussi. Je sais que ça ne va pas te remonter le moral, mais on a toutes eu le cœur brisé à un moment donné, tu sais. Pour moi, c'était Gryff Owen. On avait douze ans et je trouvais qu'il était le garçon le plus épatant de tout le pays. Mais il m'a traitée de grosse dinde. Tu imagines ? Bon, c'est vrai que j'étais un peu plus rondelette à l'époque. (Mes yeux ont dû devenir vitreux.) Margot ? Je te promets que tu vas t'en remettre. Le cœur guérit comme les os brisés.

J'ai regardé en moi à la recherche d'une braise au milieu des cendres, d'une étincelle, avant de lever les yeux vers Glynis.

– Je crois que c'est incurable, ai-je murmuré.

– Oh, ma chérie, ne dis pas ça. Tu vas voir, un autre homme te fera tourner la tête et un jour, tu ne te souviendras même plus du nom de Rick Sawyer.

Je ne l'ai pas crue. Je ne la crois toujours pas. J'ai l'impression d'être glacée et engourdie comme si on m'avait injecté de la morphine. Il faut que je réfléchisse avant chaque mouvement, que je force mes membres à obéir. Si je m'écoutais, je crois que je trouverais un tronc d'arbre creux où je me recroquevillerais pour mourir.

Lundi 12 mai 1941

Après avoir passé la majeure partie du week-end à dormir, je suis légèrement gênée par ce que j'ai écrit samedi dernier. Un comportement aussi mélodramatique est indigne de moi. J'ai l'air d'une héroïne ratée des sœurs Brontë, me débattant au milieu d'une lande battue par le vent.

J'ai honte en repensant à ces légions anonymes de soldats et de civils qui perdent la vie ici ou à l'étranger. Tandis que moi, je m'apitoie sur mon sort d'une banalité affligeante. Eh bien, c'est terminé.

Aujourd'hui, je suis allée travailler. Depuis la mort d'Agatha, nous avons besoin de toute l'aide possible. En vérité, c'est une distraction bienvenue. Il y avait tellement à faire que je n'ai pas pensé à Rick de la journée.

Pourtant, le simple fait d'écrire son nom est douloureux. J'ai l'impression d'être couverte de bleus même si cette douleur lancinante me laisse espérer guérir un jour. Comme Glynis me l'a promis.

Mes amis sont adorables et me soutiennent dans cette épreuve. Hier, Andrew, Doreen et Bess m'ont apporté des scones tout frais et de la confiture de mûres. Malgré mon manque d'appétit, je me suis forcée en signe de gratitude car ils avaient sacrifié tous leurs tickets de rationnement.

Bess est furieuse pour moi, presque autant que je l'étais quand Reg a été exilé. Andrew semblait triste. Doreen dégageait une pointe de suffisance : sa méfiance à l'égard des soldats avait été justifiée. J'étais la seule à ne pas avoir d'opinion.

Si seulement j'étais en colère. Ou triste. À la place, je me sens vidée, comme si on m'avait aplati les entrailles au rouleau à pâtisserie.

Je ne suis pas médecin ni scientifique, mais j'ai souvent pensé qu'il devait y avoir une chaîne délicate reliant la tête et le cœur. Un lien permettant à la raison d'être réchauffée par les sentiments et aux désirs d'être tempérés par la raison. À présent, je commence à me demander si cette chaîne n'a pas été brisée.

Chapitre 24

Je lis les pages suivantes au CDI. Pauvre Margot. Elle parle de son travail à la station d'écoute, des efforts de Bess pour retrouver Reg et de la liaison secrète d'Andrew et Bill, mais on voit que le cœur n'y est pas. Son style est plat et, pour la première fois, un peu ennuyeux. Même si elle continue son journal, il n'y a aucun doute sur ce qu'elle préférerait raconter. Rick est là, caché entre les mots, glissé entre les lignes.

Je regarde Thom vaquer à ses occupations, verte de jalousie quand d'autres jolies filles arrivent. En vrai, j'ai de la chance : la plupart de celles qui viennent ici préféreraient se taper un livre qu'un humain, ce qui me va très bien.

Le CDI est bondé aujourd'hui. Il pleut des cordes, la pluie rebondit carrément contre les pavés, et tout le monde est venu se réfugier à l'intérieur. L'air sent l'humidité, comme une poubelle remplie d'herbe. Thom semble partagé entre le ravissement d'accueillir des élèves qui viennent emprunter des livres et l'horreur de les voir mettre sa bibliothèque sens dessus dessous.

Je ne veux pas être le genre de fille qui ne pense qu'aux garçons, mais Thom a une place spéciale dans mon cœur. L'amour, c'est comme une boîte de Quality Street : il y a plein de parfums différents. L'amour que j'ai pour maman vient de juste en dessous du cœur, il est chaud et orangé. Celui pour Danny, Bronwyn et mes amis de Londres vient de la gorge, du rire, et il est rose bonbon. Mais ce que je ressens pour Thom vient d'une caverne sous mon ventre et est d'un rouge sang très profond. Il semble plus épais dans mes veines que les autres.

Si c'est ce que Margot ressentait pour Rick, je la comprends parfaitement. Qu'est-ce qu'on est censé faire quand ça disparaît ? Je parie que le corps se décompose lentement de l'intérieur. Elle a dû se sentir tellement mal. Mon ancien prof de SVT nous a montré une fois des poumons de fumeur dans du formol : tout noirs et ratatinés. Est-ce à ça que ressemble un cœur brisé ?

Je suis furieuse contre Rick. Je me demande s'il est encore en vie pour que je le retrouve et le trucide. J'ai même fait une recherche sur l'ordinateur du CDI – avec « Rick » et « Richard » – hélas en vain.

– Quoi de neuf ? demande Danny.

Il feuillette avec délice un catalogue car ses parents lui ont promis un téléphone portable pour Noël. Il en veut un avec un clapet. Franchement, à quoi bon ? Il va appeler qui, vu que personne d'autre n'en a un ?

– Ce journal me retourne vraiment la tête.

– Sérieux, tu lis à la vitesse d'un escargot.

– Je le savoure, ignare.

– Alors, qu'est-ce qui se passe ?

– Margot est tombée folle amoureuse d'un pilote sexy.

Les yeux de Danny s'illuminent.

– Ooooh, est-ce qu'il y a plein de passages croustillants ?

– Non ! Enfin, un peu, mais ce n'est pas ce que je voulais dire. Il l'a laissée en plan sans prévenir. Il avait déjà une petite amie.

– Un vrai coureur de jupons.

– Exact. Et maintenant, elle a le cœur brisé. Ah, je crois aussi que mon grand-père était gay. Ou bi.

– Ne parle pas si fort ! me dit Danny. Comment ça ?

– Il y a un type du nom d'Andrew et c'est comme ça que s'appelait mon grand-père. Ils se sont rencontrés à Llanmarion, ils étaient évacués tous les deux, mais je ne sais pas si c'est le même Andrew.

– Tu rêves ! Il doit y avoir des milliards d'Andrew sur terre.

– Je sais. C'est ce que je me suis dit. Mais je suis quand même triste pour Margot. Elle était raide dingue amoureuse. Il lui a laissé une lettre. Tiens. (Je sors l'enveloppe et la tends à Danny.) Fais attention, elle a plus de cinquante ans.

Danny se met à lire. Je reprends où je m'étais arrêtée. Je tourne la page, mais elle est vierge. Je feuillette le reste : le dernier quart du journal est vide. Mon cœur fait un bond et je commence à paniquer. Ça ne peut pas être terminé !

Je reviens en arrière et m'aperçois qu'il ne reste qu'un paragraphe. Un seul.

– Bon sang ! dis-je.

– Quoi ?

– Il ne me reste qu'une page.

Il n'y a plus qu'une chose à faire.

Vendredi 30 mai 1941

Oh, pauvre journal. Je n'ai rien écrit de la semaine car je sais qu'une fois que les mots seront couchés sur cette page, ils deviendront réalité. Ma main tremble ; bien que je n'aie jamais eu aussi peur, je ne peux plus l'éviter. Ce n'est pas une question de si, mais de quand.

Je ne sais pas quoi faire, et malgré tout le réconfort que tu m'as apporté, tu n'es qu'un cahier. J'ai besoin d'aide ; malheureusement je ne sais pas vers où me tourner.

Vois-tu, il semblerait que je sois enceinte. Enfin, il n'y a pas de « semblerait »… je porte le bébé de Rick.

Et voilà qu'inscrit noir sur blanc, cela devient la vérité.

Chapitre 25

Avec un petit cri, je lâche le journal. Danny lève les yeux de la lettre.

– T'en fais pas un peu trop ?

– C'est pas possible.

Je relis la dernière page pour vérifier que je n'ai pas rêvé. Mais non. Les filles de la table d'à côté me jettent un regard dédaigneux.

– Fliss ? Ça va ? On dirait que tu vas te trouver mal.

La pièce semble vaciller, on se croirait dans *Titanic* quand le bateau bascule dans l'eau. Je m'agrippe à la table. J'ai l'impression d'être bourrée, comme la fois où on a chipé une bouteille de Tia Maria à la sœur de Marina pour aller boire au parc. Je me triture les méninges pour tenter de comprendre. Si Margot était enceinte en 1941… maman n'est pas née avant 1957. Qu'est-ce que…

Je tourne les pages frénétiquement. Il n'y a rien d'autre. Ni prologue, ni épilogue, ni rien. Pas un seul mot de plus. *The end.*

– Fliss, tu me fais flipper. Qu'est-ce qui se passe ?

Je referme le journal.

– Rien, je mens. C'est juste terminé.

– Quoi ?

– Il n'y a pas de suite.

– OK, un peu excessif comme réaction. J'ai cru que tu faisais une crise de quelque chose, répond Danny en levant les yeux au ciel.

– Désolée. C'est juste hyperabrupt. Maintenant, on ne saura jamais ce qui s'est passé.

Danny rit gentiment, la bouche pleine de bonbons aux fruits. Il a trié les verts et les a empilés sur la table.

– Bien sûr que si, Fliss ! Elle est devenue une vieille mégère vivant dans une ferme. À part elle, tout le monde a vécu heureux et a eu beaucoup d'enfants.

Danny plus ces nouvelles, c'est trop à la fois pour moi. La sensation d'ivresse a rapidement fait place à la gueule de bois que j'ai eue le lendemain de la Tia Maria.

– Il faut que j'aille aux toilettes. On se voit en cours d'anglais ?

– OK, dit-il en me rendant la lettre.

Une fois dans les toilettes des filles, je fais couler de l'eau gelée sur mes mains. C'est comme si je faisais mon deuil du journal. Je ne m'étais pas rendu compte que j'étais si proche de la fin et je n'étais pas prête. J'ai l'impression qu'on me l'a arraché des mains. Comment peut-il être déjà terminé ? Ça peut paraître dingue, mais je n'ai pas eu le temps de dire au revoir à Bess, Glynis et Ivor. Or, je m'étais vraiment attachée à eux.

Soudain, une grosse larme coule sur ma joue. Chaude et salée quand elle touche mes lèvres. Je l'essuie du revers de la main. Margot était enceinte ? Maman a un frère ou une sœur ? Est-ce que les femmes avortaient en 1941 ? J'aurais dû être plus attentive en cours d'histoire.

Je sais bien que j'ai commencé à lire le journal dans l'espoir de trouver quelque chose contre Margot, mais tout a changé entre-temps. C'est probablement le meilleur livre que j'aie jamais lu, encore mieux que *Dieu, tu es là ? C'est moi Margaret* – et ça veut dire beaucoup.

J'assiste aux cours de l'après-midi sans réussir à me concentrer. Je suis agitée, incapable de rester tranquille sur mon siège. Quand

Mlle Tunney me pose une question, je la regarde avec des yeux de merlan frit, ce qui me vaut une remarque sarcastique me suggérant de passer autant de temps à lire qu'à m'occuper de mes ongles. Peut-être que si elle passait plus de temps sur ses ongles à elle, elle ne serait pas encore une « mademoiselle » à quarante-six ans. Mais je garde ça pour moi.

La pluie tombe encore quand je rentre à la maison, comme si le soleil n'avait même pas pris la peine de se lever de la journée. La longue allée menant à la ferme est un vrai champ de mines avec ses grosses flaques d'eau boueuse que je dois contourner. J'accroche mon manteau et mon parapluie ruisselants au pied de l'escalier et je monte me changer. Comme je suis trempée jusqu'aux sous-vêtements, j'enfile mon pyjama Madame Canaille. J'entends du bruit dans la chambre de ma mère.

– Maman ?

– C'est moi, répond Margot. Ta mère est en bas.

C'est maintenant ou jamais. L'univers m'a donné une chance, je dois la saisir. Beurk, j'ai envie de gerber. Les bonbons verts et le Coca Light à la cerise dansent la samba dans mon estomac. En suis-je vraiment capable ?

Il faut que je sache.

Je sors le journal de mon sac. Je l'ai mis dans un pochon en plastique pour le protéger de la pluie. Je m'attarde sur le pas de la porte tandis que Margot enlève les draps.

Elle ne lève pas les yeux.

– C'est ta mère qui fait le dîner ce soir. Un ragoût à la saucisse. Enfin, un ragoût sans saucisse pour toi. Je ne sais pas comment tu supportes ces cochonneries végétariennes, ça a le goût de quelque chose ramassé au fond d'un sac d'aspirateur.

J'ai l'impression que mes mots sont étranglés dans ma gorge.

– Margot ?

– Qu'est-ce qu'il y a ? dit-elle en glissant un oreiller dans sa taie.

Vas-y, Fliss, fais-le.

– Ne sois pas fâchée, mais j'ai lu ça.

Je brandis le journal et Margot se met en mode « arrêt sur image ». Au début, elle fronce les sourcils, puis la compréhension s'affiche sur son visage : une vague part de ses yeux et déferle vers le bas jusqu'à ce que sa bouche s'ouvre sous l'effet de la surprise.

– Je sais que je n'aurais pas dû. Je l'ai trouvé dans ma chambre – je mens – et je me suis demandé ce que c'était. Une fois que j'ai eu commencé, je n'ai pas pu m'arrêter. C'était tellement… intéressant.

Margot ne dit rien. Figée, elle regarde le journal. Sa mâchoire se serre mais elle ne cille même pas.

– Je… il faut que je sache ce qui s'est passé, dis-je dans un murmure. Qu'est-ce qui est arrivé au bébé ?

Je m'attendais tout sauf à ça. Une gifle. La main de Margot percute mon visage. Mes dents s'entrechoquent avant qu'une brûlure cuisante ne marque ma joue gauche. Elle m'arrache le cahier et je presse ma main contre mon visage. Trop choquée pour parler, je lâche un soupir.

– Comment oses-tu ?

Les yeux de Margot lancent des éclairs. Une rafale de vent projette de la pluie contre la fenêtre.

– Comment oses-tu ? répète-t-elle.

– Je… je…

– Pas un mot de tout ça à ta mère, compris ?

– Mais…

– Pas. Un. Mot. Compris ?

Ses yeux s'écarquillent frénétiquement et ses narines se dilatent. Je baisse la tête sous le poids de son regard.

– Oui, dis-je à voix basse.

– Fin de la conversation. (Elle passe devant moi, le journal à la main.) Finis de faire le lit de ta mère avant de descendre dîner.

J'attends qu'elle soit partie pour commencer à pleurer. Je me recroqueville sur le lit de maman et je sanglote en silence, trop effrayée pour faire le moindre bruit.

CHAPITRE 26

La gifle de Margot n'a pas laissé de trace mais le lendemain, j'ai quand même mis une tonne de blush pour tenter de la faire culpabiliser. Si ça a marché, elle ne l'a pas montré. Je l'ai fusillée du regard pendant le petit déjeuner, tandis qu'elle posait les tasses et les assiettes avec violence.

Le pire, c'est que je me sens coupable. Je n'aurais jamais dû lire son journal. Point barre. J'ai probablement mérité cette gifle.

Bon an, mal an, nous réussissons à nous éviter durant la dernière semaine avant les vacances d'automne. Quand elle entre dans une pièce, je trouve une excuse pour en sortir. J'ignore si maman remarque le climat tendu ; en tout cas, elle ne dit rien.

C'est horrible à dire, mais le journal me manque. J'avais pris l'habitude de me pelotonner dans mon lit pour le lire tous les soirs. C'était aussi réconfortant qu'un chocolat chaud avec des biscuits.

La Margot du passé me manque aussi. J'entends son ton sec dans ma tête, glissant des commentaires acérés à chaque remarque stupide d'un de mes profs.

Il faut croire que cette Margot-ci est morte quand le journal s'est terminé.

– Qu'est-ce qu'on fait aujourd'hui ? demande maman à l'improviste.

C'est le premier mardi des vacances et je m'ennuie déjà. Vendredi, on va voir *La Nuit des masques* chez Danny pour Halloween, mais c'est dans super-longtemps.

– Je sais pas, dis-je. Je suis censée écrire une dissert sur *La Dame en noir*.

– Non ! s'exclame maman en se levant du canapé, l'air décidé. Allons faire du shopping.

– Quoi ?

– Allons à Swansea faire les boutiques. Je crois que pour une fois, on peut faire une entorse à notre règle « On ne parle pas de Noël avant novembre ».

Je jette un regard à sa vieille robe de chambre. Cette horreur est pratiquement devenue une seconde peau.

– Tu es sûre que tu te sens assez bien ?

Elle lève les yeux au ciel.

– Oui, Fliss, ça va. J'en ai assez d'être malade. Certains jours, j'ai l'impression d'être une maladie ambulante. Je regarde ce prix de la BAFTA et je me demande comment j'ai bien pu l'obtenir, dit-elle en désignant le masque en bronze sur la cheminée. On ne peut pas se faire une petite journée de shopping mère-fille ?

– Bien sûr que si ! On ira chez Miss Sixty ?

J'avale ma dernière gorgée de thé avec excitation.

– On va où tu veux. C'est moi qui invite.

Ouah. D'habitude, je dois économiser si je veux me payer des trucs.

– Est-ce qu'il faut que Margot vienne avec nous ? je demande, sans pouvoir réprimer une pointe de morosité dans ma voix.

– Aujourd'hui, on est juste toutes les deux.

C'est comme si des rayons de soleil perçaient enfin après des mois et des mois de nuages. Ça y est. La vraie vie recommence. Maman et moi, de retour à Londres.

– Génial ! Je vais vite me doucher.

Le temps qu'on se prépare, Margot n'est toujours pas revenue du marché.

– Je suis sûre qu'elle ne verra pas d'inconvénient à ce qu'on prenne la Land Rover, déclare maman en attrapant les clés sur le crochet dans la cuisine.

Une fois dehors, je vois que Margot a dû prendre le camion – et certains des frères et sœurs de Cacahouète.

– Oh, c'est tellement agréable de sortir de la maison.

Maman tourne son visage vers le soleil. Elle est toujours un peu pâle et émaciée, mais au moins, elle n'a plus besoin de la perruque. Sa coupe à la garçonne lui donne un air espiègle qui lui va plutôt bien.

Durant le trajet jusqu'à Swansea, on met la musique à fond et on chante à pleins poumons, comme on le faisait avant son cancer. La rue principale de Swansea n'est pas vraiment les Champs-Élysées, mais elle a de vraies chaînes de magasins remplis de vrais vêtements à la mode.

On s'arrête d'abord au Virgin Megastore pour faire le plein de CD. Je prends le dernier album des Backstreet Boys, plus le nouveau Prodigy et No Doubt. Même si je soupçonne les Spice Girls de n'être déjà plus dans le coup, je demanderai peut-être au « père Noël » leur nouveau disque, comme ça je pourrai toujours lui faire porter le chapeau en cas de critique. Ou alors je l'emprunterai à Danny, quelque chose me dit qu'il l'a commandé…

Ensuite, maman m'emmène déjeuner au Jardin-d'Hiver. Le restaurant est superbe avec, comme son nom l'indique, une immense serre sur le côté. Nous sommes assises près d'un bassin intérieur rempli d'énormes carpes koï orange et blanches. J'ai l'impression de revivre une de nos « journées filles » précancer. Parfois, quand maman revenait d'un tournage à l'étranger, elle me payait un massage, une manucure, un spectacle ou un déjeuner dans un beau restaurant. Celui-ci est aussi élégant que ceux de Londres, même si le menu est un peu plus, disons, provincial. Beaucoup de patates au four et de hamburgers à la carte. Je joue la sécurité et commande une soupe minestrone.

– On prend un dessert ? me demande maman tandis que le serveur nous tourne autour.

Sa chemise blanche bien trop petite peine à contenir ses pectoraux. Un peu trop gonflette à mon goût.

– J'en prends un si tu en prends un…

– On partage une part de pudding ?

– Attends, il y a des dattes dedans ?

Je n'ai jamais compris pourquoi on mettait des fruits dans un gâteau. Tu parles d'un gâchis.

– Je ne crois pas, répond le serveur avec un accent français prononcé. Je vais vérifier.

Il revient un instant plus tard et confirme que non, si bien qu'on en commande une part. Elle est gigantesque. Je vais pouvoir jeûner jusqu'à Noël.

– Bon, dit maman, que fait-on ? On cherche des cadeaux de Noël ou on regarde juste les vêtements ?

J'estime qu'en octobre, on a encore largement le temps pour les cadeaux, je mentionne donc que je pourrais éventuellement avoir besoin de nouvelles tenues d'hiver. Je dévalise Topshop avant de mettre le cap sur Miss Selfridge où j'essaye toutes les robes de soirée qui me tombent sous la main.

– Qu'est-ce que tu penses de celle-ci ? je demande en paradant dans un modèle en daim rose pâle avec jupe trapèze. Ce serait mignon avec mes bottes compensées violettes, non ?

Maman soupire.

– Mais où veux-tu porter ça à Llanmarion ?

Je fais la moue.

– Je ne sais pas. En soirée ?

Bon, c'est vrai que cette année, il n'y aura pas de fête de fin d'année à St Agnes, ni d'invitation au cocktail de Bethany Monroe ou de gala de charité.

Maman inspire profondément par les narines et ferme les yeux. Je me tourne vers elle.

– Ça va ?

– Oui. Il me faudra juste un café bientôt.

– OK.

Après lui avoir pris un cappuccino, on se dirige vers Miss Sixty où j'achète une minijupe en jean plutôt osée. Puis, direction Schuh et enfin Etam. J'essaye une veste en cuir violette. Je n'arrive pas à décider si elle est super ou si elle fait *cheap*.

– Tu en penses quoi ? dis-je en me détournant du miroir.

Maman n'est pas juste appuyée contre le portant à vêtements, elle s'y agrippe carrément.

– Maman ? Ça va ?

Ses yeux vitreux sont fixés sur le sol. Soudain, j'ai l'impression d'être en chute libre. Comme quand un ascenseur descend trop vite.

– Maman ?

Ses lèvres sont livides.

– Une seconde, Fliss.

Elle avance d'un pas vacillant et j'essaye de la soutenir. Elle est si légère, si fragile que j'en suis moi-même surprise.

– Maman ! (Je tombe à genoux, tentant de l'allonger doucement sur la moquette.) Aidez-moi, s'il vous plaît !

Les gens nous regardent et je lève la tête, les suppliant du regard de faire quelque chose, n'importe quoi. Pourquoi restent-ils plantés là, sans bouger ?

– Aidez-moi ! C'est ma mère ! Elle se sent mal !

Une vendeuse pas beaucoup plus âgée que moi lâche une brassée de pulls par terre.

– Euh… J'appelle une ambulance.

Les yeux de ma mère se révulsent.

– Maman ? Maman, tu m'entends ?

– Fliss… murmure-t-elle comme dans un rêve.

– Maman, réveille-toi ! Maman ?

Je lui tapote la joue parce que c'est ce que font les gens dans les films. Ses yeux se ferment et je lève à nouveau la tête. Autour, les curieux me regardent bêtement, aussi immobiles que des mannequins. Je murmure à son oreille :

– Maman, je t'en supplie, ne meurs pas.

Tu ne peux pas, me dis-je tout bas. *Pas ici.*

Chapitre 27

Le temps que l'ambulance arrive, maman a repris connaissance et peut répondre aux questions de l'urgentiste. Mais moi qui la connais, je vois bien qu'elle est encore dans les vapes.

– Je me suis juste sentie mal, dit-elle.

Sauf qu'elle ne tient toujours pas debout seule. Ils l'allongent sur un brancard et la sortent de chez Etam jusque dans l'ambulance.

– On ne va pas en faire toute une histoire ! râle-t-elle.

– Elle a eu un cancer. Des ovaires, dis-je à la deuxième urgentiste sur le trottoir. Elle a terminé la chimiothérapie en juillet.

– OK, merci, ma puce. Grimpe, on l'emmène aux urgences.

J'ai toujours cru que monter dans une ambulance serait excitant. En réalité, c'est juste affreux. Maman dort par intermittence durant le trajet mais elle s'agrippe fermement à ma main. Ou peut-être que c'est moi qui m'agrippe à la sienne. Je répète en boucle la même phrase dans ma tête : *ne meurs pas ne meurs pas ne meurs pas ne meurs pas*... Qu'est-ce que je peux penser d'autre ? On a déjà fait tout ce chemin. Cinq ans et cinq cents kilomètres pour échapper à la Mort. On l'a vaincue. Maman et moi, ensemble. Elle ne peut pas nous avoir suivies à Llanmarion. Je ne me souviens pas avoir laissé notre nouvelle adresse. Et de toute façon, je n'ai jamais pensé qu'elle s'embêterait à venir dans ce trou paumé.

Un docteur aux yeux de chouette et une infirmière nous accueillent à l'arrivée. Les urgentistes déballent leur jargon médical ; je ne comprends pas un mot. Je lance :

– Qu'est-ce qui se passe ?

Le médecin me regarde par-dessus ses lunettes à écailles tout en continuant d'avancer d'un pas vif à côté du brancard.

– On ne sait pas encore. Tu es sa fille ?

– Oui. Felicity. Fliss.

– Fliss, ta mère est entre de bonnes mains. On ne pense pas qu'elle soit en danger immédiat et elle semble se stabiliser comme il faut. Attends-moi là, je reviendrai dès que j'aurai plus d'informations.

Sur ce, ils disparaissent tous les trois derrière des rideaux en plastique, comme s'ils entraient au lavage auto.

Je reste toute seule dans un couloir vert menthe qui sent le désinfectant. Des pancartes marron en anglais et en gallois pointent dans toutes les directions. Je ne vois même pas une chaise pour m'asseoir. Je suis à un cheveu de m'allonger par terre en pleurant.

Une infirmière avec des seins juste énormes et des cheveux couleur carotte mal teints me prend en pitié.

– Ça va, mon chou ?

– Ils ont emmené ma mère par là.

Elle incline la tête.

– Oh, pauvre petite. Viens avec moi, il y a une salle d'attente. Tu veux que j'appelle quelqu'un pour toi ?

– Vous pouvez contacter ma grand-mère ?

Bizarrement, l'idée de voir Margot est vraiment réconfortante. Je repense à la fille qui a gardé son sang-froid lors du raid aérien et quand Reg a été arrêté : efficace en temps de crise. Elle débarque une heure plus tard. La double porte s'ouvre d'un coup et elle jaillit dans une rafale de vent, visage fulminant. Elle porte encore ses bottes en caoutchouc et son ciré.

– Qu'est-ce qui se passe ? aboie-t-elle.

Je me lève de mon siège et repose le numéro de janvier d'*Elle*.

– Ils ne veulent pas me dire. Elle est avec eux depuis une heure et personne ne me dit rien.

Ma voix grimpe de plus en plus à chaque mot.

– OK. Du calme. Je vais voir ce qui se passe.

– Ils font que de me dire d'attendre.

Margot pince les lèvres.

– On va voir ça. Viens avec moi.

Je laisse tous mes sacs de courses dans un coin et je la suis dans le couloir.

– Ils l'ont emmenée où ?

– Par là, dis-je en pointant du doigt.

Sans un mot, Margot franchit le rideau en plastique. Nous n'allons pas loin avant qu'un infirmier ne nous arrête.

– Pardon, mais vous allez où comme ça ?

– Où est Julia Baker ?

Margot tente de le contourner mais il lui bloque le passage.

– Madame, s'il vous plaît ! Elle a été placée en observation.

– Pas de « madame » avec moi, jeune homme. Ce n'est pas une prison. Je veux la voir. Je suis sa mère.

Il soupire.

– Attendez ici.

Un instant plus tard, il revient avec docteur Chouette.

– Bonjour. Vous devez être la famille de Julia.

Je me sens complètement crevée, mon cœur bat à mes oreilles.

– C'est bien ça, répond Margot. Comment va-t-elle ?

– Elle est stable et consciente. Elle est fatiguée, mais vous pouvez aller la voir à présent. Nous venons de la placer dans le service d'oncologie.

Je ne suis pas médecin, pourtant j'ai déjà entendu ce mot des milliers de fois. Oncologie égale cancer.

– Margot, qu'est-ce que…

– Viens, Felicity, m'interrompt-elle.

Nous suivons l'infirmier, Gary à en croire son badge, dans un ascenseur qui nous mène au quatrième étage. D'autres couloirs interminables couleur dentifrice comme dans Labyrinthe, jusqu'à ce qu'on arrive enfin au service d'oncologie. Il y a une vingtaine de lits séparés par des rideaux. Maman est dans le numéro cinq. Elle est redressée et éveillée. Elle a déjà l'air mille fois mieux.

Je me jette à son cou comme une gamine de deux ans et j'enfouis mon visage contre sa poitrine.

– Maman !

– Oh, Fliss, je suis désolée ! Tu as dû avoir tellement peur.

– Ça va, dis-je en essuyant une larme de pur soulagement.

Margot reste plantée au pied du lit. Elle a le visage blême, les bras croisés.

– Julia, qu'est-ce qui t'a pris ? Conduire jusqu'en ville ? Tu n'es pas du tout en état ! Felicity, c'était ton idée ?

– Arrête de t'en prendre à elle ! réplique maman d'un ton sec. C'était mon idée. Je m'ennuyais, si tu veux tout savoir.

Margot semble s'adoucir.

– Felicity, tu ferais mieux de t'asseoir, dit-elle en désignant la chaise bleue à côté de la table de chevet.

Je ne veux pas m'éloigner. Je me perche sur le lit. Maman me prend la main. Je vois l'aiguille argentée piquée dans sa veine, accrochée avec un morceau de sparadrap.

– Pourquoi ? Qu'est-ce qu'il y a ?

– Il faut qu'elle sache, Julia. Ça a assez duré. Ce n'est pas juste.

La voix de Margot est ferme, résolue.

– Maman… commence ma mère avant de s'interrompre en me serrant la main encore plus fort.

Mes yeux passent de l'une à l'autre.

– Bon, vous me faites peur là. Dites-moi ce qui se passe !

Elles échangent un regard lourd de sens.

– Fliss, reprend maman, il faut que tu comprennes qu'on veut toutes les deux ce qu'il y a de mieux pour toi.

Je ne sais pas où elle veut en venir mais quelque chose me dit que la destination finale n'est pas vraiment Disneyland Paris. Une nouvelle larme m'échappe.

– Maman, tu es à nouveau malade ?

– Oui, avoue-t-elle.

Une larme glisse sur son visage à elle aussi. Elle l'essuie rapidement puis se ressaisit avant de poursuivre :

– Non, ce n'est pas tout à fait vrai. Fliss... je n'ai jamais été guérie.

– Quoi ?

Elle inspire profondément.

– En juillet, le docteur Palmer m'a appris que le cancer s'était propagé à mes os et que je ne répondais pas à la chimiothérapie. Ils ne peuvent rien faire d'autre, ma chérie. C'est incurable.

Ma main se plaque contre ma bouche bien qu'aucun son n'en sorte. J'ai l'impression d'avoir pris un coup de poing dans l'estomac.

– J'avais deux choix. Continuer la chimio et la radiothérapie, même si les chances que le traitement marche étaient presque inexistantes. Ou bien passer mes derniers mois confortablement grâce à des antidouleurs. Fliss, tu sais mieux que quiconque à quel point la chimio me rendait malade. Or les docteurs ne pensent pas que ça fera la moindre différence. Je ne veux pas passer mes derniers jours complètement droguée. Je veux profiter du temps qu'il me reste avec ma famille. C'est pour ça qu'on est venues à Llanmarion.

Mes derniers jours. Soudain, j'ai affreusement conscience du temps qui passe. Je sens presque les secondes s'échapper comme des bulles et éclater, disparaître dans l'air.

– Com... combien de temps ? dis-je d'une voix presque imperceptible.

– Six mois, peut-être un an, mais c'était en juillet.

Elle semble incapable de me regarder dans les yeux. Un silence étouffant emplit la pièce. Margot se tient toujours au pied du lit avec sa tête d'enterrement.

– Tu m'as menti ! Tu m'as dit que tu allais mieux !

Six mois ? C'est tout ce qu'il me reste avec ma mère ? Non ! Six mois depuis juillet… ce qui ne m'en laisse plus que trois.

– Felicity, ce n'est ni le moment ni l'endroit, m'interrompt Margot d'un ton sévère.

– Non ! Vous m'avez menti !

Je retire ma main de celle de maman.

– Felicity ! crie Margot.

– Ça suffit vous deux ! intervient maman. Fliss, tu peux piquer une colère ou te comporter comme l'adulte que tu prétends être. Qu'est-ce que tu préfères ?

Évidemment, dit comme ça, je n'ai pas vraiment le choix. Je me cache derrière mes cheveux et me mords la lèvre. Maman continue :

– Je souhaitais attendre le dernier moment pour que tu l'apprennes, Fliss. Je voulais être sûre. À quoi ça t'aurait servi d'être au courant ? Qui a envie de savoir qu'il lui reste six mois à vivre ? Je voulais juste que les choses soient aussi normales que possible – pour nous.

– Comment peuvent-elles l'être ? dis-je d'une voix tremblante.

Maman me regarde droit dans les yeux.

– Il fallait d'abord que je t'amène ici. Avec Margot. Je pense que l'univers essaye clairement de me faire savoir qu'il veut ma mort.

Je tressaille.

– On doit l'accepter, Fliss. On n'a plus le temps d'avoir des remords et des regrets alors qu'on a tellement à faire. Fliss, je ne vais pas te laisser seule au monde. Je veux être sûre que tu seras bien avec Margot. (Elle se tourne ensuite vers Margot.) Et toi, recluse au milieu de nulle part. Ce n'est pas sain, maman. Et ça ne va qu'empirer jusqu'à ce que tu sois une vieille folle qui fait peur aux enfants. C'est pour cela que j'ai besoin que vous vous entendiez toutes les deux. Je ne veux pas… partir… en m'inquiétant de ce qui va vous arriver. Je veux partir en paix.

Sa déclaration nous cloue le bec. Je ne suis plus la seule à regarder maman, bouche bée, Margot fait de même.

– Tu sais tout maintenant, Fliss. C'était le moment de te l'annoncer.

Je repense avec honte à toutes les choses stupides que j'ai dites et faites depuis juillet. À toutes les fois où je me suis plainte, où j'ai réclamé de l'argent, où j'ai blablaté sur ce que j'avais vu à la télé.

– Je… j'aurais pu t'aider.

– Tu m'as aidée, Fliss. Tu en as fait bien assez ces dernières années, plus que la plupart des filles de ton âge. Je veux que tu profites de la vie.

Mon cerveau commence à intégrer la nouvelle. Je pensais maman guérie. Or finalement, après tout ce temps, elle ne l'est pas. C'est comme à la fin d'un film d'horreur, quand le monstre qu'on croyait mort se relève.

Ma mère va mourir.

Dans quelques semaines.

Je commence à paniquer.

Je veux rembobiner. Tout recommencer.

Je veux récupérer les cinq dernières années pour que chaque instant soit parfait pour elle. Je veux effacer toutes les fois où j'ai refusé de faire mes corvées, où je suis rentrée en retard, où j'ai mis la musique trop fort.

– Maman, je ne veux pas que tu partes.

C'est pathétique mais je n'ai rien d'autre à dire.

– Moi non plus, répond-elle en me serrant contre elle.

Ils la laisseront peut-être sortir ce soir, nous dit-on, si bien que Margot et moi retournons dans la salle d'attente. Le chauffage est trop fort. Mes yeux sont secs. Des odeurs de désinfectant et de machine à café me piquent les narines. Je m'assieds. Debout près de la porte, Margot se tourne vers moi.

– Ça va ?

Elle se fout de moi ?

– Non. Ma mère est mourante. (La pièce semble se gonfler sous l'effet du silence qui suit.) Tu savais ?

– Oui, admet-elle.
– Tout ce temps ?
Elle choisit ses mots avec soin.
– On pensait qu'il valait mieux te laisser une chance de t'habituer à Llanmarion avant d'apprendre la vérité.
La colère est la seule chose qui m'empêche de couler ; je m'y agrippe comme à un radeau.
– Tu aurais dû me le dire. Ce n'est pas juste.
Margot s'assied en face de moi sans me quitter des yeux. Aussi élégamment que possible en bottes de pluie, elle croise une longue jambe sur l'autre.
– Je parie que tu ne te souviens pas de Lewis, pas vrai ?
Le changement soudain de sujet me désarçonne.
– Quoi ?
– Lewis. Ta mère est sortie avec lui un an et demi environ après la mort de ton père. Un homme grand avec de longs cheveux blonds.
Je glisse une mèche derrière mon oreille avec détermination.
– Et alors ?
– Il était absolument charmant. Un artiste très talentueux, si je me souviens bien. Il avait fondé une association caritative pour intéresser les jeunes délinquants à l'art. Beau, intelligent, gentil. Il savait que ta mère n'avait pas fini son deuil, mais il était patient, un vrai gentleman.
– Et alors, Margot ?
– La raison pour laquelle tu ne te souviens pas de lui, Felicity, c'est que ta mère a rompu avec lui. Pour toi. Elle pensait qu'il était trop tôt. Elle ne voulait pas que tu aies l'impression qu'elle avait remplacé ton père par quelqu'un d'autre. (Le regard perçant de Margot semble scanner mes pensées.) Elle aurait pu être très, très heureuse avec Lewis. Et elle y a renoncé pour toi.
Je n'en peux plus. Qu'est-ce qui lui prend encore ?
– Arrête un peu ! Qu'est-ce que tu veux ? Me faire culpabiliser ? C'est déjà le cas !

– Ne remets jamais en question les choses que ta mère fait pour toi. Un jour, tu comprendras.

À travers mes larmes et ma morve, je la fusille du regard.

– Quoi ? Quand j'aurai des enfants ? C'est vrai que je ne suis pas beaucoup plus jeune que tu ne l'étais.

Margot a un léger mouvement de recul, juste assez pour que je le remarque. Aussitôt, je regrette ce coup bas.

– Désolée.

Margot ne riposte pas, même si elle serait dans son droit. À la place, elle soupire comme si rien ne l'avait jamais autant déçue.

Chapitre 28

Attention, passage scientifique. Concentrez-vous.

Depuis la dernière chimiothérapie de maman, les cellules cancéreuses malignes se sont propagées à l'os iliaque ainsi qu'à sa moelle épinière. Ses os s'effritent, elle a trop de calcium dans le sang et elle est en proie à des douleurs constantes. Elle est constipée et perd peu à peu le contrôle de sa vessie. Bref, à quarante ans, le corps de ma mère s'est complètement retourné contre elle.

Elle est mourante.

Comment ai-je fait pour ne pas le voir ? Je suis tellement bête ! Suis-je aussi égocentrique que ça ? Je trouvais étrange qu'elle soit si pâle et maigre, mais je me suis autorisée à penser que ce n'était qu'un rhume, que c'était normal. Je ne voulais rien voir. Je me suis voilé la face.

L'hôpital l'a gardée mardi soir, mais Margot l'a ramenée le lendemain. Elle a passé le reste de la semaine au lit ou à clopiner avec une béquille. Ses hanches sont en train de lâcher. C'est trop horrible pour y penser.

Du coup, je me suis transformée en parfaite petite infirmière. Je cueille des carottes, des panais et des choux au potager pour en faire du bouillon. J'ai demandé à Margot de tuer et plumer les poules (il y a quand même des limites). Je fais la lecture à maman, je l'aide à aller aux toilettes. Au moins, maintenant que je connais la vérité, je peux aider en connaissance de cause. C'est puéril mais je ne peux pas m'empêcher de penser que si je prends assez bien soin d'elle, peut-être qu'elle ne mourra pas.

Avec Margot, disons qu'on… coopère. Pour le bien de maman. On est enfin sur la même longueur d'onde. Je peux faire la gentille si elle fait de même. Les journées se suivent et se ressemblent. J'invente une excuse pour sécher la soirée d'Halloween de Danny. En moins de temps qu'il ne faut pour le dire, dimanche est arrivé et je n'ai même pas commencé mes devoirs de vacances.

– Je vais demander à Margot de t'écrire un mot, dit maman emmitouflée dans une couverture sur le canapé. Franchement, Fliss, je t'en ai écrit pour moins que ça. Une fois, tu as eu tes règles toutes les semaines pendant un mois pour ne pas aller à la piscine.

– Non. Je ne veux pas que les gens aient pitié de moi.

– Tes camarades de classe ne verront pas la lettre.

– Non, mais si je ne rends pas mon travail, ils vont me demander pourquoi.

Maman hausse les épaules.

– OK, alors au boulot.

Je déteste retourner à l'école. L'idée de laisser maman avec Margot me terrifie. Si quelque chose arrivait en mon absence ? Aller en cours me semble tellement inutile, quand je devrais passer le plus de temps possible avec maman. À chaque fois que je pense à ce qui va se passer, j'ai une réaction physique différente : je n'arrive plus à respirer ; une douleur lancinante me transperce la poitrine ; mes mains deviennent moites ; j'ai la nausée. Si je m'agrippe à maman de mes dix doigts, elle ne peut pas partir.

Je n'imagine même pas ma vie sans elle. Autant tenter d'imaginer ce que doit ressentir une agrafeuse. Pour le moment, c'est comme essayer de respirer sous l'eau. Je ne peux pas retenir ma respiration indéfiniment. Et je ne sais pas ce qui se passera quand je devrai reprendre mon souffle.

– Comment se sont passées tes vacances ? me demande Danny lorsqu'on s'assoit sur un banc près de la fontaine à eau avant les cours. Dommage que tu aies été malade.

L'espace d'un instant, j'avais oublié que je lui avais dit être malade vendredi dernier. Je mens :

– Pas trop mal. Et toi ? Tu as rencontré James dans la vraie vie ?

– Non, répond-il en faisant la moue. Il ne pouvait pas se payer le train jusqu'à Leeds.

Danny a passé une partie de ses vacances avec sa famille dans le nord de l'Angleterre tandis que Bronwyn a fait une retraite silencieuse avec son père.

– Oh, c'est nul.

– C'est clair. J'étais tellement excité. On a reparlé depuis, mais franchement, si je voulais un correspondant, j'écrirais à un condamné à mort ! Enfin bref, n'en parlons plus, dit-il en se tournant vers Bronwyn. Comment s'est passée la retraite ?

– On a battu en retraite, dit Bronwyn avec un sourire en dévorant une banane. Mon père a craqué au bout d'un jour et demi. Je savais qu'il ne tiendrait jamais cinq jours sans parler !

– Vous avez fait quoi, du coup ? demande Danny.

– On a loué une caravane dans un camping à Tendy. C'était plutôt chouette. On a joué au Monopoly et au Trivial Pursuit toute la semaine. Et parlé. Beaucoup.

Je leur dis presque pour ma mère. C'est sur le bout de ma langue. Mais je sais que si j'ouvre les vannes, je n'arriverai pas à les refermer. Leur présence me réconforte, j'essaye d'y puiser de la force.

J'ai beau tenter de me concentrer durant le cours « d'art textile », j'entends à peine ce que Mme Blackwood raconte. Nous sommes censés créer des accessoires en nous inspirant des travaux d'artistes existants. J'ai choisi une gamme de coussins de Lichtenstein en pensant que ce serait facile, mais je vois que la moitié de la classe a eu exactement la même idée. Je savais que j'aurais dû choisir Dali.

À la place, je regarde par la fenêtre une grosse araignée au dos tigré. Un moustique s'est pris dans la toile et tente de se libérer. *Laisse tomber*, me dis-je. *Se débattre ne fait qu'empirer les choses*. Sans surprise, l'araignée se contente d'attendre que sa proie se fatigue avant de donner le coup de grâce. Je pense à ma mère et ses cinq années de lutte. Est-ce que ça n'aurait pas été plus simple de se laisser aller dès le début ?

Je ne me rends même pas compte que je pleure jusqu'à ce qu'une larme tombe sur mes devoirs, transformant l'encre en un nuage noir. Je ferme les yeux très fort. Pas question de craquer en plein cours.

– Fliss.

Mme Blackwood est penchée sur ma table. Je me demande depuis combien de temps elle est là. C'est une grande femme anguleuse dont les cheveux noirs sont striés d'une mèche blanche et dont les tenues semblent sorties tout droit des années quatre-vingt, épaulettes et ceintures élastiques.

– Je peux voir ce que tu as fait, s'il te plaît ?

– Oh, bien sûr.

J'ouvre mon carton à dessins et lui montre ma planche de tendance Lichtenstein. Je me suis déplacée exprès à la bibliothèque pour photocopier des images de pop art en guise d'inspiration.

– C'est tout ? demande-t-elle.

Cette phrase n'est jamais bon signe. Personne n'a jamais regardé quelque chose d'incroyable en disant : « C'est tout ? »

– Euh... oui.

– Fliss, tu as eu toute une semaine et c'est tout ce que tu as préparé ?

– Je suis désolée... Je...

Aucun bon mensonge ne me vient à l'esprit et je ne veux pas lui dire la vérité. Elle insiste :

– Où sont les échantillons ? L'étude de marché ? Les premiers croquis ? Fliss, ce travail compte dans ta note finale, insiste Mme Blackwood.

– Je sais, c'est juste que…

– C'est une honte, je ne sais même pas comment tu oses rendre ça.

– Parce que je m'en moque !

Les mots s'échappent de ma bouche avant que mon cerveau ne réagisse.

– Je m'en moque !

Mme Blackwood en reste bouche bée. Un silence grave s'abat sur la salle. Je lui reprends la feuille des mains, la chiffonne et la flanque à la poubelle avant de prendre la fuite. Je n'attends pas de voir quelle punition je vais recevoir, je veux juste sortir de là avant d'exploser devant tout le monde. Personne ne me suit – parce que je n'ai pas d'amis, me dis-je, misérable.

Mes pieds me guident vers le CDI comme si j'étais en pilotage automatique. Je n'ai aucun autre endroit où aller. Je dévale l'escalier en courant et déboule dans la pièce. Parfois, il y a des cours d'anglais ou de théâtre ; heureusement, ce n'est pas le cas aujourd'hui. Je m'affale sur un pouf dans un coin, serre mes jambes contre moi et respire pour la première fois depuis trop longtemps.

Mais qu'est-ce qui m'a pris ? J'ai crié sur une prof. Bon sang. Je couvre ma bouche de mes mains et tente d'empêcher la pièce de tourner. Je sens l'adrénaline se déverser dans mes veines. Je voudrais appuyer sur pause puis rembobiner.

– Fliss ? Est-ce que ça va ?

Thom sort de son bureau. Sans lui, l'école ne vaudrait vraiment pas le coup. Il s'approche de moi avec douceur. Je secoue juste la tête par peur que ma voix me trahisse.

– Qu'est-ce qui se passe ? Ce n'est pas encore Megan Jones, si ?

– Non. C'est pas elle.

Après avoir tiré un autre pouf, il s'assied à côté de moi.

– Alors qu'est-ce qu'il y a ? Pourquoi n'es-tu pas en cours ?

Je le regarde dans les yeux et je me sens déjà mieux.

– J'ai crié sur Mme Blackwood et j'ai jeté mes devoirs à la poubelle.

– Quoi ?

Il est choqué mais ne peut pas réprimer un petit sourire. Je lâche une sorte de rire mêlé de pleurs. On dirait un dauphin.

– Fliss, qu'est-ce que tu as ? Je promets de ne rien dire à personne.

Cette fois, je saute le pas.

– Ma mère. Ma mère est mourante.

Ses yeux s'écarquillent. Je craque complètement. Un répugnant déluge de mots déferle. Je cache mon visage entre mes mains pour étouffer mes sanglots.

– Mon Dieu, Fliss. Ça dure depuis combien de temps ?

– Cinq ans.

Thom pose un bras sur mes épaules et m'attire contre lui. J'aimerais me fondre en lui.

– Pourquoi n'as-tu rien dit ?

J'essuie mes yeux sur une manche.

– Parce que je ne voulais pas qu'on me voie dans cet état.

Il sort de sa poche un mouchoir qu'il me tend.

– Il est propre.

Aussi délicatement que possible, je m'essuie le nez.

– Fliss, c'est affreux. C'est un cancer ? (Je hoche la tête.) En phase terminale ? (J'acquiesce à nouveau.) Bon sang, je suis désolé. Tu ne peux pas traverser ça toute seule. Est-ce que Danny et Bronwyn sont au courant ?

– Non. Personne ne sait. En fait, c'est pour ça qu'on est venues ici. Pour que j'apprenne à connaître ma grand-mère avant la mort de ma mère.

– Oh, Fliss. Question horrible, je sais, mais combien de temps lui reste-t-il ?

Je hausse les épaules et ravale de nouvelles larmes.

– Je ne sais pas. Six mois. Peut-être moins.

– Fliss, tu as besoin d'aide. Personne ne peut gérer une telle situation seul. Et pendant tout ce temps, tu n'as rien dit !

Peu importe que je vienne de l'apprendre moi-même. J'aurais dû savoir. C'est ma mère. Ces pensées tourbillonnent dans ma tête.

– Dire quelque chose à voix haute le rend vrai, dis-je même si ça semble idiot.

– Espérer que quelque chose disparaisse si on l'ignore assez longtemps ne marche jamais…

Thom essuie une larme sur ma joue. Est-ce qu'il parle de nous ? De ses sentiments à mon égard ? Il me touche le visage, bon sang ! Je le savais. Lui aussi est amoureux de moi.

Je sais comment tout arranger. Je me penche pour l'embrasser. Sa mâchoire est rêche comme du papier de verre mais sa bouche est chaude et douce. Je prends son visage entre mes mains ; j'ai l'impression de flotter.

Ça dure une fraction de seconde. Puis il se recule, horrifié.

– Fliss ! Qu'est-ce que tu fais ?

Il se lève d'un bond de son pouf. J'ouvre la bouche mais rien n'en sort. Il s'assied sur une chaise en se frottant le visage de sa paume.

– Fliss, je suis désolé, tu as mal compris… Je suis fiancé à Mlle Crabtree… et tu es… tu es une élève.

Le mot *élève* me donne l'impression d'avoir dix ans. Et Mlle Crabtree ? Sérieusement ? Elle est tellement quelconque.

– J'essayais juste… d'être gentil, Fliss. Je veux t'aider, vraiment, mais je ne peux pas… faire ça. C'est… c'est illégal.

C'est pas vrai. Qu'est-ce que j'ai fait ? Des larmes me brûlent les yeux. Ma bouche est toute sèche.

– Je… je … je…

Je gâche tout.

– Je suis désolé, Fliss. Je suis vraiment désolé si je t'ai fait croire que…

– Non, finis-je par dire. C'est ma faute.

Je me lève et j'attrape mon sac.

– Fliss, attends. Je vais te préparer une bonne tasse de thé.

– Il faut que j'y aille.

Et je sors, tête baissée. Je ne me retourne pas. Je ne peux pas. Il faut que je m'en aille d'ici. Très, très loin. Que je quitte cette putain de ville. Putain. Je ne dis jamais ce mot parce qu'il est tellement vulgaire. Mais je pars. Tout de suite.

CHAPITRE 29

L'avantage de Llanmarion, c'est qu'il n'y a aucun endroit où dépenser son argent. J'ai donc pas mal d'économies sur mon compte. Plus une carte de retrait.

Je me dirige vers la gare, ne m'arrêtant que pour retirer assez d'argent pour acheter un ticket de train et à manger pour le trajet. Comme Llanmarion n'est pas desservie par le train, je prends le bus jusqu'à la ville d'à côté. La gare est un bâtiment trapu en grès, noirci par la suie ou je ne sais quoi. Superglauque.

Je ne sais pas exactement où je vais, mais Londres me semble être un bon début. J'irai soit chez Tiggy, soit chez Marina, ou bien je changerai à Victoria Station pour aller chez mon oncle dans le Kent.

N'importe où, tant que ce n'est pas ici. Comment pourrais-je revenir après ce qui vient de se passer au CDI ? La scène se rejoue dans mon esprit et j'en ai la chair de poule. Espèce d'idiote. Je suis furieuse qu'il ne m'ait pas dit pour sa petite amie (et Mlle Crabtree… sérieusement ?). Surtout, je suis mortifiée. Je ne peux pas y retourner.

– Tu vas où, ma cocotte ? demande la dame au guichet.

– Londres, s'il vous plaît.

– Aller-retour ?

– Aller simple.

Je lui tends la monnaie et elle glisse une carte orange sous la petite fenêtre. Je réalise soudain que je n'ai pas d'habits. Heureusement, Tiggy fait à peu près la même taille que moi ; même si elle n'est pas prêteuse, je suis sûre qu'elle comprendra que c'est un cas de force majeure.

Je me dirige vers le quai 1. Le train pour Cardiff est dans onze minutes. Je m'assieds sur un banc en métal rouge dont la peinture s'écaille. Le temps est étrangement calme, il n'y a presque pas de vent. Je peux juste m'en aller. Personne n'en saura rien. Deux autres passagers attendent le train, mais ils ne me prêtent aucune attention bien que je sois en uniforme.

Le train arrive dans un sifflement moite, c'est un vieil engin qui ressemble plus à un bus sur rails qu'autre chose. Je jette un rapide coup d'œil par-dessus mon épaule, puis, avec un calme étonnant, je monte à bord.

Un arrêt plus tard, je redescends.

Bon sang, qu'est ce que je croyais ? Que j'allais m'enfuir et vivre dans la chambre d'amis de Tiggy ? N'importe quoi ! C'est presque aussi gênant que d'avoir embrassé le documentaliste. Debout sur le quai, sourcils froncés, je sens ma folie momentanée quitter mon corps.

Je ne vais pas abandonner ma mère. Pas question. S'enfuir serait la solution de facilité. Je pourrais me cacher, et après ?

Je traverse la passerelle jusqu'au quai d'en face et j'attends le prochain train.

J'entre dans la forêt en me prenant pour Maria dans *La Mélodie du bonheur*. Enfin non, elle, c'était sur une colline. Peu importe. Je ne sais pas quoi faire d'autre. Je ne peux pas rentrer à la maison. Je ne peux pas retourner en cours. Du coup, je me balade dans les bois.

Je garde la tête baissée pour ne pas croiser le regard des promeneurs de chiens. Mon manteau ne cache pas entièrement mon uniforme, il paraît donc assez évident que je ne devrais pas être ici, mais personne ne dit rien.

C'est une vraie journée d'hiver : froide et piquante, avec toutefois un beau rayon de soleil revigorant. Heureusement, j'ai mon écharpe et mes gants. Je suis le chemin qui longe le ruisseau. L'envie de sauter dans l'eau glacée pour rincer toutes mes pensées toxiques me taraude. Le choc thermique me tuerait probablement, mais là, tout de suite, j'accueillerais presque avec plaisir le néant. Ce serait paisible.

Je découvre une portion étroite du ruisseau où je commence à construire un barrage avec des cailloux. Je ne sais pas combien de temps j'y reste, mais ça m'aide à faire taire les voix dans ma tête. L'une d'elles, une version plus enjouée de la mienne, ne fait que de me répéter que tout va bien aller. Que parfois, les bonnes choses arrivent aux bonnes personnes et que maman va peut-être connaître un rétablissement miraculeux qui médusera docteurs et experts. Elle passera ensuite à la télé et on gagnera une voiture gratuite.

Une autre voix plus glauque, une sorte de croisement maléfique entre Margot et Megan Jones, me dit de revenir sur terre : elle sera morte dans quelques semaines, je ferais mieux de faire avec.

Dans un sens, elles sont aussi horribles l'une que l'autre. La première est porteuse d'espoir, la seconde me rappelle que l'espoir est ce qu'il y a de plus cruel.

Je vais être orpheline. Orpheline ! Comme Oliver Twist ou Annie. Comment est-ce possible ? Je ne pensais même pas que ça arrivait dans la vraie vie.

Je ne peux pas vivre sans maman. Je ne l'ai jamais fait. Je ne veux jamais avoir à le faire. On a toujours été toutes les deux. On n'est jamais allées à l'église ni rien, elle n'a jamais essayé de me faire croire en Dieu, je ne pense donc pas qu'elle va finir sur un nuage à papoter avec Elvis Presley ou Marilyn Monroe, et elle non plus.

Je me demande ce que ça fait d'être mort. Quand on dort, je pense qu'on a conscience d'être endormi même si on ne se souvient pas de ses rêves. Pendant une minute, j'essaye d'imaginer la mort mais tenter d'envisager le néant total me chamboule l'esprit. Je préfère me concentrer sur le blocage du ruisseau.

Une piscine se forme déjà de l'autre côté. Mon barrage fonctionne.

Quand je le détruis, l'eau recommence à couler normalement.

Fliss…

Je regarde par-dessus mon épaule. Le ruisseau semble à nouveau murmurer mon nom. Je jurerais que ce n'est pas dans ma tête. Je ferme les yeux pour tenter d'ignorer le bruissement du vent dans les arbres et le piaillement des oiseaux.

Felicityfelicityfelicity…

Soudain, je suis gelée. La cascade est en amont, j'entends juste le bruit de l'eau, mais on dirait vraiment mon nom.

Fliss…

Cette fois, c'est encore plus distinct. Et bizarrement, la voix me fait penser à celle de ma mère. À la fois où je suis allée la voir à l'hôpital après son hystérectomie. Elle était complètement dans le cirage mais elle a ouvert les yeux juste assez longtemps pour me sourire d'un air rêveur, prendre ma main et dire mon nom. À l'époque, j'ai eu l'impression qu'elle aurait pu mourir mais qu'elle était revenue juste pour moi. Elle s'était battue pour moi.

– Maman ?

Fliss…

Je me relève d'un bond.

Je ne devrais pas être là.

Je devrais être avec elle.

Elle m'appelle.

Je connais ces bois à présent. Les différences subtiles. Les arbres étranges, les souches repères, les sentiers chaotiques. En un rien de temps, j'ai rejoint le portail de la roseraie.

Je n'arrive pas à croire que le soleil se couche déjà derrière les collines. Le ciel a pris la couleur rosée d'un pamplemousse, c'est très beau, mais le temps est passé si vite… La forêt a son propre fuseau horaire, ce n'est pas possible autrement. Je remonte l'allée du jardin à la hâte avant de débarquer dans la cuisine.

Margot accourt du salon et maman, appuyée sur sa béquille, de l'entrée.

– Fliss ! Où étais-tu passée ? s'exclame maman, les yeux hagards. Ton école a appelé il y a des heures pour dire que tu avais disparu ! Nous étions folles d'inquiétude.

Margot ne dit rien mais son visage est blême. Je me précipite vers maman pour la serrer dans mes bras.

– Je suis désolée. Vraiment. J'avais juste besoin de temps. Mais je suis là et je ne te quitterai plus jamais.

Je presse ma tête contre son cou osseux pendant qu'elle me caresse les cheveux.

– Je sais, murmure-t-elle.

Personne n'aborde à nouveau le sujet durant le dîner. Je regarde maman s'endormir sur le canapé devant *Suspect n° 1*.

Bon sang, je ne veux pas qu'elle meure. Elle va tellement me manquer. Ça va faire tellement mal. Je ne me rends même pas compte que Margot me regarde.

– Felicity ? Ça va ?

– Oui, oui.

Je prétexte une envie urgente pour courir à la salle de bain. J'ai l'impression d'être sur le point de vomir. À la place, j'éclate en sanglots. C'est comme le barrage de tout à l'heure : tout s'échappe d'un coup et coule à flots. Ma bouche est ouverte sur un cri mais aucun son ne sort. Je me recroqueville sous le lavabo et m'assieds sur le tapis de bain vert avocat, jambes serrées contre mon torse.

Et puis ça passe. Je me sens mieux, vidée.

Ma mère va mourir. Je le sais à présent. C'est horrible, mais c'est ainsi. Je ne peux rien y faire.

Je me lave le visage même si ça n'arrange ni mes yeux rouges, ni mes traits bouffis. En sortant de la salle de bain, je tombe sur Margot qui s'éloigne de ma chambre. Nous nous retrouvons face à face, chacune à un bout du palier.

– C'est bien, dit-elle.

Je cligne des yeux. Je ne comprends pas. Pour une fois, son ton n'est pas sarcastique.

– Quoi ?

– Laisse-toi aller. Pour ce que ça vaut, je te conseille de ressentir les choses. Pendant que tu le peux encore.

Je ne suis pas plus avancée.

– Je ne comprends toujours pas.

Ses yeux sont tristes.

– Avec le temps, on apprend à ne plus rien ressentir. C'est la seule manière de survivre. (Elle tapote son sternum avec son index.) Tout ça devient du tissu cicatriciel et du cartilage. C'est bien dommage. Alors profite pleinement de tes émotions parce qu'un jour, elles ne seront plus là.

– Mais je n'en veux pas de ces émotions. Ça fait trop mal.

Ma voix se brise.

– C'est mieux que rien, crois-moi, dit-elle en redescendant.

Je la regarde s'éloigner avant de me diriger vers ma chambre en me demandant ce que Margot faisait à l'intérieur. Peut-être qu'elle me soupçonne de voler des trucs dans les magasins ou de me droguer. Rien ne semble avoir été déplacé : la pièce est exactement dans le même état que ce matin, hormis un léger détail.

Le journal est sur mon oreiller.

CHAPITRE 30

Je retiens mon souffle de peur qu'il ne disparaisse. Mais non, je ne rêve pas. Le journal est bien sur mon oreiller et c'est Margot qui l'a posé là. Je m'assieds prudemment au bord de mon lit.

Je ramasse le cahier que j'inspire profondément, retrouvant ce parfum d'antiquité.

Pleine d'espoir, je retourne à la dernière page.

Un petit cri m'échappe.

Il y a une suite.

Je vérifie que je ne me trompe pas. C'est bien ça. L'écriture est la même, quoiqu'un peu moins nette. Et au stylo bleu plutôt qu'à l'encre noire.

Mes yeux me picotent à nouveau mais je ravale mes larmes. J'en ai plus qu'assez de pleurer, j'ai l'impression d'être détrempée. Margot a fini son histoire. Pour moi ? Je prends un instant pour absorber la nouvelle. Elle veut que je sache, apparemment.

L'émotion me submerge à nouveau. Mon cœur semble gonflé. Elle doit me faire confiance, ne serait-ce qu'un petit peu. Je suis sidérée, étonnamment touchée.

C'est quelque chose. Et venant d'elle, je ne fais pas la difficile.

Je tourne la page pour reprendre ma lecture.

Pour Fliss

Un mot sur les souvenirs : certains, même s'ils remontent à mon enfance, sont limpides. Je me souviens des jaguars au zoo de Londres sous la neige et du goût de la fumée dans ma gorge la nuit où Llanmarion a été bombardée. Je me souviens même de la confiture de mûres de Glynis ! Mais d'autres, comme le jour de mon mariage, sont aussi effacés que les photos dans les albums.

J'ai enfoui profondément mes souvenirs de cette époque. De ce fait, je n'arrive plus à différencier le vrai du faux, les souvenirs du récit que j'ai reconstruit depuis. Les événements finissent toujours par se transformer en histoire.

Un mot aussi sur les histoires : je crois qu'elles font partie intégrante de la communication humaine ; on les partage, on les échange. Malgré les innombrables langues qui existent, nous parlons tous le même langage. Des premières peintures rupestres aux sites Internet, chacun parle à qui veut bien l'écouter. On raconte nos parcours, on donne en partage des bribes personnelles. Peut-être que ce journal pourra nous aider à mieux nous comprendre, toi et moi.

Je ferai de mon mieux, mais je ne promets rien. Comme tu t'en doutes, les dates précises m'échappent à présent, je vais donc simplement écrire ce dont je me souviens.

Ces chapitres de ma vie sont douloureux mais ta mère a raison, Felicity. S'il ne doit plus rester que toi et moi, nous devons apprendre à nous connaître.

Tu en sais déjà plus que la plupart des gens.

J'ai relu ce que j'avais écrit avec parfois beaucoup d'amusement. J'ai beau me souvenir clairement de cette période, je me revois à peine tenir un journal. Avec quelle facilité je l'ai oublié ! Et quelle jeune femme prétentieuse j'étais ! Prétentieuse, mais pleine d'entrain. D'ailleurs, elle me fait un peu penser à toi.

Je ne sais pas si c'est une insulte ou pas, mais comme j'aime beaucoup la Margot des années quarante, je décide de le prendre comme un compliment.

Alors Felicity, pour toi, je vais essayer de raconter la fin de l'histoire. Reprenons donc où je m'étais arrêtée…

Été 1941

Quand ma grossesse est devenue impossible à cacher – garde à l'esprit que nos vêtements étaient littéralement confectionnés à partir de parachutes –, je l'ai annoncée à Glynis un soir alors qu'elle taillait les rosiers. Je lui ai montré mon petit ventre et elle a lâché son sécateur.

Je l'ai suppliée, en larmes, de ne rien dire à mes parents. C'était trop demander.

– Oh, Margot, a-t-elle répondu. Je ne peux pas garder ça pour moi, tu le sais.

– Pourquoi pas ? Je peux vous donner le bébé. Ivor et toi pourrez l'élever comme si c'était le vôtre.

Je revois son regard triste, rempli de pitié.

– Je ferais n'importe quoi pour toi, Peter et Jane, mais ce n'est pas la solution. Et tu changeras d'avis quand tu auras ton bébé dans tes bras.

– Non, ai-je répliqué d'un ton de défi. Je suis sûre que non.

Vois-tu, j'étais furieuse contre Rick à ce moment-là. Furieuse qu'il soit parti en me laissant ce « souvenir » non désiré. Furieuse qu'il demeure dans l'heureuse ignorance de mon état, loin de Llanmarion avec sa véritable petite amie. Chaque soir, je m'endormais hantée par leurs rires imaginaires. Rick Sawyer et cette fille « fragile et douce », vivant la vie qui aurait dû être la mienne. Je ne lui ai jamais dit pour l'enfant. Comment aurais-je pu ? Je n'avais aucun moyen de le joindre.

Mettons tout de suite quelque chose au clair : je n'ai jamais revu Rick Sawyer. Si tu espérais des retrouvailles romanesques sous la pluie, tu vas être amèrement déçue. Bienvenue au club, comme on dit. Cela ne signifie pas pour autant que je l'ai chassé de mon esprit. Certaines amours laissent une marque indélébile sur le cœur. À ce jour, quand je vois un champ de colza ou un exemplaire des Hauts de Hurlevent, *je me demande s'il est encore en vie et, surtout, s'il pense parfois à moi.*

– Margot. Je suis désolée, mais on doit le dire à ta mère, a déclaré Glynis.

Et c'est ce que nous avons fait. Ensemble, nous avons soigneusement rédigé une lettre expliquant ce qui était arrivé. Je ne me suis jamais sentie jugée par Glynis. Mon état n'a pas changé la manière dont elle me voyait.

La lettre a été postée. Cinq jours plus tard précisément, une voiture noire aux allures de corbillard a remonté le chemin menant à la ferme. J'étais au courant de sa venue, bien sûr.

Je suis repartie avec la même valise que lorsque j'étais arrivée. Bess, Andrew et Doreen sont venus me dire au revoir. Je ne sais pas s'ils savaient la véritable raison de mon exil, mais ils furent assez polis pour ne pas en parler. Le discours officiel, me préparant merveilleusement à une illustre carrière dans la presse, était que je retournais à Londres m'occuper de ma mère malade.

– Je t'écrirai tous les jours, m'a dit Bess en me serrant dans ses bras. Llanmarion ne sera plus la même sans toi.

J'ai remarqué qu'elle commençait à parler comme moi.

– Pas tous les jours, ai-je répondu en souriant. Mais une fois par semaine au moins. Donne-moi des nouvelles.

Sur un coup de tête, je me suis penchée pour lui glisser :

– Reg est à Anglesey. Rhodri a son adresse. Je n'ai pas le temps de t'expliquer comment je le sais.

Si elle était fâchée que je le lui aie caché, elle ne l'a pas montré. Elle m'a juste serrée encore plus fort.

– Oh, Margot, merci. Tu vas me manquer.

– Toi aussi. Terriblement.

J'ai enlacé Doreen, puis Andrew s'est avancé, les larmes aux yeux.

– Je n'arrive pas à croire que tu retournes à la civilisation en me laissant ici tout seul.

– Oh, ce n'est pas si affreux. Et pense à l'alternative.

Nous savions tous les deux qu'il y avait de fortes chances pour qu'il soit envoyé au combat si la guerre continuait encore deux ans.

– Merci, Margot. Pour tout.

Aucun autre mot n'était nécessaire. Je savais exactement de quoi il parlait.

Je me suis accroupie pour dire au revoir à Peter et à Jane.

– Soyez sages avec Ivor et Glynis, d'accord ? Et Peter, il n'y a pas de raison pour que tu ne puisses pas lire une histoire à Jane avant de dormir.

– Mais je veux que ça soit toi, a protesté Jane.

– Peter va très bien s'en sortir, pas vrai ?

– Promis.

– C'est bien.

Je me suis relevée pour étreindre Glynis.

– Nous sommes toujours là, m'a-t-elle chuchoté à l'oreille. Toujours. Si tu as besoin de nous...

– Je sais.

Ivor m'a serrée à son tour dans ses bras, puis m'a relâchée avec un clin d'œil.

– Quel dommage, le meilleur valet de ferme que j'aie jamais eu !

C'est avec tristesse que je suis montée à l'arrière de la voiture. En descendant l'allée, j'ai fermé les yeux pour ne pas voir leurs visages dans le rétroviseur.

Je suis arrivée à Kensington au beau milieu de la nuit, ce qui n'avait rien d'une coïncidence. Mme Watson, notre maniaque femme de ménage, m'a accueillie à ma sortie de voiture et m'a fait entrer à la hâte. Mère m'attendait dans l'entrée. Tout était comme dans mon souvenir, mais encore plus sombre et étouffant : le carrelage en mosaïque, les panneaux en bois, les tableaux à l'huile menaçants. Le tic-tac de l'horloge rythmait le silence désapprobateur de Mère.

– On parlera demain matin quand ton père sera là, a-t-elle déclaré en évitant ostensiblement mon regard.

Ses cheveux étaient tirés en un chignon sévère, ses lèvres rouge baie. Tu vois ce que je veux dire sur les détails étranges qu'on garde en mémoire ?

– Père rentre à la maison ? ai-je demandé, le cœur lourd.

Apparemment, une fille-mère de dix-sept ans était un problème plus urgent qu'un monde en guerre.

– Va te coucher, Margot.

Je suis passée devant elle, valise à la main, et elle ne s'est pas penchée pour m'embrasser sur la joue. J'ai grimpé l'escalier, me sentant vraiment seule et effrayée de ce que le lendemain me réservait.

Le lendemain matin, on m'a conduite à ma prison. J'ai dû m'installer dans la chambre de derrière, donnant sur le jardin, où les voisins et les passants ne verraient pas la gourgandine que j'étais. Il n'aurait pas pu être plus clair que je jetais un terrible opprobre sur la famille Stanford, même si presque aucun mot ne fut prononcé.

Ce premier matin, le docteur MacDonald est venu m'examiner. Je n'ai jamais aimé cet homme, maigre et chauve, à l'allure de furet. Il avait de petits doigts décharnés que je détestais sentir contre ma peau.

– Je dirais qu'elle en est à quatre mois, a-t-il déclaré. Rien de nouveau pour moi.

Mère, qui apparemment n'y avait pas cru avant que le docteur ne confirme le diagnostic, a pleuré en silence dans son mouchoir. Père l'a fusillé du regard.

– Personne ne doit savoir. Compris ?

– Bien sûr, amiral Stanford. Notre discrétion est garantie. Je vais devoir mettre au courant une infirmière et une sage-femme, mais personne d'autre n'en saura rien.

– Tu vois, Margot, est intervenue Mère. Tout ira bien. Bientôt, nous passerons tous à autre chose et oublierons tout cela.

Personne ne semblait capable de prononcer le mot « bébé », si bien que je me suis lancée.

– Et qu'arrivera-t-il au bébé ?

– Tout est prévu, a répondu le docteur MacDonald en refermant sa sacoche.

Il n'a rien ajouté. Je n'ai pas pu m'empêcher de l'imaginer jeter le nourrisson dans la Tamise, comme à l'époque victorienne.

Comme dans un roman de H. G. Wells, je sentais la vie grandir à l'intérieur de moi, peu à peu. Pourtant ce n'était pas un enfant à mes yeux, juste ce que Rick m'avait fait. Tout cet amour s'était transformé en verre et clous dans mon ventre. Même si je savais que c'était monstrueux, je voulais m'en débarrasser. De nos jours, bien sûr, cela ne serait pas un problème ; j'aurais eu le choix.

J'avais la permission de traverser le palier jusqu'à la salle de bain, mais cette chambre, ses quatre murs ivoire, son plafond et sa baie vitrée, sont devenus la totalité de mon univers. Parmi les domestiques, seule Mme Watson était au courant de ma condition ; elle m'apportait trois repas par jour sur un plateau. On était au mois d'août mais je n'avais même pas le droit de me rendre au jardin au cas où l'on me verrait par-dessus le mur, à travers les saules. Je pouvais lire, broder et tricoter. Je passais donc mes après-midi à bouquiner ou à observer le monde du dehors, assise sur le rebord de ma fenêtre. L'espace, juste assez large pour moi, captait le soleil entre quatorze et dix-huit heures.

Les feuilles du sycomore ont peu à peu viré au jaune, sont tombées, puis ont bruni par terre. Pendant ce temps, je grossissais de jour en jour. Le corps est capable de choses extraordinaires. Je me sentais si seule dans cette chambre. Père était retourné à Douvres et Mère supportait à peine ma présence.

Faute de compagnie, j'ai commencé à parler à mon ventre. Je savais instinctivement que le bébé était un garçon. Je le sentais. Je me suis mise à lui raconter la vie des renards qui vivaient dans les fourrés au fond du jardin et du héron qui troublait la quiétude de la mare. Je lui faisais la lecture. Ce n'est pas parce que son père était un horrible déserteur qu'on devait le priver de bonne littérature.

Hélas, cela me rappelait trop les moments où j'avais fait la lecture à Rick près du lac. J'étais comme submergée par la tristesse.

Noël est passé, marqué seulement par un peu de dinde et un morceau de pudding aux figues. La pelouse a pris une teinte argentée sous le gel. Il faisait désormais trop froid pour rester assise à la fenêtre sans couverture sur mes épaules.

J'ai passé des heures entières à me demander si c'était ma punition. L'isolement, avec le manque de conversation, est bientôt devenu intérieur. Ce n'était pas que mes parents étaient cruels ; c'était ce que je méritais pour avoir péché avec Rick. Je sais à présent que ce n'est pas vrai, mais à l'époque, je m'en étais persuadée.

Arrivée au mois de janvier, j'étais fermement convaincue d'être une pécheresse qui récoltait les fruits d'avoir cédé à la tentation.

Hiver 1942

Il me paraît à présent évident que sans le bébé, je serais devenue complètement folle dans ma tour de Raiponce. Bien sûr, sans le bébé, je ne me serais jamais retrouvée là-bas, mais je n'ai jamais beaucoup aimé le raisonnement circulaire.

Le bébé devait arriver incessamment, d'après les estimations du docteur MacDonald. Je m'étais habituée aux sensations dans mon ventre. Peut-être que le battement de son petit cœur compensait mon cœur brisé. Je savais qu'on allait me le prendre, pourtant à mesure que les semaines passaient, j'ai commencé à me demander si je ne pourrais pas le garder. Au besoin, je pourrais le faire passer pour mon petit frère jusqu'à ce que je puisse quitter la maison.

J'étais devenue plus grosse qu'un éléphant, incapable de m'asseoir sur le rebord de la fenêtre. À la place, je m'installais dans un fauteuil à bascule pour regarder les flocons tomber du ciel gris.

Cela faisait un an que j'avais pris le train pour Llanmarion.

Durant mon exil, j'ai commencé à comprendre que les choses ne reviendraient pas à la normale avec la venue du bébé, contrairement à ce que racontait Mère. Comment le pourraient-elles ? De plus, je n'étais pas sûre de le vouloir. La guerre continuait, mes anciens amis étaient dispersés dans tout le pays et mes nouveaux se trouvaient au pays de Galles. Peut-être retournerais-je à la ferme, finalement. Personne à Llanmarion ne se soucierait de me voir revenir avec un bébé.

Je me suis réveillée aux premières heures du 18 janvier avec une horrible crampe dans tout le corps. J'ai immédiatement su que l'accouchement commençait. Au début, les contractions n'étaient pas douloureuses, j'avais plutôt l'impression d'avoir des spasmes dans ma colonne vertébrale et mon estomac.

J'ai appelé Mme Watson qui a alerté Mère et le docteur. La sage-femme s'appelait Trudy Mayhew, une jolie blonde pas beaucoup plus âgée que moi. Elle est arrivée en uniforme.

– Bonjour, Margot, a-t-elle dit. Jetons un œil.

Elle a soulevé ma chemise de nuit et je l'ai sentie me tripoter. Il n'y a rien de tel qu'un accouchement pour se retrouver à égalité avec les animaux de ferme, il faut bien le dire. Toutes mes illusions sur la supériorité des êtres humains se sont envolées dès que la douleur s'est fait sentir.

– Oh, je crois qu'on ne va pas attendre très longtemps, a-t-elle ajouté d'un ton un peu trop joyeux. C'est parti !

Ce fut long, douloureux et difficile. Au début, j'ai paniqué. J'ai senti une puissante poussée d'adrénaline qui m'a ramenée au soir du bombardement : le désespoir, l'envie de me battre. Soudain, je n'avais qu'une hâte, expulser ce bébé de mon corps, pensant que j'allais mourir si je ne le faisais pas. Et puis la douleur est arrivée. Comme si on m'arrachait les jambes. Je ne pouvais penser à rien d'autre, je me moquais complètement de ce dont j'avais l'air, des bruits que je faisais. Haletante, hurlante et nue, je me tortillais sur le lit comme un animal. Mère a quitté la pièce.

Et puis, je me suis accoutumée. Soit la douleur était moins forte, soit j'y étais désormais insensible, mais mon corps et le bébé ont semblé trouver un rythme. J'ai commencé à pousser au fil des contractions.

C'est idiot mais soudain, c'était devenu un vrai bébé et plus seulement un secret honteux. En chair et en os. J'ai entendu un gargouillement suivi d'un cri. Il était en vie et moi aussi. Toutes mes forces m'ont quittée d'un coup et je suis retombée dans mes draps imbibés de sang et de saletés.

Trudy l'a pris dans ses mains sanglantes. Il était minuscule, tout rose et brillant. Il s'est mis à hurler, apparemment mécontent de son arrivée.

– Voilà, Margot. Bravo. C'est terminé. Tu veux le tenir ?

Et comment ! Cette minuscule chose qui avait grandi dans mon ventre était en fait mon sang, ma chair. Nous avions traversé cette épreuve ensemble ; le tenir semblait à présent la chose la plus naturelle au monde. J'ai tendu les bras.

– Je ne pense pas que ce soit une bonne idée, a déclaré Mère en réapparaissant à mes côtés. La nourrice attend.

Le docteur MacDonald a pris le bébé.

– S'il vous plaît... ai-je dit, épuisée, à peine capable de soulever la tête.

– Margot, chérie, a répondu Mère. Ce n'est pas ton bébé. Ce sera mieux ainsi.

Le docteur MacDonald l'a emmailloté dans des couvertures en tissu-éponge.

– Il semble en bonne santé. Tout va bien.

– Merveilleux...

Mère les a escortés, lui et mon enfant, hors de la pièce.

Trudy s'est mise à me nettoyer en silence. Elle a apporté une bassine et des chiffons et s'est mise au travail.

– Ma pauvre, a-t-elle murmuré. Mais ne t'inquiète pas. Il va aller dans une bonne maison, promis. Des gens bien avec de l'argent.

Incapable de parler, j'ai hoché la tête. Je devais pleurer puisque Trudy a essuyé mes larmes.

– Tu avais choisi un prénom ? a-t-elle demandé.

Le plus étrange, c'est que oui. Inconsciemment, mon cerveau m'avait raconté des histoires, celles d'une vie parallèle dans laquelle Rick et moi avions élevé notre fils.

Je l'aurais appelé Christopher.

Chapitre 31

Je crois que j'ai versé toutes les larmes de mon corps. Je me sens vide, creuse comme une citrouille d'Halloween. C'est tellement… affreux. Pauvre Margot. Je ne veux pas de bébé avant mes trente-six ans, minimum, voire jamais après avoir lu ça, mais je n'imagine même pas ce que ça doit faire d'à peine apercevoir son propre enfant avant qu'on vous l'arrache.

Et mon arrière-grand-mère était un sacré cas. Dire que je trouvais Margot pas facile…

Je jette un œil à la pendule. Il est vingt-deux heures trente-cinq, je devrais déjà être endormie. L'histoire s'arrête là. Margot a cependant rajouté une note à la fin :

Voilà. C'est ce qui s'est passé après mon départ de Llanmarion. Je n'ai jamais revu Christopher. Je ne sais même pas quel nom ils lui ont donné. Je répondrai à tes questions, Felicity. Après tout, une fois qu'on commence à dérouler la pelote, autant continuer.

Je suis disposée à parler de Christopher, mais je t'en prie, ta mère ne sait pas qu'elle a eu un demi-frère et je ne pense pas que ce soit le moment de lui annoncer. Si tu préfères communiquer par le biais du journal, tu peux y écrire tes questions et me le laisser quelque part en évidence.

Je t'embrasse,

M.

Oooh, elle m'embrasse ! Incroyable mais vrai ! Sans hésiter, je saute du lit et j'attrape le premier stylo qui me tombe sous la main – un vieux Bic avec un troll aux cheveux roses à l'extrémité. Je le frotte contre ma joue en réfléchissant à ce que je veux savoir.

D'abord, merci de m'avoir parlé de Christopher. Je suis désolée de ce qui t'est arrivé. Tes parents étaient vraiment horribles. J'ai quelques questions si ça te va.

1. Qu'est-il arrivé à Bess ? A-t-elle retrouvé Reg ?

2. L'Andrew du journal est-il grand-père ?

3. Que s'est-il passé après la naissance ? Es-tu retournée à Llanmarion ?

4. As-tu revu Glynis et Ivor ?

Je mâchouille le bras du troll un instant avant de décider que c'est tout pour le moment. Lorsque je glisse la tête hors de ma chambre, j'entends la télévision en bas. Apparemment, Margot regarde les infos. Je traverse le palier sur la pointe des pieds jusqu'à sa chambre et je laisse le journal sur son oreiller. Chacune son tour ! La chambre de Margot, sans surprise, est aussi sobre qu'élégante : les murs et le dessus de lit sont d'un gris-bleu pâle. La seule touche de couleur vient du bouquet de roses dans un bocal sur le rebord de la fenêtre.

Puis, je vais souhaiter bonne nuit à maman et je me dépêche de retourner au lit, impatiente de lire les réponses de Margot. À demi assoupie, je me rends compte que c'est la première fois de la semaine que je ne m'endors pas en pensant à maman.

Si Margot a pu reprendre sa vie après qu'on lui a arraché son bébé, je peux me résoudre à faire face à Thom. À chaque fois que je repense au baiser raté, mes entrailles se ratatinent comme une vieille limace, mais l'horreur de ce qui est arrivé me suivra si je m'enfuis ; le lendemain matin, je me traîne donc tant bien que mal jusqu'à l'arrêt de bus.

Avant cela, pendant mon petit déjeuner (œuf à la coque et mouillettes), j'ai demandé à maman si elle voulait que je reste à la maison ; elle a refusé.

– Non, a-t-elle affirmé sans hésitation. Tu vas en cours, un point, c'est tout. Il faut que tu reprennes tes marques, Fliss.

Je n'ai pas pu protester. Je monte à bord du bus et quelques secondes plus tard, Dewi vient s'asseoir sur le siège derrière moi. Il doit s'y reprendre à plusieurs fois pour commencer sa phrase, mais ça ne me gêne plus tellement.

– ... bonjour, Fliss. Ça va ?

– Oui, ça va.

– Oh, OK. C'est j-j-juste que tout le monde disait que t-tu t'étais enfuie.

Je grimace.

– Vraiment ?

– Ouais. Ou d'autres pensaient que tu avais été... été k-kidnappée.

– Rien de tout ça.

Je m'interromps, ne sachant pas quoi lui dire. Dewi a de grands yeux doux comme des billes en chocolat, mais je ne le connais pas vraiment.

– Juste des problèmes à la maison, c'est tout.

– Oh ? Qu'est-ce qu'il y a ?

– C'est rien, dis-je en secouant la tête – et il semble comprendre le message.

– D'accord. J'espère... j'espère que ce n'est rien de grave.

– Merci, Dewi, ça va aller.

Ma réponse est automatique et je ne me rends même pas compte que c'est un mensonge. Ça ne va pas aller. Du tout.

Quand j'arrive à l'école, je suis immédiatement interceptée par M. Treadwell, mon prof référent.

– C'est gentil d'être venue, mademoiselle Baker, dit-il. Par ici, s'il vous plaît.

Nous nous rendons dans sa salle de classe où nous sommes rejoints par Thom et Mme Evans, ma prof principale. Elle nous donne parfois des cours d'art dramatique et je l'aime bien, avec son look composé à soixante-dix pour cent de boucles d'oreilles pendantes et de châles colorés. Je ne sais pas ce que Thom leur a raconté, il évite mon regard. S'il leur a dit la vérité – que j'ai agressé un prof – je suis virée, c'est sûr. Je me sens mal.

– Bonjour, Felicity, commence Mme Evans. Tu sais pourquoi tu es ici, n'est-ce pas ?

– Parce que je me suis enfuie ?

Pas question de mentionner le baiser raté.

– Parce que tu as quitté l'école sans permission, répond-elle avant de continuer son laïus sur la responsabilité légale de l'école. M. Deacon nous a dit que tu avais des problèmes à la maison… ?

– Ma mère est malade.

– Oui, je sais. Elle est venue nous voir au début du trimestre en nous demandant de ne rien te dire.

Ah. Donc tout le monde était au courant, sauf moi. Super.

– J'ai demandé à M. Treadwell de garder un œil sur toi.

Laissez-moi rire. M. Treadwell n'a strictement rien fait à part confisquer mon *Vogue* du mois de septembre. Mme Evans continue :

– Je sais que tu ne veux pas de traitement de faveur, Felicity, pourtant nous sommes tous là pour t'aider. Si tu as besoin de faire une pause, n'hésite pas. Si tu as besoin de temps supplémentaire pour tes devoirs, il n'y a pas de problème, mais tu dois absolument nous le faire savoir. Tu ne peux pas te comporter comme tu l'as fait hier.

– Je sais. Je suis désolée.

Je regarde Thom. Dieu merci, je crois qu'il n'a rien dit pour le baiser. Je me demande s'il a peur d'être viré. Qu'est-ce qui m'a pris ? C'était complètement stupide. J'essaye de m'excuser par télépathie.

– Si tu as besoin de quoi que ce soit, nous sommes là. Je crois que tu passes beaucoup de temps au CDI ?

Je jette un regard coupable à Thom.

– Oui.

– Nous avons beaucoup de chance d'avoir M. Deacon, pas vrai ?

– Fliss, intervient enfin Thom, j'ai parlé à tes enseignants et ils sont d'accord pour que tu travailles au CDI quand tu veux. Je… nous… nous voulons tous t'aider.

Il ne m'aime pas comme je l'aime. Il ne m'a jamais aimée. Pour lui, je ne suis qu'une gamine. Ça me brise le cœur mais s'il est prêt à me laisser revenir au CDI après mon baiser kamikaze, il faut que je passe à autre chose. Je le regarde droit dans les yeux.

– Merci. Et je suis désolée. Hier… c'était trop. Je ne sais pas ce qui m'a pris.

– Bien sûr, coupe Mme Evans. J'espère que tu n'y verras pas d'inconvénient, mais hier après-midi, j'ai pris Danny Chung et Bronwyn Parry à part pour essayer de déterminer où tu étais, et j'ai été dans l'obligation de leur dire ce qui se passait.

Ah. OK. Bon au moins, ça m'évite d'avoir à le faire. Thom va à la porte et je prends conscience que mes amis attendent de l'autre côté, probablement depuis le début.

Danny et Bronwyn entrent précipitamment et je me lève pour les saluer. Danny me serre dans ses bras si fort que j'en perds le souffle.

– Fliss ! Pourquoi tu n'as rien dit ? On n'est pas fâchés… mais on aurait pu aider.

Il me relâche.

– Je ne vois pas comment, à moins que tu puisses guérir le cancer, dis-je tristement.

– Eh bien… je ne sais pas ! On peut en parler. Si tu veux, bien sûr.

– Dan, du calme. C'est comme tu le sens, me dit Bronwyn. On peut faire comme si de rien n'était, si tu veux.

– Oui ! Comme tu veux ! dit Danny sincèrement.

Les profs nous laissent. Encore dix minutes avant la première sonnerie. On reste tous les trois debout, bras croisés, en triangle.

– Je suis désolée de n'avoir rien dit.

– Fliss, tu n'as pas à t'excuser, répond Bronwyn.

– Qu'est-ce qu'ils vous ont raconté ? dis-je en serrant mes bras contre moi.

Ils échangent un regard. Danny se lance.

– Mme Evans nous a dit que ta mère était très malade.

Je refuse de pleurer.

– Ma mère va mourir, dis-je d'une voix plate qui rend la situation trop concrète.

Ils baissent tous les deux la tête puis me prennent en même temps dans leurs bras.

Après les cours, je me presse de rentrer, impatiente de voir si Margot a eu le temps de répondre à mes questions. Je remonte l'allée en sautillant presque ; je me sens étonnamment légère après avoir vidé mon sac auprès de Danny et Bronwyn. Je vois Margot qui nettoie la porcherie.

– Bonjour, dit-elle. Comment ça s'est passé à l'école ?

Nous nous tenons à quelques mètres l'une de l'autre. On dirait qu'une trêve a été déclarée.

– Ça a été. Tout le monde est au courant pour maman à présent. (Margot hoche la tête en silence.) Comment va-t-elle ?

– Elle semble un peu plus gaie aujourd'hui. Nous sommes allées nous promener jusqu'au ruisseau. Elle aime bien cet endroit.

Mon cœur se serre.

– J'ai l'impression de rater plein de choses.

Margot pose sa fourche contre le mur.

– Ta mère veut que tu ailles en cours.

L'argument est imparable.

– Tu as besoin d'un coup de main ?

Margot marque une pause avant de me répondre :

– Oui. Ce serait utile. Va te changer d'abord.

Maman fait une petite sieste sur le canapé, mais je la réveille pour savoir si sa promenade s'est bien passée (et, honnêtement, pour vérifier qu'elle n'est pas morte). Elle va bien. Je lui prépare un Nescafé avant de monter à l'étage. J'ouvre la porte de ma chambre en retenant mon souffle.

Le journal est à nouveau sur mon oreiller. Je frappe dans mes mains sans faire de bruit. Je meurs d'envie de lire ce que Margot a écrit mais je dois d'abord aller l'aider à nettoyer un tas de crottes. C'est la moindre des choses.

Londres, 1942

Ta première question n'est pas difficile. Bess et moi avons correspondu régulièrement durant toute la guerre. Malheureusement, je ne suis pas retournée à Llanmarion à ce moment-là.

Accoucher est une activité des plus affreuses et il m'a fallu quelque temps, des points de suture et beaucoup de bains de siège pour me remettre. Mère craignait que les gens ne devinent la vérité s'ils voyaient mon ventre et mes formes épanouies, si bien que j'ai été retenue en otage plusieurs semaines supplémentaires.

Je me souviens distinctement que quelques jours après le départ de Christopher, Mère m'a invitée formellement à venir prendre le petit déjeuner avec elle dans la salle à manger. Pendant que je prenais mon bain, la gouvernante m'a sorti une robe empesée et un jupon. Pour la première fois depuis des mois, j'ai attaché mes cheveux avec deux peignes en ivoire et je suis descendue avec appréhension.

– Oh, Margot chérie, a déclaré Mère en m'embrassant sur chaque joue. Comme tu es charmante. Ce bleu te va à merveille. Assieds-toi donc !

J'ai obéi. Mme Watson nous a versé du thé.

– Margot, parlons à présent de ce que tu vas faire. Je pense préférable que tu ne retournes pas à Llanmarion, ne crois-tu pas ?

J'ai regardé mes mains croisées sur mes genoux.

– Je ne sais pas.

Je voulais y retourner. Tout me manquait, la ferme, Bess, Andrew, Glynis et Ivor… et, surtout, Rick. Malgré tout ce qui s'était passé, il me manquait. Je savais qu'il n'y était pas mais Llanmarion était remplie de souvenirs de nous deux dans lesquels je brûlais de me replonger.

– Il te faut un nouveau départ. Tu peux terminer tes études et je suis sûre que nous trouverons quelque chose pour t'occuper. La guerre n'est pas finie, tu sais.

– Je sais. (Mes mains tremblaient trop pour soulever ma tasse de sa soucoupe.) Qu'est devenu le bébé ? ai-je demandé dans un filet de voix. Est-il dans une nouvelle famille ?

Mère m'a pris les mains par-dessus la table. Elle a souri de ses lèvres rouges.

– Quel bébé, chérie ? a-t-elle demandé en me serrant à m'en faire mal. Comment allons-nous oublier ce malencontreux épisode si nous continuons à en parler ? Est-ce que je me fais bien comprendre ?

– Oui, Mère.

Le sujet ne fut plus jamais abordé du vivant de mes parents.

Après un régime draconien, Père a fait jouer ses relations pour me trouver un emploi de nurse. L'ironie, bien qu'implicite, ne m'a pas échappé. Je devais m'occuper des enfants des autres, pas du mien.

Mais j'aime à penser que mon petit Christopher n'aurait ressemblé en rien à l'enfant qui m'a été confié, Edmund Crowley-Smythe.

*Je me souviens du jour de mon arrivée dans leur belle maison de Chelsea. C'était, je crois, à la fin de l'année 1942 ; la guerre semblait plus lointaine que jamais. Edmund était trop jeune pour avoir été évacué seul au début de la campagne, et M*me *Crowley-Smythe n'ayant pas voulu quitter Londres, ils étaient restés.*

*La maison était immaculée, avec plus de plantes et de fleurs que le jardin botanique. M. et M*me *Crowley-Smythe travaillaient tous deux pour la BBC et étaient terriblement occupés. Jean, la mère, avait hâte de retourner travailler, elle avait donc besoin que quelqu'un s'occupe d'Edmund. Lors de notre première rencontre, celui-ci s'est caché derrière ses jambes.*

– Oh, voyons, Edmund, a-t-elle dit. Ne sois pas timide.

– Je la déteste ! a-t-il crié.

Je portais une veste cintrée rouge cerise avec un béret assorti. Je me souviens que je voulais à tout prix remettre ma vie en ordre. Dès que la guerre serait terminée, j'irais certainement étudier l'anglais à l'université pour filles d'Oxford. Mon emploi chez les Crowley-Smythe n'était que temporaire.

Je me suis accroupie pour parler à Edmund.

– Bonjour, Edmund. Je suis Margot. Je suis ravie de te rencontrer et je suis sûre que nous allons très bien nous entendre.

Pour toute réponse, il m'a donné un coup de pied dans le tibia avant de s'enfuir.

– Margot, je suis désolée. Je ne sais pas ce qui lui a pris.

J'ai rapidement appris que sa conduite d'enfant gâté était habituelle et qu'il aurait aussi bien pu être Satan en personne. Chaque journée était une série de batailles : l'habiller, le faire manger, le coucher pour sa sieste. J'aurais adoré donner ma démission mais j'avais déjà suffisamment fait honte à mes parents. Crowley-Smythe était un ami proche de mon père. J'étais coincée.

Durant cette période éprouvante, Bess et moi avons échangé de nombreuses lettres. Elle a fini par retrouver Reg et ils ont brièvement renoué. À la longue, la distance s'est révélée fatale.

À vrai dire, je pense surtout qu'ils ont chacun rencontré d'autres personnes et que leurs sentiments n'ont pas survécu. Nous étions si jeunes, après tout. Je sais que cela ne va pas te plaire, Felicity, mais ces premières amours, même si elles nous définissent d'une certaine manière, ne sont que les prémices des relations que nous nouons à l'âge adulte. Même si cela ressemble à de l'amour, d'expérience, je dirais que ce sont surtout les hormones. Qui sait ce que Rick et moi serions devenus si le destin ne nous avait pas séparés ?

Après la guerre, j'ai quitté Londres pour Oxford, comme prévu. L'université se trouvait dans un superbe bâtiment. J'ai beaucoup de souvenirs heureux d'après-midi ensoleillés passés sur la pelouse et de dîners somptueux dans le réfectoire. Une belle solidarité féminine existait entre nous et nous en sommes toutes ressorties grandies. Nous étions dans un sens des parias et des marginales : la plupart des filles, jugées inaptes au mariage, avaient reçu la permission de continuer leurs études. Beaucoup d'entre nous avaient été évacuées durant la guerre, ce n'était donc pas la première fois que nous quittions la maison. Mais c'était la première fois depuis Rick et le bébé que j'avais l'impression d'être moi-même.

J'ai étudié assidûment, tentant de regagner l'estime de mes parents. En vain. Et j'ai finalement décidé que la seule opinion qui m'importait était la mienne. À compter de ce jour, j'étais et je serais la meilleure.

Inévitablement, Bess et moi avons perdu contact durant mes études. Cela dit, durant les années et les décennies qui ont suivi, j'ai gardé un œil sur elle. Elle est devenue une femme assez remarquable. Elle a épousé le fameux Bill Jones et a eu des enfants jeunes. Si elle m'avait demandé mon avis, je lui aurais déconseillé cette union. Comme tu peux l'imaginer, sachant ce que tu sais, celle-ci n'a pas duré bien longtemps. Ce qui est arrivé ensuite était plus impressionnant. Elle est devenue maîtresse d'école à Llanmarion, puis a été nommée directrice dans les années soixante – un exploit – avant de quitter l'enseignement pour se consacrer à la politique locale ! La dernière fois que je l'ai vue, c'était aux informations : elle faisait campagne pour l'indépendance galloise. Et tu sais ce que ça a donné [6]*. Une Galloise fière jusqu'au bout des ongles. Je crois qu'elle s'est ensuite remariée dans les années soixante-dix.*

Quant à ton grand-père, c'est une histoire plus longue et plus compliquée que je n'ai pas le temps de raconter pour le moment. Laisse le journal au même endroit, je continuerai dès que possible.

6. Le mouvement pour l'indépendance du pays de Galles a abouti à la création d'une Assemblée nationale du pays de Galles suite à un référendum en 1997.

Chapitre 32

Je passe tout mon week-end avec maman. Elle a beau avoir du mal à marcher avec sa béquille, elle insiste pour aller se promener dans la forêt. Elle est si frêle, perdue dans un manteau qui lui allait parfaitement avant.

– C'est tellement agréable de prendre l'air, dit-elle.

Bras dessus, bras dessous, on prend notre temps, marchant sans but.

– Tu n'as pas trop mal ? je demande, redoutant la réponse.

– Franchement, Fliss, je prends tellement d'antidouleurs que je plane complètement.

– C'est toujours ça, dis-je avec un sourire.

– Si seulement je pouvais faire caca. Je ne suis pas allée aux toilettes depuis quatre jours.

J'éclate de rire.

– Charmant !

– Personne n'a dit qu'avoir le cancer était beau à voir. (Le mot en C me fait tressaillir.) Il fait assez froid pour qu'il neige, non ?

À vrai dire, il ne fait pas si froid que ça.

– Tu veux rentrer ?

– Pas encore. J'en ai assez d'être enfermée.

– OK. En tout cas je pourrai te faire du chocolat chaud et peut-être des brownies tout à l'heure…

On arrive à la cascade. Aussitôt, l'air semble plus propre. Je me demande bêtement s'il peut chasser la maladie des os de ma mère.

– Fliss, tu n'as pas besoin de me baby-sitter tout le week-end.

– Mais je veux le faire !

– Je n'ai pas besoin d'une baby-sitter. Il faut que tu voies tes amis, c'est important. Tu vas avoir besoin d'eux, dit-elle d'un ton neutre. Écoute. Le seul point positif, c'est qu'on sait à quoi s'attendre. On ne va pas être prises par surprise. Maintenant que tout est dit, on peut prévoir la suite. Pour toi, pour moi. La dernière chose que je veux, c'est que les semaines, les mois, les jours qui me restent deviennent une fête du mouchoir.

– Je sais, mais Danny et Bronwyn ne vont pas disparaître…

La fin de ma phrase reste en suspens. *Et toi si.*

– Tu sais ce que j'aimerais vraiment ? lance maman en s'arrêtant soudain de marcher.

– J'ai une vague idée, oui.

Elle sourit.

– À part ça.

– Dis-moi.

– Je voudrais vraiment que tu recommences à danser.

Tu parles d'un coup bas ! Quel genre de monstre refuserait une dernière volonté ?

– Oh, maman, vraiment ?

Elle prend mes mains gantées dans les siennes.

– Allez, Fliss. Ça te rendait tellement heureuse !

Je tente de dissimuler ma grimace par un sourire.

– Oui, jusqu'à ce que ça ne soit plus le cas.

– Tu as passé une mauvaise soirée, une.

– C'est peu de le dire ! C'était un vrai désastre.

– La vie l'est souvent ! Tout le monde trébuche, Fliss. Tout le monde. Je t'ai raconté que j'ai été virée de mes deux premiers boulots à la télé. J'étais coursier et je ne faisais que renverser le café. La question n'est pas combien de fois tu tombes, mais comment tu te relèves.

Je suis sur le point de lui rappeler que je n'ai pas pratiqué depuis deux ans, mais elle continue :

– Ça me ferait tellement plaisir de te revoir danser.

Je soupire en baissant la tête.

– Tu sais que je ne peux pas dire non, hein ?

– Tu peux… mais tu serais la pire fille au monde, répond maman avec un clin d'œil théâtral.

– D'accord, d'accord.

Un plan se forme déjà dans mon esprit.

– Bonjour, c'est bien Danny ?

Je suis assise sur la première marche de l'escalier avec le vieux combiné beige, entortillant le cordon autour de mon poignet.

– Fliss ? Salut ! Quoi de neuf ?

– Tu es en train de manger ?

– Oui, juste un paquet de biscuits au chocolat.

– Oh, d'accord. (J'ai une soudaine envie de biscuits au chocolat.) Tu sais, le vieux studio de danse délabré au-dessus du restaurant ?

– Oui ?

– Il appartient à ton père ?

– Oui… pourquoi ?

– Eh bien voilà…

Le dimanche après-midi, j'enjambe une pile de factures et je suis Danny dans l'étroit escalier couvert de feuilles mortes menant au studio *Paz' à pas*. Une deuxième clé nous ouvre la porte d'une pièce sentant le moisi. Des journaux sur les vitres ne laissent entrer qu'une faible lumière grisâtre. Encore plus déprimant, une boule à facettes gît cassée dans une poubelle.

– Beurk, dis-je.

– Quelque chose est mort là-dedans ou quoi ? lance Danny en se couvrant le nez. À part le bon goût ?

Une fois les lumières allumées, je m'aperçois que bien qu'il nécessite un bon ménage et que le parquet flottant soit couvert de caisses remplies de chips aux crevettes et de sachets de ketchup, le studio est de bonne taille. Le mur en face des fenêtres est couvert de miroirs, même si l'un est fissuré. La barre, encore accrochée, semble pouvoir supporter mon poids.

– Ce n'est pas si mal finalement. Je peux en faire quelque chose. Tu es sûr que ça ne gêne pas ton père ?

– Fliss, personne n'est venu depuis au moins un an. Il s'en sert comme débarras. À mon avis, il ne s'en rendra même pas compte.

– Cool.

Danny fait un pas de bourrée (enfin, c'est ce qu'il croit) devant le miroir.

– Je suis tellement excité que tu participes au *Club d'échecs présente…* ! Ça va être top !

Je hausse un sourcil.

– Ce n'est pas par choix, crois-moi. Je suis contrainte et forcée.

Il effectue à présent une arabesque potable.

– Qu'est-ce que tu vas faire ?

– Aucune idée. Avant d'essayer de danser, il faudrait que je m'entraîne un peu pour ne pas me disloquer la hanche ou pire.

– Et si on mettait une barre verticale pour faire de la pole-dance ? Ce serait génial, non ?

Mon regard lui répond clairement que NON.

De retour à la maison, je fouille au fond de mon armoire. Je sais qu'ils sont quelque part. Je trouve une boîte de vieilles cassettes que je devrais probablement jeter – même si je crois qu'il y a des compils plutôt cool dans le tas – plus un vieux collant de danse et des guêtres. Mais où sont-ils ?

Je commence à sortir tout ce que je vois jusqu'à ce que je les trouve sous mes vieilles bottes de pluie. Ils sont rangés dans un sac en satin noir que je pose sur mon lit. Je m'assieds pour l'ouvrir.

Mes chaussons de danse. Ils sont plus abimés que dans mon souvenir : le rose pâle a presque viré au gris. Le bout est éraflé à force d'être montée sur pointes. Dans mes bottes confortables, mes orteils se recroquevillent déjà. Sans surprise, je vois à l'intérieur une couche marron de sang séché. Je soupire mais une petite voix, tout au fond, s'interroge : *En es-tu encore capable ?* Bonne question.

Je suis tellement préoccupée par l'inspection de mes chaussons que je mets quelques minutes à remarquer le journal sur mon oreiller.

Londres, 1952

Supporter les morsures et les griffures de ce petit démon d'Edmund Crowley-Smythe a eu un effet positif inattendu. Une fois diplômée d'Oxford, sa mère m'a trouvé un travail d'assistante à la BBC. Évidemment, mes tâches consistaient essentiellement à préparer le thé ou le café et faire mine de rien quand certains patrons me donnaient une tape sur les fesses ou m'effleuraient dans l'ascenseur.

J'avais la chance de travailler pour Charlie Palmer, un producteur charmant et visionnaire qui m'a bientôt promue au rang d'assistante de recherche. Ce n'était pas grand-chose, mais c'était un début. Je ne vais pas mentir, Felicity, ce fut rude. J'ai dû travailler deux fois plus dur et parler deux fois plus fort qu'un homme pour être entendue. J'espère que ce sera différent pour toi.

Je ne peux pas dire que les choses furent plus simples quand j'ai quitté la BBC pour entrer au journal comme reporter junior. Il était de notoriété publique que les femmes étaient incapables d'écrire sur la politique, le crime ou la finance. Pendant de nombreuses années, j'ai rédigé des faire-part de mariage et des nécrologies. Parfois, attendre son heure donne une force tranquille. Quand les hommes étaient trop épuisés ou trop saouls, j'étais toujours là, prête à faire la Une.

Mais je digresse. Andrew et moi avons correspondu par intermittence durant nos études – il est allé à Cambridge grâce à une bourse militaire après la guerre. Contre toute attente, à l'été 1952, il m'a appelée pour me proposer de prendre le thé ensemble.

Nous nous sommes retrouvés à l'hôtel Claridge's – je me souviens comme si c'était hier de leur génoise si légère –, puis nous nous sommes promenés autour de la Serpentine. Le ciel était d'un bleu cyan limpide ; nous avons donné à manger aux cygnes et aux canards. Il a suggéré de louer une barque mais je n'étais pas d'humeur. Puis, d'une voix tremblante, il m'a dit :

– Margot, il faut que je te parle.

– Je m'en doutais. Tu as été fébrile toute l'après-midi. Tu n'as presque pas touché à ton scone.

– Margot, j'ai de gros ennuis.

Son visage était blême et tendu. Je me suis demandé s'il était mourant.

– Andrew, tu vas bien ? Quel genre d'ennuis ?

– Le pire qu'il soit, j'en ai bien peur.

Puis il m'a expliqué que l'un de ses « amis » d'université s'était retrouvé mêlé à un réseau d'espionnage suspecté de pactiser avec le KGB.

– Ils ne peuvent pas m'accuser d'espionnage, a-t-il dit, mais l'armée est furieuse. Margot, ils veulent me... castrer.

Il a murmuré ce dernier mot en vérifiant que personne n'écoutait.

– Pardon ? ai-je demandé, horrifiée.

– C'est soit ça, soit la démobilisation et la prison. Ce sont mes seules options. Je pouvais admettre que nous étions amants, ou passer pour un transfuge. Qu'est-ce que j'étais censé faire ?

Je me suis arrêtée, saisissant le sérieux de la situation. Il faut que tu comprennes, Felicity, qu'aussi ridicule que cela paraisse aujourd'hui, à l'époque, l'homosexualité était un crime. Les hommes étaient envoyés dans des sanatoriums.

– Andrew, tu ne peux pas les laisser faire ça. C'est monstrueux.

– Je sais ! Je ne vois qu'une seule solution.

– Laquelle ?

Il a marqué une pause et inspiré profondément.

– Si je prends femme, je crois que je peux les convaincre que je suis repenti et que ce n'était qu'un écart de conduite. Momentané.

J'ai ouvert de grands yeux.

– Tu suggères sérieusement que... ?

Il s'est mis à genoux juste là, au bord du lac.

– Margot Stanford, me ferais-tu l'honneur de...

– Oh, relève-toi, espèce d'idiot. Bien sûr que je vais t'épouser, mais épargne-moi ces simagrées.

Il s'est relevé.

– Oh. J'ai une bague et tout.

– Allons-y alors.

J'ai tendu la main et il a sorti un petit écrin noir en velours. Il faut bien reconnaître que ton grand-père avait très bon goût pour les bijoux. Une bague en platine avec un diamant taillé en carré. Classique, simple, superbe.

– Margot, tu es sûre ? Je sais que c'est beaucoup demander.

J'ai glissé la bague à mon doigt verni de rouge cerise et je l'ai admirée.

– Non, pas tant que ça. Puisque je peux t'aider, je vais le faire.

Je n'ai pas hésité une seconde. Après Christopher et tout ce qui s'était passé à Llanmarion, cela ne me semblait pas être un si grand service à rendre.

Nous nous sommes donc mariés le printemps suivant. Tout le monde a cru que j'épousais un gentil garçon rencontré au pays de Galles, un amour de jeunesse. L'armée était satisfaite de le voir « guéri » et mes parents ravis que leur fille déchue soit désormais une honnête femme.

*Tu as sans nul doute vu nos photos de mariage. Quel beau couple nous formions ! Les photos sont ainsi : de beaux mensonges. Nous jouons tous des rôles en public comme des marionnettes. Pour le reste du monde, nous étions M. et M*me* Andrew Hancock, mais entre nous, c'était autre chose. Une plaisanterie.*

Ce qui ne veut pas dire que nous n'étions pas heureux. Nous l'étions complètement. Andrew a quitté l'armée pour la fonction publique. Nous avons acheté la maison à Hampstead. Imagine vivre avec ton meilleur ami. Nous lisions Salinger, Nabokov et Bradbury ensemble, puis en discutions au dîner. Nous jouions aux échecs et au backgammon devant un feu de cheminée. Nous prenions des cours de cuisine. Andrew était très doué. Quant à moi, j'ai déclenché plusieurs petits incendies et fait beaucoup de désordre.

Le truc, c'est de ne pas s'attendre à ce que l'amour ressemble à une couverture de roman à l'eau de rose. J'ai connu tout ce cirque avec Rick ; cela ne m'a apporté que du chagrin. Je crois que l'amour, c'est comme un mélange de peinture : chacun apporte quelque chose de différent à une relation, si bien que l'on n'obtient jamais deux fois la même couleur. Il paraît idiot de préférer une teinte à une autre, pourtant, c'est ce que tout le monde semble faire.

Au fil des ans, bien sûr, vu la situation, nous avons eu d'autres amours en dehors de notre mariage – c'était convenu ainsi. Pendant la majeure partie des années soixante-dix, ton grand-père a vécu à New York avec un jeune photographe du nom de Rodrigo. J'ai moi-même fréquenté un homme marié, et éditeur concurrent, pendant une bonne vingtaine d'années.

Après Rick, je n'étais pas sûre de retrouver un jour l'amour, mais il arrive quand on s'y attend le moins. Je l'ai rencontré (je ne citerai pas son nom) lors d'un dîner de remise de prix à Dorchester en 1968. Qu'il était beau dans son smoking ! Je me souviens qu'il fumait un cigare des plus ostentatoires, soufflant un panache d'épaisse fumée comme un gangster. J'étais là avec Andrew et lui avec sa femme, mais dès que nos yeux se sont croisés, ce fut comme si nous étions seuls dans la pièce.

Notre liaison était inévitable. Ensemble, nous étions atomiques. Parfois, Felicity, tu rencontres quelqu'un qui, contre toute attente, t'attire comme un aimant. J'étais incapable de lui résister et je n'en avais pas envie.

Nous nous retrouvions pour des rendez-vous délicieusement sordides dans des hôtels cinq-étoiles où nous passions des week-ends entiers à boire du champagne dans un jacuzzi. Nous partions « travailler » à la campagne ou sur la Côte d'Azur pour de longues journées d'indulgence. Nous nous dorions au soleil en buvant des cocktails sur des yachts au large de Cannes ou partions skier à Saint-Moritz. Je savais qu'il ne quitterait jamais sa femme et ses enfants, tout comme il savait que j'étais dévouée à Andrew et Julia. C'était une époque heureuse et enivrante.

C'était indéniablement de l'amour mais pas le genre d'amour que l'on voit à la télévision. Même s'il n'a jamais quitté sa femme – ils ne le font jamais –, il sera toujours dans ma vie d'une manière ou d'une autre. Et il compte toujours beaucoup pour moi.

Quand l'homosexualité a été dépénalisée en 1967, Andrew et moi avons brièvement discuté divorce, mais nous n'en ressentions pas le besoin. Notre vie était si agréable et rester mariés nous protégeait des regards trop curieux. Julia était encore petite, il semblait dommage de lui faire vivre un divorce. Nous sommes donc restés ensemble. Loin d'être un mariage de convenance, c'était un mariage d'amitié et d'amour.

Je me dois de t'expliquer, car je suis sûre que tu te poses la question, qu'Andrew était bien ton grand-père biologique. Peu de jours s'écoulaient sans que je ne pense à Christopher. Malgré mon travail quotidien au journal et Andrew, je pensais tout le temps à la vie parallèle que j'aurais pu avoir comme fille-mère.

Un jour, j'ai écrit un article sur une maison pour jeunes mères et leurs enfants à Brighton, tenue par l'Armée du salut. Oh, c'était un endroit bien triste. Pourtant les mères célibataires ne semblaient pas regretter leurs choix. En dépit de leurs traits tirés et de leurs conditions de vie très basiques, l'amour qu'elles avaient pour leurs bébés était indéniable. Ç'aurait aisément pu être moi.

Les voisins regardaient ces filles de haut, des « fruits gâtés » comme ils disaient, mais elles étaient bien trop occupées par leurs enfants pour leur prêter attention. Je me demandais si ma vie aurait été si terrible, seule avec Christopher sur la côte, rejetée par mes parents.

Mes ruminations devinrent si intenses que je décidai de remplacer un enfant par un autre. Le vide en moi ne se comblerait pas autrement.

J'ai abordé le sujet avec Andrew lors d'un repas du dimanche, autour d'un splendide agneau rôti à la menthe qu'il avait préparé. Je lui ai annoncé que je voulais un enfant et je lui ai demandé s'il serait prêt à l'élever comme si c'était le sien. Il a avalé une gorgée de merlot puis a accepté.

– J'ai souvent pensé à avoir un enfant, a-t-il dit. J'avais écarté la possibilité, mais si tu es partante, je suis prêt à essayer !

– Tu es sûr ?

– Margot, tu as sauvé ma peau à plus d'une occasion et c'est la première fois que tu me demandes quelque chose en retour. Bien sûr qu'on peut avoir un enfant ! Ce sera amusant ! Imagine donc… toi et moi, papa et maman !

Et voilà. Sans entrer dans les détails, disons juste qu'Andrew a tenu sa promesse (après quelques faux départs)…

Beurk.

… et je me suis bientôt retrouvée enceinte. Cette fois, l'expérience fut complètement différente : je me promenais au jardin avec Andrew, je sentais le soleil sur mon ventre, je nageais dans l'étang. Bien sûr, cette fois, j'étais une honnête femme. Même mon père et ma mère étaient ravis. Ma première grossesse ne fut jamais évoquée. Aux yeux du reste du monde, c'était mon premier enfant.

J'ai adoré ta mère dès l'instant où l'on me l'a déposée dans les bras. C'était un bébé difficile ; en proie aux coliques, elle criait à longueur de journées, mais je m'en moquais. Je l'aimais, et Andrew aussi. Être père l'a complètement changé. Il est devenu bien plus sérieux. Il la chérissait et elle est devenue une vraie petite fille à papa.

Je suis persuadée que l'amour n'est pas une question d'individus mais de connexions. J'avais beau adorer Julia, et réciproquement, ce n'était pas le même amour que j'aurais partagé avec Christopher. J'ai rapidement découvert que malgré tout mon amour pour Julia, je sentais toujours aussi profondément la perte de son grand frère. J'ai accepté, avec peine, qu'il n'était plus là et que la blessure ne guérirait jamais.

J'ai alors entrepris la dure tâche d'oublier, ou tout du moins d'ignorer, la douleur. Comme je te l'ai dit sur le palier, Felicity, on s'habitue à ne plus rien ressentir. Le problème, c'est qu'en refoulant cette culpabilité, ce regret, cette douleur, tout est parti avec.

Je crois qu'à partir de ce moment, j'ai tout éprouvé avec moins d'intensité. C'était tout ou rien. J'ai choisi la seconde option.

Je sais que je ne suis pas toujours d'abord facile. Je m'excuse pour certaines choses que je t'ai dites lors de ton arrivée à Llanmarion. Je n'étais pas du tout d'accord avec la décision de Julia de te cacher la vérité, mais je me suis sentie obligée d'obtempérer. Pour être honnête, ta présence me rend mal à l'aise. Je voulais que tu sois forte, prête à affronter ce qui t'attend.

Je place la barre impossiblement haut pour moi et je m'attends à ce que les autres fassent de même. Je suis vieille et fossilisée mais je promets que, pour le bien de Julia, je ferai de mon mieux afin de m'adapter.

Tu connais la suite. Je crois que nous avons fait le tour de l'histoire. C'est drôle : en la relisant avec le recul, j'ai l'impression que tout cela est arrivé à quelqu'un d'autre.

Chapitre 33

Je ferme le journal et le regarde fixement, posé sur mes genoux. Je ne veux pas que ce soit la fin. Mais qu'elle en ait conscience ou non, de sa plume déliée, Margot a relié la fille du journal à la femme dans la cuisine.

Bien que je ne tienne vraiment pas à imaginer Margot en train de faire des galipettes dans des hôtels cinq-étoiles, je suis contente qu'elle ait retrouvé l'amour, le vrai. Même avec un type marié. J'avais peur que l'épisode Rick l'ait achevée. Peut-être qu'il y a encore de l'espoir pour moi, post-Thom.

Je range le journal dans mon sac et je vais écouter à ma porte. La télé est encore allumée mais je crois que maman est au lit. Je descends l'escalier sur la pointe des pieds en me demandant si je vais oser poser la question qui me turlupine. Pour gagner du temps, je traverse le salon jusqu'à la cuisine, puis je mets la bouilloire à chauffer et je fouille le placard à la recherche du chocolat en poudre.

– Du thé ? demande Margot en apparaissant soudain derrière moi.

Je me cogne la tête contre l'étagère.

– Aïe ! Non, je cherchais le chocolat.

Margot pince les lèvres.

– Ne prends pas cette cochonnerie instantanée. Je vais t'en préparer un vrai.

Par habitude et par principe, un argument point sur le bout de ma langue, mais je me retiens.

– D'accord. Merci.

– Passe-moi cette casserole.

J'obéis et Margot va chercher le lait. L'unique lumière vient du salon, si bien que lorsqu'elle ouvre le frigo, elle est illuminée. L'espace d'une seconde, elle ressemble trait pour trait à la fille sur la barrière en 1941. Elle fait chauffer le lait à feu doux puis sort une boîte de cacao en poudre qu'elle ouvre à l'aide d'une cuiller.

– Qu'est-ce qu'il y a, Felicity ? demande-t-elle en touillant. Je sens que tu as quelque chose sur le cœur.

Effectivement.

– J'ai terminé le journal.

– Je m'en doutais.

Je me mords la lèvre, cherchant mes mots.

– C'est à propos de grand-père. Il n'est pas mort du cancer, pas vrai ?

Margot prend son temps. Elle verse le lait dans des tasses, ajoute du cacao et du sucre, puis remue jusqu'à ce que tous les grumeaux aient disparu.

– Non. Qu'est-ce qui t'a mis la puce à l'oreille ?

– New York dans les années soixante-dix.

– Ah oui.

Le visage de Margot perd de sa réserve. Je ne l'ai jamais vue aussi ouverte. Elle a l'air si triste.

– Oh, Felicity, c'était une époque affreuse. Il ne voulait pas que Julia soit au courant. Il… nous… nous venons d'une autre époque. Plus fière, plus réservée, peut-être. Ce n'était pas comme aujourd'hui avec tous ces gays à la télévision, il gardait cette part de lui secrète, ne voulait pas la confier à sa fille. Surtout pas.

– Mais il est mort du sida. Comment l'avez-vous caché ?

Margot souffle sur le dessus de sa tasse.

– C'était l'année où ta mère tournait ce documentaire à Cape Town. Le temps que vous reveniez toutes les deux, il était presque parti. C'est arrivé si vite. Un jour, il a trouvé une drôle de tache noire sous son aisselle et en quelques mois... Il a fait en sorte qu'elle ne le voie qu'à la maison, jamais dans cet horrible hôpital. (Pendant un moment, Margot regarde sa tasse sans rien dire.) Au début, nous lui avons payé les meilleurs soins privés possibles jusqu'à ce que je me rende compte que beaucoup de ces idiotes d'infirmières ignorantes refusaient de le traiter. Alors nous sommes allés au service concerné à St Mary's Hospital, où les gens savaient au moins ce qu'ils faisaient.

– Je suis désolée.

Je goûte le chocolat chaud, c'est mille fois meilleur que la « cochonnerie instantanée ». Zut. Je déteste quand Margot a raison.

– J'espère vraiment que tu ne connaîtras jamais une telle épidémie, Felicity, reprend-elle en se frottant la bouche, les yeux embués. Voir ces hommes, ces grands Adonis bronzés se décomposer jusqu'à ressembler à des cadavres... Oh, cette salle d'hôpital. J'avais l'impression de retrouver le vieil asile durant la guerre. Une grande pièce remplie d'hommes mourants, alignés comme des dominos prêts à tomber. Des partenaires dans des lits côte à côte. Tellement d'entre eux ne pouvaient rien dire à leur famille. Certains n'avaient pas un seul visiteur. J'apportais toujours des magazines en plus quand j'allais voir Andrew.

Je repense à grand-père, quand j'étais petite. Certains de mes plus vieux souvenirs sont de nous deux dans le jardin à Hampstead. Il était si amusant, si plein de vie. Je me demande s'il était déjà infecté alors par cette bombe à retardement silencieuse.

– Mon Dieu que c'était cruel et que les gens étaient cruels. Je ne pouvais rien faire d'autre que de rester à ses côtés tandis qu'il s'affaiblissait de jour en jour. Je me revois tenir sa main couverte de sarcomes. Il avait l'air d'avoir cent ans. Ces pauvres hommes.

Je ne peux pas parler, ou je vais pleurer.

–De ma vie, je ne me suis jamais sentie aussi inutile, aussi impuissante, poursuit Margot.

J'avale l'énorme nœud dans ma gorge en secouant la tête.

– Tu n'étais pas inutile. Tu étais là pour lui. Pour eux.

Margot hoche la tête sans un mot. Puis elle reprend :

– Felicity, je ne peux pas te dire quoi faire, tu as ta propre opinion comme tu l'a montré à plus d'une occasion. Je te demande toutefois de ne pas en parler à ta mère. Je sais que tu te souviens à peine de lui, mais pense à ce que voulait ton grand-père et à l'état de santé de ta mère. Demande-toi si elle a vraiment besoin de cette information.

– Je ne dirai rien.

Ma voix se brise et j'essuie rapidement une larme sur ma joue.

– Je… je suis tellement contente de l'avoir rencontré avant… et de me souvenir de lui aussi.

– Merci, répond Margot avant de boire une gorgée de chocolat chaud.

Elle n'ajoute rien d'autre, mais elle semble incapable de me regarder en face.

Bronwyn lit le dernier chapitre du journal sur l'un des poufs du CDI.

– Oh, ouah ! Ça ressemble carrément à une trêve.

Je ne leur ai pas dit toute la vérité sur mon grand-père et le sida. Je ne le dirai à personne.

– Je sais. Je m'en veux d'avoir été aussi méchante avec elle maintenant.

– Ne t'en veux pas, proteste Danny. Elle était assez horrible elle aussi. Elle a essayé de tuer ton petit cochon !

– C'est vrai. Mais le journal explique tout, vous ne trouvez pas ?

Bronwyn hoche la tête.

– Je comprends mieux pourquoi elle est aussi peau de vache.

– Oui. J'y ai réfléchi. C'est comme si après tout ce qu'elle a vécu, la seule manière de survivre était de se replier sur elle-même et d'ériger une sorte de barrière émotionnelle. Je la comprends. À sa place, je serais à ramasser à la petite cuiller.

Ma psychanalyse du dimanche m'impressionne moi-même.

– On dirait qu'elle essaye d'être plus ouverte à présent, observe Bronwyn en me rendant le journal que je glisse dans mon sac.

– Essaye, c'est le mot. Elle est encore très froide.

– Plus froide qu'un cul de pingouin, lance Danny.

– *Ach-y-fi* [7], Dan ! s'exclame Bronwyn avec une grimace.

La cloche sonne, signalant la fin de la pause.

– On se voit à midi ? demande Danny.

– OK.

J'ai cours d'éducation religieuse à présent, ce que je redoute parce que le vieux M. Ramsey est un peu bizarre, et tout le monde se moque des trucs blanchâtres entre ses dents. C'est dégoûtant mais j'ai pitié de lui.

Je me dirige vers la salle de classe. L'ambiance est encore plus agitée que d'habitude. Je me tourne vers Dewi qui attend dans le couloir.

– Qu'est-ce qui se passe ?

– Apparemment, M. Ramsey est malade.

– Entrez et asseyez-vous en silence, dit la future Mme Thom Deacon, Mlle Crabtree, par-dessus le brouhaha. Je vais voir où est le remplaçant.

Quand elle s'éloigne d'un pas traînant dans ses chaussures plates (sans commentaire), je caresse brièvement l'idée de la pousser dans l'escalier.

J'ai beau m'être répété des dizaines de fois que Thom ne m'aime pas, j'ai toujours ce petit pincement au cœur quand je pense à lui. Je me reprends. J'ai bien d'autres problèmes. Une déception amoureuse est le cadet de mes soucis.

---

7. « Beurk ! »

Nous entrons dans la salle. Sans adulte pour superviser, c'est carrément *Sa Majesté des Mouches* là-dedans.

Bon sang, que les gens sont immatures. La preuve : j'ai à peine franchi le seuil que quelqu'un me percute dans l'épaule droite en me dépassant, faisant glisser mon sac.

– Aïe !

– Oups ! glapit une voix forte que je reconnais aussitôt – Megan. Désolée, je ne t'avais pas vue.

Mais c'est peu probable puisqu'elle en profite pour donner un coup de pied dans mon sac, l'envoyant valser à travers la pièce et déversant son contenu.

– Megan, arrête de faire ta garce.

Vu l'éclair de colère dans les yeux de Megan, ce n'est vraiment pas le moment pour que Dewi joue au preux chevalier.

Dans ma hâte à ramasser mes Tampax avant que les garçons ne découvrent la vie secrète des femmes, j'en oublie complètement le journal.

– Ooh, qu'est-ce que c'est que ça ? exulte Megan en l'attrapant. C'est ton journal ?

Et merde. Si je lui montre à quel point j'y tiens, elle s'en servira. Je tente de rester cool.

– Megan, rends-le-moi s'il te plaît. Ce n'est pas à moi.

– Je rêve ! Qu'est-ce que ça raconte ? glousse Rhiannon.

– *Le Journal intime de Lady Felicity Pue-du-Cul*, déclame Megan d'une voix ridiculement snob. « Cher journal, aujourd'hui, je pue du cul. »

Certains de mes camarades de classe rient. J'imagine que « pue du cul » est plutôt drôle dans le genre assonance. Megan commence à feuilleter le journal et je serre les dents. Il ne faudrait pas beaucoup pour qu'il tombe en miettes.

– Megan, s'il te plaît.

Je tends la main, mais elle s'échappe.

– Megan, retente Dewi. Redonne-lui.

– Viens le chercher si tu l'aimes tellement !

Megan traverse la salle et je fais de mon mieux pour garder mon calme. Je n'ai d'autre choix que de la suivre. Juchée sur le bureau du prof, elle commence à lire une page au hasard de sa même voix faussement guindée.

– « Mardi 21 janvier 1941. Je voulais écrire hier mais j'étais bien trop fatiguée. » Qu'est-ce que c'est que ce truc ? Tu écris une petite histoire ?

Que faire ? J'explique calmement :

– C'est le journal de ma grand-mère. Rends-le-moi, Megan, s'il te plaît. Il est très vieux.

Mauvaise idée. Maintenant qu'elle sait à quel point il est précieux, ses yeux s'illuminent. Elle a enfin trouvé mon talon d'Achille et compte bien en profiter.

– Oh, je ferais mieux de faire très attention, hein ?

Elle le tient à l'envers et le secoue. Les photos et la lettre de Rick tombent par terre.

– Megan, arrête ! Écoute, je ne sais pas ce que je t'ai fait, mais ne t'en prends pas à ma grand-mère !

– Oh, non, Princesse Felicity va avoir des ennuis ? Faut pas que je le déchire alors ?

Elle arrache une page et la lâche. Je crie d'une voix stridente :

– Megan, arrête ! Qu'est-ce que tu veux que je fasse ? Dis-moi et je le ferai !

Désolée de t'avoir vue prendre ton pied dans une grotte ? Désolée de parler comme une snob ? Désolée que Dewi m'ait un jour adressé la parole ? Désolée de ne pas avoir une mère alcoolique ?

Elle me suggère de donner du plaisir à Dewi. Je lève les yeux au ciel, mais Dewi vient à nouveau à ma rescousse.

– Megan, ne sois pas aussi dégoûtante.

– Oh, comme si tu dirais non, se moque-t-elle.

– Clairement, ça ne risque pas d'arriver, dis-je en tendant la main. Redonne-le-moi s'il te plaît.

– Rhiannon, tu te souviens en histoire quand on a dû donner l'impression que nos lettres étaient très vieilles ?

– Oui, répond Rhiannon. On a dû brûler les bords.

– Bonne idée !

Megan sort un briquet rose de la poche de son manteau, le genre qu'on achète par cinq pour une livre au marché.

– Megan, non…

Pas question qu'elle brûle le journal. Dewi tente en vain de le lui arracher ; Megan allume le briquet.

– Si vous approchez, il part en fumée…

– Megan, je t'en supplie, tu ne sais pas à quel point ma grand-mère y tient.

– Oh, pauvre petite Fliss. Tu vas pleurer ?

Je fais une dernière tentative. La détermination dans ses yeux suggère que Megan n'est pas simplement méchante mais une vraie sociopathe. Elle commence à brûler le coin inférieur des pages.

La suite est une sorte d'expérience extracorporelle. Je mets la main sur une tasse « MEILLEUR PROF DU MONDE » avec des taches de café au fond. Ma rage est si puissante qu'elle m'aveugle presque quand je lui balance en pleine figure.

Chapitre 34

– Donc dis-moi si j'ai bien compris, dit M. Rees, le proviseur, en pianotant sur son bureau.

Il a un petit air de Christopher Lee et on ne peut pas dire que cette première rencontre soit idéale.

– Tu as brisé une tasse contre le visage de Megan ?

Techniquement parlant, son nez est cassé mais la tasse est intacte. « Oui » semble être la réponse la plus sage. Inutile de mentir, la pièce était pleine de témoins.

– C'est très grave, Felicity. C'est une agression. Tu as de la chance que je n'aie pas appelé la police.

– Je suis désolée, monsieur Rees. J'étais tellement… en colère. Elle essayait de mettre le feu au journal intime de ma grand-mère…

– Oui, oui, je sais tout ça, mademoiselle Baker. Cependant on ne frappe pas les gens à coups de tasse dans cette école.

Je retiens non sans mal un rire hystérique. Le trop-plein d'adrénaline dans mon sang bouillonne, cherche à s'échapper.

– Je sais. Je n'ai rien fait de tel avant. Je crois qu'avec tout ce qui se passe chez moi…

Franchement, s'il y a bien un moment pour jouer la carte Cancer, c'est maintenant.

– Je suis au courant de tes circonstances familiales. Toutefois, cela n'excuse en rien…

Quelqu'un frappe à la porte et la timide réceptionniste entre. Margot se tient derrière elle. Flûte.

– Ah, madame Baker ?

– Hancock. Je suis la grand-mère de Felicity. Qu'a-t-elle fait ?

La température baisse de vingt degrés lorsqu'elle s'assied à côté de moi. Elle porte son éternel imperméable et ses cheveux sont ébouriffés.

– J'ai bien peur, madame Hancock, que Felicity ne soit impliquée dans une grave agression.

– J'ai frappé une fille du nom de Megan avec une tasse en plein visage.

Margot pose une main devant sa bouche. Cherche-t-elle à cacher un sourire ?

– Felicity, c'est affreux, vraiment affreux. J'imagine qu'elle t'a provoquée ?

– Elle a essayé de mettre le feu à ton journal.

Ses yeux s'écarquillent mais elle n'ajoute rien. M. Rees continue.

– Je n'ai d'autre choix que d'exclure Felicity jusqu'à nouvel ordre. Je dois vous prévenir que son exclusion peut être définitive.

– Quoi ? dis-je. Mais c'est une première infraction !

M. Rees lève une main.

– Ce sera pris en considération. Je vous tiendrai au courant. Je te conseille d'en profiter pour étudier et réfléchir à tes actions, Felicity.

Margot se lève, me tirant par la manche.

– J'ose espérer, déclare-t-elle d'une voix froide, que vous allez aussi vous occuper du cas de la jeune pyromane.

Même M. Rees faiblit en présence de Margot.

– Eh bien… oui… bien sûr.

– Bien. Felicity, on y va.

Je sors du bureau du directeur en baissant la tête. Penaude, je m'installe sur le siège passager de la Land Rover. Margot claque la portière, puis ajuste le rétroviseur. Le silence est assourdissant.

– Alors, finit-elle par lâcher, cette Megan, est-ce qu'elle l'avait bien cherché ?

– Oh oui. Elle est sur mon dos depuis le premier jour et…

– C'est tout ce que je voulais savoir. Les Hancock ne sont pas des victimes. Mais une tasse, Felicity ? Vraiment ?

– Je ne sais pas ce qui m'a pris.

– Un manque de subtilité, lâche Margot en démarrant la voiture. Allons-y. Je ne veux pas laisser ta mère seule trop longtemps.

Maman est furieuse.

– Ça ne va pas du tout, Fliss. Exclue ? Juste ciel, tu n'y es que depuis trois mois !

Cela fait longtemps que je ne l'ai pas vue aussi animée.

– Je suis désolée, je t'en prie, ne t'énerve pas.

– Ne me traite pas comme si j'étais en sucre. Je peux encore te botter le derrière.

Margot est appuyée contre le plan de travail avec un petit sourire narquois pendant que maman m'assassine.

– J'ai dit que j'étais désolée !

– Tu vas l'être. Si tu crois que tu vas te la couler douce, oublie ça. Je vais te faire étudier comme jamais. Par comparaison, Joan Crawford aura l'air d'un vrai Bisounours.

– Qui ?

– Leçon n° 1 : *Maman très chère*, le film.

Nous nous mettons au travail. Ayant appris que jusqu'à présent, j'ai étudié Shakespeare, John Steinbeck, William Blake, Ted Hughes, Laurie Lee et Ernest Hemingway, maman me prescrit Iris Murdoch, Sylvia Plath, Angela Carter et Margaret Atwood pour équilibrer les choses.

– Lis tout ça, puis écris cinq cents mots sur la raison pour laquelle la contribution des femmes artistes est si souvent négligée.

– Comment je vais faire tout ça sans Internet ?

– Tu as la permission d'aller à la bibliothèque, mais c'est tout, déclare maman en s'appuyant contre la table de la cuisine pour se lever. Je suis sérieuse, Fliss. Je ne suis pas contente.

Mes bras et mes jambes tremblent presque. J'ai tellement honte que je suis incapable de lever les yeux.

– Je suis désolée. Je ne voulais pas t'inquiéter. C'était dans le feu de l'action.

Maman se rassied, les lèvres pincées.

– Je te crois, mais je suis sûre que tu aurais pu trouver une autre manière de faire face à cette Megan.

– Je sais. Désolée.

Maman semble se radoucir.

– Enfin, au moins on va passer plus de temps ensemble.

Je hoche la tête, sans oser parler.

Mon exclusion dure toute la semaine. Je préfère Angela Carter et Margaret Atwood à Sylvia Plath et Iris Murdoch, mais je ne comprends toujours pas pourquoi tous les auteurs qu'on étudie à l'école sont des hommes. Margot marmonne parfois « patriarchie » en regardant les infos du soir ; je crois que ça explique beaucoup de choses.

Le lundi suivant, je suis à nouveau convoquée dans le bureau de M. Rees. Cette fois, maman se sent assez bien pour nous accompagner. La pièce sent l'Œuf McMuffin qu'il a clairement mangé au petit déjeuner. Mme Evans, ma prof principale, est aussi présente. Ses ongles rose bonbon sont la seule touche de couleur dans le bureau beige. Même les fleurs séchées sont couleur blé.

– Il semble, commence M. Rees, que Felicity ait été provoquée. Quelqu'un est venu témoigner que Megan Jones a persécuté Felicity dès son arrivée.

Mes joues sont cramoisies. J'ai l'impression d'être cette « victime » que l'on voit dans les vidéos éducatives sur le harcèlement scolaire.

Je ne me suis jamais considérée comme tel, mais il faut croire que c'est le cas. Je me demande qui est ce témoin.

Je parie que c'est Thom.

– Il est dommage que tu n'aies pas parlé de son comportement à un enseignant, Felicity. Cet incident aurait pu être évité.

– Megan avait déjà reçu son dernier avertissement, ajoute Mme Evans. C'était la goutte d'eau de trop. Elle aurait pu réduire l'école en cendres. Elle a été renvoyée.

– Définitivement ? demande maman.

– Oui.

L'école sans Megan ? C'est presque trop beau pour être vrai, même si mon pessimisme permanent m'affirme aussitôt qu'elle m'attendra probablement à la sortie pour me donner un coup de couteau. Je pense aussi brièvement à sa mère mais j'ai du mal à avoir pitié d'elle. Elle a fait ses propres choix. Je sais : il serait plus altruiste de lui tendre la main et de guérir son pauvre petit cœur brisé par sa famille dysfonctionnelle. Mais Megan Jones est une vraie garce et ce n'est pas un épisode de *Sauvés par le gong*. C'est ma vie.

Je prends la parole avec hésitation :

– J'ai le droit de revenir ?

Le fait qu'on m'ait demandé de mettre mon uniforme me paraît bon signe.

– Oui, répond M. Rees et je jurerais que des mains de fer relâchent mes épaules. Toutefois, nous ne tolérerons plus aucun comportement capricieux ou violent. C'est bien compris ?

– Oui. C'est promis.

– C'est en partie ma faute, intervient maman. Il n'y a eu que très peu de routine dans la vie de Fliss ces dernières années et…

Elle s'interrompt. Son visage est blême, couvert de sueur.

– Maman ? Tu vas bien ?

– Ça va.

– Madame Baker, voulez-vous un verre d'eau ? demande Mme Evans.

– Euh, oui, merci.

Je ne la quitte pas des yeux. Quoi qu'elle en dise, elle a une mine affreuse. Une fois encore, elle en a trop fait à cause de moi. Elle avale une gorgée d'une main tremblante.

– Je devrais peut-être ramener la mère de Felicity à la maison, déclare Margot.

M. Rees se lève aussitôt, peu enclin à voir une femme mourante tourner de l'œil sur son tapis.

– Bien sûr. Felicity, retourne en cours, s'il te plaît.

Je ne veux pas m'attirer d'autres ennuis mais je ne veux pas non plus quitter ma mère.

– Maman, ça va aller ?

Ses yeux sont vitreux. Elle s'appuie contre Margot, puis tente de se redresser.

– J'ai juste besoin d'air. Ça va aller.

C'est vrai que l'odeur de McDo est assez rebutante. Un peu d'air ne me ferait pas de mal non plus.

– Tu es sûre ?

– Felicity, va en cours, dit Margot d'un ton assuré. Je la ramène à la maison.

Je hoche la tête. Je sais qu'elle va le faire. Pour ça, je lui fais confiance.

Chapitre 35

Le mardi, maman se retrouve au service d'oncologie d'Ysbyty Mawr Hospital. Ce n'est pas bon signe. Un horrible sentiment de résignation flotte dans l'air, comme quand on emmène un chat galeux chez le vétérinaire pour une dernière visite.

De gentils médecins maussades nous affirment que « ce n'est pas la fin », ils ont simplement besoin de stabiliser le taux de calcium dans son sang. J'ai appris il y a bien longtemps que les hôpitaux se ressemblent tous – sauf que celui-ci a des pancartes bilingues. À part ça, on retrouve les mêmes interminables couloirs couverts de lino et les mêmes sièges marron tristes dans la salle d'attente. À soixante-dix ans, je me souviendrai encore de mes cuisses qui collent au vinyle par les chaudes journées de juillet.

Le pire dans les hôpitaux, c'est l'attente. Quelle que soit l'heure, il y a toujours des cris : quelqu'un qui appelle une infirmière, qui hurle de douleur ou qui gémit. L'ambiance est fantomatique, comme dans la maison hantée à Disneyland. Je déteste ça.

Les visites s'arrêtent à dix-neuf heures. Margot vient me chercher à l'école et nous y emmène. J'apporte à maman des livres, mais aussi des magazines féminins parce que son péché mignon est de lire des

« histoires vraies » de femmes qui ont épousé accidentellement des *serial killers* ou qui se prennent pour la réincarnation de Marilyn Monroe.

On y va tous les soirs. Le quatrième jour, même Margot a l'air épuisée. Notre nouvelle routine est de retourner à la ferme, de dîner et de nous coucher tôt pour recommencer le lendemain.

Je me laisse tomber sur le siège de la voiture. Margot grimpe côté conducteur et met la clé sur le contact. Puis elle s'arrête.

– On rentre par le chemin habituel, ou bien on part à l'aventure ?

– À l'aventure ?

– Prenons à gauche pour voir où ça nous mène.

Elle se tourne vers moi et me lance un clin d'œil inhabituel.

Inhabituel, peut-être, mais ça me plaît. Je souris. Je ne peux pas m'en empêcher. Même si je rêve d'aller me coucher, je lance :

– Vive l'aventure !

En sortant du parking, au lieu de tourner à droite vers la ferme, Margot prend à gauche.

Et nous voilà parties. Pleins phares, la voiture serpente le long des routes de campagne sinueuses, plongées dans l'obscurité en l'absence de réverbères. Nous passons devant une mine abandonnée, le squelette de la cage d'ascenseur se découpant à la lueur des rayons de lune. C'est magnifique. Des montagnes au sommet enneigé nous surplombent ; leur beauté me coupe presque le souffle. Je me sens si petite. Si insignifiante par comparaison.

Nous continuons notre route. J'aperçois la ville au loin, une tache scintillante sur une carte noire, alimentée par des routes bondées comme des veines. Des avions passent au-dessus de nos têtes, leurs feux d'approche allumés. Margot et moi parlons peu, mais le silence n'est pas chargé, plutôt détendu.

Nous atteignons les limites du pays de Galles, au sommet d'une falaise rocheuse surplombant une plage. La mer est calme, formant des vaguelettes de soie bleu marine. Je n'ai pas la moindre idée de l'heure qu'il est.

– Où sommes-nous ? finis-je par demander.

– La péninsule de Gower. Au sud de Swansea.

– C'est superbe.

La nuit, le sable paraît argenté. L'ambiance fait très science-fiction, comme si nous étions sur une planète extraterrestre avec des océans violets et des plages de diamant.

– Je ne savais pas que c'était notre destination jusqu'à ce qu'on arrive, soupire Margot.

Nous semblons nous détendre toutes les deux et nous enfoncer dans nos sièges. Pendant quelques minutes, j'ai l'impression de m'être échappée. Non pas que je voulais échapper à maman, mais les murs de Llanmarion se referment sur moi. La ferme, l'école, l'hôpital, la ferme, l'école, l'hôpital, encore et encore, me rendent folle. Voir la plage, l'horizon, me rappelle que je ne vis pas dans une bulle. J'ai enfin la place de respirer.

Nous restons assises en silence un long moment, à écouter le va-et-vient des vagues.

– Pour répondre à ta dernière question, dit Margot en baissant le chauffage, je ne suis pas revenue à la ferme avant la fin des années cinquante.

J'avais complètement oublié qu'elle ne m'avait pas tout raconté.

– J'ai amené ta mère quand elle était bébé. Peter et Jane étaient partis depuis longtemps, bien sûr, et il n'y avait plus que Glynis, Ivor et les animaux. Ils adoraient Julia. Ivor en particulier était merveilleux avec elle. Entre nous, je crois qu'il aurait fait un très bon père.

– Quoi ? Tu penses que c'est Glynis qui ne voulait pas d'enfants ?

– Je pense oui, mais ils étaient heureux, répond Margot avec un sourire, savourant ce retour dans le passé. Nous y sommes retournées à plusieurs reprises jusqu'à ce que Glynis tombe malade. Elle avait un cancer elle aussi. Elle est morte au printemps 1966 si je me souviens bien.

– Oh non ! Qu'est devenu Ivor ?

– Il a continué à faire tourner la ferme jusqu'à sa mort, il y a quatre ans et demi.

Je réfléchis rapidement.

– C'est à ce moment que tu as emménagé ici.

Margot sourit.

– Je l'ai vu pour la dernière fois il y a environ cinq ans. Il m'a envoyé une lettre, ce qui ne lui ressemblait pas, me demandant de lui rendre visite. J'y suis allée aussitôt, abandonnant mon pauvre éditeur adjoint. Ivor n'avait pas changé, toujours le même géant au grand cœur. Je suis arrivée à la ferme, qui était comme dans mon souvenir. Ivor était très vieux. Il marchait à l'aide d'une canne et comptait sur ses ouvriers pour la bonne marche de la ferme. À l'époque, il ne produisait plus grand-chose – à peu près comme moi aujourd'hui. Je nous ai préparé une tasse de thé que nous avons bue dans la roseraie. Il a posé sa canne contre le petit banc et a poussé un énorme soupir. « Margot, a-t-il commencé. Je suis trop vieux pour tout ça. Je suis prêt à jeter l'éponge pour aller rejoindre ma Glynis. » Je lui ai dit de ne pas raconter de bêtises. « Ah, Margot, je suis fatigué. J'en ai assez. Je veux me reposer. Mais écoute, tu as été ce qui se rapprochait le plus d'une fille pour nous et je veux te léguer la ferme. » J'ai éclaté de rire ! L'idée même d'avoir une ferme me paraissait ridicule. J'avais à peine posé le pied au nord de Londres en trente ans, à part pour des vacances. Je n'allais même pas au sud de la Tamise si je pouvais faire autrement. Mais il a refusé de changer d'avis. « La ferme est à toi. Prends-en soin, veux-tu. » Sans surprise, il est décédé six mois plus tard. Il s'est couché un soir et ne s'est jamais réveillé. Pour être honnête, au début, je voulais vendre la propriété, mais je suis venue faire du rangement après l'enterrement. Tout m'était si familier, si chaleureux… Je me suis sentie chez moi et j'ai su aussitôt que je ne vendrais pas. Je n'avais pas prévu de quitter Londres, surtout quand ta mère était en rémission, mais, et je sais que ça va paraître étrange, je jurerais avoir entendu une petite voix me dire que j'étais chez moi… me rassurer. Ça semblait être la bonne chose à faire. Et je crois que ça l'était. Quand j'ai quitté Londres, je pensais que ta mère allait se remettre ; encore aujourd'hui, malgré tout ce qui s'est passé, je reste convaincue que c'est le bon endroit… pour toi et moi.

Des voix ? Comme les voix dans la forêt ? Non, impossible… Je suis à deux doigts d'en parler mais je tiens finalement ma langue.

– C'est toi qui as changé le nom de la ferme ?

– Oui. Pour éloigner les gamins, répond Margot avec un léger sourire et un clin d'œil. Allez. Il faut qu'on rentre même si on est samedi demain.

– Donne-moi juste une minute.

Elle hoche la tête et je sors de la voiture. Malgré la mer calme, un vent fort souffle au sommet de la falaise ; l'herbe argentée semble faire la révérence. Je serre mes bras contre mon torse et laisse les rafales me gifler le visage ou tirer mes cheveux. L'air embaume la plage : une odeur d'eau salée et de pirates. Lorsque je ferme les yeux, je vois la barbe à papa sur la jetée de Brighton, la tour de Blackpool, les marins de Portsmouth, Dracula à Whitby et les tours à dos d'âne sur la plage de Scarborough.

Toutes ces journées avec maman. On a toujours été toutes les deux. Je sens le vent balayer des larmes chaudes sur mes oreilles. Je les laisse couler. Je ne suis pas prête à la perdre. Pas du tout.

Margot attend dans la voiture jusqu'à ce que je sois assez calme pour repartir.

Chapitre 36

Il n'y a rien de tel qu'une séance de maquillage pour se remonter le moral. Je pose le miroir du couloir dans ma chambre, où la lumière est meilleure. Maman est revenue à la maison il y a deux jours mais elle est trop malade pour faire quoi que ce soit. Elle peut juste se déplacer jusqu'au canapé.

Bien que je n'aie nulle part où aller (on est à Llanmarion), me maquiller est bizarrement thérapeutique. Je commence par le teint. J'ai deux fonds de teint, un pour l'été quand je suis un peu hâlée, et un pour l'hiver. Je prends garde à ne pas trop en mettre pour ne pas avoir cette horrible démarcation autour du menton.

Je débroussaille mes sourcils avec une pince à épiler avant d'appliquer une base de fard à paupières. J'essaye de parfaire mon smoky-eye en fondant du blanc, du gris et du noir sur ma paupière, le noir s'étendant vers l'extérieur de mon sourcil. Un peu de khôl sous l'œil et d'eye-liner au-dessus.

Je pose des faux cils. Je le regrette aussitôt : ils sont trop longs et ne font vraiment pas naturels. Peut-être que si je les recourbe, ça ira mieux. C'est ce que je tente, puis j'ajoute du mascara. Il fait des pâtés et me donne l'air d'une tarentule. Bon sang. Je soupire et passe aux joues.

Il faut être très prudente avec le blush, sous peine de ressembler à une traînée. Je préfère une teinte bronze-pêche sur les pommettes avec un peu d'illuminateur juste au-dessus. C'est peut-être la lumière, mais ça fait vraiment *too much*. Je me frotte vigoureusement la joue avec un épais pinceau pour estomper, raté !

Il est trop tard pour revenir en arrière. Encore une fois, pour ne pas en faire trop, on choisit les lèvres OU les yeux. Vu mon charbonneux sur les paupières, je choisis pour la bouche une teinte « nude » nacrée. C'est trop pâle cette fois, le résultat fait gothique. Je l'enlève et prends à la place un rose poudré.

J'en mets trop et je dépasse. Avec un juron, je fouille dans ma trousse à maquillage à la recherche d'un crayon à lèvres pour corriger le contour. Je me regarde dans le miroir. Je suis bourrée, ou quoi ? C'est affreux.

J'ai vraiment une sale tête.

J'ai trop chaud.

Je suis en sueur.

Mon œil gauche est clairement plus gros que le droit.

Je ressemble à un raton laveur.

Ou à une drag-queen.

Je bous.

Je veux retirer cette horreur.

Ça me gratte de partout.

Je passe ma main gauche sur mon œil gauche, laissant une horrible traînée noire sur ma joue.

Je dévisse mon tube de rouge à lèvres rose jusqu'au bout et je le presse contre mon reflet. J'écris jusqu'à ce qu'il se casse, puis je le balance à travers la pièce.

Les grandes lettres roses épellent CLOWN.

Chapitre 37

– Comment va ta mère ? me demande Thom au CDI.

Tout le monde est là, en train de prendre le thé comme chaque matin. La douleur perçante que je ressentais en voyant Thom est plus lancinante désormais, comme quand on appuie sur un bleu. Ma tête a beau savoir qu'il n'est pas pour moi, ça ne m'empêche pas de le vouloir. Je sais que ce n'est pas bien, mais a-t-on déjà demandé à un nuage d'arrêter de pleuvoir ? C'est inutile, tout comme demander à mon cœur de ne pas se serrer quand je pense à lui. Mon cœur n'est peut-être pas brisé, mais il a pris un coup.

Cela dit, j'aime le fait qu'on prétende tous les deux gaiement que ce fameux moment n'est jamais arrivé, même si je sens qu'il garde ses distances. Quand je suis avec Danny et Bronwyn, il se joint à nous ; si je suis seule, il a du travail. Ça me va, je ne veux pas lui attirer d'ennuis et, après tout, je l'ai bien cherché. Je réponds :

– Elle est sortie de l'hôpital. Pour le moment.

Je me trémousse. Je ne veux pas en parler.

– Est-ce qu'elle sera à la maison pour Noël ? demande Danny.

– J'espère. On peut changer de sujet ?

– Bien sûr, répond Bronwyn. Tous les ans, Danny et moi fêtons Noël-Avant-Noël, tu veux te joindre à nous ?

– Qu'est-ce que c'est ?

– Exactement ce que ça dit. Comme personne n'est là à Noël, on le fête d'abord entre nous.

Danny intervient :

– Je prépare un petit repas de Noël, puis on échange des cadeaux et on chante des chants de Noël. Mon interprétation de Mariah Carey est très spéciale.

– C'est rien de le dire, ajoute Bronwyn. Est-ce que vous pensez que je devrais inviter Robin cette année ?

Le garçon en question est assis à l'autre bout de la pièce, plongé dans un Terry Pratchett.

– Oui ! répondons-nous à l'unisson.

– D'ailleurs, regarde, dis-je en me levant.

– Fliss, qu'est-ce que tu fabriques ? siffle Bronwyn.

– Regarde.

Je me faufile entre les tables et l'arbre à livres jusqu'à Robin.

– Salut, Robin.

– Coucou, Fliss.

Je m'assieds à côté de lui.

– Bronwyn organise une petite fête avant Noël. Tu voudrais venir ?

– Bien sûr, répond-il sans hésiter. C'est quand ?

– La date n'est pas encore fixée. (Je me penche vers lui.) Au fait, si jamais tu voulais inviter Bronwyn à sortir un de ces jours, je suis presque sûre qu'elle dirait oui.

Il regarde par-dessus mon épaule, étonné.

– Bronwyn Parry ? Vraiment ?... Je croyais qu'elle me détestait. Elle passe son temps à me donner des coups de poing et tout.

– Oh, mon petit Robin, tu as tellement à apprendre. Tu lui plais, promis. Mais ne lui dis pas que je te l'ai dit.

– OK !

Il a l'air un peu perdu mais pas dégoûté, ce que je considère comme un bon signe. J'ai fait ma BA de la journée.

Je retourne à notre table.

– Qu'est-ce que tu lui as dit ? grince Bronwyn.

– Rien. Je lui ai juste expliqué le concept de Noël-Avant-Noël. C'est tout. Relax. Il a dit qu'il verrait s'il était dispo.

– Oh. OK. Tant mieux. Sinon j'aurais dû aller me noyer dans la piscine.

Danny grimace.

– Le taux de pisse dans la piscine te tuerait bien avant que tu aies le temps de te noyer.

La cloche sonne, signalant le début de ce qui promet d'être un très long lundi, avec double cours de hockey. Nous reposons nos tasses de thé sur le plateau (chipé à la cantine) au milieu de la table.

– Fliss, attends une seconde, lance Thom.

Danny et Bronwyn partent sans moi et nous restons seuls tous les deux.

– Je voulais juste vérifier qu'avec tout ce qui se passe chez toi, tu voulais encore participer au *Club d'échecs présente*… ?

Oh. Ça m'était presque sorti de l'esprit, mais j'ai un soudain regain de détermination.

– Oui. Bien sûr.

– Tu es certaine ?

– Oui. Je serai prête. Promis. Ma mère veut vraiment me voir danser une dernière fois avant…

Un silence pesant s'abat sur la pièce. On connaît tous les deux la suite : *une dernière fois avant qu'elle ne meure*. Et je sais que la question *Va-t-elle tenir jusqu'en janvier ?* est sur le bout de sa langue. C'est tellement évident que les mots sont inutiles.

Mais même si elle ne tient pas jusqu'au spectacle, je lui ai promis une danse.

Thom se frotte le menton.

– Je voulais aussi te parler de ce qu'il s'est passé la semaine dernière…

Je me replie presque entièrement sur moi-même, comme un origami de la honte.

– Oh, non, vraiment ?

– Je veux mettre les choses à plat pour qu'on puisse passer à autre chose. Le CDI doit être un refuge, pas un endroit où l'on se sent mal à l'aise.

J'inspire profondément. J'espérais vaguement qu'il aurait été victime d'une petite hémorragie cérébrale qui aurait effacé ce souvenir, et rien d'autre, de sa mémoire.

– J'ai dit que j'étais désolée.

– Je sais.

Je le regarde dans les yeux pour la première fois depuis le Pire Baiser Au Monde™.

– Je… je crois, avec le recul, que ça n'avait pas grand-chose à voir avec vous. Évidemment, je vous trouvais… mignon. (*Mais faites-moi taire…*) Mais… mais… c'était moi. J'avais un peu de mal à faire face à tout ça. Ma mère… Margot… Megan… et d'autres choses commençant par un M.

– Je sais, c'est ce que j'allais dire.

– On est d'accord, alors. J'étais en train de me noyer et je me suis raccrochée à la première chose venue. C'était vous. Je suis désolée.

Il lâche un petit rire en se frottant à nouveau la mâchoire. Ouaip, toujours aussi sexy. Et toujours aussi inaccessible.

– Je suis un canot de sauvetage.

Je ris.

– En quelque sorte. Je crois que j'ai vraiment pété un plomb. Bon sang, vous devez me prendre pour une folle.

Il me donne une petite tape très professionnelle sur l'épaule.

– Fliss. Cinquante pour cent de mon travail consiste à ranger des livres, et les cinquante autres à faire office de thérapeute sous-payé.

Je suis là pour ça, OK ? Et je serai toujours là pour vous tous. Toujours.

Je hoche la tête avec un sourire et c'est terminé. Je pense qu'un jour, bientôt, je pourrai rire de mon premier « amour ».

Ce week-end-là, je saute le pas. C'est un peu comme aller chez le dentiste. On appréhende la visite mais une fois qu'on y est, ce n'est jamais aussi horrible que ça.

Je dois mobiliser toute mon énergie (et m'autosoudoyer en passant par la boutique du coin pour m'offrir un Kit Kat) pour me traîner jusqu'au studio de danse.

Danny me fait entrer.

– Je peux regarder ?

– Surtout pas ! Je n'ai pas dansé depuis des siècles.

– S'il te plaît !

– Désolée, Danny. C'est… vraiment important pour moi.

Il fait mine de se pâmer.

– Oh, quelle artiste ! Je serai à la maison. Viens toquer quand tu as terminé et on regardera la télé, OK ?

– Ça marche !

Il n'y a pas de lecteur CD dans la salle, juste un vieux lecteur de cassettes, et j'ai apporté les seules que j'ai réussi à trouver : les compils qu'on écoutait en voyage. J'en glisse une dans l'appareil. C'est une des cassettes de maman. La première chanson est *Blue Monday* de New Order.

Je jette mon manteau sur une chaise. Je porte un legging noir sous un justaucorps noir. Ils sont trop serrés – j'étais une vraie crevette à l'époque. J'attache mes cheveux en un rapide chignon et j'enfile mes guêtres. C'est tellement bizarre, j'ai l'impression de faire un bond dans le passé.

À la barre, je m'échauffe. Je sens des muscles dont j'avais oublié l'existence. Avant, je pouvais lever la jambe par-dessus ma tête ; à présent, mes tendons protestent à mi-chemin.

Blue Monday s'achève ; un triste accord de piano retentit. Une femme gémit, me rappelant l'hôpital. Je regarde le lecteur cassettes. Je reconnais la chanson mais je ne l'ai pas entendue depuis si longtemps. Laquelle est-ce déjà ? C'est Kate Bush qui chante, sa voix est reconnaissable entre mille. Ah oui, *This Woman's Work*. La chanson préférée de maman de tous les temps.

J'écoute avec attention toute la chanson pour m'imprégner de l'histoire, absorbant les paroles probablement pour la première fois. C'est à la fois déchirant et parfait. J'écoute.

Puis je me tourne vers le miroir. Je n'avais même pas réalisé que j'avais les larmes aux yeux. C'est devenu une seconde nature. J'essuie mes joues d'un geste vif en inspirant un bon coup. Maintenant, je sais ce qu'il me reste à faire.

Première position. Je tourne les pieds vers l'extérieur. Mes hanches protestent, ce qui n'arrivait jamais avant. Je me suis laissée aller. Quelque part à Battersea, Mme Nyzda m'ordonne d'imaginer qu'une ficelle au sommet de mon crâne me tire vers le haut. Je rentre le ventre et le coccyx, redresse les épaules en arrière. « Vous devriez pouvoir tenir une pièce d'une livre entre vos omoplates, les filles ! »

Dégagé, puis cinquième. Même pointer le pied me semble étrange. En tenant la barre, je tente un grand plié : je plie les jambes et descends presque jusqu'au sol. Mes cuisses me brûlent et mes genoux émettent un horrible cliquètement quand je reviens au demi-plié. Puis j'exécute un dégagé devant, sur le côté et derrière, de ma jambe droite. Je me retourne pour faire de même de l'autre côté.

Quand je ne peux plus reculer, je me hisse sur pointes et je fais un échappé, passant de la cinquième à la seconde position en ouvrant les jambes. Aussitôt, je retrouve cette douleur si particulière au niveau de ma voûte plantaire et de mes orteils. Mes pieds semblent crier « Oh non, c'est pas vrai, ça recommence », mais je dois bien admettre que mon reflet dans le miroir est vraiment élégant.

Je n'ai pas tout perdu.

Je fais quelques pirouettes pour retrouver mon centre de gravité. Je suis prête. Je traverse le studio, enchaînant quelques pas : glissade, jeté, coupé, nouveau jeté, pas chassé, entrechat quatre, soubresaut, puis retour en cinquième.

C'est comme reprendre le vélo. Un vélo hyperclasse. Je croise mon reflet dans le miroir et je souris. Je peux le faire. Vraiment.

Chapitre 38

Maman est une battante. Les gens disent souvent ça en parlant des malades du cancer : qu'ils sont des « battants » et « courageux ». C'est vrai ! Elle est de plus en plus malade, mais elle s'accroche au peu de routine et de dignité qui lui reste.

Maintenant, Margot ou moi devons l'aider à se déplacer. L'une de nous l'accompagne toujours aux toilettes ou s'assure qu'elle puisse entrer et sortir de la baignoire.

Margot fait presque tout, en silence et avec patience, l'aidant à monter et descendre l'escalier. « Je peux le faire, maman », réplique maman d'un ton sec, même si on sait bien que ce n'est pas vrai. Pour toute réponse, Margot reste à son bras.

Moi, je fais de mon mieux pour être aussi positive que possible. Ça me tue mais je sais que maman veut que je sois heureuse. Elle a déjà dit qu'elle refusait que ses dernières semaines soient un festival de larmes.

– Je te fais la lecture ?

Je l'ai installée dans la roseraie. Il fait un froid glacial, le sol argenté est compact. Les pavés semblent scintiller et notre souffle reste suspendu dans l'air. J'ai emmitouflé maman dans un duffel-coat, plus une écharpe et une couverture. Avec sa tête qui dépasse, elle ressemble un peu à une tortue.

– Je ne crois pas. C'est agréable d'être dehors, dit-elle en fermant les yeux. Tu entends le ruisseau ?

Je tends l'oreille mais je ne l'entends pas par-dessus les gazouillis des oiseaux. Je mens :

– Un peu.

– C'est très apaisant. Tu vas au studio tout à l'heure ?

– Juste pour une heure ou deux, si ça te va ?

– Bien sûr. Avec toutes ces heures d'entraînement, j'ai hâte de voir ce que tu prépares.

J'essaye de répéter tous les jours, avant ou après l'école. Il faut que je retrouve la forme, que je reprogramme mon corps.

– Si tu veux, tu peux venir me regarder au studio. Je suis sûre que Margot voudra bien nous emmener.

Maman me prend la main. Nous sommes assises sur le banc.

– Felicity. Je serai à ton spectacle même si ça me tue. Littéralement.

Elle est si décharnée, ses joues sont si creusées. J'aimerais la croire mais je crains le pire. Je me suis fixé un nouvel objectif : je veux qu'elle tienne jusqu'à Noël. Encore trois semaines.

Je ne suis pas stupide. Je sais qu'elle ne va pas se remettre. Ce qui est douloureux, c'est que j'ignore à quel point elle souffre. Je déteste l'idée qu'elle ait mal. Je déteste l'idée qu'elle soit gênée d'avoir besoin d'aide pour aller aux toilettes ou au bain.

C'est tellement bizarre qu'on ait le droit d'emmener des animaux chez le véto pour abréger leurs souffrances, alors que les humains, non. Je ne dis pas que j'emmènerais maman chez le véto là, tout de suite, mais je pense que si elle me demandait de le faire, je ne ferais pas mon égoïste ; j'accepterais.

Je ne crois pas vraiment en Dieu, maman non plus, pourtant je me suis mise à parler à mon plafond le soir, à parler à qui veut bien l'entendre. Voilà ce que ça donne : « Bonjour, Dieu ou Déesse. Bon. Je sais qu'on ne va pas à l'église/à la synagogue/à la mosquée/au temple (rayer les mentions inutiles), mais ma mère est quelqu'un de bien, elle a passé sa vie à faire des films qui aident les gens. Elle a tourné des documentaires sur les enfants soldats, sur le viol correctif et les orphelinats en Roumanie. D'après ce que je comprends, si tuexistes vraiment, tu récompenses les bonnes actions. Eh bien, maman en a fait plein. Et si tu ne récompenses que les gens qui font des choses pour toi, si ton amour est conditionnel, je ne crois pas que tu sois si génial. Si tu es vraiment aussi formidable que toutes ces religions le disent, tu veilleras sur ma mère. Et moi aussi, je ferai de mon mieux. OK ? Super. »

Une nuit, je trouve Margot assise au pied du lit de maman en train de la regarder dormir.

– Elle va bien ?

– Oui, répond Margot à mi-voix. Je suis juste trop fatiguée pour bouger, même pour simplement aller jusqu'au canapé.

Je me sens coupable de ne pas en faire plus.

– Si tu as besoin d'une pause…

– Non. (Elle lève ses yeux d'un bleu acier. Comme une lionne qui garde son petit.) Mais merci. J'apprécie tout ce que tu fais. Et je pense que participer à ce spectacle est une très belle idée. Ta mère est très excitée à l'idée que tu reprennes la danse.

Je hoche la tête.

Après une courte pause, je demande :

– Tu crois au paradis ?

Margot semble réfléchir un instant, glissant une mèche de cheveux paille de fer derrière son oreille.

– Non. Je crois qu'une vraie fin a du bon.

Je regarde maman, songeant aux mensonges que tous les orphelins sur le point de perdre doivent se dire : ce sera une libération, un soulagement, elle sera en paix. Mais peut-être que comme dit Margot, ce sera juste la fin, point barre.

Je me penche pour l'embrasser sur le front. Quand elle sera partie, nous serons encore là. C'est ça le plus dur, je crois.

La veille de Noël-Avant-Noël, Danny et moi allons en ville chercher nos cadeaux.

– J'ai pioché Sophie, se plaint-il. Qu'est-ce que je peux bien lui acheter ? Elle est tellement ennuyeuse.

– N'importe quoi ! Déjà, elle adore le maquillage. Prends-lui de nouveaux pinceaux. On en a toujours besoin. Ou du vernis à ongles.

Moi, j'ai Bronwyn – bien plus compliqué. Je finis par lui acheter un livre sur les théories du complot, tout en sachant qu'il y ait de grandes chances qu'elle l'ait déjà.

On se rend ensuite au café de la librairie, où l'on commande leurs cappuccinos de Noël à emporter, parfumés au gingembre et à la cannelle. Ils sont divins. On partage un bonhomme en pain d'épices portant une petite écharpe en glaçage. On est tellement occupés à décider qui va avoir la tête et qui l'entrejambe qu'on ne remarque même pas la mère de Megan avant qu'elle ne soit juste à nos pieds. Littéralement. Elle est sur le pas de la porte d'une animalerie à l'abandon, blottie dans un sac de couchage. Sur sa pancarte est écrit : « SDF. J'ai faim. » Un chien, une sorte de bull-terrier, est assis tristement à côté d'elle.

– Une petite pièce ? demande-t-elle.

La culpabilité me submerge.

Je n'ai pas repensé à Megan depuis que je suis revenue à l'école, mais maintenant je me demande où elle est.

– Non ! Vous n'êtes pas SDF ! Vous vivez en lotissement, répond Danny.

À mon avis, si elle est assez désespérée pour mendier dans la rue, elle a probablement besoin d'argent. Avant que je ne puisse apaiser ma conscience par quelques pièces, Mme Jones crache une douzaine de jurons et nous nous éloignons à la hâte.

Le lendemain, on se retrouve tous chez Danny. Dans le salon se dresse un hilarant faux sapin blanc couvert de guirlandes roses et violettes. Je suis à peu près sûre que c'est censé être ironique, mais dans le doute, je ne dis rien. Le père de Danny travaille au restaurant et sa mère se fait discrète, passant simplement de temps à autre pour apporter des *mince pies* [8] ou des bols de chips aux crevettes.

Il y a nous trois, plus Robin et Sophie. Bronwyn, paniquée, m'a convoquée un peu plus tôt pour l'aider à se préparer. On a dévalisé son dressing, dans lequel j'ai déniché une robe en velours moulante vert pin. Un peu Deanna Troi dans Star Trek, d'accord, cependant pas trop hippy. On l'a assortie à un simple collier ras du cou en dentelle et ses Dr. Martens habituelles. J'ai dompté ses cheveux rebelles en une tresse africaine et je lui ai fait des yeux charbonneux. Elle est méconnaissable. Robin semble incapable de la quitter des yeux, il mérite bien une médaille d'or.

Pour la première fois depuis très longtemps, je pense à Xander et je ressens un pincement de jalousie. Puis, je me sens coupable de penser aux garçons quand maman est si malade. J'essaye de changer de sujet. Je sirote mon chocolat chaud et lance :

– Ouvrons les cadeaux !

Nous avons placé les paquets sous l'arbre et Danny les distribue. J'ouvre le mien. Le père Noël m'a apporté un énorme tutu rose.

– Oh, superbe ! Je le porterai tous les jours !

Je l'enfile par-dessus mes collants et ma robe-pull.

Ça jure merveilleusement.

– Magnifique ! s'exclame Danny qui porte un nouveau chapeau.

Dieu merci, Bronwyn n'avait pas déjà le livre et semble ravie. Sophie est vraiment contente de ses pinceaux à maquillage, plus pratiques qu'un tutu.

– Bon, j'ai un service à vous demander, dis-je une fois tous les cadeaux ouverts. J'ai besoin que vous participiez à mon numéro du *Club d'échecs présente...*

– Pas question, réplique aussitôt Bronwyn. Je ne suis là que pour faire l'éclairage.

8. Tartelettes aux fruits secs servies traditionnellement à Noël en Grande-Bretagne.

– S'il te plaît… dis-je d'un ton faussement geignard. J'ai vraiment besoin de tout le monde, ou ça ne marchera pas.

– Fliss, je ne sais vraiment pas danser, dit Robin.

– Pas grave. Promis. Il me faut juste un coup de main. Bron, les gens ne verront même pas ton visage.

Je leur explique ce que j'ai prévu et ils me regardent, bouche bée.

– Fliss, on ne peut pas faire ça ! dit Danny, une main devant sa bouche.

– C'est… c'est ce que je veux faire.

– Ce sera génial, intervient Sophie, émerveillée. Les gens vont carrément flipper !

– Alors, vous allez m'aider ?

Danny et Sophie acceptent aussitôt.

– Je dois être tarée, dit Bronwyn. Mais oui, si tu es assez folle pour aller jusqu'au bout, c'est le moins que je puisse faire.

Robin lève les yeux au ciel.

– Bon, d'accord. Mais si je vois ne serait-ce qu'une paire de collants pour homme, je me tire.

Je souris. On dirait que Bronwyn a convaincu Robin.

– Pas de collants, juré. Merci. Je vous dois une fière chandelle.

– OH MON DIEU ! explose Danny. IL NEIGE !

Il essuie la buée sur la vitre et nous nous pressons tous pour regarder les flocons déferler sous les réverbères.

– Vous pensez qu'elle va tenir ? demande Sophie avec excitation.

La neige saupoudre déjà les accotements herbeux et le dessus des voitures.

– Je sais pas, répond Robin. Je crois que c'est trop humide pour que ça tienne.

– Non ! s'exclame Danny en m'attrapant le bras. Il faut qu'on invoque la déesse de la Neige, Flocona. On n'a pas eu un seul jour de neige l'hiver dernier.

Je ris.

– Flocona ?

– Oui, elle a des cheveux blancs, un léopard des neiges et elle est fabuleuse.

– Et comment on l'invoque exactement ?

– Je sais pas, on chante des chants de Noël ?

– *Vive le vent* ? *Noël blanc* ? propose Bronwyn.

Danny secoue la tête.

– Non ! Pour des questions de droit d'auteur, je pense qu'on devrait partir sur *Les anges dans notre campagne ont entonné l'hymne de Llanmarion...*

– *Gloria, gloria, gloria, Flocona, déesse des Neiges,* je chante.

Les autres éclatent de rire tandis qu'au-dehors, la neige tourbillonne et frappe contre les carreaux.

– Oui, ça devrait le faire.

Le lendemain matin, je m'assieds sur mon lit – ma chambre est gelée –, pour ouvrir le rideau. Je découvre la ferme ensevelie sous des tonnes de neige blanche comme de la meringue.

Margot glisse la tête par la porte.

– Pas d'école aujourd'hui, Felicity. Pas la peine de te lever.

Oyez ! Flocona a entendu nos prières ! Amen !

Chapitre 39

Parce que la vie est une vraie chienne baveuse pleine de puces, maman doit retourner à l'hôpital le soir du réveillon. Elle s'accrochait de toutes ses forces pour passer un dernier Noël à la maison ; ça n'arrivera pas.

La neige a fondu depuis longtemps. Tout est gelé, givré, d'un froid glaciaire, mais nous n'aurons pas un Noël blanc cette année. Quand Margot lui a apporté à déjeuner – maman ne peut plus avaler que de la soupe –, elle était affaissée sur le lit et Margot n'arrivait pas à la réveiller. C'est alors que très calmement, Margot est venue au salon, où je regardais *L'Apprentie sorcière* tout en écossant des petits pois, pour me dire qu'on devait appeler une ambulance.

Celle-ci est arrivée à peine dix minutes plus tard, sirène hurlante. Entre-temps, maman s'était réveillée et nous disait qu'on faisait des histoires pour rien, comme si elle avait juste une petite écharde au doigt. Si seulement. Elle est tellement maigre maintenant. Sa clavicule ressort sous sa peau et sa colonne vertébrale ressemble à un stégosaure.

J'ai tenu la main de maman durant tout le trajet. Elle a répété à l'urgentiste (qu'en temps normal j'aurais tenté d'épouser sur-le-champ en raison de sa ressemblance avec Usher) qu'elle allait bien, mais par moments, elle perdait complètement pied avec la réalité. C'était vraiment flippant, elle s'arrêtait de parler au milieu d'une phrase.

Son corps lâche de l'intérieur. Bientôt, ça atteindra son cerveau, et ensuite ? Joyeux Noël à tous.

Son taux de calcium fait encore des siennes. Maintenant que le soleil se couche, elle semble un peu plus vive, mais ils la gardent pour la nuit. Elle se réveillera le matin de Noël au service d'oncologie. Elle ne pourra pas manger les petits pois que j'ai écossés. À la place, ce sera un repas d'hôpital sans saveur.

Enfin, elle est en vie. Ses joues ont repris des couleurs. Le reste n'a pas d'importance. Maman sera là pour fêter Noël, même si ce n'est pas à la ferme.

Elle s'assoupit pendant que Margot et moi attendons de parler au médecin pour lui demander si nous pouvons venir passer la journée de demain avec elle. Elle ne doit pas être seule un 25 décembre, entourée de malades. Dans ma tête, il y a encore une petite fille qui croit au père Noël et aux cloches de Pâques. Elle vit dans une maison Barbie et pense toujours que sa maman va défier la science en guérissant comme par magie.

Je n'ai pas le cœur de dire à cette petite fille qu'elle se fait des idées, je la laisse à ses illusions. Elle ne fait de mal à personne.

Il est dix-neuf heures passées quand nous voyons la docteure, qui nous dit que nous pouvons arriver dès huit heures le lendemain. Lorsque nous partons, maman est endormie.

En arrivant à la Land Rover, je me rends compte que je meurs de faim.

– Tu as faim ? demande Margot.

– Oui.

Nous montons en voiture. Elle marque une pause.

– À la maison ou à l'aventure ?

– À ton avis ?

– À l'aventure, répond-elle très sérieusement.

Et nous voilà parties.

Nous roulons jusqu'à trouver un pub qui propose des chambres d'hôtes. La bâtisse a un toit de chaume et je vois un feu de cheminée danser à travers la fenêtre.

– Eh bien, c'est très engageant, dit Margot.

– C'est adorable. Où sommes-nous ?

– Aucune idée. Et si on allait voir s'ils ont des chambres libres ?

– Quoi ? Vraiment ?

– Pourquoi pas ? Allons-y, Felicity ! lance Margot en descendant de la voiture.

Elle se dirige déjà vers l'entrée, son sac à la main. Je trottine pour la rattraper. Je porte encore la tenue d'intérieur – un survêt Adidas et des bottes-chaussons – que j'avais quand l'ambulance est arrivée.

Nous entrons dans le pub. À travers l'épais nuage de fumée de cigarette, j'aperçois une poignée de gens du coin qui boivent un verre pour le réveillon. Deux hommes grisonnants à la barbe tachée de nicotine arrêtent de parler pour me dévisager. Ma tenue doit les décourager parce qu'ils retournent rapidement à leurs pintes.

Un énorme feu crépite dans la cheminée et des branches de houx sont accrochées aux épaisses poutres en chêne. Du gui est pendu au-dessus du comptoir, invitant les clients à embrasser la serveuse – une femme avec une tignasse teinte en noir et de l'ombre à paupières bleue.

– Bonsoir, dit Margot de son habituel ton autoritaire. Je sais qu'il est tard et qu'on est la veille de Noël, mais je me demandais si vous aviez des chambres libres ?

La femme semble un peu surprise.

– Oui. C'est une période calme pour nous. Deux chambres ?

Elle parle avec un accent du Sud – enfin, du sud de l'Angleterre.

– Ce serait parfait ! Et vous servez à manger ?

– Je suis sûre que Ken peut vous concocter quelque chose.

Ses faux ongles sont très longs, peints en rouge sang avec de toutes petites bûches de Noël. Je me demande comment elle fait pour s'essuyer aux toilettes.

– Il me faut juste un acompte pour les chambres, si ça vous va.

– Bien sûr.

Margot glisse la main dans son sac, une simple sacoche marron, et tend sa carte bleue. Le bar est couvert de torchons trempés et malodorants. La femme prend la carte, marque une pause et relève la tête.

– Margot Hancock ?

– Oui ?

– Vous ne vous appeliez pas Margot Stanford par hasard ?

Margot fronce les sourcils.

– Eh bien, si.

La femme pousse un petit cri et presse ses griffes rouges contre son cœur.

– C'est moi, Doreen Mitchell ! Enfin, je ne suis plus une Mitchell depuis presque cinquante ans, mais tu vois ce que je veux dire ! Tu te souviens de moi ?

Margot secoue la tête, incrédule. C'est la première fois que je la vois désarçonnée.

– Ça alors ! Bien sûr que je me souviens de toi, Doreen… je n'y crois pas.

Doreen soulève le rabat du comptoir et passe de notre côté pour étreindre Margot.

Margot, apparemment gênée, lui rend la pareille.

– Regarde-toi ! Margot Stanford, tu fais plaisir à voir !

Margot cligne des yeux comme pour vérifier qu'elle n'hallucine pas.

– Mon Dieu, donne-moi une minute. Je… comment vas-tu ? Et que diable fais-tu ici ? Je ne sais même pas où nous sommes.

– La journée a été longue, hein ?

– L'année a été longue.

– Allez, venez vous asseoir près du feu.

Doreen nous guide vers une place de choix à côté d'un somptueux sapin de Noël croulant sous les décorations clinquantes et les guirlandes lumineuses. J'adore cette odeur de pin.

– On est à environ trois kilomètres de Pontypridd. Et pour répondre à ton autre question, je ne suis jamais partie.

– Après la guerre ?

– Oui. Ken était l'un des pilotes à l'hôpital. Tu te souviens du vieil asile ? On s'est mariés en 48. Ça fait presque cinquante ans et ce n'est pas toujours facile. Certains jours, je pourrais le trucider, en vérité, mais je n'en changerais pour rien au monde. Pas vrai, Derek ? lance-t-elle à l'un des clients au bar.

– Tu me brises le cœur, Dor, réplique ce dernier malicieusement.

Margot a un sourire rêveur aux lèvres et je lui donne un petit coup de coude.

– Oh, pardon. Doreen, voici ma petite-fille, Felicity.

– Oh, j'aurais dû deviner. Vous vous ressemblez. (Vraiment ?) Quel joli brin de fille. Tu as déjà vu ta mamie à l'époque ? C'était une beauté.

Je souris. Je parie que Margot a adoré ce « mamie ».

– J'ai vu des photos. Une vraie bombasse.

Même Margot ne peut s'empêcher d'éclater de rire.

– Margot Stanford dans mon pub ! s'exclame Doreen. Je n'en reviens pas. Qu'est-ce que je vous sers ? Ensuite, on va avoir cinquante ans à rattraper.

Margot et Doreen parlent pendant une éternité. Margot lui raconte une version édulcorée de ce que je sais déjà. Sans mentionner Christopher, ni le décès de grand-père du sida, elle se cantonne à sa carrière à succès et à sa décision de revenir à Llanmarion. Elle parle aussi de maman, explique pourquoi nous roulions sans but la veille de Noël.

Doreen, maintenant mère de quatre enfants et grand-mère de six petits-enfants, va préparer nos chambres à l'approche de minuit.

– C'est trop bizarre, hein ? dis-je en me penchant vers Margot. Qu'on soit entrées par hasard dans le pub de Doreen. Comme si c'était le destin.

Margot tient un verre de brandy dans sa main.

– Je ne suis pas sûre de croire au destin. Tu te souviens quand tu m'as demandé pour le paradis ? Je ne pense pas y croire, mais je crois à la chance.

– Comment ça ?

– Tu sais, quand tu es en retard, que tu vois le bus repartir en pensant « c'est le pompon » ? Ou quand tu fais des courses et que le sac se déchire en plein milieu de la rue ? Ou quand il pleut le jour où tu oublies ton parapluie ?

– Oui. Comme dans la chanson d'Alanis Morissette.

– Qui ?

– Personne.

– Ce que je veux dire, c'est qu'on passe tellement de temps à s'appesantir sur les mauvais côtés – attention, je ne dis pas qu'il n'y en a pas – qu'on en oublie les bons. On ne pense jamais à la fois où le bus arrive pile au bon moment ou celle où il commence à pleuvoir juste après qu'on est rentré. Parfois, je crois que l'univers est de notre côté. Comme ce soir : l'univers voulait que Doreen et moi nous revoyions après toutes ces années. Et que tu la rencontres toi aussi.

Je hoche la tête. Si seulement l'univers pouvait aussi prendre soin de maman.

Margot doit lire dans mon esprit.

– Felicity, durant les prochaines semaines, tu vas devoir te donner beaucoup de mal pour voir les petites choses, les petits actes de bonté, les heureux hasards qui t'aideront à tenir. Tu en auras besoin.

– J'essayerai. Promis.

Margot repose son verre et me dévisage fixement. Ces yeux sont redoutables.

– Fliss Baker. Tu es plus forte que tu ne le crois.

Je ne me sens pas forte. Je me sens comme une fille de papier mâché en pleine tempête. Mais j'acquiesce à nouveau en terminant mon chocolat chaud.

Je me réveille dans un lit inconnu et je panique, incapable de me souvenir où je suis. Je suis asphyxiée par du papier peint surchargé et un matelas tout mou avec bien trop d'oreillers. Puis je me souviens que je suis au pub, que c'est le matin de Noël, que maman est à l'hôpital.

L'espace de deux secondes environ, je n'avais aucun souci.

Il y a une salle de bain sur le palier entre les chambres. Puisqu'elle est libre, j'en profite pour prendre ma douche. Ce n'est pas merveilleux, mais la pression d'eau est meilleure qu'à la ferme et je me sens vraiment propre pour la première fois depuis une éternité. Dommage que je doive renfiler le même survêt et les mêmes chaussures.

Comme j'ai promis de retrouver Margot pour le petit déjeuner à sept heures, je descends au bar. Il n'y a que deux autres clients, mais Doreen a déjà préparé un petit buffet avec fruits et céréales. Elle me demande si je veux des toasts de pain blanc ou complet.

– Oh et joyeux Noël, ma biche.

– Joyeux Noël, dis-je.

Que ce soit le destin ou l'univers, je suis contente de ne pas être à la ferme. Je rejoins Margot près de la fenêtre.

– Bonjour ! Joyeux Noël, Margot !

– À toi aussi. Tu as bien dormi ?

– Oui, vraiment. Je crois que la journée d'hier m'a achevée.

– Cette escapade nous a fait du bien.

Je hoche la tête. Doreen vient nous demander comment nous prenons nos œufs. Malgré ma forte envie de bacon, je reviens de trop loin pour craquer maintenant. Je demande des œufs pochés et des toasts. Sentant quelque chose contre ma cuisse, j'ai un mouvement de recul.

– Chut, dit Margot. Prends-le.

Je baisse les yeux et vois qu'elle me passe un paquet enveloppé dans une serviette.

– Qu'est-ce que c'est ?

– Tes vrais cadeaux sont à la ferme mais je voulais que tu aies quelque chose à ouvrir le matin de Noël.

– Oh merci ! Je... le tien aussi est à la ferme.

Maman étant trop malade, j'ai dû aller acheter mes cadeaux avec Danny. Sur les conseils de maman, j'ai pris pour Margot une nouvelle paire de bottes en caoutchouc vertes. Sexy.

– Ce n'est rien, dit Margot.

Le paquet contient des bouteilles de shampoing et d'après-shampoing miniatures, un bonnet de douche, un kit de couture et des sachets de chocolat chaud.

– Tu les as volés ? je murmure.

Margot me fait un petit clin d'œil et un sourire espiègle tandis que Doreen arrive avec notre cafetière.

Je cache tout sous la table en riant.

– Qu'est-ce qu'il y a de drôle ? demande Doreen.

Margot et moi répondons en chœur.

– Rien !

CHAPITRE 40

Le 27, maman est prête à rentrer à la maison. Docteur Singh prend Margot à part dans une petite pièce derrière le bureau des infirmiers. Pas besoin d'avoir des dons de voyance pour savoir ce qui se dit. La tête de Margot bascule en avant pendant quelques secondes, ses yeux remplis d'horreur, puis elle se relève et tente d'être forte.

Ce n'est plus qu'une question de jours.

L'expression « centre de soins palliatifs » a été mentionnée.

Bof. La ferme est quasiment un centre de soins palliatifs. On est venues ici pour que maman meure en paix. À quoi bon l'entourer d'autres malades ?

Répétons en chœur : *ce sera une délivrance, un soulagement, elle sera en paix*.

Quand je lui demande comment elle va, elle répond toujours « Ça va, ne t'inquiète pas pour moi », ce qui n'aide pas. J'ai l'impression d'avoir deux furets qui se battent en duel au creux de mon estomac : l'un veut que maman vive pour toujours, égoïstement, l'autre sait qu'elle souffre et que la mort sera l'ultime antidouleur. Toute cette agitation me donne la nausée.

Je vois le docteur Singh donner des brochures à Margot. Je me demande, est-ce *Sur le chemin du deuil, expliquer la mort à votre ado grincheux* ou juste une plaquette pour un centre de soins palliatifs ? Margot les glisse dans son sac à main et sort du bureau.

– Vous êtes prêtes ?

– Oui, répond maman.

Elle se hisse debout, s'appuyant sur deux béquilles à présent. Elle fait tellement d'efforts, s'accroche à la vie de toutes ses forces, ça me donne envie de pleurer. Mais je ne peux pas. Je dois être forte. C'est peut-être ainsi qu'on s'endurcit et que cette croûte se forme autour du cœur – comme Margot m'avait prévenue.

Le lendemain, je fais ma première répétition avec les autres. *Paz' à Pas* ressemble à un vrai studio de danse maintenant que j'ai repoussé tout le bazar dans un coin, caché sous une housse moisie. Je me tourne vers Danny :

– Qu'est-ce que c'est que cette tenue ? On n'est pas dans *Fame*, hein !

– Quoi ? Si c'est la seule fois que j'ai l'occasion de faire un numéro de danse, je veux faire ça bien.

Il porte une veste, un short très court avec un legging en dessous et des guêtres rose fluo. Superbe.

– Danny Chung, je t'adore !

Il m'envoie un baiser en réponse.

– Vous ne devriez pas avoir besoin d'échauffement, leur dis-je, mais étirez-vous peut-être un peu.

Bronwyn me prend à part.

– Regarde, dit-elle en levant sa manche pour dévoiler un bracelet à breloques. Robin me l'a donné la veille de Noël.

– Oh, Bronwyn. C'est tellement joli !

Les breloques sont adorables : un petit extraterrestre, un livre, une étoile, un télescope.

– Je sais ! Mais qu'est-ce que je fais maintenant ?

– Ne me demande pas à moi ! Je suis super-mal placée pour te conseiller. J'ai essayé de rouler un patin à un documentaliste, je te rappelle.

Elle rit.

– Tu crois que je devrais l'inviter à sortir ?

– Oui. Vive le féminisme. Il t'a envoyé un message assez clair avec ce bracelet. Mais ne sois pas trop… intense.

– Comment ça ?

– Genre, ne te pointe pas en robe de mariée. Ooh… emmène-le au ciné. Facile, tu n'as même pas besoin de parler.

Ses yeux s'illuminent.

– Tu es un génie. *Starship Troopers* passe la semaine prochaine.

– Rien de tel que des bestioles extraterrestres pour une soirée romantique.

– Oh. Tu crois que je devrais plutôt lui proposer le film avec Jennifer Aniston ?

– Pas si tu veux un deuxième rencard.

Je leur explique ma chorégraphie et je leur passe *This Woman's Work* du début à la fin.

– J'adore cette chanson, dit Robin.

Sophie est déjà en pleurs.

– Sophie, j'ai besoin que tu y arrives sans pleurer.

– Mais… c'est… tellement… triste.

– Je sais. Mais ça va aller.

–Sophie, reprends-toi ! s'exclame Danny en lui passant un mouchoir.

Nous répétons le plus possible. Le problème, c'est qu'on ne peut faire le « bouquet final » que lors de la représentation, je suis donc obligée d'estimer combien de temps il va prendre. La chanson ne dure que 3 minutes 38 et il y a beaucoup de choses à caser. Ça va être serré – d'autant que, pour être honnête, Sophie et Bronwyn ont deux pieds gauches. Robin est une bonne surprise en revanche : sa silhouette dégingandée est étonnamment gracieuse. Je suggère subtilement qu'il se mette devant.

Enfin, je sors les sandwichs à la dinde que j'ai préparés pour tout le monde. On a fait un repas de Noël en retard à la ferme hier. Maman a même réussi à avaler un peu de nourriture solide.

– Merci mille fois pour votre aide, dis-je lorsque nous nous asseyons en cercle par terre.

C'est une vraie torture : les sandwichs sentent délicieusement bon et je dois me contenter de fromage râpé et de cornichons.

– Le résultat va être très élégant et cool.

– Je suis hyperimpressionné, déclare Danny. Je ne savais pas que tu pouvais danser comme ça.

Je hausse les épaules.

– J'ai commencé à trois ans.

– Trois ans ?

– Oui. C'est… ça fait du bien de danser à nouveau.

– Ça fait partie de toi, ajoute Robin de sa voix calme et posée.

Ce n'est pas mon genre de mec mais je comprends soudain ce que Bronwyn lui trouve.

Chapitre 41

Le réveillon puis le Jour de l'an arrivent. J'ai toujours fêté la nouvelle année : l'an dernier, j'ai regardé le feu d'artifice au-dessus de Big Ben sur une péniche privée avec la famille ridicule de Marina.

Mais cette fois, l'idée de saluer une année et d'en accueillir une autre… L'année passée peut aller brûler en enfer et je me méfie de la nouvelle.

Au final, j'ai regardé à peu près le même feu d'artifice à la télé avec maman. Elle nous a obligées à la réveiller à minuit. Ce n'était qu'un feu d'artifice : de la poudre à canon et des sels métalliques colorés. Une fois qu'on en a vu un, on les a tous vus. Pourtant je n'aurais voulu être nulle part ailleurs. Quoi qu'il arrive, maman aura vu une autre année.

Lorsque l'école recommence le 5 janvier, il ne nous reste plus qu'une semaine pour parfaire ma choré. Mes amis sont vraiment super, ils répètent avec moi tous les soirs juste après les cours sans se plaindre. Je crois même que ça leur plaît. Au début, ils gloussaient bêtement, mal à l'aise ; maintenant, même Sophie y arrive sans problème.

Le spectacle est vraiment prometteur. Le vendredi soir, c'est répétition générale : on fait toute la chorégraphie du début à la fin (toujours sans le bouquet final). Thom nous regarde, assis au dernier rang, porte-bloc à la main. Je pense que s'il se doutait de la fin, il essayerait de me faire changer d'avis.

Pourtant, pas question de reculer. À moins d'une catastrophe dans les prochaines vingt-quatre heures, maman sera assez bien pour sortir pendant une heure ou deux, donc je vais le faire et ça va être grandiose. Elle le mérite. Je veux que ce soit la meilleure danse qu'elle ait jamais vue. Je veux que ça marque.

– Faites une pause ! crie Thom.

Les autres numéros sont très divers : Danny chante *Seasons of Love* de la comédie musicale *Rent*, et Sophie *Nothing Compares 2 U* (sans vouloir être méchante, ça ne vaut pas la version de Sinead O'Connor). Robin joue une chanson de Green Day à la guitare acoustique et un groupe de filles superdiscrètes à qui je n'ai jamais adressé la parole se révèlent être de très bonnes danseuses de hip-hop.

J'attrape une bouteille d'eau dans mon sac que j'engloutis d'un trait. Je n'ai même pas remarqué Thom derrière moi.

– Fliss, je peux te dire un mot ?

– Bien sûr.

Il me guide dans un coin à côté du piano. Il fait un froid glacial dans cette salle paroissiale. Apparemment, le chauffage est détraqué, un plombier va venir avant le spectacle demain soir.

– Je te trouve très courageuse de faire ça, Fliss. Cette danse, elle parle de ta mère, pas vrai ?

Je hoche la tête. Ça me paraît évident.

– Tu es sûre de vouloir faire quelque chose d'aussi personnel ?

J'avale une autre gorgée d'eau.

– Pour faire quelque chose de bien, il faut que ce soit personnel. Sinon, c'est juste des gens en train de gigoter les bras et les jambes. Il faut que ça veuille dire quelque chose.

C'est à son tour de hocher la tête.

– Tu as raison. Bien dit.

J'ai l'impression d'avoir dix ans. J'ai envie de m'effondrer dans ses bras et de me laisser aller, mais j'ai besoin de toute cette émotion refoulée pour réussir ma danse. Mes muscles et mes tendons sont tendus, prêts à bondir.

Pas encore.

Demain.

J'avais oublié ce stress intense. Comme un poing serrant mon estomac si fort que c'en est douloureux. Je suis pliée en deux sur une chaise dans la pièce exiguë qui sert de loge. J'ai la nausée mais je sais que je dois avaler quelque chose pour tenir le coup. Par bonheur, c'est la saison des clémentines : j'arrive à en manger une, un quartier à la fois.

– Tu vas bien ? demande Danny.

Il a déjà ouvert la soirée avec son numéro de *Rent*. C'était génial. Je l'ai regardé depuis les coulisses. Maman et Margot sont assises au deuxième rang, côté couloir au cas où elles auraient besoin de sortir en vitesse. Derrière elles se trouvent Dewi et son père, Dewi Senior, et encore derrière les amies de Megan, Rhiannon et Cerys, ce qui me rend encore plus nerveuse. Qui les a invitées ?

– Ça va, je mens.

Je crois vraiment que je vais mourir. Mais enfin, je pensais pareil la dernière fois.

– Fliss, on n'est pas obligés de faire la fin, tu sais ? On peut juste faire comme pendant les répèt'. Ce sera tout aussi puissant.

– Non, dis-je d'un ton vigoureux. Il faut que… que ça fasse mal… ou ça ne… ça ne sert à rien.

Danny me regarde droit dans les yeux sans rien ajouter.

– J'en suis sûre. Je veux le faire.

Il me prend dans ses bras et me serre très fort. Une autre chose à savoir sur Danny Chung : il n'aura jamais un autre parfum que *Le Mâle* de Jean Paul Gaultier. En général, on le sent avant même de le voir.

– On n'attend plus que toi, dit-il.

Ils portent tous un pantalon noir très simple et un col roulé avec des claquettes noires basiques – comme je portais pour faire du sport en primaire. Ma tenue est classique : un cache-cœur blanc par-dessus un justaucorps noir, des collants blancs et mes pointes, nouées aux chevilles.

Ma coiffure est plus critiquable avec mes cheveux lâchés. Mme Nyzda, où qu'elle soit, doit à nouveau sentir une perturbation dans la Force.

Thom passe la tête dans l'entrebâillement.

– Fliss Baker et compagnie, direction les coulisses, c'est presque à vous.

Non. Je ne peux pas. Je vais monter sur scène et rester pétrifiée. Je vais danser comme une poubelle. Je vais m'emmêler les pieds, m'étaler par terre. Je vais vomir. Je vais vomir, puis m'étaler dans mon vomi.

– Fliss. (Bronwyn me prend la main et la serre trop fort.) Tu peux le faire. Ça va être superbe. Ta mère va adorer. OK ?

Son ton m'interdit de la contredire.

– Merci. Allons-y.

L'ami de Dewi, Matthew, termine tout juste son numéro d'humoriste. J'ai l'impression qu'il n'est pas si drôle que ça et que les gens rient plus par politesse qu'autre chose. Il termine toutes ses blagues par : « J'ai pas raison ? » Toujours un signe qu'on a probablement tort, selon moi.

– Merci beaucoup et bonne soirée ! lance-t-il, et je sens presque le soulagement collectif du public.

Les applaudissements sont pour le moins reconnaissants. Thom prend le micro.

– Et maintenant, notre dernier numéro de la soirée. Mesdames et messieurs, voici Fliss Baker !

Le public applaudit à nouveau, puis un silence respectueux s'abat sur la salle. Je prends un instant pour respirer à fond.

Je tire ma chaise jusqu'au centre de la scène, faisant crisser les pieds. Je m'assieds, jambes serrées, dos droit, et j'attends que la musique commence.

Lorsque Kate Bush se met à chanter, je me lève sur pointes.

Je suis légère, délicate, je lève les bras, tourne la tête, faisant cascader mes cheveux dans mon dos. Mes pas suivent allègrement les notes de piano. Je me lance dans des tours piqués.

Les paroles obsédantes résonnent dans toute la pièce. Hormis la musique, on pourrait entendre une mouche voler.

Je tourne de plus en plus vite. Je fixe des yeux l'horloge sur le mur du fond pour ne pas être prise de vertige. Je pirouette si vite que j'entends quelques « ouah » dans le public. Puis je m'arrête.

Je m'arrête net. Je fais semblant d'être fatiguée, hors d'haleine. Je m'effondre. Mes amis sortent des coulisses, vêtus de noir, visages cagoulés, comme des ombres. Je les distingue à peine contre le décor noir, mais je sais qu'ils sont là. Ils rôdent.

Je me relève et je recommence.

J'inspire profondément, puis je me redresse en première position, mes bras parfaitement arqués devant moi.

C'est reparti. Je monte sur pointes et je fais un jeté en direction de chacune des ombres, les mettant au défi de me pourchasser.

Les ombres se jettent sur moi avec leurs mains gantées de noir. Au début, je m'échappe en tournoyant. Gracieusement, le sourire aux lèvres. Mais rampantes et glissantes, elles s'approchent de plus en plus.

Je m'approche sur le devant de la scène et je fais une arabesque parfaite (enfin, j'espère) : jambe arrière levée, parallèle au sol, bras élégamment placés. Comme prévu, Robin attrape ma jambe levée et tire. Je dégringole ; Danny m'attrape juste avant que je m'écrase contre la scène. Le public étouffe un cri.

Robin me traîne par la jambe; je me dégage. Je me relève et tente de reprendre ma danse.

À présent, Bronwyn m'attrape le bras, me fait pivoter. Je percute Sophie qui me soulève. Mes jambes décrivent un cercle parfait et je touche à nouveau le sol. Je m'éloigne en pirouettant, mais Robin me prend par la taille et me jette par terre. Je roule sur moi-même, puis me relève.

Le plus dur arrive. Enfin, presque. Je me penche en arrière pour tomber en pont. Danny m'aide à terminer ma rotation et à me redresser.

Puis tous les quatre m'encerclent.

Ils m'attrapent et je retombe dans leurs bras. J'abandonne. Ils me soulèvent, ma tête est penchée en arrière. Je suis désorientée. Ils me tournent ; je vois le public à l'envers jusqu'à ce qu'ils m'asseyent dans la chaise que Bronwyn a déjà fait pivoter.

Je ferme les yeux, sachant ce qui m'attend.

J'entends un bourdonnement, puis un autre et encore un autre. Comme un essaim de guêpes. Je sens la tondeuse électrique, empruntée au salon de coiffure de la mère de Sophie, contre mon crâne.

Des exclamations s'élèvent du public. Marmonnements et jurons. Ils n'en croient pas leurs yeux. Une voix que je reconnais s'exclame : « Fliss, non ! »

Maman.

Trop tard. Trois lames tondent mes cheveux et je les sens tomber. J'ouvre les yeux. Les gens dans le public sont choqués, scandalisés, la main devant leur bouche. Ma tête se fait de plus en plus légère.

Danny me donne un petit coup de genou pour me signaler qu'ils ont presque terminé.

Je me débats, je repousse les ombres. Coups de poing, coups de pied, je parviens à me relever. Les ombres reculent, effrayées. En faisant très attention maintenant que la scène est couverte de cheveux, je dégage la chaise d'un coup sec et les ombres s'enfuient en coulisses.

Je me hisse sur pointes une dernière fois. Doigts écartés, je lève les bras à la lumière. J'avance jusqu'au-devant de la scène tandis que le projecteur se pose sur moi.

Je baisse les bras et incline la tête.

La lumière faiblit peu à peu, la chanson se termine. Plongée dans le noir, je lève la main pour toucher mes touffes irrégulières de cheveux. Ils ont raté des mèches entières. Mon crâne est tout duveteux. J'ose à peine imaginer de quoi j'ai l'air. Je ne ressemble plus du tout à Fliss Baker, je parie.

Après avoir retenu son souffle quelques instants, le public commence à applaudir et acclamer. Quand les lumières reviennent, beaucoup de personnes se lèvent d'un bond. Leurs visages semblent dire « La vache, cette fille est tarée ! » mais ils ont l'air impressionnés par mon degré d'implication.

Dans la foule, je ne vois que maman. Elle lève les yeux au ciel, mais son sourire est immense. « J'ai adoré », articule-t-elle silencieusement en frappant dans ses mains.

Les quatre autres me rejoignent. Danny m'attrape une main et Bronwyn l'autre.

Je regarde Margot. Elle sourit et lentement, délibérément, incline la tête.

Nous saluons.

CHAPITRE 42

Maman est morte quinze jours après le spectacle.

Elle a passé sa dernière semaine dans un superbe centre de soins palliatifs avec infirmières et opiacés de premier ordre. « Nous pouvons la mettre à l'aise », nous ont-ils dit. L'endroit avait de grandes pelouses et un jardin d'agrément couvert de neige où ils la promenaient en fauteuil; une fontaine, même si à cette époque de l'année, l'eau était gelée. Des stalactites pendaient des dauphins en pierre, les transformant en espadons.

C'était très calme. Ses derniers mots, ce qui était plutôt approprié, ont été « Putain, je suis crevée ». Et puis, elle s'est endormie. Vu de l'extérieur, ça a eu l'air paisible, indolore. Ni grognement, ni gémissement. Dieu merci. Je ne pouvais pas vraiment espérer mieux étant donné les circonstances. C'était comme si j'avais ouvert mes mains pour relâcher une plume dans la brise.

Ils nous ont laissées lui dire au revoir. Je suis restée à son chevet, seule. Margot voulait nous donner à chacune un petit moment. Je me suis assise dans une énième chaise marron et je lui ai tenu la main, mais celle-ci était étrangement froide. Je crois qu'on s'était déjà tout dit. Elle avait raison, on savait ce qui allait arriver. Je ne pense pas qu'elle était en colère, à la fin. Elle était allongée sous une couverture en crochet rapportée de la ferme pour lui rappeler la maison.

C'était tellement bizarre. Elle avait beau être là, elle n'était pas vraiment présente. Son rire, sa voix, ses soupirs patients et indulgents… tout avait disparu. Le corps devant moi n'était pas vraiment elle. Elle était partie. *Une vraie fin a du bon.*

Au final, je ne l'ai pas regardée pour faire mes adieux. J'ai fermé les yeux et je me suis laissé envahir par tout l'amour qui était encore en moi. Qui le sera toujours. Il brillait comme un petit soleil dans ma poitrine. Il flottait dans mon cœur, dans ma tête, jusqu'au bout de mes doigts et de mes orteils, et j'ai savouré sa chaleur le plus longtemps possible. *Souviens-t'en, Fliss.* J'ai mémorisé cet amour, je l'ai attrapé au plus profond de moi pour ne jamais l'oublier.

Elle vit en moi à présent.

Maman avait organisé ses funérailles avec Margot. Le service en lui-même a été charmant, de bon goût et très digne, avec des bouquets de pivoines blanches accrochés à chaque banc de l'église. Beaucoup de ses amis et anciens collègues avaient fait le déplacement depuis Londres. Il n'y avait plus de place assise à la chapelle ardente. Oncle Simon avait amené ma grand-mère paternelle. Doreen est venue, maintenant que Margot et elle ont repris contact. L'éditeur du *London Courier* était là lui aussi, un bel homme aux cheveux argentés dans un costume Armani. Il est resté aux côtés de Margot, proche mais pas trop, durant toute la durée de l'enterrement. C'est gentil de sa part, je trouve.

J'ai perdu le compte du nombre de fois où l'on m'a comparée à Sinead O'Connor. J'ai pris ça pour un compliment. Évidemment, j'ai demandé à la mère de Sophie d'égaliser ma boule à zéro juste après le spectacle. Elle semblait plus contrariée par l'idée qu'une « si jolie fille » se soit rasé la tête que par le fait que ma mère n'ait plus que quelques jours à vivre.

Les gens ont lu de jolies choses. Maman avait fait un film sur les foyers d'accueil pour femmes ; une ancienne victime de violences a parlé de l'impact que maman avait eu sur sa vie. J'ai pleuré. Et à nouveau quand on a dû dire au revoir au cercueil, l'un après l'autre. J'étais la dernière, donc au moins personne ne m'a vue. Maman voulait être incinérée. « Je n'aime pas l'idée que des vers de terre viennent me grignoter », avait-elle dit à Margot. Je suis contente de ne pas m'être retrouvée à côté d'une tombe.

Aujourd'hui, nous dispersons ses cendres. En silence, mais un silence paisible, Margot et moi suivons les sentiers sinueux de la forêt. J'ai la tête gelée. Heureusement, Danny m'a acheté un superbe cache-oreilles imprimé léopard qui va merveilleusement bien avec mon manteau au col en fourrure.

Au bout d'un moment, malgré mon cache-oreilles, j'entends le ruissellement de la cascade. Nous descendons jusqu'au bord de l'eau, en nous aidant mutuellement pour les passages pentus.

– C'est là qu'elle voulait, déclare Margot.

Je porte les cendres dans mes mains gantées. Elle – enfin sa « dépouille mortelle » – se trouve dans une élégante urne en acier.

– Qu'est-ce qu'on fait ? je demande.

Margot lève les yeux vers la cascade avec mélancolie.

– Tu la laisses simplement partir. Ta mère a dispersé les cendres de ton grand-père sur le lac Windermere, tu sais.

J'essaye de gagner du temps.

– J'ai l'impression de la jeter à l'eau.

– Ce n'est pas elle, répond Margot avec sa brusquerie habituelle.

– Je sais.

Je dévisse le couvercle. Après une brève pause, je saupoudre un peu de cendres. Le vent et les gouttelettes de la cascade les attrapent. Je déverse le reste. Elles virevoltent dans la brise, tiraillées aux quatre vents. Très Pocahontas.

Au bout d'un moment, le nuage se pose dans le ruisseau et s'écoule au fil de l'eau.

Un sanglot m'échappe. Flûte. Je voulais vraiment tenir le coup. Le bras de Margot dans son ciré se glisse sur mes épaules et me redresse.

– Laisse-toi aller, dit-elle en me serrant.

Je me souviens de la première fois que j'ai vu ces bois, entendu les murmures. Je me demande si c'était le destin qui m'appelait. Si c'est là que nous étions censées être, comme l'a dit Margot. Maman adorait cet endroit.

Je tends l'oreille pour tenter de discerner les voix, espérant plus que tout entendre un dernier message de l'au-delà. Entendre sa voix une dernière fois...

Mais ce n'est que de l'eau.

Même si je n'entends plus rien, je sens à nouveau cette chaleur toute douce sous ma peau. Tout autour de moi. Je n'ai pas besoin de l'entendre. Elle est là.

CHAPITRE 43

Je ne m'attendais pas à ce sentiment de vide, une fois toutes les formalités administratives terminées. Maintenant, c'est ALLEZ HOP, RETOUR À LA NORMALE ! Mais ce n'est pas normal, loin de là. La ferme me paraît immense. L'absence de maman est palpable : le creux sur le coussin du canapé, la pile de romans jamais ouverts, la tasse au dragon gallois que ni Margot ni moi ne voulons utiliser.

Finalement, j'ai hâte de retourner en cours juste pour sortir de la maison. Le premier matin, je grimpe dans le bus. Comme toujours, Dewi est le seul autre passager.

– B-bonjour, Fliss.

– Salut, Dewi.

Je m'assieds devant lui.

– J'adore t-ta coupe. Ça fait très…

– Sinead O'Connor ?

– J'allais dire Demi Moore dans *À armes égales*, mais oui, maintenant que tu le dis.

– Ha ! Au moins, c'est nouveau. Et qui ne voudrait pas ressembler à Demi Moore ?

Mes cheveux repoussent déjà. Je n'ai pas l'intention de les garder aussi courts, la quantité de maquillage nécessaire pour démasculiniser mon visage est juste absurde. En même temps je me sens... plus légère. Maintenant que j'y pense, mes cheveux étaient terriblement vieux. Je me sens libérée.

– J'ai trouvé ta danse incroyable, au fait.

– Merci.

– Je... je suis désolé de ne pas être venu à l'enterrement. C'est mon p-père. Il trouvait que c'était peut-être un peu trop.

Je fronce les sourcils.

– Ne t'inquiète pas. Un peu trop ?

Ses grands yeux marron s'emplissent de tristesse.

– Tu sais, ça ne fait que quelques années que ma mère est morte du cancer. Il pensait juste que c'était encore un peu tôt, comme raviver de vieux souvenirs.

Je me raidis sur mon siège.

– Oh, Dewi, je ne savais pas, je suis vraiment désolée.

Je ne savais pas parce je n'ai jamais demandé. Je réalise soudain que je ne sais presque rien de ce garçon avec qui j'ai pris le bus ces cinq derniers mois.

– Quel... ? Quel genre ?

– Cancer du sein. C'est de famille.

Je grimace.

– C'est vraiment moche.

– Oui, le cancer peut aller se faire foutre. (Nous partageons ce sentiment un petit moment.) Je ne vais pas dire « Je sais ce que tu ressens », parce que je ne connaissais pas du tout ta mère, mais...

– Merci, dis-je, l'interrompant avant de me mettre à pleurer sur son pull tout propre.

– Je ne savais même pas que ta m-m-mère était malade, continue-t-il. C'est juste quand je suis allée parler à Mme Evans de Megan qu'elle me l'a dit.

– Quoi ? Megan ? Comment ça ?

– Après que tu as pété un câble et que tu l'as frappée au visage avec cette tasse. J'ai dit à Mme Evans qu'elle s'acharnait sur toi depuis des semaines.

Bon sang. Et moi qui pensais que c'était Thom.

– Oh, Dewi ! dis-je une main sur le cœur. Je ne savais pas… je croyais… Enfin, peu importe. Tu m'as sauvée. Tu n'as pas idée. J'aurais pu être virée !

Je repense à Rick Sawyer venu au secours de Margot cette fameuse nuit dans le cimetière. Il faut croire que parfois, il y a bien des preux chevaliers, même si on ne les voit pas arriver sur leur cheval blanc.

Dewi devient cramoisi. C'est adorable.

– C'est rien, dit-il en baissant les yeux. Il fallait que quelqu'un le fasse.

– Eh bien, merci. Vraiment.

Sa main est agrippée à la barre sur le dossier de mon siège. Je pose la mienne par-dessus. Je porte mes gants, donc ce n'est pas peau contre peau, mais je sens malgré tout une agréable chaleur.

– Fliss… commence-t-il – et je sais ce qu'il s'apprête à dire.

– Pas pour l'instant.

Il hoche la tête, compréhensif. Soudain, il fouille dans son sac à dos et en sort un Twix.

– Il m'en reste plein de Noël. Tu en veux un ?

Je ris, malgré moi.

– Voilà une offre que je ne peux pas refuser ! Oui, Dewi, j'accepte volontiers ton Twix. (Je déchire l'emballage.) Mais ça ne veut rien dire, d'accord ? J'aime juste les Twix.

Il me lance un large sourire.

– Qui ne les aime pas ?

Danny et Bronwyn m'attendent au CDI, comme prévu par texto. Nous avons tous reçu des portables à carte prépayée pour Noël. C'est tellement cool. Je ne sais même pas comment on a fait sans jusqu'à présent. Le mien a une coque à clapet que je peux assortir à ma tenue.

Ils m'accueillent avec d'énormes câlins. Je ne les ai pas vus depuis la veillée qui a eu lieu au pub, en ville.

– Tu vas bien ? me demande Bronwyn.

– J'y travaille.

– Il y aura un « nouveau *bien* », répond-elle – et je sais ce qu'elle veut dire.

Bronwyn, Dewi et moi, le Club des sans-maman.

– On a quelque chose pour toi, déclare Danny.

– Oh, vous n'auriez pas dû, dis-je en m'asseyant à table.

– Ce n'est pas un vrai cadeau, explique-t-il en me tendant une brochure.

Je la regarde sans réagir, comme s'il venait de me déposer un hareng mort dans la main.

– Il y a une école de danse classique et contemporaine à Swansea.

– Danny...

– Fliss ! Tu n'as pas le choix ! Tu ne peux pas arrêter, tu es trop douée. Tu vas priver le monde d'un merveilleux talent si tu ne danses pas.

Je lève les yeux au ciel.

– N'exagérons pas.

– On les a appelés, dit Bronwyn, les yeux pétillants de malice. Ils ont des cours avancés où tu es la bienvenue pour une session d'essai.

Le fait qu'ils se soient donné autant de mal me fait chaud au cœur. Ai-je envie de danser ? Absolument pas. Mais devrais-je au moins essayer ? Ma couette est comme ce serpent dans *Le Livre de la jungle*, tentant de me persuader d'hiberner dessous jusqu'au prochain millénaire. Je devrais probablement résister à la tentation.

– Vous êtes adorables ! Vous savez quoi, je crois que je vais y aller. Au moins, ça m'occupera et ça m'éloignera de Margot.

Danny fronce les sourcils.

– Ça ne se passe pas bien ?

– C'est… je ne sais pas. Nouveau. Mais j'ai une idée de projet que je veux mener à bien avant de reprendre la danse.

– Quelle idée ? demande Bronwyn.

– Je ne veux pas en parler avant d'en savoir plus. Ça ne donnera peut-être rien. Vous savez jusqu'à quelle heure la bibliothèque est ouverte ?

– Dix-huit heures trente, je crois.

– Parfait.

Danny sirote son thé avec un petit sourire espiègle.

– Devine où va Bronwyn ce soir ?

J'en reste bouchée bée, style poisson rouge.

– *Starship Troopers* ?

– Oui ! La séance de dix-neuf heures à Swansea. Et on va chez Pizza Hut avant !

Je frappe dans mes mains.

– Bronwyn, c'est génial ! Je n'arrive pas à croire que tu ne me l'aies pas dit !

– Je ne voulais pas te déranger…

– Ne sois pas bête ! J'aime les bonnes nouvelles ! Qu'est-ce que tu vas mettre ? Surtout, ne prends pas de pain à l'ail !

– Tu vas t'asseoir au dernier rang et lui rouler une pelle ? demande Danny et je pousse un cri perçant.

On n'y est pas encore, mais le « nouveau bien » est en bonne voie.

Je me rends à la bibliothèque en sortant de l'école. Comme il n'y en a pas à Llanmarion (un petit camion vient une fois par semaine), je prends le bus jusqu'à la ville la plus proche. D'après ce qu'on m'a dit, la bibliothèque actuelle était censée être temporaire pendant la rénovation de l'ancienne, mais elle n'a plus bougé depuis 1982. C'est un bâtiment à toit plat avec des murs couverts de crépi ; une rampe d'accès en zig-zag mène à la porte d'entrée.

Les portes automatiques s'ouvrent dans un crissement ; le chauffage trop chaud et une odeur de papier légèrement cuit m'assaillent.

J'adore les livres de bibliothèque. Si je pouvais, je mettrais une couverture en plastique sur tous les miens.

Tout au fond, à côté du rayon dictionnaires, se trouve une rangée d'ordinateurs beiges. Il y en a cinq ; un seul est utilisé pour le moment par un ado avec une pseudo-moustache, comme si une gerbille maigrichonne piquait un somme sur sa lèvre supérieure. Il regarde des photos de Pamela Anderson.

– Tu es sûr d'avoir le droit de faire ça ? je demande.

Il se lève d'un bond (heureusement, rien ne dépasse), attrape son sac à dos et s'enfuit. Je me sens un peu coupable mais je glousse toute seule.

Je sors de mon sac un carnet et le journal de Margot, légèrement roussi, plus un stylo parfumé au chocolat. J'attrape la souris. Un écran bleu me fait face. Bon sang. Je ne sais même pas par où commencer. Je clique sur l'icône Internet Explorer, j'inspire un bon coup et je me lance.

CHAPITRE 44

Bronwyn avait raison. Au bout de quelques semaines, une nouvelle routine s'établit à la ferme, tandis que des perce-neige, des crocus, puis des jonquilles sortent de terre. Les champs dégèlent à temps pour la saison de l'agnelage. Je fais tout ce que je peux pour aider parce que, franchement, qui n'aime pas les petits agneaux ? Certains doivent être élevés au biberon. Je jurerais que Cacahouète leur jette des regards envieux depuis sa porcherie. Bientôt, ce sera à son tour de faire ses propres bébés. Ça me fait bizarre. Je préfère ne pas y penser. Même si, bien sûr, il est juste énorme maintenant. Je ne pourrais plus le serrer dans mes bras même si je le voulais.

Je suis encore triste. Ça va sans dire. Mais j'y suis habituée. Je tiens le coup. Parfois, j'oublie même un peu.

Je vais à un cours d'essai à l'école de danse, surtout pour que Danny et Bronwyn me lâchent. Si c'est beaucoup moins coincé que les leçons de Mme Nyzda, dans un complexe sportif flambant neuf, les filles sont tout aussi douées – les gars aussi. Angel, la prof, une superbe femme svelte, repère immédiatement ma formation classique.

– Ta technique est excellente, commente-t-elle. Très solide.

– Merci, dis-je en avalant une gorgée d'eau durant la pause.

Je m'ébouriffe les cheveux ; ma coupe à la garçonne est plutôt mignonne maintenant.

En retournant à l'intérieur, j'aperçois le cours de danse contemporaine dans le deuxième studio. Je regarde deux filles répéter une chorégraphie, incapable de les quitter des yeux. C'est tellement plus dynamique, acrobatique, presque choquant. Imprévisible.

À la fin de la session, je me renseigne sur les cours de danse contemporaine.

– Le lundi à dix-huit heures, me répond Angel. Tu es sûre de ne pas vouloir continuer la danse classique ?

– Je crois que j'ai envie de changement.

– Comme tu veux. Dans tous les cas, tu es la bienvenue. On a toujours besoin de sang neuf.

Elle me serre la main.

Je continue à me rendre à la bibliothèque après l'école pour avancer mon petit projet. Je passe des centaines de coups de fil sur mon nouveau téléphone, et je me retrouve obligée d'acheter de nouvelles cartes tous les deux ou trois jours.

Mais j'y suis presque.

Je range tout – les tirages papier, les lettres et les numéros de téléphone – dans une chemise en plastique rose. J'ai fait de mon mieux. Il ne me reste plus qu'une chose à faire.

La chemise sous le bras, je descends du bus, puis je remonte l'allée en direction de la vieille étable et de la porcherie. Le soleil brille, il fait assez chaud pour retirer mon manteau. La Land Rover est garée, donc je sais que Margot est là.

J'entre par la porte de devant.

– Margot ?

Pas de réponse. Je crie à l'étage ; toujours rien.

Je me rends à la cuisine et regarde par la fenêtre. J'aperçois ses cheveux gris osciller derrière le poulailler.

– Margot, dis-je en sortant par la porte arrière.

– Oh, te voilà. (Occupée à tailler les rosiers, elle ne lève pas la tête.) Ils sont superbes, pas vrai ? dit-elle en tournant une rose d'un blanc crème dans ma direction. Quelle belle journée de printemps.

Je ne m'en suis pas vraiment rendu compte. Je n'ai presque pas mis le pied dehors de la journée. Je ne réponds pas.

– Felicity, qu'est-ce qu'il y a ? Je te connais assez pour savoir quand tu me caches quelque chose. Encore un problème à l'école ? Ce serait dommage de te mettre dans le privé maintenant, mais s'il le faut...

– Non, ce n'est pas ça. Tout va bien à l'école, très bien même.

Elle agite son sécateur.

– Alors pourquoi rentres-tu si tard ces derniers temps ? Je pensais que tu étais en retenue et que tu imitais ma signature sur les mots dans ton carnet. J'admirais presque l'effort que tu faisais pour me le cacher.

– Non. Ce n'est pas ça.

J'inspire très profondément et je me lance :

– Margot, j'espère vraiment que tu ne vas pas être fâchée contre moi.

– Ton ton suggère que si, mais continue.

– Je rentrais tard parce que j'étais à la bibliothèque pour utiliser Internet. (Je lui tends la chemise rose.) Voilà. Je me souvenais du nom de ta sage-femme, Trudy Mayhew, et j'ai fait quelques recherches. Tu sais, des extraits de naissance et tout. J'ai découvert que tous les bébés adoptés devaient être déclarés, même si le nom des parents biologiques n'était pas cité.

Margot feuillette les documents. Ses mains tremblent ; elle ne dit rien. Si elle doit se mettre en colère, je veux juste en finir au plus vite.

– Alors voilà. J'avais la date, le nom de Trudy, et ça m'a suffi. Elle a même indiqué « bébé Christopher » sur l'extrait de naissance. C'était un début. Puis, j'ai contacté une association... elle s'appelle Racines familiales... et elle essaye de retrouver la trace des parents biologiques.

Margot lève enfin les yeux vers moi, le visage blême.

– Felicity, qu'est-ce que tu essayes de me dire ?

Respire.

– Margot, il te cherche, dis-je d'une voix presque calme. Christopher – enfin, il s'appelle Gilles – a essayé de te retrouver il y a environ dix ans. Ta famille t'a très bien cachée et il n'avait pas tous les détails que j'avais... (Margot porte sa main à sa bouche.) Mais il veut te rencontrer.

La chemise rose s'écrase sur les pavés et les papiers s'éparpillent. Margot ne dit rien pendant un long moment, puis sa respiration commence à trembler. Ses épaules s'affaissent.

– Mon Christopher ? Tu as trouvé mon Christopher ?

Je hoche la tête. Je ne sais toujours pas si elle est contente ou furieuse.

Puis, une première larme s'échappe de ses yeux.

– Oh, Fliss. Je ne pensais pas... Je pensais que je ne pourrais jamais...

– Je sais.

Je lui prends les mains parce que je ne pense pas que les câlins soient notre genre. Elle me serre fort. Je la regarde droit dans les yeux.

– Laisse-toi aller.

Les mains plaquées contre ses paupières, Margot se met à pleurer. Elle pose sa tête sur mon épaule et laisse ses larmes couler dans la roseraie, où personne d'autre que moi ne le saura jamais.

Remerciements

Comme toujours, merci à la merveilleuse équipe de Hot Key Books et de Bonnier Zaffre, tout particulièrement Emma Matthewson et Jane Harris. Merci aussi à Jo Williamson et Sallyanne Sweeney.

Depuis la création de *Margot & Me* en 2015, il y a eu d'indéniables changements dans ma vie, mais ma famille et mes amis ont été merveilleux et m'ont aidée à garder un semblant de normalité. Merci à mes anciens amis qui me connaissent depuis le début et aux nouveaux, surtout aux équipes de *Glamour*, d'*Attitude Magazine*, et de Stonewall UK.

Merci à Non Pratt et à Lisa Williamson pour leur feedback.

Et encore une fois, merci à mes lecteurs et mes lectrices, anciens comme nouveaux. Je savais que vous seriez cool et j'avais raison.

Juno

Juno Dawson

Nommée Queen of Teen en 2014, Juno Dawson a été récompensée à de multiples reprises pour ses thrillers pour adolescents, *Hollow Pike*, *Cruel Summer*, *Say Her Name* et *Under My Skin*, écrits sous le nom de James Dawson. Elle a publié en 2015 son premier roman d'amour contemporain, *All of the Above*. Son premier livre de non-fiction, *Boys : No Panic*, publié chez Milan, s'est attaqué à la puberté, la sexualité et les relations, et une suite pour les jeunes LGBT, *This Book is Gay*, est sortie en 2014.

Juno écrit régulièrement pour *Attitude*, *GT*, *Glamour* et *The Guardian*, et a beaucoup parlé de sexualité, d'identité, de littérature et d'éducation à la télévision britannique. Elle travaille aussi avec des associations caritatives et visite des écoles dans des zones d'éducation prioritaire. Les livres de Juno ont reçu des critiques élogieuses et ont été traduits en plus de dix langues.

En 2015, Juno a annoncé sa transition d'homme à femme, puisqu'elle était jusqu'alors l'auteur James Dawson.

Elle écrit à plein temps et vit à Brighton. Suivez Juno sur Twitter : @junodawson. Ou sur Facebook : @Junodawsonbooks.